W0060930

Clark Accord

KÖNIGIN
DER HUREN

Deutsch von
Stefanie Schäfer

Schneekluth

Die niederländische Originalausgabe erschien unter dem Titel
De koningin van Paramaribo. Kroniek van Maxi Linder
bei Vassallucci, Amsterdam.

ISBN 3-7951-1748-8
© 1999 by Clark Accord
© 2000 für die deutsche Ausgabe
Schneekluth Verlag GmbH, München
Ein Unternehmen der Verlagsgruppe Droemer Weltbild
Gesetzt aus der Stempel Garamond 10,5 / 13 Punkt
Druck und Bindung von Clausen & Bosse, Leck
Printed in Germany 2000

ZUM GEDENKEN AN HENRY THOMAS

Prolog

Eduardina

Geraniumstraat 1981

Hier, in dem beengten Zimmer, klingt das Jaulen und Kläffen der Hunde noch etliche Dezibel lauter als draußen. Verzweifelt wirft Eduardina einen Blick zum Himmel. Wie eine Tamarinden-Peitsche schlägt ihr der penetrante Geruch von Urin, Kot und faulendem Fleisch ins Gesicht. In einem Reflex drückt sie ihr Taschentuch fest an die Nase. Nur mit Mühe kann sie den Ekel unterdrücken, der in ihr aufsteigt. Ihr Frühstück unternimmt hartnäckige Versuche, sich durch die Speiseröhre einen Weg nach draußen zu bahnen. Erst nachdem sie ein paarmal tief Luft geholt hat, gelingt es ihr, ihren Mageninhalt unter Kontrolle zu bringen.

Was dort auf dem Fußboden liegt, neben dem Bett, ist Maxi Linder. Hier liegt die Königin von Surinam, hilflos inmitten ihrer eigenen Exkremente, als ein elendes und widerwärtiges Häuflein neben ihrem Bett. Der Lumpen, der ihr als Nachthemd dient, hat schon unzählige Wäschen hinter sich. Die ursprünglichen Farben lassen sich nicht mehr erraten, und die Flecken, die ihre Exkremente darauf hinterlassen haben, machen den Anblick auch nicht gerade schöner.

Eduardina schaut sich das Gesicht der alten Frau an. Die aufgesprungenen Lippen haben es nicht geschafft, die geschwollene Zunge im Mund zurückzuhalten.

»Ai, mein Gott, mein Jesus!« Eduardina schlägt vor Entsetzen die Hand vor den Mund. Wie lange sie wohl schon in diesem Zustand daliegt?

Von Vrouw Max' Lippen kommt nun ein Laut, der an das trokkene Rascheln von Papier erinnert. Sie lebt noch. Als sie dieses

13

Lebenszeichen hört, seufzt Eduardina erleichtert auf, obwohl unmöglich zu verstehen ist, was Vrouw Max zu sagen versucht. Sie hier so hilflos auf dem Fußboden liegen zu sehen öffnet die Schleusen ihrer Tränendrüsen. Der Glanz, den diese Augen einst ausstrahlten, die Kraft, mit der sie in die Welt blickten – davon ist nichts mehr übrig. Eine Leere ist statt dessen zurückgeblieben, eine Leere, die Eduardina an ein gehetztes *pingo** erinnert, das den Kampf aufgegeben hat.

Es ist das erste Mal, daß sie Vrouw Max' Allerheiligstes von innen zu sehen bekommt. Durch die Öffnung, die entstanden ist, als sie mit Hilfe von Mavis das Fenster aufgebrochen hat, fällt ein Streifen Licht hinein, der den Raum mehr schlecht als recht erhellt. Das ordentlich aufgeräumte Zimmer ist spärlich möbliert. Die einzigen beiden Einrichtungsgegenstände, die sich darin befinden, müssen ein Vermögen gekostet haben. Ein großes Mahagonibett, dessen Kopf- und Fußende verschlungene Ornamente schmücken, dominiert den Raum. Die grau-weiße antike Bettwäsche mit Blätterapplikationen hängt auf einer Seite teilweise auf den Boden. Das Linoleum mit einem roten Blumenmotiv, das hier und dort stumpfe Trittspuren aufweist, ist der einzige farbige Akzent in der Zimmereinrichtung. In einer Ecke steht ein weißer Emailnachttopf. Eduardina hält kurz die Luft an, als sie an der linken Wand den prächtigen Mahagonikleiderschrank entdeckt, dessen Spiegeltüren an den Rändern ringsum mit Blumengravuren verziert sind. Von einem vergilbten Schwarzweißfoto blickt eine bildschöne, vollschlanke junge Frau herablassend ins Zimmer. Sie posiert in Tanzhaltung, eingehüllt in hauchdünne Schleier, die ihren Körper kaum bedecken. Auf

---

* Wörter und Ausdrücke aus dem Sranan sowie die meist sprechenden Namen der Prostituierten werden in einem Glossar am Ende des Buches erläutert.

dem Kopf trägt sie eine prachtvolle Tiara. Das Dekolleté ihres Schleiergewandes ist mit Rankenornamenten abgesetzt – der Stoff muß eine Stange Geld gekostet haben. Das Haar ist auf beiden Seiten ein wenig hochgekämmt und wird von der Tiara zusammengehalten. In ihrem Gesicht sieht man keine Spur von Make-up. Der kesse Blick in ihren Augen und die sinnliche Kraft ihres Mundes verkünden prickelnde erotische Versprechen. Der Zahn der Zeit, der an dem Foto genagt hat, konnte der Lebenslust, die diese Frau einst ausstrahlte, nichts anhaben.

An dem bewußten Morgen, an dem sie Vrouw Max in diesem besorgniserregenden Zustand antreffen sollte, war Eduardina schon früh von dem jämmerlichen Geheul der Hunde geweckt worden. Ein Blick auf den Wecker sagte ihr, daß es gerade erst fünf Uhr war. Sie runzelte die Stirn. Die frühe Stunde und die Art, wie die Tiere jaulten, waren ungewöhnlich. Zwar beglückten die Hunde die Nachbarschaft jeden Morgen mit einem Ständchen, aber nie zu einer dermaßen unchristlichen Uhrzeit. Eduardina zog die Decke bis unters Kinn und drehte sich behaglich auf die Seite. Als Folge der schweren nächtlichen Dezemberregenfälle war es in den Morgenstunden recht frisch. Unruhig wälzte sie sich von einer Seite auf die andere; es wollte ihr einfach nicht gelingen, wieder einzuschlafen. Das Kissen auf beide Ohren gedrückt, lag sie eine Zeitlang da und starrte an die Wand. Aber noch nicht einmal mit dem Kopf unter dem Kissen schaffte sie es, dem Klagegesang der Hunde zu entgehen.

Nachdem sie zwei Stunden lang vergeblich darum gekämpft hatte, wieder einzuschlafen, war sie schließlich aufgestanden. Ein paar Häuser weiter heulten die Hunde von Vrouw Max noch immer. Während sie sich an der Küchenanrichte die Zähne putzte, fragte sich Eduardina, wie lange es wohl noch dauern würde, bis jemand die Polizei rief. Die Ordnungshüter würden nicht lange fackeln und alle einundfünfzig Hunde einfach mitnehmen. Vrouw Max würde völlig aus dem Häuschen geraten und wie gewöhnlich die ganze Nachbarschaft zusammenschimpfen. Durch ihre Fensterscheiben glotzend, würden die Nachbarn das Schauspiel gespannt mitverfolgen. In der nächsten Zeit gäbe es dann wieder genug Stoff zum Klatschen, und der Vorfall würde in aller Ausführlichkeit lautstark analysiert werden. Man würde nie dahinterkommen, wer eigentlich die Polizei angerufen hatte, da der Verräter zu große Angst vor der Schande hätte, die ihm eine schimpfende Vrouw Max vor der Haustür bereiten würde.

Eduardina schob die Gardine beiseite und schaute nach draußen. Ihre Augenlider fühlten sich schwer an. Mit einer ungeduldigen Geste versuchte sie, die Müdigkeit wegzuwischen. Es hatte heute nacht tatsächlich ganz ordentlich geregnet. Die Sonne tat ihr Bestes, den Morgennebel aufzulösen, und färbte den Himmel zinnoberrot und orange, hier und dort mit ein paar Fetzen dunkler Wolken. Eduardina öffnete das Fenster, und die frische Morgenbrise strich ihr übers Gesicht. Der schönste Augenblick des Tages.

Sie hielt einen Moment beim Zähneputzen inne und konzentrierte sich auf das Geheul der Hunde. So durchdringend hatte sie sie noch nie jaulen hören. Der zimtsüße Duft von Pearseife, der von ihrer Haut aufstieg, vermischte sich mit dem Pfefferminzaroma der Zahnpasta. Sie genoß das Prickeln auf ihrer Haut, die noch vom Schrubben unter der Dusche nachglühte. Auf dem Herd neben der Anrichte stand ein Kessel auf dem Feuer, aus dem von Zeit zu Zeit kleine Dampfwölkchen entwichen.

In einem kräftigen Bogen spuckte Eduardina den weißen Schaum in eine Schüssel auf der Anrichte. Noch Reste von Zahnpasta auf den Lippen, versuchte sie herauszufinden, ob bereits ein Plätschern aus der Dusche kam, aber durch das Gejaule der Hunde war es unmöglich, Geräusche im Bad wahrzunehmen.

»Mavis! Mavis, wenn du jetzt nicht sofort unter die Dusche gehst, kommst du zu spät zur Schule!« rief sie ein wenig gereizt. Im Haus blieb alles still.

Aus dem Lärm, der durch das geöffnete Fenster hereinkam, schloß Eduardina, daß auf den Straßen inzwischen schon recht viel Verkehr unterwegs war. Die Wolken aus Abgasen, die in Abständen hereingeweht wurden, überlagerten innerhalb von kürzester Zeit den frischen Duft der taufeuchten Sträucher, während die schwache Morgensonne sich anstrengte, die Kühle, die der nächtliche Regenschauer hinterlassen hatte, zu vertreiben. Nun kamen kleine Gruppen von Schulkindern in Uniform vorbei. Die Schultaschen und Rucksäcke hatten die unterschiedlichsten Farben, mit denen die Kinder das langweilige Blau der Uniformen aufpeppten. Ihre Beine und Gesichter glänzten vor Fett. Die Haare der Mädchen waren zu einem, zweien oder mehreren Zöpfen geflochten, die mit bunten Schleifen zusammengehalten wurden, während die Jungen ihr Haar glatt nach hinten gekämmt oder in rechteckigem Grace-Jones-Stil trugen. Auf den Sträuchern am Straßenrand hatte der Regen glitzernde Perlen hinterlassen. Die Sonne spielte mit den Regentropfen, und dann und wann sah Eduardina einen Lichtblitz aus den Blättern hervorschießen.

Eduardina hatte oft mitverfolgt, wie die Kinder auf dem Weg zur Schule Vrouw Max ärgerten, wenn sie ihr und ihren Hunden begegneten. Diese Hänseleien waren ein fast täglicher Zeitvertreib der Kinder. In sicherem Abstand zu Vrouw Max' Hunden warfen sie ihr die übelsten Beleidigungen an den Kopf. »Ma-xi Lin-der treibt's mit ihren Hunden! Ma-xi Lin-der Stin-ke-furz! Ma-xi Lin-der Rie-sen-fotze!« riefen sie dann im Chor. Das Höchste war für sie, wenn die Frau sich wehrte. Als sie noch jünger war, rannte sie hinter den Kindern her, ihre bellende Meute im Kielwasser. Dann nahmen die Blagen Reißaus, und ihr Gekreische drang bis in die Küche von Eduardina, ja, es war in der ganzen Nachbarschaft zu hören. Eduardina war erstaunt darüber, wie leicht Vrouw Max das Schimpfen noch fiel. Ihre Stimme hatte mit den Jahren nichts von ihrer Kraft verloren, und auch ihr Vorrat an Kraftausdrücken und Schimpfworten war nicht von schlechten Eltern – die Geschlechtsteile so mancher Mutter mußten in allen Tonlagen dazu herhalten. Es war erstaunlich, wie viele verschiedene Bezeichnungen sich jemand für ein und dasselbe Körperteil ausdenken konnte.

Doch heute waren die geschlossenen Fenster und Türen das einzige, was die Kinder von Vrouw Max zu sehen bekamen, und nur das Gejaule der Hunde war zu hören. Der frechste Junge hatte sich vor ihrem Haus aufgebaut, doch seine Rufe prallten an den hermetisch verschlossenen Läden ab. Noch nicht einmal die Hunde reagierten, jedenfalls nicht auf ihn.

»Mavis! Wenn ich dich noch einmal rufen muß, kannst du was erleben!«

Plötzlich hörte Eduardina Mavis hinter sich. »Reg dich doch nicht so auf, Mama, heute muß ich doch erst um ein Uhr in der Schule sein. Ich wollte eigentlich ausschlafen. Nur wegen dem Krach von diesen Scheißhunden bin ich schon so früh wach.«

Eduardina sah, wie Mavis mit Mühe ein Gähnen unterdrückte. »Kann denn nicht endlich mal jemand dafür sorgen, daß diese Viecher für immer verschwinden? Das kann einen ja verrückt machen!«

»Mavis, die Hunde sind alles, was Vrouw Max hat. Soll sie sie vielleicht umbringen, nur um dir einen Gefallen zu tun? Du hättest gestern abend eben etwas früher ins Bett gehen sollen.« Mit energischen Bewegungen begann Eduardina, sich die Haare zu kämmen.

»Du wirst allmählich ganz schön grau, Mama«, neckte ihre Tochter.

Eduardina spitzte die Lippen und antwortete ihr mit einem lauten *tjoerie*.

Doch Mavis ließ nicht locker. »Du bist heute wohl mit dem linken Bein zuerst aufgestanden! Oder sind dir die Hunde etwa auch auf den Wecker gegangen?«

»Ach, red doch keinen Unsinn! Siehst du nicht, daß das Wasser kocht? Mach dich lieber nützlich und gieß schon mal den Tee auf. Der Redrose steht im Schrank.«
Jeden Morgen, bevor sie zur Arbeit ging, brachte Eduardina Vrouw Max einen Becher Tee. Alte Leute sollten den Tag mit etwas Warmem im Bauch beginnen, und Vrouw Max war nicht mehr so gut zu Fuß, seitdem sie von einem Hund gebissen worden war. Die Wunde am Schienbein wollte einfach nicht verheilen, was unter anderem eine Folge ihrer Zuckerkrankheit war. Allerdings hielt sie sich auch nicht an ihre Diät: Jeden Tag holte sie sich am Soda Fountain ein Eis, und auch die Drinks, die freigiebige Zecher ihr spendierten, verschmähte sie keineswegs. Vrouw Max weigerte sich, zum Arzt zu gehen, wie sehr man sie auch drängte. Eduardina hatte ihr sogar eine Krankenkarte besorgt, durch die sie das Recht auf freie Behandlung hatte, aber nichts half. Der Verband um ihre Wunde sah immer gleich schmutzig aus, und ein ekelhafter Geruch nach faulendem Fleisch umgab sie, wo sie ging und stand.
Bei ihren täglichen Besuchen redete Eduardina mit Vrouw Max über die Vergangenheit. Wenn sie so richtig in Fahrt war, sagte sie oft Dinge wie: »Eduardina, du hättest mich sehen sollen! Als Maxi noch Maxi war! Du würdest mich nicht wiedererkennen!«
Bei diesen Worten leuchteten ihre Augen immer besonders hell. Doch dann fuhr sie mit verbittertem Blick fort: »Ja, als ich noch schön duftete, da hielten sie alle die Hand auf – aber jetzt, wo ich stinke, halten sie sich nur noch die Nase zu …«

Eduardina hatte ihr Haar am Hinterkopf zu einem ordentlichen Knoten aufgesteckt und ein Batikkleid angezogen, das ihre Figur gut zur Geltung brachte. Gegen das Schwitzen streute sie sich Lavendelpuder ins Dekolleté und zwischen die Oberschenkel; kein überflüssiger Luxus bei Temperaturen, die schon am frühen Morgen recht hoch klettern konnten.
»Schenkst du den Tee bitte schon mal ein?« fragte sie ihre Tochter nun in liebevollem Ton. »Ich glaube, er hat lange genug gezo-

gen.« Sie stopfte hastig ein Brötchen mit Erdnußbutter in den Mund. »Und mir bitte auch eine Tasse?« bat sie mit vollem Mund.

Mit der Hand faßte sie sich an die Kehle – die Erdnußbutter war so fett, daß sie ihr im Hals steckenblieb und ihr beinahe den Atem nahm. Das war zwar ein unangenehmes Gefühl, aber zugleich ein Zeichen dafür, daß es sich um gute Erdnußbutter handelte. Sie hielt den kleinen Finger in den Becher und konstatierte, daß der Tee nun ausreichend abgekühlt war. Die Einkaufstasche aus Bast fest unter den Arm geklemmt, ging sie zur Tür, warf im Flur noch einen letzten Blick in den Spiegel und verließ, zufrieden mit dem, was sie sah, das Haus. Sie war nicht dick. Sie hatte ziemlich schmale Schultern und eine Wespentaille, während ihr Po und ihre Hüften eher kräftig wirkten. Ihr war bewußt, daß sie trotz ihrer fünfundfünfzig Jahre noch immer die Aufmerksamkeit des anderen Geschlechts auf sich zog. Doch da sie diese Tatsache nicht ausnutzte, war sie, siebzehn Jahre nach dem Tod von Hendrik, immer noch allein. Auch in dieser Hinsicht war sie äußerst zufrieden mit sich.

Ein paar Minuten, nachdem Eduardina aus dem Haus gegangen war, stieß sie hastig das Tor zum Hof von Vrouw Max auf. Trotz der frühen Stunde war es schon ziemlich drückend, und sie spürte, wie sich Schweißtropfen auf ihrer Oberlippe bildeten. Um zu verhindern, daß die Hunde auf die Straße liefen, schloß sie das Tor wieder hinter sich. Wenn sich ihnen die Möglichkeit bot, jagten die Viecher Fahrradfahrern und Passanten einen gehörigen Schrecken ein. Schon so manches Mal hatte Eduardina beobachtet, wie ein Radfahrer dran glauben mußte: Die Hunde rannten ihm hinterher und schnappten nach seinen Beinen. Die einzige Möglichkeit, sie loszuwerden, bestand darin, abzusteigen und so zu tun, als hebe man einen Stein auf, um damit nach ihnen zu werfen. Auf diese Weise blieben sie in sicherem Abstand, machten aber einen Lärm, daß einem Hören und Sehen verging.

An Eduardina waren sie jedoch gewöhnt. Meistens kamen sie schwanzwedelnd auf sie zu und tanzten ihr fröhlich um die Beine. Eduardina haßte Hunde und war jedesmal froh, wenn Vrouw Max strafend auf sie einredete und ihnen befahl, sie in Ruhe zu lassen.

Doch diesmal war alles anders. Die Hunde blieben dicht beim Haus und jaulten, daß ihr das Trommelfell weh tat. Vrouw Max war nirgends zu sehen. Entgegen ihrer Gewohnheit waren Fenster und Türen geschlossen. Ein kalter Schauder kroch Eduardina über den Rücken. Was war hier los?

Einen Moment lang wußte sie nicht, was sie tun sollte. Ein Blick auf die Uhr sagte ihr, daß es bereits halb neun war. Der dichte Verkehr hatte sich aufgelöst, und die Schulkinder saßen schon lange im Unterricht. Die Gegend schien wie ausgestorben. Als die Hunde Eduardina sahen, ging ihr Gejaule in klägliches Fiepen über. Eduardina fühlte sich unbehaglich. Sie hatte noch nie erlebt, daß die Hunde sich so merkwürdig verhielten. Wo war Vrouw Max, um sie zur Ordnung zu rufen? Meist genügte schon ein Wort von ihr. Sie lenkte die Hunde wie ein Rudelführer, streng, aber gerecht. Wenn sie nicht hören wollten, warf sie alle in Reichweite befindlichen Gegenstände nach ihnen.

Der Hof, den sie so gut kannte, kam Eduardina mit einem Mal ganz fremd vor. In den letzten Jahren war sie jeden Morgen hierhergekommen. Das kleine Haus war gerade groß genug für Vrouw Max; ein einfacher Sozialbau aus Backstein, genau wie alle anderen Häuser in dieser Gegend, in der sie jetzt schon seit vielen Jahren wohnte. Die einst ockergelb gestrichenen Wände hatten ihre ursprüngliche Farbe verloren und waren schmutzigbraun angelaufen.

Von Vrouw Max wußte Eduardina, daß das Haus aus einem Wohnzimmer, einem Schlafzimmer und einer kleinen Küche bestand. Wenn Vrouw Max die Fenster offenstehen hatte, schloß sie die Holzjalousien vor den Fensteröffnungen, wodurch diese von unten zur Hälfte verdeckt wurden. So hielt sie sich neugierige Blicke vom Hals.

Wenn es regnete, blieb aufgrund der kaputten Abflüsse das Wasser auf dem Hof stehen und stieg manchmal sogar recht hoch. Die Regentropfen trommelten dann einen Marsch auf das Zinkdach, ein Geräusch, das sich zu dem der anderen Zinkdächer in der Umgebung gesellte. Der kleine Hof war immer sorgfältig gefegt, nur hier und dort lagen ein paar Blätter herum, die am vorigen Tag oder in der Nacht von den Obstbäumen gefallen waren. Vrouw Max kehrte sie nach dem Frühstück zusammen und deponierte sie anschließend auf dem Komposthaufen hinter dem Haus.

Der Becher Tee in ihrer Hand war kalt geworden. Verärgert schaute Eduardina auf die Uhr. Trotz der Hitze fröstelte sie plötzlich. Sie konnte sich nicht vorstellen, daß Vrouw Max so früh schon unterwegs war. Es war noch nie vorgekommen, daß sie sie nicht zu Hause antraf. Und warum verhielten sich die Hunde nur so seltsam? Mit einem komischen Gefühl in der Brust stieg sie die kleine Treppe zur Eingangstür hinauf, voller Furcht, was sie hinter der geschlossenen Tür vorfinden würde. Mit aller Kraft hämmerte sie mit geballten Fäusten an die Tür.
»Vrouw Max! Vrouw Max! Sind Sie da drinnen?«
Ein Ballon so groß wie ihre Faust bahnte sich einen Weg in ihre Magengrube. Sie versuchte mit aller Macht, den entsetzlichen Gedanken, Vrouw Max liege dort drinnen im Sterben, aus ihrem Kopf zu verbannen. Ein solches Ende würde sie niemandem wünschen, schon gar nicht Vrouw Max, die ihr Leben lang so viel für andere getan hatte.
»Vrouw Max, bitte, machen Sie auf!«

EINS

1902 – 1938

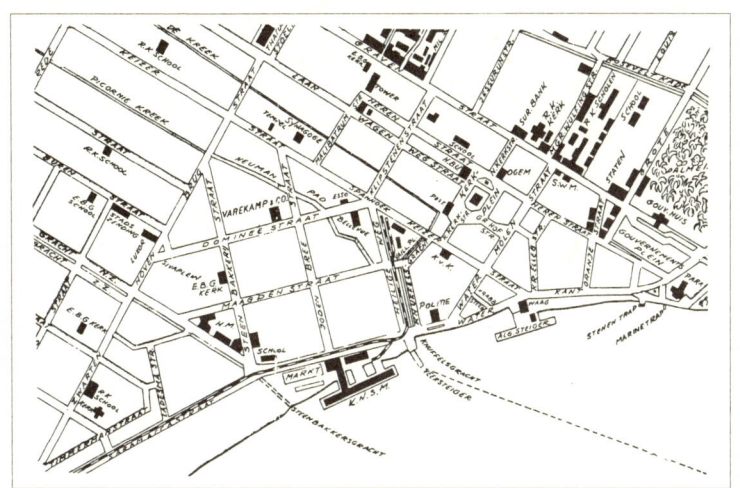

Amalia

Hoogestraat 1902

An dem Tag, an dem Wilhelmina geboren wurde, regnete es so heftig, daß einem Hören und Sehen verging.

Zu dem Zeitpunkt, als die Hebamme eintraf, saß Amalia draußen unter dem Vordach und stickte an einem Hemdchen für ihr Baby. Die Hebamme hatte ein Stück Plastikplane um ihre blaue Uniform mit der weißen Schürze gewickelt. Ihre weiße Haube klebte ihr wie ein Pfannkuchen auf dem Kopf, und die Haare hingen ihr strähnig ins Gesicht.

»Wen haben wir denn da? Ist das die junge Dame, die das Kind erwartet?« fragte sie Amalias Mutter, während sie Amalia geringschätzig von Kopf bis Fuß musterte. Ohne eine Antwort abzuwarten, fuhr sie fort: »Glaubt sie vielleicht, Kinderkriegen sei eine Kleinigkeit? Haben Sie ihr denn nicht erklärt, was auf sie zukommt? Marsch, Missie! Sofort ab ins Bett!«

Diese Frau duldete offensichtlich keinen Widerspruch. Doch da sie als eine der besten Hebammen von ganz Paramaribo galt, schluckte Amalia die Worte, die ihr auf der Zunge brannten, wieder hinunter. Gehorsam suchte sie ihre Sticksachen zusammen und watschelte, eine Hand auf den Unterleib gedrückt, ins Haus.

Kaum lag sie auf dem Bett, als auch schon die nächste Wehe kam. Mit zusammengebissenen Zähnen wartete sie ab, bis die Riesenhand, die ihre Gebärmutter im Würgegriff hielt, wieder losließ. So ging es schon seit dem frühen Morgen. Bis jetzt waren die Wehen allerdings erträglich gewesen. Dies war das erste Mal, daß die Schmerzen so stark wurden.

Den Rücken bequem an einen Stapel mit weißem Leinen bezogene Kissen gelehnt, nahm sie ihre Stickarbeit wieder auf. Es regnete nun etwas weniger stark. Aus der Küche drang das vertrauenerweckende Geschwätz ihrer Mutter und der Hebamme. Das Brodeln des Wasserkessels auf dem *koolpot* vermischte sich mit dem leisen Trommeln des Regens auf dem Dach zu einer angenehm beruhigenden Geräuschkulisse. Sanft strich Amalia über ihren Bauch. »Spann mich nicht zu lange auf die Folter«, flüsterte sie. »Jetzt ist mein Leben vollkommen. Wer hätte wohl gedacht, daß ich dieses Wunder in meinem Alter noch erleben darf! Kleines, dir soll es an nichts fehlen. Nur das Beste wird gut genug für dich sein. Dafür werden dein Vater und ich schon sorgen.«

Bereits früh am Morgen hatte es in ihrem Bauch zu rumoren begonnen. Trotzdem war sie zu ihrem Stoffstand auf dem Zentralmarkt gegangen. Kaum dort angekommen, hatte sie das Gefühl, dringend zu müssen. Fast gleichzeitig mit dem Krampfanfall hörte sie ein Geräusch, das sie nicht einordnen konnte, und spürte etwas Warmes und Klebriges zwischen ihren Schenkeln. Sie schaute nach unten und entdeckte einen großen Fleck auf ihrer *brokobere koto*. Mit einer Hand ihren Bauch stützend, ging sie ruhig zur alten Dina, deren Stand sich einige Meter von ihrem entfernt befand.

Vrouw Dina erfaßte die Situation mit einem Blick. Sie befahl Amalia, sich hinzusetzen, und rannte, so schnell ihre alten Beine sie trugen, zu Rampersad, dem Inder, der seinen Stand ein Stück weiter hatte. Er erklärte sich schließlich bereit, Amalia auf seinem Eselskarren nach Hause zu bringen.

Durch die holprigen Straßen und den harten Holzboden des Karrens war der Nachhauseweg für sie die reinste Marter. Ab und zu hatte sie kurz davor gestanden, einen Nervenzusammenbruch zu erleiden, wenn sie wieder einmal eine Wehe niederkämpfen mußte. In diesen Momenten hatte der Inder lauthals Gott angerufen und ihn im Namen sämtlicher Hindugötter angefleht, noch ein wenig zu warten, bevor er das Kind auf die Welt schickte.

Irgendwie hatte der Bericht von der bevorstehenden Geburt bereits Amalias Mutter erreicht. Händeringend und mit besorgtem Gesichtsausdruck kam sie dem Wagen an der Straßenecke entgegengeeilt.

Nun lag Amalia sicher in ihrem weichen, frisch bezogenen Bett. Vergessen war die ungemütliche Fahrt und verschwunden der Geruch von Eselsdung. »Aííí, *mi Gado*, Hilfe!!« schrie sie plötzlich mit aller Kraft ihrer Lungen, als ein gemeiner Schmerz durch ihren Unterleib fuhr und bis in ihre Lenden ausstrahlte. Wie ein wildes Tier krallte sie sich mit den Nägeln in die Matratze. Doch so plötzlich, wie er gekommen war, war der Schmerz auch wieder verschwunden.

»Diesmal war's ganz ordentlich«, teilte sie der Hebamme mit, die mit einem Stapel weißem Rupfleinen hereinkam.

»Ich hab' dir doch gesagt, daß eine Geburt kein Kinderspiel ist«, antwortete ihr die Frau mit einem Gesicht, auf dem nicht die Spur eines Gefühls zu lesen stand.

Amalia wurde plötzlich von einer heftigen Sehnsucht nach Ferdinand ergriffen. Das Kind sollte eigentlich erst in zwei Wochen kommen, und vorher erwartete sie ihn nicht zurück. Seine beruhigende Anwesenheit wäre ihr eine große Hilfe gewesen, besonders mit einer so unwirschen Hebamme an ihrem Bett. Von ihrer Mutter brauchte sie sich in dieser Hinsicht keine Unterstützung zu erhoffen – die hatte viel zuviel Respekt vor der Frau in der blauen Uniform und der weißen Schürze. Aus den Augenwinkeln heraus sah sie zu, wie die Hebamme die Babysachen zurechtlegte. Für den größten Teil der Ausstattung hatte sie die Farbe Gelb gewählt. Wenn sie den Vorhersagen Glauben schenken wollte, würde es ein Mädchen werden – schließlich trug sie in die Breite, was angeblich auf ein Mädchen hindeutete. Was sie betraf, so hätte sie lieber einen Jungen; schließlich würde ihr erstes Kind sehr wahrscheinlich auch ihr letztes sein. Aber Hauptsache, es war gesund. Sollte dem Kind etwas fehlen, würde das für sie das Ende der Welt bedeuten – schon allein der Gedanke daran trieb sie fast in den Wahnsinn. Sie nahm ihre Stickerei zur Hand und versuchte, die unseligen Gedanken aus ihrem Kopf zu verbannen. Doch irgendwo tief in ihrem Inneren nagte die Unsicherheit weiter an ihr.

»Hat sie schon ein Kräuterbad genommen?« fragte die Hebamme ihre Mutter, als diese mit einer Schüssel heißem Wasser hereinkam.

»Ja. Als sie gestern in diesem Zustand nach Hause kam, habe ich gleich alles Nötige zusammengesucht und sie gebadet. Glücklicherweise hat Ferdinand schon vor seiner Abreise ihren Bauch mit Bier gewaschen. Und sie hat ein Bad in Wäscheblau genommen, gegen den bösen Blick.«

»Gut so. Dann brauchen wir uns ja keine Sorgen zu machen, daß uns solche Dinge bei der Geburt dazwischenfunken. Das Kind kann kommen.« Die Hebamme riß einen der Baumwollappen in Streifen und wandte sich an Amalia: »Nun wollen wir mal nachsehen, wie weit du schon bist.« Nicht gerade einfühlsam stopfte sie ihre Finger in Amalias Vagina.

Mit geschlossenen Augen ertrug Amalia die Untersuchung. Im Großen und Ganzen war sie nun doch froh, daß Ferdinand nicht hier war. In seiner Anwesenheit hätte sie sich noch unwohler gefühlt.

Der Regen wurde immer stärker. Mit großem Lärm trommelten die dicken Tropfen unablässig und wie besessen auf das Zinkdach.

»Der Muttermund hat sich jetzt weit genug geöffnet. Bei der nächsten Wehe kannst du pressen.«

Kaum hatte die Frau diesen Satz zu Ende gesprochen, schien eine enorme Schmerzwelle Amalias Unterleib auseinanderreißen zu wollen. Ihr Körper spannte sich wie ein Bogen, und sie umklammerte die Gitterstäbe am Kopfende ihres Bettes mit den Händen. Sie stöhnte ein paarmal und hoffte, die Schmerzen dadurch etwas besser ertragen zu können.

»Du mußt pressen!« schrie ihr die Hebamme hysterisch ins Ohr.

»Es – es tut so weh!« ächzte Amalia durch die zusammengebissenen Zähne hindurch.

»Keiner hat je behauptet, Kinder zu kriegen sei eine Kleinigkeit! Nicht umsonst sagt der Herr, du sollst deine Kinder unter Schmerzen gebären! Pressen!« Ohne die geringste Spur von Mitleid schrie die Frau sie an.

Die Schmerzen waren nun so heftig, daß Amalia befürchtete, das Bewußtsein zu verlieren.

Plötzlich klatschte ihr die Hebamme mit aller Kraft die flache Hand auf die Wange. »Pressen, hab ich gesagt, pressen!«

Die Ohrfeige kam so unerwartet, daß Amalia vor Schreck zu pressen begann, als hinge ihr Leben davon ab.

Auf einmal war der Drang zu pressen verschwunden. Wie eine Welle glitt der Schmerz von ihr ab. Völlig außer Atem lag sie auf dem Rücken und starrte an die Decke. Sie fühlte, wie der Schweiß ihr in einem Rinnsal über die Schläfen den Hals hinunterfloß. Dankbar lächelte sie ihre Mutter an, die ihr einen kühlen Waschlappen auf die Stirn legte. Sie war todmüde.

»Wenn du wieder pressen mußt, hör schön darauf, was dir die Hebamme sagt, *gudu*.« Mit besorgtem Blick schaute die Mutter ihre Tochter an.

Es regnete so stark, daß man nichts mehr erkennen konnte, wenn man hinausschaute. Alles, was Amalia durch das Fenster sah, war eine graue Gardine aus strömendem Regen. Das Grollen des Donners kam immer näher. Mit lautem Krachen entlud sich ein Blitz über ihrem Haus.

»Hört euch das mal an, wie das Unwetter draußen tobt! Ai, das wird kein einfaches Kind, das kann ich Ihnen jetzt schon sagen! Das wird mal ein richtiger Frechdachs!«

Plötzlich hatte Amalia wieder das Gefühl, unbedingt zur Toilette zu müssen. »Ich muß mal!« schrie sie mit Mühe. Sie bekam keine Luft mehr. Der Drang war auf einmal so heftig, daß ihr nichts anderes übrigblieb, als ihren Darm im Bett zu entleeren. Doch das Gefühl, pressen zu müssen, blieb.

»Gut so!« rief die Hebamme.

Ihre Stimme schien von weit her zu kommen. Das Zimmer um sie herum verschwamm. Die starken Preßwehen waren das einzige, was sie noch bewußt wahrnahm.

Als die Konturen ihrer Umgebung wieder Formen anzunehmen begannen, spürte sie ein furchtbares Brennen in der Schamgegend. Es war, als stecke ein dicker Pfropfen zwischen ihren Beinen, und ihr Unterleib war bis zum Zerreißen gespannt.

»Ich kann das Köpfchen schon sehen!« rief die Hebamme enthusiastisch, während sie wie gebannt zwischen Amalias Beine starrte. Es war das erste Mal, daß sie einen Funken Gefühl zeigte.

»Es tut so weh!« stöhnte Amalia. Sie schob den Rücken hin und her.

»Kneif in meine Hand, mein Kind. Wenn du dich auf die Seite legst, kann ich dir den Rücken massieren. Noch eine oder zwei solcher Wehen, und es ist vorbei.«

Im stillen dankte Amalia Gott, daß ihre Mutter bei ihr war.

Anderthalb Stunden und so viele Wehen später, daß sie das Zählen aufgegeben hatte, kurz vor der totalen Erschöpfung, hörte Amalia den ersten Schrei ihres Kindes.

»Was für ein großes Kind! Es ist ein Mädchen!« rief die Hebamme. Triumphierend hielt sie einen zappelnden, blutigen, ganz und gar mit weißer Schmiere bedeckten Wurm hoch.

Es war Amalia völlig egal, ob Junge oder Mädchen, nur eins wußte sie ganz sicher: Nie wieder!

Amalia

Timmermanstraat 1914

Er hatte sie zum erstenmal angesprochen, als sie auf dem Weg zur Arbeit war. Sie war achtzehn Jahre alt und arbeitete als Dienstmädchen bei Mevrouw Ledesma. Vor Überraschung sperrte sie den Mund auf, als er ihr erzählte, daß er schon seit einiger Zeit den Mut aufzubringen versuche, sie anzusprechen. Bis zu diesem Augenblick hatte sie noch nie mit einem fremden Mann gesprochen.

Als sie zum erstenmal ihre Periode bekam, hatte ihre Mutter ihr erzählt, sie dürfe nun nicht mehr mit Jungen reden, denn wenn sie es täte, würde sie schwanger werden und dadurch Schande über ihre Familie bringen.

Ohne ihm zu antworten, war Amalia rasch weitergegangen. Von diesem Tag an hatte er jeden Tag auf sie gewartet, um sie ein Stück zu begleiten. Nicht einen Moment wagte sie es, ihm geradewegs ins Gesicht zu schauen, und seine vielen Fragen blieben unbeantwortet. Statt dessen blickte sie zu Boden und sah ihn nur ab und zu aus den Augenwinkeln heraus heimlich an.

Die weißen und khakifarbenen Anzüge mit Vatermörder, die er trug, fand sie ein wenig zu steif für sein Alter – sie schätzte ihn etwa vier Jahre älter als sich selbst. Dadurch, daß ihm sein Panamahut immer fast auf den Augenbrauen saß, konnte sie nicht erkennen, was für Haare er hatte. Seine Hände, auf denen sich deutlich die Sehnen abzeichneten, strahlten Kraft aus. Das Khaki seines Anzugs paßte indessen gut zu seiner Hautfarbe: ein Teint wie Milchkaffee.

Nach einer Weile ertappte sie sich, daß sie voller Ungeduld den Moment herbeisehnte, in dem sie ihn wiedersehen würde, und als er einmal nicht erschien, mußten es ihre Schwestern zu Hause büßen.

»Ob es passend wäre, wenn ich dich einmal zu Hause besuchen käme?«
Überrumpelt von der Direktheit seiner Frage, blieb Amalia stehen. Zum erstenmal sah sie ihm direkt ins Gesicht. Man konnte die Knochen unter seiner Kopfhaut deutlich erkennen, und doch wirkte er nicht mager. Seine Haut war glatt und straff und glänzte wie eine *obe*-Frucht. Seine buschigen Augenbrauen sprangen weit hervor, und die Katzenaugen darunter blickten sie flehentlich an. Auf der Oberlippe trug er einen dünnen Schnurrbart; sein Kinn dagegen war glattrasiert und kräftig. Sie konnte die Adern an seinem Hals erwartungsvoll pochen sehen.
Dann eben schwanger werden.
»Meine Mutter jagt dich davon, wenn du das tust.«
»Willst du damit sagen, daß ich willkommen bin, wenn ich das Risiko auf mich nehme, weggejagt zu werden?« antwortete er gefaßt. Seine Haut, die gerade eben noch so glatt und straff gewesen war, wies nun an den unmöglichsten Stellen unzählige Fältchen auf.
Trotz der vagen Unruhe, die von ihr Besitz ergriffen hatte, seit er mit ihr zu reden begonnen hatte, blieb ihr nichts anderes übrig, als den Kopf nach hinten zu neigen und fröhlich in sein Lachen einzustimmen.

Ferdinand saß mit kerzengeradem Rücken im »guten Zimmer«. Das nervöse Zucken seiner Hand, mit der er den Spazierstock umklammert hielt, konnte er nicht verbergen. Den Hut hatte er zur Sicherheit bis auf die Augenbrauen gezogen.
Amalia saß ihm gegenüber und rutschte von einer Pobacke auf die andere. Die Hände, mit denen sie ihr Taschentuch schon unzählige Male auseinander- und wieder zusammengefaltet hatte,

lagen in ihrem Schoß. Das Gefühl der Unruhe hatte sie nicht mehr verlassen, und das unerklärliche Prickeln, das sie in letzter Zeit in ihrem Unterleib spürte, hatte ihre Angst nur noch vergrößert.

Gelassen wie immer betrat ihre Mutter den Raum. Dicht vor Ferdinand blieb sie stehen und unterzog ihn einer eingehenden Musterung.

Mit einer unerwarteten Bewegung pflückte sie ihm den Hut vom Kopf. »So, junger Mann, jetzt kann ich dich besser anschauen. Nun wollen wir doch mal sehen, wen wir hier vor uns haben.«

Amalia schlug die Hand vor den Mund. Sie konnte sich das Lachen kaum verbeißen. Es war das erste Mal, daß sie Ferdinand ohne Kopfbedeckung sah. Der Hut hatte einen roten Abdruck auf seiner Stirn hinterlassen. Sein sanft gewelltes Haar war kurzgeschnitten und klebte platt am Kopf. Ohne den Hut sah er erheblich jünger aus und auch weniger streng und formell. Amalia fühlte, wie ihr Herz einen Schlag aussetzte, als sie den hilflosen Blick in seinen Augen sah, während ihre Mutter ihn ihrer strengen Prüfung unterwarf. Wieder spürte sie das Kribbeln im Bauch. Also war sie tatsächlich schwanger. Sie griff nervös nach ihrem Taschentuch und wischte sich den Schweiß, der ihr aus allen Poren strömte, von der Stirn. Mutter würde diese Schande nicht überleben.

»Und, aus was für einer Familie kommst du?«
Die Worte ihrer Mutter holten sie in die Wirklichkeit zurück.
»Meine Eltern sind schon verstorben, Mevrouw. Ich war das einzige Kind. Nach ihrem Tod hat mein Onkel, der selbst keine Kinder hat, die Sorge für mich übernommen. Ich bin in seinem Haushalt aufgewachsen.«

Amalia wurde von einem Gefühl großer Zärtlichkeit erfüllt. Sie wünschte, sie besäße den Mut, aufzustehen und ihn vor dem Kreuzverhör ihrer Mutter zu beschützen. Sah sie denn nicht, wie schwer es ihm fiel, einer wildfremden Frau solch persönliche Dinge zu erzählen?

»Wie ist der Name deines Onkels?«

»Vreeling, Alexander Vreeling. Er war Polizeiinspektor, ist aber mittlerweile pensioniert.«

»Vreeling?« Bedächtig stützte ihre Mutter das Kinn auf die Faust. Mit gerunzelter Stirn blickte sie in die Ferne. »Vreeling …«, murmelte sie ein paarmal fast unhörbar, während sie die Augen zusammenkniff. Plötzlich wurde ihr Gesicht von einem Lächeln erhellt. Sie hob den Zeigefinger und rief triumphierend: »Seid ihr vielleicht die Vreelings, die neben der Dawson-Apotheke wohnen?« Der gestrenge Ton war auf einmal aus ihrer Stimme verschwunden. »Wo bleiben nur meine Manieren! Ich habe mich dir ja noch gar nicht vorgestellt! Mein Name ist Juliette, sehr angenehm.« Als sie Ferdinand ihre Hand hinstreckte, ging auf ihrem Gesicht die Sonne auf.

Verlegen ergriff er die ausgestreckte Hand. Während sein Blick voller Erstaunen die Augen Amalias suchte, murmelte er: »Ferdinand Vreeling. Das Vergnügen ist ganz auf meiner Seite, Mevrouw.«

Amalia wußte nicht, was sie von dem Benehmen ihrer Mutter halten sollte, doch nun, wo sie so nett zu Ferdinand war, schwand ihr Mißtrauen recht schnell. Ferdinands Augen sogen sich an den ihren fest. Ohne Vorankündigung war das seltsame Gefühl in Amalias Unterleib wieder da.

An dem Samstag nach Ferdinands Besuch stand das ganze Haus Kopf. Amalia hatte ihre Mutter schon seit langem nicht mehr mit einem so strahlenden Gesicht gesehen. Eifrig gestikulierend erteilte sie ihren Töchtern Befehle. Normalerweise wurde nur zum Jahreswechsel ein derart gründlicher Hausputz gehalten, doch nun krochen die Mädchen auf Händen und Füßen über den Fußboden, um die Ritzen zwischen den Dielenbrettern sauberzubekommen. Amalias Aufgabe war es, die Wand im guten Zimmer zu reinigen. Mit einer alten Zahnbürste erreichte sie die

Flecken, an die sie mit einer normalen Bürste nicht hingekommen wäre.

»Als ob der König höchstpersönlich zu Besuch käme«, bemerkte Dofie, das älteste und vorlauteste der Mädchen.

»Du willst wohl was auf die Ohren, was? Eines Tages wirst du mit deinem frechen Mundwerk noch mal Probleme kriegen!« Mutter schwenkte den Putzlappen in Dofies Richtung.

Als sie sicher war, daß ihre Mutter sie nicht sehen konnte, schnitt Dofie ihr ein Gesicht.

Amalias Mutter hatte mit den Kindern alle Hände voll zu tun. Ihr Vater brachte den größten Teil seiner Zeit auf seinem Stück Land am Commissarisweg zu. Dort baute er Hackfrüchte, Bananen und verschiedene Sorten Gemüse an, die ihre Mutter auf dem Markt verkaufte. Die Kinder sahen ihn nur ein paarmal im Jahr. Um zu verhindern, daß man ihm seine Ernte stahl, mußte er dort wohnen. Die Familie blieb in der Stadt, damit die Mutter den Markt in der Nähe hatte. Aus dem Maniok, den er anbaute, backte Juliette Brot, das die Kinder morgens vor der Schule an der Tür verkauften. Wenn sie am Morgen nicht genug verkauften, mußten sie nachmittags versuchen, noch etwas loszuwerden, und wer dann noch nicht genug verkauft hatte, konnte sich das Spielen aus dem Kopf schlagen.

Amalia lebte mit ihrer Mutter, fünf Schwestern und vier Brüdern auf Ma-Retraite. Zu der Zeit, als sie Ferdinand kennenlernte, wohnten alle Kinder noch zu Hause. Die Mädchen schliefen bei der Mutter im Zimmer. Die beiden ältesten teilten das Bett mit ihr, und der Rest schlief auf einer Binsenmatte auf dem Fußboden. Die Jungen übernachteten im »guten Zimmer«.

An diesem Sonntag durften sie nach der Kirche ihre Sonntagskleidung anbehalten. Die Tür zum guten Zimmer, die normalerweise immer geschlossen blieb, stand sperrangelweit offen. Amalia saß am Fenster und tat ihr möglichstes, nicht ständig nach draußen zu starren. Ihre Geduld wurde belohnt, als sie

Ferdinand in Begleitung seines Onkels und seiner Tante über die hölzerne kleine Brücke kommen sah, die über den Wassergraben vor ihrem Haus führte. Der Onkel trug, ebenso wie Ferdinand, einen weißen Anzug. Das Weiß strahlte und reflektierte die Morgensonne, daß es in den Augen schmerzte. Die Reihe der weißen Knöpfe an seinem Jackett bildete eine gerade Linie, die sich am Hals in einem hohen Stehkragen fortsetzte. Die weiße Hose wies in der Mitte eine kerzengerade Falte auf. Er trug einen flachen Hut mit breiter Krempe. Den silbernen Vogelknauf an seinem Spazierstock hielt er lose in der Hand, an der ein großer goldener Siegelring prangte. Seine schwarzen Schuhe glänzten spiegelblank, und seine buschigen Augenbrauen und der große Schnurrbart, der in Richtung seiner Ohren hochgezwirbelt war, erinnerten Amalia an ein Walroß, das sie einmal auf einem Bild gesehen hatte.

Ferdinands Tante war recht zart gebaut, und ihr zierlicher Wuchs wurde von dem zartgelben *mis' de neef* mit passendem Kopftuch noch unterstrichen. Gegen die sengende Sonne schützte sie ein Sonnenschirm aus demselben Stoff wie ihr Kleid. Über den Ohren lugten zwei Haarlocken unter dem Kopftuch hervor. Eine scharfe Habichtsnase dominierte ihr fast weißes Gesicht.

Als Mutter sie kommen sah, mußte sie sich setzen. Sie blies sich ein wenig Kühle zu. Auf ihrer Stirn hatten sich plötzlich unzählige kleine Schweißperlen gebildet. Dofie zog sie hoch und schubste sie zur Tür.

Amalia saß kerzengerade auf dem Stuhl und riß ihr Taschentuch in Fetzen. Es sauste ihr in den Ohren. Nur mit Mühe konnte sie ein aufkommendes Schwindelgefühl unterdrücken.

Inzwischen hatte die Gesellschaft das gute Zimmer betreten. Plötzlich wirkte der Raum viel kleiner, als er eigentlich war. Normalerweise wurden Gäste nicht im Haus empfangen, sondern hinten im Hof, wo im Schatten einer Pergola ein paar Holzbänke standen. Das gute Zimmer war wichtigem Besuch vorbehalten, und den Kindern war verboten, es zu betreten, außer nachts, wenn die Jungen zu Bett gingen. Sie nannten es abfällig »Mutters Porzellanladen«.

Ferdinands Onkel und Tante nahmen auf dem Sofa Platz, das für zwei Personen gerade groß genug war. Über der Rückenlehne lag ein Zierdeckchen mit Blumen am Rand und frommen Sprüchen in der Mitte, das Mutter selbst bestickt hatte.

Mutter bot Ferdinand ihren Stuhl an, aber er bedankte sich höflich und sagte, er bliebe lieber stehen. Diesmal hatte er daran gedacht, direkt beim Eintreten den Hut abzunehmen. Die Hände sittsam im Schoß gefaltet, saß Amalia auf dem verbleibenden Stuhl.

Mit einer ungeduldigen Geste schickte Mutter die anderen Kinder hinaus. »Macht euch an eure Arbeit, ihr habt hier nichts verloren. Neugierde gehört sich nicht!«

Widerwillig mit den Füßen schlurfend, verließen die Geschwister das Zimmer. Dofie konnte es nicht lassen, Amalia zuzuzwinkern.

»Dofie, bring uns Sirup!« kommandierte Mutter in Richtung Küchentür. »Amalia, willst du unseren Besuch nicht begrüßen? Hast du denn keine Manieren? Sei doch nicht so träge!«

Amalia starrte auf ihre im Schoß liegenden Hände. Seitdem die Gesellschaft hineingekommen war, hatte sie noch kein einziges Wort gesagt. Nun, als sie zum erstenmal vorsichtig aufschaute, blickte sie direkt in die freundlichen Augen von Ferdinands Onkel. Durch die Ermutigung, die sie in diesen Augen fand, brachte sie ein paar hingehauchte Worte über die Lippen. »Guten Tag, Mevrouw, Meneer«, murmelte sie, während ihr Blick Unterstützung bei Ferdinand suchte, der hinter dem Stuhl seiner Tante stand.

Die ulkige Art, in der Ferdinand die Augenbrauen hochzog, ließ sie jedoch in unbeherrschtes Gelächter ausbrechen. Sie hörte, wie ihre Mutter neben ihr tief seufzte, und warf einen verstohlenen Blick in ihre Richtung. Ihre Augen schossen Blitze auf sie ab.

Ferdinands Tante brachte die Rettung, indem sie sich freundlich an Juliette wandte: »Ferdinand hat uns erzählt, er habe ein nettes Mädchen kennengelernt. Wir fanden es passend, einmal vorbeizukommen, um die Eltern des Mädchens kennenzulernen. Und wir waren sehr neugierig auf Ihre Amalia. Ferdinand, du hast kein Wort zuviel gesagt! Ist sie nicht der reinste Blumengarten, Philip?«

Ferdinands Onkel räusperte sich, und mit gewichtiger Stimme, der man deutlich anmerkte, daß er gewohnt war, Befehle zu erteilen, sagte er zu Amalia: »Ihr habt euch erst vor kurzem kennengelernt. Laßt uns abwarten, wie es weitergeht. Wenn wir nach einer Weile sehen, daß ihr euch gut versteht, habe ich nichts dagegen, daß Ferdinand dich heiratet.« Er verrückte seinen Stuhl und zog mit einem Ruck die Bügelfalte über seinem Knie zurecht.

Danach wandte er sich an Ferdinand, wobei nun deutlich Gefühl in seiner Stimme mitschwang: »Mein Junge, nach dem Tod meiner geliebten Schwester habe ich dich als meinen Sohn in unserem Hause aufgenommen. Ich habe mich immer an das Versprechen gehalten, das ich deiner Mutter an ihrem Sterbebett gab: daß ich dafür sorgen würde, daß du ein erfolgreiches Mitglied der Gesellschaft wirst. Stets habe ich zu ihr gebetet, dir die richtige Frau zu senden. Wenn deine Mutter diese Frau als die richtige für dich betrachtet, wird nichts und niemand zwischen euch kommen können. Also sollten wir die Sache Gott überlassen.«

Dofie betrat das gute Zimmer mit einem Tablett, auf dem Gläser mit Rosensirup standen. Amalia tat ihr Bestes, den Blicken ihrer Schwester auszuweichen, weil sie die starke Befürchtung hegte, erneut einen Lachanfall zu bekommen. Vorsichtig servierte Dofie den duftenden Sirup. Amalias Kehle fühlte sich plötzlich wie ausgetrocknet an. Ungeduldig wartete sie auf ein Zeichen, endlich das süße, wohltuende Getränk genießen zu dürfen.

Ihre Mutter hatte den Sirup am Abend zuvor zubereitet. Endlos lange hatte der Topf mit Wasser und Zucker auf dem *koolpot* gekocht. Als die Flüssigkeit genügend eingedickt war, hatte sie Zitronensäure und Rosenessenz hinzugefügt. Auf dieses Rezept schwor sie, wobei ihrer Meinung nach das richtige Verhältnis zwischen Säure und Essenz sehr genau beachtet werden mußte. Die Küche hatte den ganzen Abend nach Süßigkeiten geduftet. Die Kinder mußten sich allerdings einstweilen mit Schnuppern begnügen, denn die Ingredienzen kosteten laut ihrer Mutter ein Vermögen.

Die ganze Zeit über war Juliette, beeindruckt von dem wichtigen Besuch, auf ihrem Stuhl sitzen geblieben und hatte jede Minute einmal an ihrem Kleid gezupft. Nun waren alle Augen auf sie gerichtet. Stotternd suchte sie nach Worten. Sie tat Amalia leid. Noch nie zuvor hatten sie so hohen Besuch im Haus gehabt – ein pensionierter Polizeiinspektor mit seiner Frau. Schließlich gelang es ihr, fast unhörbar hervorzubringen: »Mit Gottes Segen hoffe ich, daß alles gut wird … für Amalia …«

Amalia und Ferdinand zogen zusammen in die Hoogestraat. Nachdem sie ein paar Jahre lang erfolglos versucht hatte, schwanger zu werden – allen Hausmittelchen ihrer Mutter zum Trotz –, hatte Amalia die Hoffnung aufgegeben, jemals Kinder zu bekommen.

Doch nach zwanzig Jahren erhörte Gott dann schließlich völlig unerwartet ihre Gebete.

Nach der Geburt von Wilhelmina beschlossen sie, in eine größere Wohnung in der Timmermanstraat zu ziehen. Anfangs wollte Amalia nichts von dem Umzug wissen – schließlich lag die Timmermanstraat mitten im Hurenviertel –, doch nachdem Ferdinand ihr erzählt hatte, wie niedrig die Miete war, hatte sie ihren Widerstand rasch aufgegeben.

Tijgerkreek, 17. Mai 1914

Liebe Ama,

zuerst und vor allem möchte ich mich nach Deiner kostbaren Gesundheit und nach der unserer Tochter erkundigen. Mit Gottes Segen hoffe ich, daß es Euch gutgeht. Hoffentlich dauert es dieses Mal nicht so lange, bis ich wieder in der Stadt bin, und ich hoffe auch, daß Du diesen Brief schneller bekommst als den vorigen. Ich kann mir sehr gut vorstellen, daß Du böse warst, als Du so lange nichts von mir gehört hast. Wie ich Dir bereits früher erklärt habe, ist die Postzustellung abhängig davon, daß irgend jemand in die Stadt kommt.

Nächsten Monat hat Wilhelmina Geburtstag. Ich weiß noch nicht, ob ich dabeisein kann. Es gibt hier viel zu tun. Wir haben gestern ein neues, vielversprechendes Goldvorkommen in einem Seitenarm des Tijgerkreek entdeckt. Du wirst sicher verstehen, daß es für mich schwierig ist, meinen Arbeitsplatz zu diesem Zeitpunkt zu verlassen.

Von dem Geld, das ich Dir geschickt habe, kannst Du einen schönen Stoff kaufen und daraus ein Kleid für Wilhelmina machen lassen. Wie schnell sie wächst! Sie hat den kräftigen Körperbau Deiner Familie geerbt. Ama, paßt Du auch gut auf sie auf? Du weißt schon, was ich meine. Es ist Deine Aufgabe als Frau, für diese Dinge Sorge zu tragen. Wie Du weißt, ist sie mein Augapfel, und ich würde es nicht überleben, wenn sie uns Schande bereitete. Ich will mich nicht in Deine Belange einmischen, da es nicht meine Aufgabe ist, mich um Frauenangelegenheiten zu kümmern. Aber ich denke, Du weißt schon, was ich meine. Wenn Du Geld brauchen solltest, weißt Du, daß Du Dich an das Büro in der Stadt wenden kannst.

In Deinem letzten Brief fragtest Du mich, ob es stimmt, daß manche Goldgräber sich ihre Zigarren mit Hundert-Dollar-Scheinen anzünden. Ich habe dies hier noch nicht beobachtet, aber ich weiß, daß manche von ihnen solche Dinge tun, um an-

deren zu imponieren, wenn sie in der Stadt sind. Wahrscheinlich hätten sie es nie für möglich gehalten, jemals so viel Geld zu verdienen. Es sind Leute ohne Verantwortungsbewußtsein.

Vor kurzem wurde einer meiner Kollegen plötzlich ernsthaft krank. Auf dem Transport nach Paramaribo ist er gestorben. Sie mußten ihn im Urwald begraben. Als ich dies hörte, tat mir seine Familie unendlich leid. Er arbeitete noch nicht lange bei uns. Ich hörte, daß er gerade erst aus Curaçao gekommen war, wo er von Shell entlassen wurde. Er war einfach nicht für diese schwere Arbeit geeignet. Die Arbeit hier ist wirklich sehr schwer, und die Mücken sind die reinste Plage.

Ich schlucke brav das Chinin, das Du mir mitgegeben hast, und ich begrüße jeden Tag mit einem Becher Bita-Tee. Wenn er mein Blut so bitter macht, wie er schmeckt, habe ich von den Mücken nichts zu befürchten.

Ama, sehnst Du Dich genauso sehr nach mir wie ich mich nach Dir? Die Nebenwirkungen des Bita-Tees machen es nicht gerade einfacher. Schatz, wenn ich zurück in der Stadt bin, liefere ich Dir den Beweis. Lebe wohl mit Gottes Segen, und paß gut auf unsere kleine Wilhelmina auf.

Dein Dich liebender Ferdi

Ins Leere starrend, faltete Amalia den Brief zusammen und steckte ihn in ihr Dekolleté. Sie genoß diesen Moment, wenn der Tag langsam dem Abend wich. Die Sonne stand bereits ein gutes Stück tiefer, und die sengende Hitze war gebrochen. Der Widerschein der untergehenden Sonne hatte den Horizont orange gefärbt. Die Zikaden in den Sträuchern und die Frösche im Wassergraben, der das Grundstück von der Straße trennte, sangen inbrünstig ihre Serenaden. Der Lärm, mit dem sie ihr Erwachen feierten, schallte durch die gesamte Nachbarschaft. Auf der Straße spielten Kinder, die mit ihren bloßen Füßen den trockenen Sand aufwühlten. Ihre fröhlichen Stimmen konkurrierten eifrig mit dem Gesang der Insekten und Frösche.

Ein Gefühl der Glückseligkeit durchströmte Amalia, hier auf der Holzbank vor ihrem kleinen Haus in der Timmermanstraat. Einen besseren Ehemann als Ferdinand hätte sie sich nicht wünschen können.

»Kommt ihr jetzt rein! Diese verfluchten Kinder, also wirklich! Wenn ihr nicht sofort reinkommt, ziehe ich euch die Haut ab! Wo ist die Peitsche?!« Das Gekeife der Nachbarin riß Amalia jäh aus ihren süßen Träumereien. Auf der anderen Straßenseite erblickte sie den Anlaß für die von der Nachbarin verursachte Aufregung. Dort spazierte eine Gruppe Prostituierter unterschiedlichen Alters und verschiedener Hautfarbe, die sich angeregt unterhielten. Ebenso wie die meisten anderen Nachbarn fand Amalia, daß die Frauen ein schlechtes Vorbild für die Kinder waren. Wenn sie vorbeikamen, rief auch sie ihr Kind hinein. Als die Parade näher kam, schallte ihr Gelächter bis hinüber zur Bank, auf der Amalia saß. Die Damen waren nach europäischer Mode gekleidet. Ihre engen Kleider, häufig aus Spitze, gaben schamlos die Geheimnisse ihrer Körper preis. Die Röcke der Kleider reichten ihnen beinahe bis zu den Schuhen, und die Spitzenhüte mit breiter Krempe verliehen ihnen einen Hauch von Vornehmheit. Manche trugen einen Schleier vor dem Gesicht. An ihren behandschuhten Händen baumelten zierliche Beutelchen. Amalia betrachtete ihre geschminkten Gesichter voller Abscheu. Make-up war nichts für anständige Frauen.

Matrosen-Beth promenierte stolz in ihrer Mitte. Sie war eine der bekanntesten *motyos* der ganzen Stadt. Die Feste, die sie bei sich zu Hause für die Seeleute veranstaltete, waren laut der *mofo koranti*, dem allgemeinen Tratsch, bis weit über die Landesgrenzen hinaus berühmt. Sie verdiente so viel Geld, daß das Haus, in dem sie wohnte, ihr Eigentum war. Amalia wußte nicht, ob sie diesen Geschichten Glauben schenken sollte. Sie und ihr Mann arbeiteten beide und konnten sich nur ein Mietshaus leisten. Und eine so große Schönheit war Beth nun auch wieder nicht.

Nun bog Blaka Nene auf ihrem Fahrrad von der Prinsenstraat in die Timmermanstraat ein. Die ganze Stadt zerriß sich das Maul über sie. Wenn sie vorbeiradelte, rannten oft sämtliche Anwohner auf die Straße. Einige lachten sie wegen ihrer ungewöhnlichen Erscheinung aus, andere waren voller Bewunderung für ihren Mut und ihren vermeintlichen Reichtum. Ihren Beinamen verdankte Blaka Nene ihrer dunklen Hautfarbe: Der Teint ihres Gesichts hatte den Glanz von poliertem braunen Tropenholz. Die kerzengerade Haltung, mit der sie auf ihrem Fahrrad saß, verlieh ihr etwas von einer Königin. Ihren großen, auffälligen Hut hatte Blaka Nene mit einer Schleife unter dem Kinn festgebunden, und um sich das Fahrradfahren zu erleichtern, hatte sie den Rock geschürzt, so daß ihre Knöchel schamlos den Blicken neugieriger Passanten preisgegeben waren. Auf den Pedalen glänzten ihre mit falschen Perlen abgesetzten Schuhe – ihre Arbeit als *motyo* hatte ihr offensichtlich allerhand eingebracht. Das Vorderrad hinterließ eine tiefe Spur in der unbefestigten Straße.

Als sie an ihren Kolleginnen vorbeifuhr, entspannte sie sich für einen Moment und winkte fröhlich in deren Richtung. Lautstark beantworteten die Frauen ihren Gruß.

Amalia ärgerte sich über ihr provozierendes Verhalten. Über die Art und Weise, wie sie ihr Geld verdienten, mochte sie dagegen kein Urteil fällen – das überließ sie Gott.

An jenem Morgen war die MS Renzelaer in den Hafen eingelaufen. Einige Matrosen hatten sich schon in der Gegend sehen lassen. Die Frauen waren auf dem Weg zur Promenade an der Waterkant und zu den Bars in der Watermolen- und der Saramaccastraat.

Plötzlich bemerkte Amalia aus den Augenwinkeln heraus eine Bewegung am Fenster. Wilhelmina hatte die Gardine beiseite geschoben und betrachtete, die Ellenbogen auf dem Fensterbrett und das Gesicht in den Händen, voller Bewunderung die Gruppe Frauen.

»Mädchen, mach, daß du vom Fenster wegkommst! Wie oft habe ich dir schon gesagt, du sollst vom Fenster weggehen, wenn die *motyos* vorbeikommen?!«

»Aber Mama, ich mache doch gar nichts, ich schaue doch nur! Sie belästigen doch niemanden. Guck dir nur mal den Hut von Matrosen-Beth an!« Wilhelminas Stimme verriet ihre Begeisterung.

»Wilhelmina, Mädchen, jetzt hör mir mal gut zu: Das ist absolut nicht unsere Welt, also laß gefälligst die Finger davon! Du hast wohl schon zu lange nicht mehr die Kirschzweige auf der Haut gespürt? Marsch, weg jetzt da!«

Mit einem lauten *tjoerie* löste sich Wilhelmina vom Fenster. Amalia spürte, wie ihr angesichts solcher Frechheit das Blut zu Kopfe stieg. Wie sollte sie ihrer Tochter nur klarmachen, daß *motyos* kein geeignetes Vorbild für heranwachsende Kinder waren? Vielleicht war es wieder einmal an der Zeit, sie gründlich zu versohlen.

Sie fand es immer schwieriger, allein die Verantwortung für Wilhelminas Erziehung zu übernehmen, vor allem jetzt, wo sie allmählich ins Backfischalter kam. Für ihre zwölf Jahre war sie ziemlich hochgewachsen. Sie hatte einen eckigen Körperbau, besaß aber eine gewisse Grazie, die man von einem Kind mit ihrer Statur nicht erwartet hätte. Ihre Haut war mahagonifarben, und sie hatte das schöne Haar ihres Vaters geerbt. Die Haare wuchsen in einem so dichten Busch, daß es Amalia viel Mühe kostete, mit dem Kamm durchzukommen. Wilhelminas schwarze Augen blickten keck in die Welt. Sie war immer fröhlich und gut gelaunt. Ihre Fröhlichkeit wirkte außergewöhnlich ansteckend. Sie griff stets auf die Menschen in ihrer Umgebung über. Ihre Brüste waren für ihr Alter schon gut entwickelt. Im Gegensatz zu anderen gleichaltrigen Mädchen versuchte Wilhelmina jedoch nicht, sie ängstlich zu verbergen, sondern zeigte, daß sie stolz war auf diesen Beweis ihrer Weiblichkeit. Sie hielt den Rücken gerade, so daß sich ihr Kleid um ihre neue Errungenschaft spannte.

Amalia konnte sagen, was sie wollte: Bei Wilhelmina ging es zum einen Ohr hinein und zum anderen wieder hinaus. Wenn es Amalia zu bunt wurde, schnitt sie einen Zweig vom Kirschbaum, und Wilhelmina bekam eine ordentliche *pans boko*, wobei Amalia allerdings darauf achtete, nur ihren Po und ihre Beine zu treffen. Nach einer solchen Tracht Prügel war Wilhelmina dann für eine Weile wieder die gehorsame Tochter, die Amalia sich wünschte und die ohne Murren ihre Aufgaben im Haushalt erfüllte.

Einmal war Ferdinand entsetzlich wütend auf Wilhelmina gewesen. Amalia hatte ihm erzählt, daß seine Tochter die goldene Halskette, die er ihr gekauft hatte, dem alten Ehepaar geschenkt hatte, das ihnen gegenüber wohnte. Als er sie nach dem Grund für ihr Handeln fragte, hatte sie seelenruhig geantwortet, daß die Kette nützlicher sei, wenn ihre Nachbarn sich dafür etwas zu essen kauften, als wenn sie damit herumstolziere. Dies war das erste und einzige Mal, daß sie von ihrem Vater eine Tracht Prügel erhalten hatte.

Wilhelmina trieb ihre Mutter zum Wahnsinn mit ihrem Drang nach Wohltätigkeit, da dies häufig zu Lasten ihres Portemonnaies ging. So schreckte Wilhelmina nicht davor zurück, Sachen aus dem Haushalt an andere Leute zu verschenken. Amalia hatte es sich deshalb zur Gewohnheit gemacht, die Taschen ihrer Tochter zu kontrollieren, bevor sie spielen ging.

Sie pries sich glücklich, daß Ferdinand gut verdiente, obwohl die Arbeit im Landesinneren hart war und es ihnen nicht leicht fiel, so oft und so lange voneinander getrennt zu sein. Aber das nahmen sie gerne in Kauf. Wilhelmina war ihnen das Allerwichtigste.

Ferdinand träumte davon, eines Tages das kleine Haus, in dem sie wohnten, und das dazugehörige Grundstück sein eigen zu nennen. Die beiden anderen Häuser, die auf der Parzelle standen, würden genug Miete einbringen, so daß sie finanziell etwas Bewegungsfreiheit hätten. Er schmiedete sogar Pläne, das Grundstück neben dem ihren zu kaufen, und außerdem hatte er ein Objekt in der Saramaccastraat im Auge. Jeden Monat deponierte er einen Teil seines Einkommens auf einem Sparkonto bei der Bank. Amalia war froh, daß er anders war als die meisten Goldgräber, die ihr Geld zum Fenster hinauswarfen und es hauptsächlich für Alkohol und Frauen ausgaben. Wenn sie auf Urlaub in der Stadt waren, schmissen sie derart damit um sich, daß manche von ihnen an einem Wochenende ihren gesamten Monatsverdienst verjubelten. Sie dankte Gott täglich in ihren Gebeten, daß er ihr einen Ehemann wie Ferdinand geschenkt hatte. Sie sehnte sich nach dem Tag, an dem sie genug gespart hätten und Ferdinand seine Pläne in die Tat umsetzen könnte.

»Frau, dann bin ich Hausbesitzer, und wir können von der Miete leben. Weißt du, was das bedeutet?«

Das hatte er sie schon oft gefragt, aber Amalia spielte das Spiel mit und antwortete, daß sie es nicht wisse.

»Nein? Weißt du wirklich nicht, was das bedeutet?«

Amalia schüttelte den Kopf.

»Dann kann ich in der Stadt bleiben und jeden Monat das Geld von den Mietern einkassieren!« rief er dann enthusiastisch, hob sie hoch und schwenkte sie schwungvoll im Kreis herum, wobei der Stoff ihres knitterfrei gestärkten *koto* einen rauschenden Luftstrom verursachte.

»Laß mich runter! *Mi Gado!* Gleich läßt du mich noch fallen!«

Der Gedanke, daß Ferdinand auf Dauer in der Stadt bliebe und ihr bei der Erziehung von Wilhelmina beistehen könne, klang ihr wie Musik in den Ohren. Es wurde wirklich Zeit, daß er öfter zu Hause war. Wilhelmina war schon fast so groß wie sie – es fehlte nur noch wenig, und sie würde ihr über den Kopf wachsen. Was für ein Glück, daß sie auf Meneer Nelis zählen konnte, wenn sie bei der Erziehung Wilhelminas eine männliche Hand brauchte …

Nelis

»He, Willemientje! Bei mir in der Küche steht eine Tüte mit Apfelsinen. Würdest du für ein paar wunderbare, saftige Orangen vielleicht das Haus für mich ausfegen?« Um den Geschmack der Apfelsinen extra zu betonen, schnalzte er laut mit der Zunge. Wilhelmina, die allein in dem kleinen Stück Hof zwischen seinem Haus und dem Haus der alten Mapauw spielte, unterbrach sofort ihr Gehüpfe. Das langgestreckte Grundstück lag eingebettet zwischen der Timmerman- und der Saramaccastraat. Durch die abrupte Unterbrechung landete ihr Fuß ganz gegen die Spielregeln auf einer der Linien, die sie im Sand gezogen hatte. Ihre Lippen kräuselten sich zu einem schelmischen Lächeln. »Für ein paar Apfelsinen? Na klar doch!« antwortete sie ohne Zögern. »Als ich Sie heute mittag die Tüte schleppen sah, habe ich mich schon gefragt, was da wohl drin sein könnte.« »Kleine Lügnerin, du willst mich wohl auf den Arm nehmen? Natürlich hast du gewußt, was in der Tüte ist! Kein Wunder, daß du hier so zufällig allein Hüpfekästchen spielst, du ausgekochtes *monki monki*! Ich bin schlauer, als du denkst.« Nelis war gerade von seinem Mittagsschlaf erwacht und wollte sich im Badezimmer hinter dem Haus waschen. Mit einer spielerischen Bewegung schlenkerte er das Handtuch in Wilhelminas Richtung. Behende sprang sie beiseite und wich dem Schlag aus, der ziellos in der Luft hängenblieb. »*Mi mis yu!*«
Herausfordernd schaute ihn das Nachbarmädchen an. Ihre großen, fröhlichen Augen strahlten, während ihr junger Körper wie eine straff gespannte Liane darauf wartete, dem nächsten Schlag auszuweichen.

»Du solltest dich schämen, einen erwachsenen Mann so zu ärgern! Wenn du nicht gleich damit aufhörst, kannst du dir die Apfelsinen aus dem Kopf schlagen!« Es gelang ihm nicht, seine Stimme böse klingen zu lassen.

Wilhelmina preßte die Lippen fest aufeinander. Sie versuchte, nicht zu lachen. Ihre Finger spielten an den Knöpfen ihres Kleides herum. »Wo finde ich denn den Besen, Oom Nelis?«

»Da, wo du ihn auch das letzte Mal gefunden hast. Nimm ruhig den kleinen, der große ist nur für Erwachsene.« Im Vorbeigehen zog er spielerisch an einem ihrer fünf dicken geflochtenen Zöpfe.

Wie in einem verschwommenen Film tauchte plötzlich das Gesicht seiner jüngsten Tochter vor ihm auf. Der nagende Schmerz in seinem Brustkasten schwoll langsam an. Als er sie zum letzten Mal gesehen hatte, war sie genau so alt gewesen wie Willemientje.

Das war drei Jahre her. Ohne ein Wort zu sagen und vollkommen unerwartet, hatte seine Frau ihn verlassen und die Kinder mitgenommen. Sie hatte sich noch nicht einmal die Mühe gemacht, ihm ein Foto von den Kindern dazulassen.

Nach langem Suchen hatte er dieses Haus in der Timmermanstraat gefunden, eine armselige kleine Zweizimmerbude, die auf *neuten* stand, mit einer Eingangstür und zwei schief in den Angeln hängenden Fenstern. Im großen Haus auf der anderen Straßenseite wohnten Vrouw Amalia, Meneer Ferdinand und ihre damals zehn Jahre alte Tochter Wilhelmina. Die Anwesenheit Wilhelminas hatte ihm den Verlust seiner eigenen Kinder einigermaßen erträglich gemacht.

Vergeblich ermahnte ihn Vrouw Amalia, Wilhelmina nicht zu sehr zu verwöhnen. Immer wieder brachte er ihr Geschenke oder Leckereien mit. Doch Vrouw Amalia ließ es ihm durchgehen, weil sie ihrerseits immer auf ihn zählen konnte, wenn Ferdinand nicht da war.

Sein Elend hatte an dem Tag begonnen, als er nach langem Zögern eine Einladung zu einem geheimen Treffen mit einigen Kollegen aus dem Polizeikorps angenommen hatte.

»Wenn du nicht mitmachst, kann es dir passieren, daß du es dein Leben lang bereuen wirst«, war die Antwort, die er auf seine Frage nach dem Zweck des Treffens in verschwörerischem Ton zu hören bekommen hatte.

An jenem Abend begleitete er seinen Kollegen zu einer geheimen Adresse am *Ondrobon* in der Dokter-Sophie-Redmond-straat. Als sie zum Tor hineingingen, wurde Nelis bewußt, daß dort Polizeiinspektor Frans Killinger wohnte.

In jener Nacht konnte er vor Aufregung und Angst nicht einschlafen. »Was wühlst du denn so unruhig herum?« Gereizt drehte sich seine Frau zum wiederholten Male um.

Nelis hatte lediglich etwas Unverständliches gemurmelt. Trotz der beklemmenden Umarmung der heißen Nacht zitterte er vor Kälte. Noch nicht einmal die Wärme, die seine Frau ausstrahlte, konnte die Kälte vertreiben, die von seinem Inneren Besitz ergriffen hatte. Bei dem, was an jenem Abend besprochen worden war, handelte es sich um nichts Geringeres als eine Verschwörung gegen die Regierung. Darauf stand die Todesstrafe. Bittersüß riechender Angstschweiß drang ihm bei dem Gedanken an ein so unwiderrufliches Urteil aus allen Poren.

»Wir werden die Kolonialverwaltung stürzen und einen unabhängigen Staat errichten!« hallten die feurigen Worte Killingers in seinen Ohren. »Es wird Zeit, daß die Verantwortung für das eigene Land auf diejenigen übergeht, denen sie zusteht. Damit sie die Früchte ernten mögen, die dieser Boden hervorbringt. Wehe denen, die auf der anderen Seite des Ozeans auf Kosten unserer schwarzen Bevölkerung in Wohlstand leben! Auf uns ruht die Aufgabe, dafür zu sorgen, daß die Führung dieses Landes in die Hände der wahren Söhne dieses Landes gelangt. Und daß eines klar ist: Um unser Ziel zu erreichen, werden wir alle uns zur Verfügung stehenden Mittel einsetzen.«

Seine Worte hatten Nelis tief beeindruckt. Alle Anwesenden waren von der Rede des Ungarn mitgerissen worden. Zusammengepfercht in dem viel zu kleinen, beengten Empfangssaal, hatten sie seine Worte wie einen Becher *markusa*-Sirup getrunken. Der dichte Schnurrbart des Inspektors, zu beiden Seiten hochgezwirbelt, hatte seinen Worten noch mehr Nachdruck verliehen. Mit seinen stechenden, blaugrünen Augen, die direkt durch einen hindurchblickten, hatte er die Versammlung in seinen Bann geschlagen. Allen Zuhörern wurden gute Positionen in Aussicht gestellt, wenn der Plan gelänge. Dies war das erste Mal, daß sich Nelis auf Politik einließ. Es war auch das erste Mal, daß er einen Weißen getroffen hatte, der sich für die einfachen Leute einzusetzen schien. Bis dahin hatte er nur mit ihnen zu tun gehabt, wenn sie ihm irgendwelche Kommandos zublafften.

Plötzlich richtete sich seine Frau neben ihm auf. »*Mi Gado!* Nelis, was ist denn nur los? Du schwitzt ja wie ein Otter! So warm ist es doch nun auch wieder nicht. Du bist ja klatschnaß!«

Auf der Seite liegend, den Rücken zu ihr gekehrt, spürte er auf einmal, wie sich sein Mageninhalt strudelnd einen Weg nach oben suchte. Mit den Händen vor dem Mund schoß er wie von der Tarantel gestochen hoch, und noch bevor er neben dem Bett stand, spritzte der Inhalt seines Magens durchs Zimmer.

Den Kopf auf die Hände gestützt, saß er auf dem Bettrand. Zu seiner Erleichterung war der Druck auf seiner Brust nun verschwunden. Doch das Gefühl der Kälte blieb.

»Bestimmt hast du heute abend wieder mal zuviel gesoffen, *no*? Du weißt doch, daß du keine harten Sachen verträgst! Was für ein Glück, daß die Kinder das nicht mitkriegen! Ein schönes Vorbild bist du, und das für einen Polizisten!« Trotz ihrer Wut hatte auch Besorgnis in ihrer Stimme mitgeschwungen. Natürlich wollte er ein gutes Vorbild für seine Kinder sein. Mit diesem Gedanken im Hinterkopf schwor er sich, nie wieder zu einem solchen Treffen zu gehen.

Einige Wochen nach diesem Vorfall wurde er während der Arbeit verhaftet. Bei der Ankunft im Lont'oso, dem rund gebauten Polizeihauptquartier, wurden ihm sofort Handschellen angelegt, und er wanderte ohne Angabe von Gründen in eine Zelle. Zuerst dachte er noch, es handle sich um einen Kollegenscherz. Aber als er seine Zellengenossen sah, rutschte ihm das Herz in die Hose: Es waren ausnahmslos Männer, die bei der Zusammenkunft am Ondrobon dabeigewesen waren – nur Killinger fehlte. Irgend jemand hatte die Kontrolle über seine Gedärme verloren, und der Gestank in dem kleinen Raum, der normalerweise für fünf Personen gedacht war und in dem sie nun zu zwölft saßen, war kaum auszuhalten.

Die Tage vor seiner Verurteilung zogen wie in einem Traum an ihm vorbei. Frau und Kinder hatte er seit dem Tag seiner Verhaftung nicht mehr gesehen. Von seiner Mutter erhielt er die Nachricht, daß seine Frau ihn verlassen würde.
Am Tag der Verhandlung war es draußen auf der Straße schwarz vor Menschen. Die meisten riefen Parolen zur Unterstützung der Angeklagten. Der Richter verurteilte ihn zu einer Gefängnisstrafe von zwei Jahren und der unehrenvollen Entlassung aus dem Polizeidienst. Ihm wurde zur Last gelegt, an einer illegalen Versammlung teilgenommen und belastendes Material zurückgehalten zu haben. Dem Richter zufolge konnte er von Glück sagen, daß er nur eine Versammlung besucht hatte. Seine Mitgefangenen bekamen wesentlich härtere Strafen – manche sogar lebenslänglich. Killinger wurde zum Tode verurteilt, ein Urteil, das später in Verbannung aus der Kolonie abgemildert wurde.
Während der Verhandlung kam Nelis dahinter, daß das Komplott deshalb ans Licht gekommen war, weil der Schmied, der die Waffen besorgen sollte, ein schlechtes Gewissen bekommen und bei der Beichte alles dem Pastor erzählt hatte. Auf dessen Anraten war er dann mit seiner Geschichte zur Polizei gegangen.

Frisch gewaschen betrat Nelis seine Wohnung. Der scharfe Geruch von Lifebuoy-Seife umgab ihn wie eine Aura. Im Gehen rubbelte er sich mit dem Handtuch die Haare trocken. Die Eimer Wasser, die er sich über den Kopf geschüttet hatte, waren angenehm erfrischend gewesen.

Der Anblick der knienden Wilhelmina traf ihn wie ein Schlag in die Magengrube. Das Bild war so überwältigend, daß er an einem Türpfosten Halt suchen mußte. Sie hatte den Saum ihres Rocks in die Kniekehlen gestopft. Der Stoff umspannte straff ihren Po, und die dünne Baumwolle enthüllte ihre weiblichen Rundungen auf fast schamlose Weise. Durch die Kehrbewegungen krümmte und entspannte sich ihr Rücken so geschmeidig wie ein biegsamer Grashalm. Die Füße hatte sie unter dem Po gekreuzt. Sie erschien ihm fast wie eine *watra m'ma*, eine Nixe, die am Ufer eines Flusses ihre Toilette macht.

Nervös wischte Nelis den Schweißtropfen, den er auf seiner Stirn spürte, mit dem Handtuch weg. Obwohl er wußte, daß er nicht deswegen schwitzte, verfluchte er die Hitze. Der Drang, im Zimmer zu bleiben, war stärker als die Stimme seiner Vernunft, die ihm sagte, es sei besser, auf der Stelle kehrtzumachen. Ein letzter Eimer kaltes Wasser würde ihn wieder zu Verstand bringen. Er ekelte sich vor sich selbst, ekelte sich vor den Gedanken, die in ihm aufkamen. Er kannte Wilhelmina jetzt schon so lange, aber zum erstenmal brachte ihn ihre Anwesenheit so aus der Fassung.

Nur weg von hier! Schließlich war sie ein Kind von kaum dreizehn Jahren! Zwar recht gut entwickelt, ja, aber sie war und blieb ein Kind.

Wieder tauchte das Gesicht seiner Tochter vor ihm auf, und plötzlich hatte er tiefes Mitleid mit sich selbst. War er denn nicht schon genug gestraft gewesen, hatte man ihm denn zu allem Überfluß auch noch die Kinder wegnehmen müssen? Seine Finger krümmten sich fester um den Türpfosten. Mutlos lehnte er den Kopf gegen das verwitterte Holz. Es knackte.

Als ob sie sich bei irgend etwas ertappt fühlte, drehte Wilhelmina sich abrupt um. »Meine Güte, haben Sie mich erschreckt! Ich habe Sie gar nicht hereinkommen hören!«

Vergeblich versuchte Nelis, den Kloß, der ihm fast die Kehle zudrückte, herunterzuschlucken. Er konnte seine Augen nicht von ihrem Busen abwenden, der dem Rhythmus ihres Atems folgte. Von Scham übermannt, ließ er das Handtuch vor seinen Schritt sinken. Ihre jungen, knospenden Brüste wölbten sich stolz nach vorn, die Brustwarzen zeichneten sich ungeniert unter dem Stoff ihres karierten Kleides ab. Nelis spürte Dinge, die er seit dem Weggang seiner Frau nicht mehr gefühlt hatte.

»Geht es Ihnen nicht gut, Oom Nelis? Sie sehen ja ganz blaß aus. Und Ihr Unterhemd ist ganz naß!«

Ihre Stimme, die von weit her zu ihm drang, brachte ihn wieder zurück in die Realität. Wilhelmina saß auf ihren Fersen auf dem Holzfußboden und schaute ihn mit einem fragenden Blick in den Augen und vor Verwunderung leicht geöffnetem Mund an. Die beiden Reihen schneeweißer Zähne mit der rosa Zunge dazwischen fachten seine Lust erneut an.

»Nein, nein«, sagte er hastig, »es ist alles in Ordnung. Ist dir auch so warm? Ich könnte schon wieder ein Bad nehmen. Ich schwitze mich noch kaputt!« Die Worte kamen als heiseres Flüstern aus seinem Mund. Die Haare auf seiner Haut hatten sich aufgerichtet. Ein Prickeln lief ihm über den ganzen Körper. Der bittersüße Schweißgeruch, der ihn immer umgab, wenn er nervös war, stieg ihm in die Nase. Indem er langsam Luft über seine Lippen blies, versuchte er, sich unter Kontrolle zu bringen.

»Nimm dir ein paar Apfelsinen aus der Tüte und geh nach Hause.« Er erkannte seine eigene Stimme kaum wieder.

»Aber Oom Nelis, ich bin doch noch gar nicht fertig mit Kehren! Ich muß den Fußboden bei der Anrichte noch saubermachen. Ich will mir die Apfelsinen schon verdienen.«

Ohne ihr zu widersprechen, sank Nelis auf einen Stuhl am Küchentisch. Unter halb geschlossenen Lidern hervor, verlor er sie keinen Moment aus den Augen. Der Drang, seinen Kopf zwischen diese *sukru manya's* zu betten, wurde immer stärker. Er würde seinen Atem vorsichtig über ihre Brustwarzen hauchen und zusehen, wie sie langsam hart wurden. Danach würde er sie sanft kneten, bis sie aufrecht standen. Wie an einer *bobi manya* würde er daran saugen. Wenn sie es zuließe, würde er lieb zu ihr sein, auch wenn es nur ganz kurz wäre, sie an sich drücken, als wäre sie seine eigene Tochter.

Er beobachtete sie geduldig aus den Augenwinkeln, wie eine Spinne, die ihre Beute belauert.

Auf den Knien bewegte sie sich auf die Eingangstür zu, den schmutzigen Sand vor sich her fegend.

Nelis nahm eine Orange aus der Tüte. Mit einem Messer schnitt er sie in Viertel. Der Saft rann seine Finger hinunter. Langsam führte er die Finger zum Mund und leckte die Flüssigkeit ab. Der Gedanke an ihre Lippen ließ ein kräftiges Beben durch seinen Körper gehen, das er bis in die Leisten spürte. Es gab keinen Weg zurück. Er mußte lieb zu ihr sein, nur ganz kurz. In zwei Schritten war er an der Tür. Mit einem dumpfen Schlag zog er sie ins Schloß.

Wilhelmina lag schluchzend auf dem Fußboden, die Knie an die Brust gezogen. Nelis versuchte, sie zu beruhigen. Mit der freien Hand strich er ihr durchs Haar. Die andere hielt er ihr noch immer auf den Mund. Die Tränen tropften von seinem Kinn hinunter und landeten auf ihrem tränennassen Gesicht.

Sie hatte sich gewehrt wie ein Puma. Ihm war schwarz vor Augen geworden. Es war ein ungleicher Kampf. Das hatte er nicht gewollt. Ehe er sich dessen bewußt wurde, war er weitergegangen. Das Bild seiner Tochter wechselte sich in raschem Tempo mit den aufgerissenen Augen Wilhelminas ab, in denen abwechselnd Schmerz und Überraschung zu lesen stand. Und trotzdem war er in sie eingedrungen.

»Weine nicht, ich wollte dir doch nicht weh tun.« Er konnte nur ein heiseres Flüstern hervorbringen. Seine Kehle fühlte sich an wie Schmirgelpapier.

Er wagte nicht, die Hand von ihrem Mund zu nehmen. So konnte sie nichts sagen. Doch ihre blutverschmierten Oberschenkel waren der abscheuliche Beweis …

Mit immer größerer Geschwindigkeit drehte sich der Raum um ihn herum. Er war verzweifelt. Er legte seine Stirn an die von Willemientje und brach mit unkontrolliertem Zucken in Schluchzen aus. Was nun? Was sollte er tun? Was sollte jetzt aus ihm werden?

Er hatte geglaubt, in der Timmermanstraat endlich Ruhe zu finden. Vrouw Amalia, Meneer Ferdinand und die kleine Wilhelmina waren seine Familie geworden – und an einem verfluchten Nachmittag hatte er alles in Scherben geschlagen! Wenn das, was sich hier abgespielt hatte, bekannt würde, würde er für lange Zeit im Gefängnis landen. Dann konnte er die Hoffnung, seine Kinder je wiederzusehen, ganz gewiß begraben. Er mußte verhindern, daß Wilhelmina redete; koste es, was es wolle.

»Denk daran: Wenn du hierüber mit irgend jemandem sprichst, sage ich, daß du es selbst so gewollt hast. Und wem, denkst du wohl, wird man eher glauben: einem Erwachsenen oder einem Kind? Wie willst du erklären, was du in meinem Haus zu suchen hattest? Wenn deine Mutter es erfährt, wird dir Hören und Sehen vergehen! Du kannst darauf wetten, daß sie die Kirschenzweigpeitsche auf dir kaputtschlagen wird! Und danach schickt sie dich in die Besserungsanstalt!« Wo war nur sein Mitleid geblieben? Zu seinem Selbstschutz war alles erlaubt. »Schreib dir das hinter die Ohren. Wenn du versprichst, nichts zu verraten, mußt du nicken – dann nehme ich die Hand von deinem Mund. Wenn nicht, gehe ich zu deiner Mutter und erzähle ihr, was du getan hast!« Er hoffte, daß sie davor am meisten Angst hatte. Es war ein riskantes Spiel, aber was hätte er anderes tun sollen, um seine Haut zu retten?

Wilhelmina hatte aufgehört zu schluchzen; ihr Gesicht war zu einer schmerzhaften Grimasse verzogen. Der kalte Ekel in ihren Augen vergrößerte noch sein Unbehagen. Dieser Blick paßte so gar nicht zu ihrer Jugend und ihrer fröhlichen Art. Zu seiner Erleichterung nickte sie langsam. Sie hielt die Augen ununterbrochen auf ihn gerichtet.

Als Nelis vorsichtig die Hand von ihrem Mund nahm, traf ihn ein kalter, stahlharter Blick. Ihm lief ein Schauder über den Rükken. Ihre Augen hatten Ähnlichkeit mit denen eines Raubtiers, das sich überlegt, zu welcher Taktik es übergehen soll, um seine Beute zu fassen. Angst legte sich um sein Herz.

Wie betäubt zog Wilhelmina ihren Schlüpfer hoch. Das Blut, das an ihren mageren Schenkeln klebte, beschmierte den Stoff. Mühsam richtete sie sich auf, das Gesicht schmerzverzerrt. Automatisch streckte Nelis die Hand aus, um ihr aufzuhelfen, doch die Mauer, die sie um sich herum errichtet hatte, ließ ihn seine Hand verlegen wieder zurückziehen.

Voller Scham verbarg er das Gesicht in den Händen. Zwischen den Fingern und einem Nebel von Tränen hindurch sah er, wie Wilhelmina sich zur Tür schleppte.

Amalia

Waterkant 1920

Zum soundsovielten Mal hatte sie die Stoffauslage auf ihrem Stand ordentlich arrangiert. Erst nach Farbe, dann nach Muster, dann einfach so, wie sie kamen – sogar nach Qualität hatte sie sie sortiert: den Suzanna-Organza in verschiedenen Farben und Mustern, den Satinet-, Samson- und Herkulesdrill, die verschiedenen Sorten *anitri-strepi*, Popeline, *sephire*, die glatten Baumwollstoffe in verschiedenen Farben, *modo blauw*, roten und blauen *pina ede*, *sarpusu*, eine Auswahl an Umschlagtüchern und allerlei Spitzen, die sie von Kanti Mesyu bezog, sowie die Kopftücher, die sie bei Lew Plew kaufte.

Nachdem sie ihr Sortiment wieder einmal umarrangiert hatte, saß sie da und blickte gelangweilt vor sich hin. Die Verkäufer waren beinahe die einzigen in der Stoffabteilung. Die langen Holztische mit der ausgestellten Ware sahen aufgeräumt aus. Zum größten Teil waren es kreolische Frauen mittleren Alters, die hier ihre Ware anboten. Die meisten waren in angeregte Gespräche verwickelt. Auf der anderen Seite des Marktes, wo Gemüse und Lebensmittel verkauft wurden, war etwas mehr los. Amalia zog einen Stofflappen unter der Theke hervor. Mit weit ausholenden Bewegungen setzte sie ihre Stickarbeit an der Stelle fort, wo sie am Vorabend aufgehört hatte. Es war ein kompliziertes Pfauenschwanzmuster.

»Jesus, Amalia, das ist aber ein schönes Muster, das du da stickst!« Trude lehnte an Amalias Stand. Ihr enormer Busen wies einige Beulen auf. Trude hatte die Angewohnheit, ihr Geld in mehreren zugeknoteten Taschentüchern in ihrem BH aufzubewahren. Sie trug ein *feda*, dessen Enden sie hochgebunden hatte, und ließ einen *alanyatiki* von einem Mundwinkel in den anderen wandern. »Pff, was ist es heiß! Ich vergehe vor Hitze!« Demonstrativ wischte sie sich mit ihrem roten, bäuerlich gemusterten Taschentuch die Schweißtropfen von der Stirn. Sie pustete auf ihren Busen, um etwas Abkühlung von der Hitze zu finden, die sich unter dem niedrigen Dach staute.

»Wenn ich fleißig durcharbeite, habe ich noch vor dem 1. Juli einen neuen *koto* fertig.« Mit einer energischen Bewegung stach Amalia die Nadel in den Stoff. Danach preßte sie den roten Faden behende mit dem Nagel dagegen, zog die Nadel zwischen Stoff und Garn durch und vollendete den Stich mit einem kurzen Ruck.

»Vrouw, da sagst du was! Die Zeit verfliegt so schnell! Ehe man sich versieht, haben wir schon den 1. Juli. Und wo ich schon mal hier bin, kann ich mir für diese Gelegenheit auch gleich ein Stückchen Stoff aussuchen.« Während der Schweiß unter ihrem Kopftuch hervor die Schläfen entlanglief und in den dicken Falten ihres Halses verschwand, fuhr sie mit ihren schwer beringten Fingern durch die Stoffe.

»Ich hatte gar nicht mehr damit gerechnet, heute noch etwas zu verkaufen! Eigentlich habe ich nur auf *w'woyo yagi* gewartet, darauf, daß ich meinen Stand zumachen kann. Heute morgen war zwar noch etwas zu tun, aber seit heute mittag habe ich nur Däumchen gedreht. Mitte der Woche läuft das Geschäft nie besonders gut, aber meinen Stammkunden zuliebe komme ich trotzdem jeden Tag hierher. Ich möchte nicht, daß sie umsonst auf den Markt kommen. Nicht, daß ich Angst habe, sie zu verlieren – schließlich wissen sie, daß sie bei mir gute Qualität zu einem vernünftigen Preis bekommen –, aber ...« Sie faltete den Suzanna-Organza zusammen, den sich Trude ausgesucht hatte, und wickelte ihn in ein Stück Papier.

»Ich weiß, Mittwoch ist ein schwieriger Tag. Ich habe beschlossen, meinen Obststand für heute zu schließen. Eigentlich war ich schon auf dem Weg nach Hause. Aber ich mußte doch noch eben den neuesten Klatsch loswerden.«

»Laß mal hören«, sagte Amalia interessiert. Trude war bekannt für ihren saftigen Tratsch.

»Vrouw, hast du schon gehört, was Pauline passiert ist?« Mit ihrem Taschentuch wischte Trude das Wasser weg, das ihr in Strömen den Hals hinunterrann. Ihre Nasenflügel waren weit aufgesperrt, und sie rollte mit den Augen.

»Welche Pauline?«

»Pauline aus der Drambandersgracht.«

»Meinst du die, die hier ein Stück weiter rauf Nippes verkauft?«

»Ja, genau! Die immer so mit der Nase im Wind und rausgestreckter Brust daherkommt.«

»Erzähl, Vrouw.«

»Wo soll ich anfangen …«, kicherte sie.

»Jetzt mach's doch nicht so spannend!«

»Also, hör zu. Du weißt doch, daß ihr Mann als *balata*-Zapfer im Urwald arbeitet?«

»Ja, ja.«

»Also, Meneer ist deshalb oft für längere Zeit von zu Hause weg, und Mevrouw hat wohl die Wärme ein wenig vermißt. Und da hat sie sich ohne Umschweife Ersatz ins Haus geholt!«

»Wirklich wahr? Die schert sich doch wirklich keinen *tori*!« empörte sich Amalia, während sie näher an Trude heranrückte, die nun im Flüsterton fortfuhr.

Trudes Augen schossen beim Erzählen unruhig von links nach rechts, um sicherzugehen, daß niemand sie belauschte. »Vrouw, das ist ja noch nicht alles. Das Beste kommt noch: Eines Tages kriegt sie Nachricht von ihrem Mann, daß er am Samstag in die Stadt kommt. Und zu ihrem Pech kam er einen Tag früher!«

»*Mi Gado!*« rief Amalia, hielt aber rasch die Hand vor den Mund, als sie merkte, daß die Leute in ihre Richtung schauten. Die Händler begannen, ihre Waren zusammenzupacken.

Trude genoß sichtlich den Eindruck, den ihre Geschichte auf Amalia machte. »Also: Der brave Ehemann klopft zu Hause an. Du kannst dir die Reaktion von unserem Turteltäubchen vorstellen, als sie den wahren Herrn des Hauses vor der Tür stehen sah. Sie wäre um ein Haar in Ohnmacht gefallen! Und er glaubte natürlich, daß ihr Verhalten von der überschwenglichen Freude darüber herrührte, daß er früher nach Hause gekommen war. Er konnte selbstverständlich nicht ahnen, daß der vorübergehende Herr des Hauses in seinem Bett ein Schläfchen hielt.«

»Das kann doch nicht wahr sein!«

»Vrouw, ich sage dir, das ist die reine Wahrheit! Pauline flitzt ins Schlafzimmer und versucht, ihren Casanova zu wecken. Aber der schläft tief und fest. Ohne nachzudenken, springt sie aus dem Schlafzimmerfenster und rennt weg. Während ihr lieber Ehemann im Flur steht und auf sie wartet, weil er denkt, daß seine Frau ihm eine Überraschung bereiten will. Aber seine Geduld ist irgendwann zu Ende, und er geht ins Schlafzimmer. Im Dunkeln herumtastend, steigt er ins Bett. Er merkt sofort, daß der kantige Körper nicht seiner liebenden Gattin Pauline gehört, die dort auf ihn wartet, und beginnt wild auf ihn einzuschlagen. ›Mein Gott, töte mich nicht! Ich bin's, Herman! Du kennst meinen Vater!‹ hört er den Mann im Dunkeln rufen. Wüst greift er sich einen Stuhl und schlägt ihn auf Hermans Körper kaputt.«

Amalia war sprachlos. Mit der Hand vor dem Mund und ungläubigen Augen schaute sie Trude an, die eine kurze Pause machte, um zu Atem zu kommen. Mit einer raschen Bewegung wischte sich sie den Schweiß von Gesicht und Dekolleté.

»Vrouw, die Geschichte ist ja noch nicht zu Ende: Das Schlimmste kommt noch. Die Sache kam vor Gericht. Kannst du dir vorstellen, daß Mevrouw mit einer Gruppe von Freundinnen zur Verhandlung gekommen ist? Und die haben auch noch von der Tribüne herunter entsprechende Bemerkungen fallen lassen. Als sie in den Zeugenstand mußte, ging sie nach vorn, gekleidet in eins dieser modernen *calicot*-Kleider. An den Armen klimperten goldene Armreifen, vom Handgelenk bis fast zum Ellenbogen. Aber der Gipfel der Schamlosigkeit war ihre Kopfbedeckung. Sie trug tatsächlich ein *wan mannengre n' e fur' kros' kasi*-Kopftuch.«

»Ich muß mich setzen. So etwas Schamloses habe ich ja in meinem ganzen Leben noch nicht gehört!«

»Mädchen, was hast du denn gedacht! Die jungen Frauen von heute sind wirklich nicht ganz *tori*!«

Unter den Balkonen, die die Vorderfronten der Geschäfte an der Saramaccastraat zierten, suchten sie auf dem Nachhauseweg Schutz vor der Sonne. Trude hatte gewartet, bis Amalia ihren Stand aufgeräumt hatte, und half ihr, ihre Waren im Lagerraum unterzubringen. Auf der Ecke an der Steenbakkerijstraat machten sie kurz halt, um sich ein kaltes Glas Ingwerbier zu genehmigen. Amalia ließ sich den süßen, scharfen Ingwergeschmack auf der Zunge zergehen.

Die größtenteils portugiesischen und libanesischen Geschäfte boten die unterschiedlichsten Waren feil.

»Schau dir nur diese prächtigen *sisi*-Stühle aus Mahagoni an. Und die Preise! Gar nicht so teuer!« rief Amalia enthusiastisch.

Trude wirkte abwesend.

Amalia stupste sie mit dem Ellenbogen in die Seite. »Sieht ganz so aus, als *säßest du auf der Denkbrücke!*« Es war ihr schon vorher aufgefallen, daß Trude über irgend etwas nachgrübelte.

»Ach, ich – ich habe gerade darüber nachgedacht, was ich den Kindern heute zum Essen kochen soll. Wie du ja weißt, hat meine Tochter ihre Kinder bei mir abgegeben. Sie ist ihrem Mann ins Landesinnere gefolgt, wo er in der Holzrodung arbeitet. Sie hat allerdings kein Geld dagelassen, so daß ich mir den Kopf darüber zerbrechen darf, wie meine Enkel zu ihrem *Dreimaltäglich* kommen. Die Kinder von heute haben überhaupt kein Verantwortungsbewußtsein mehr! Aber ich will dich nicht mit den Problemen meiner Tochter belasten. Was hast du gerade gesagt?«

Amalia zeigte auf die *sisi*-Stühle. »Sind sie nicht wunderhübsch? Und so kunstvoll verziert! Weißt du, wie lange ich schon nach so etwas auf der Suche bin?«

»Vrouw, ich kann mir einen derartigen Luxus nicht erlauben.

Also verschließe ich meine Augen davor. Das heißt nicht, daß ich dir nicht recht gebe. Sie sind wunderhübsch. Aber ...« Trude räusperte sich. »Wie geht es eigentlich deiner Tochter?«
»Wilhelmina? Der geht es gut. Sie kommt jeden Tag bei mir vorbei. Das muß ich wirklich sagen: Sie läßt ihre alte Mutter nicht im Stich.« Ihr war klar, daß Trude gewisse Hintergedanken hatte und daß sie nur Nahrung für ihre Lieblingsbeschäftigung suchte. Doch da Amalia Wilhelminas Lebenswandel Sorgen bereitete, ergriff sie die Möglichkeit, ihr Herz auszuschütten, mit beiden Händen beim Schopf. »Wenn du in meine Seele hineinschauen könntest, würdest du sehen, wie sehr ich darunter leide. Wenn ich demnächst sterbe, dann vor lauter Kummer.«
»*Baya*. Aber Vrouw Amalia, du mußt zu Gott beten, hörst du! Mit seiner Hilfe wird sie eines Tages einsehen, daß auf dem Leben, das sie führt, kein Segen ruht.«
»Ihren seligen Vater haben wir ja schon zu Grabe getragen. Der Kummer ließ ihn eher gehen, als ihm vorbestimmt war. Sie war sein Augapfel, sein ein und alles! Ich habe sehr darunter gelitten, daß er sie vor seinem Tod nicht noch als sein Kind anerkennen konnte. Er hätte es sich so sehr gewünscht.«
»Aber warum hat er es denn dann nie getan?« Trude fuhr mit der Hand in ihr Dekolleté und wühlte nach einem der Taschentücher. Die Hand verschwand fast unter ihrer massiven linken Brust.
»Als Wilhelmina geboren wurde, war Ferdinand im Landesinneren. Es war eine schwere Geburt. Einer seiner Kollegen, der zu der Zeit in der Stadt war, ist mit mir zum Standesamt gegangen, um das Kind anzumelden. Ferdinand war nicht dabei, also konnte er sie nicht anerkennen. Deswegen trägt das Kind meinen Nachnamen: Rijburg. Wilhelmina Angelica Adriana Merian Rijburg.« Sie sprach die Namen einen nach dem anderen laut und deutlich aus.
»Was für ein beeindruckender Name.«
Trude löste den Knoten in ihrem herausgefischten Taschentuch, nahm etwas Geld heraus und gab es Amalia.

»Bevor ich es vergesse, Amalia, das ist für den Suzanna-Organza. Aber warum hat Ferdinand sie dann nicht zu einem späteren Zeitpunkt anerkannt?«

»Er war nie lange genug in der Stadt, und wenn, war so viel zu regeln, daß nie genug Zeit blieb, um zum Standesamt zu gehen«, antwortete Amalia traurig.

Trude legte ihr tröstend die Hand auf die Schulter. »Ich als Mutter kann mir vorstellen, was du fühlst. Ihr habt sie so ordentlich erzogen! Du und Ferdinand, ihr habt so hart gearbeitet, um ihr alles zu geben, was ihr Herz begehrte. Vor allem für einen Vater muß so etwas schwer sein.«

»Die Arbeit als Goldgräber war unglaublich hart. Weißt du, wie viele Menschen nur noch zwischen vier Brettern zurückkehrten? Er hat es für sie getan, weil sie eine sorgenfreie Zukunft haben sollte. Er gehörte nicht zu den Vätern, die davon ausgehen, daß irgendwann ein Mann kommt, der schon für seine Tochter sorgen wird. Während andere die sauer verdienten Dollars dafür verwendeten, Zigarren anzuzünden, nur um die anderen neidisch zu machen, sparte er jeden Cent! Sein Traum war es, die Parzelle, auf der wir wohnten, zu kaufen, und diesen Traum hat er verwirklicht. Und noch vieles mehr. Als er starb, besaßen wir vier Grundstücke! Zwei hat er ihr vererbt, und zwei waren für mich. Die Mieteinnahmen aus den Häusern reichen, um Wilhelmina ein sorgenfreies Leben zu ermöglichen.«

Sie machte eine kurze Pause, um wieder zu Atem zu kommen. Nun war sie an der Reihe, sich den Schweiß von Gesicht und Hals zu wischen. »Ich könnte noch so ein Glas Ingwerbier vertragen«, sagte sie.

»Aber warum tut sie es dann, wenn nicht des Geldes wegen? Was hat sie nur dazu getrieben?« fragte Trude, die nun ganz ernst dreinblickte.

»Das weiß nur der liebe Gott. Bis zu ihrem dreizehnten Lebensjahr war sie ein vorbildliches Kind. Sie hatte zwar so ihre Fehler – natürlich! –, darin unterschied sie sich nicht von den anderen Kindern. Aber plötzlich wurde sie richtig aufsässig und unlenkbar. Sie klagte die ganze Zeit über Bauchschmerzen. Manchmal waren die Schmerzen so schlimm, daß sie nicht einmal mehr laufen konnte! Wir sind mit ihr zum Arzt gegangen, aber der konnte nichts finden. Dann haben wir die Ursache ›außerhalb‹ gesucht. Man sagte uns, die Schmerzen in ihrem Bauch würden von einem *papa winti* verursacht. Der *bonuman* erklärte außerdem, ihre *yeye*, ihre Seele, wäre böse darüber, daß ihr Vater so oft von zu Hause weg sei. Er mußte sie mit einer goldenen Kette beschwichtigen. Jedesmal, wenn ein Kollege von ihm in die Stadt kam, brachte er Schmuck mit. Er hat es ziemlich übertrieben, aber wie sehr ich auch auf ihn einredete, er konnte es nicht lassen.«

»Er hat sie also verwöhnt?«

»Das kann man wohl sagen, ja. Aber allem Schmuck und allen *winti*-Ritualen zum Trotz: Mein Willemientje wurde nie wieder wie früher. Zu einem bestimmten Zeitpunkt hatte ich den Verdacht, es habe etwas mit dem plötzlich Fortgang von Nelis zu tun. Sie war so verrückt nach ihm! Ich dachte deshalb, ihr Verhalten sei vielleicht eine Art von Protest.«

»Da ist sicher was dran, liebe Nachbarin.«

Die beiden Frauen bogen in die Ladesmanstraat ein. Sie mußten jetzt mitten auf der Straße gehen, da der Bürgersteig dicht mit Gras bewachsen war. Die Muscheln im Straßenbelag gaben ein scharfes Knacken von sich, wenn sie von ihrem Gewicht zermalmt wurden. Der Wind, der aus der Drambandersgracht herüberwehte, führte einen unangenehmen Gestank mit sich, eine Folge davon, daß die Latrinen der Häuser in der Saramaccastraat alle in die Gracht mündeten. Diesem Gestank verdankte die Gegend ihren Namen: *Tingi Uku*, »Stinkecke«.

»Nach etwa einem Jahr waren die Unterleibsbeschwerden verschwunden. Doch dann gab es neue Probleme. Wilhelmina wurde plötzlich so *werder*! Kaum drehte ich ihr den Rücken zu, schon war sie verschwunden. Wie sehr ich auch auf sie einredete und ihr erklärte, daß es sich für ein Mädchen nicht gehöre, sich so zu benehmen, und daß sie auf diese Weise ihren guten Ruf ruiniere – ich stieß bei ihr nur auf taube Ohren. Es war wirklich nicht leicht. Schon bald ging das Gerücht um, sie werfe sich jedem x-beliebigen Mann an den Hals. Wie eine läufige Hündin. Und ständig lungerten die Kerle um unser Haus herum. Verzeih mir meine Ausdrucksweise, aber so kam es mir eben vor.«

»*Tyé, mi Gado*«, seufzte Trude.

»Ab einem gewissen Zeitpunkt wollte ihr Vater nichts mehr davon hören. Wenn er in der Stadt war, sah ich es seinen Augen an, wie sehr er darunter litt. Ich hätte damals eigentlich schon merken müssen, daß er sich tief in seinem Inneren bereits vom Leben verabschiedet hatte. Gott sei Dank hat er nicht lange genug gelebt, um mitzubekommen, was für ein Leben sie nun führt. Kurz vor ihrem sechzehnten Geburtstag ist er gestorben. Willemina ist noch eine Weile bei mir wohnen geblieben und dann in das Haus gezogen, das ihr Vater ihr vererbt hat, zwei Häuser weiter. Nachdem sie dann allein lebte, wurde es immer schlimmer. Ich wußte von Anfang an, was für einer Art von Arbeit sie nachgeht, aber es hat eine ganze Weile gedauert, bis ich es über die Lippen brachte. Doch egal, was auch passiert, sie ist und bleibt meine Tochter. Eine Henne zertritt eben nicht ihre Küken.«

Inzwischen waren sie bei Trudes Haus angekommen.

»Vrouw Amalia, hier trennen sich unsere Wege. An eines mußt du immer denken: Es gibt einen Gott dort oben, und er allein weiß, warum wir hier auf Erden sind. Bete zu ihm, und er wird dein Gebet erhören. Es kommt der Tag, an dem auch Wilhelmina das Licht sehen wird. Geh mit Gott, Amalia.«

»Vrouw Trude, ich danke dir für dein offenes Ohr. Wenigstens konnte ich einmal so richtig mein Herz ausschütten. Gott segne dich! So, und jetzt werde ich meinen Magen mal richtig verwöhnen. Ich sehe dich morgen auf dem Markt.« Bevor Amalia über die kleine Holzbrücke ging, drehte sie sich noch einmal um und sagte lachend: »He, Trude, diese Geschichte von Pauline! Dieses Weib ist ja wirklich unglaublich dreist!«

Marius

Mit zusammengekniffenen Augen fixierte er die gemalte Reklametafel über dem Eingang des Luxortheaters, von der der Schauspieler Max I. Linder lebensgroß auf ihn hinunterschaute. Der Filmheld stand neben seinem Pferd, eine Hand an seinem Pistolengürtel. Die Stirn hatte er in tiefe Falten gezogen, und der Blick in seinen blauen Augen war mörderisch kalt.

Die Uhr am Sivaplein zeigte halb vier. In einer halben Stunde würde die Vorstellung beginnen. Er saß auf der Treppe vor dem Kino und wartete auf Pero und Ludy. Gegenüber mündete die Domineestraat in den Sivaplein, einen dreieckigen Platz, dessen Grundlinie die Zwartehovenbrugstraat bildete. Von seiner Großmutter hatte Marius gehört, daß sich in der Zeit der Sklaverei in der Gegend um die Zwartehovenbrugstraat die Gärten der freien schwarzen Bevölkerung befunden hatten, wo sie Maniok, Bananen und Süßkartoffeln anbauten, die sie auf dem Markt verkauften.

Marius schloß die Augen und holte tief Luft. Der Rosenduft, der in Böen von der warmen Mittagsbrise in seine Richtung geweht wurde, drang bis in die tiefsten Winkel seiner Lungen. Die Rosen in der Grünanlage inmitten des Platzes hatten zum Schutz gegen die Sonne ihre zarten Blütenblätter geschlossen und ließen die Köpfe hängen. Marius freute sich schon jetzt darauf, wie sie sich gleich, wenn die ärgste Hitze vorüber war, wieder stolz aufrichten und ihre Pracht schamlos zur Schau stellen würden.

Die sengende Sonne hatte die Straßen erobert und die meisten Leute in ihre Häuser oder in den Schatten der Obstbäume in den Gärten getrieben. »Wer geht denn bei einer solchen Hitze ins Kino! Bis du nicht ganz richtig im Kopf?« hatte ihm seine Mutter hinterhergerufen, als er zum Tor hinausging.

Er stand auf und zog sich mit einem Schritt in den Schatten des Treppenhauses zurück. Von dort aus konnte er unbemerkt die Straße im Auge behalten.

Das Gebäude mit seinen Türmen zu beiden Seiten hatte gewisse Ähnlichkeit mit einem mittelalterlichen Holzkastell. In der Domineestraat, auf der Höhe des Warenhauses *Kersten*, kam eine Gruppe junger Mädchen angelaufen. Sie unterhielten sich angeregt, und ihr Gelächter durchbrach die Stille des heißen Nachmittags. Ihre Stimmen klangen Marius wie das Getschilpe eines Schwarms *grikibis* in den Ohren. Ab und zu blieben sie vor den Schaufenstern des Warenhauses stehen und bewunderten mit viel Aufhebens die ausgestellte Ware. Von seinem Platz aus konnte er ihre enthusiastischen Rufe hören, wenn sie etwas in der Auslage entdeckten, was ihnen gefiel. Aus Wilhelminas Mimik und Körpersprache konnte er schließen, daß sie die Wortführerin war. Heftig gestikulierend bildete sie den Mittelpunkt der Gruppe. Jeder Satz, der von ihren Lippen kam, wurde von den anderen wie *orgeade* aufgesogen.

Marius verzog die Lippen zu einem Lächeln. Er hatte nicht umsonst der Hitze getrotzt. Die Mühe war nicht vergebens gewesen, die es ihn gekostet hatte, seine Freunde zu überreden, zu dieser unmöglichen Zeit ins Kino zu gehen. Er wußte, daß Wilhelmina keine Vorstellung versäumte, in der ihr Lieblingsschauspieler zu sehen war.

Er konnte die Augen nicht von ihr abwenden. Ihr schwungvoller Gang rief ein Verlangen in ihm wach, das er sich bis jetzt nur in süßen Träumen hatte erfüllen können. Die besondere Art, in der sie einen Fuß vor den anderen setzte, verlieh der Drehung ihres Beckens etwas Bezauberndes.

Ihr zartgelbes Kleid aus Herkulesdrill mit langem Mieder und einem Rock, der bis zum Boden reichte, ließ ihre dunkelbraune Haut glänzen. Sie trug ein freches Strohhütchen mit einem weißen Band, unter dem zu beiden Seiten ihres Gesichtes zwei dicke geflochtene Zöpfe hervorkamen. Es gab ihr etwas Mädchenhaftes, ganz im Gegensatz zu der frechen Selbstsicherheit, die ihre Augen ausstrahlten. Ihre Nasenflügel standen weit auseinander, während der Nasenrücken Ähnlichkeit mit einem Vogelschnabel hatte. Ihr kräftiger Mund erweckte den Eindruck, daß mit ihr nicht zu spaßen war.

Voller Spannung starrte Marius auf die große Leinwand. Der Film war schwarzweiß und die Figuren eilten im Zeitraffer hin und her. Dicke Staubwolken entzogen den Schauspieler Max I. Linder beinahe der Sicht. Er saß weit vornübergebeugt auf seinem Pferd. Im Hintergrund war eine hügelige Landschaft zu sehen. Linder hatte einen verbissenen Zug um den Mund, das linke Auge halb zugekniffen und eine Zigarette im Mundwinkel. Drei Indianer, die Arme um die Hälse ihrer ungesattelten Schecken geschlungen, waren auf der Flucht. Panik stand ihnen in die Gesichter geschrieben.
Das Orchester von Meister Alvares hinter dem weißen Tuch erfüllte den Raum mit Akkorden, die in schwindelnde Höhen emporjagten. Max I. Linder rollte seine Zigarette in den anderen Mundwinkel und griff nach seiner mit Edelsteinen besetzten Pistole, die ihm tief auf der Hüfte hing.
»Piff-paff-puff«, übertönte eine unerhört tiefe Frauenstimme die gesamte Geräuschkulisse.
Wie auf ein Zeichen des Dirigenten hin drehten sich alle Köpfe im Saal in die Richtung, aus der die Stimme kam. Auf der Balustrade stand Wilhelmina und fuchtelte mit zwei Holzpistolen herum, deren Griffe mit unechten Steinen besetzt waren. Sie sah gefährlich aus und rief ununterbrochen »piff-paff-puff«. Ihre Freundinnen hielten sich den Bauch vor Lachen. Marius und seine Freunde waren als regelmäßige Besucher an ihre »Vorstellung« gewöhnt. Die meisten Kinobesucher hatten inzwischen

jegliches Interesse an dem Film verloren. Die Tatsache, daß sich dieses Mädchen nicht die Bohne um das Gesetz scherte – es war Frauen verboten, in der Öffentlichkeit Männerkleidung zu tragen –, ließ sie in Marius' Achtung nur noch mehr steigen. In ihrer Westernhose mit Männerhemd und Lederweste war Wilhelmina zum Zentrum der allgemeinen Aufmerksamkeit geworden. Ihr Strohhütchen hatte sie mit einem Cowboyhut vertauscht. Tief auf den Hüften trug sie einen Pistolengürtel. Sie hatte so schnell die Kleidung gewechselt, daß er sich fragte, wo sie sich wohl umgezogen haben mochte. Später kam er dahinter, daß sie das Cowboykostüm einfach unter ihrem Kleid trug. Jedem, der es hören wollte, erzählte Wilhelmina, daß sie in den strahlenden norwegischen Filmschauspieler verliebt war – er sei der einzige Mann, der in der Lage wäre, sie zu zähmen.

Die Vorstellung war vorüber, und man begab sich zum Ausgang. Wilhelmina lief den anderen voraus, noch immer in ihrer Westernmontur, genau wie ihr Idol im Film. Durch ihre auffällige Größe und ihren kräftigen Körperbau zog sie noch zusätzlich die Aufmerksamkeit auf sich – ihre gesamte Person strahlte Bravour und Selbstsicherheit aus.
Ebenso wie der Rest des männlichen Publikums amüsierte sich Marius köstlich über Wilhelminas Vorstellung – im Gegensatz zu den meisten Frauen, die nur verächtliche Blicke in ihre Richtung warfen oder mitleidig den Kopf schüttelten.
Fast alle Besucher hatten den Saal nun verlassen. Marius wartete mit seinen Freunden draußen auf dem Platz. Die Sonne stand tief am Himmel, und der Schatten des großen Flamboyantbaumes auf dem Platz, der grellorange Blüten trug, reichte nun bis auf die andere Straßenseite. Die größte Hitze war vorüber, und die Menschen hatten sich aus dem Schutz ihrer Häuser und Gärten gewagt.
»Da ist ja Max Linder!« rief Ludy, einer von Marius' Freunden, aufgeregt. Alle Augen waren auf den Kinoausgang gerichtet. Dort stand eine Schar lauthals lachender Mädchen, Wilhelmina

in ihrer Mitte. Sie hatten ihre Arme einander um die Schultern gelegt. Wilhelminas zartgelbes Kleid hatte inzwischen wieder den Platz des Cowboyanzugs eingenommen.

»Max! Ma-xi Lin-der!« rief Ludy.

Die Mädchen richteten ihre Aufmerksamkeit auf den kleinen Platz.

»Max, ich hab einen Indianer in der Hose, der will mit dir spielen!« rief Marius.

»Komm wieder, wenn ein reicher Häuptling draus geworden ist«, rief sie lachend zurück.

»Das saß!« lachte Pero.

»Max, warum machst du's uns so schwer? Wir wollen doch so gern Indianer mit dir spielen!« Marius ließ nicht locker.

»Warum nennst du sie eigentlich ›Maxi Linder‹, sie heißt doch Wilhelmina?« fragte ein Junge, der erst seit kurzem zu ihnen gehörte.

»Für uns von der ›Luxor Gang‹ heißt sie Maxi Linder.«

»Hast du denn nicht gesehen, wie sie für diesen Linder schwärmt? Sie verpaßt keinen einzigen seiner Filme!« rief ein anderer.

»Ja – klar!« Mit der flachen Hand schlug sich der Junge an die Stirn.

»Wir haben sie als erste so genannt, aber ich höre, daß sie inzwischen immer mehr Leute mit ›Maxi Linder‹ ansprechen. Neulich habe ich sogar mitgekriegt, wie sie sich selbst mit diesem Namen vorstellte.«

Inzwischen war der Platz belebter geworden. Die wenigen Fahrzeuge, die es in der Stadt gab, hatten die Straße in Besitz genommen. Nach der kurzen Mittagspause öffneten die Geschäfte wieder. Erfrischt von der Siesta, zu der die lähmende Hitze sie getrieben hatte, schlenderten die Leute gemächlich durch die Stadt. Manche waren in ein Gespräch vertieft, und das knirschende Geräusch von Hufen und Rädern auf der mit Muschelsand befestigten Straße vermischte sich mit dem Stimmengewirr. Die Rosen waren aus ihrem Mittagsschlaf erwacht und hatten die Köpfe wieder stolz erhoben. Ihr Duft mußte es mit dem schweren, bitteren Gestank von Pferde- und Eselsdung aufnehmen. Hier und dort blieben Leute stehen, um eines der wenigen Autos zu bewundern.

Marius und seine Freunde hatten die Straße überquert und sich »Maxi« und ihren Freundinnen angeschlossen.

»Was habt ihr denn jetzt so vor?« fragte Ludy.

»Nenne mir einen einzigen Grund, warum ich dir das auf deine große Nase binden sollte – dann sag’ ich es dir. Mir fällt allerdings keiner ein«, sagte Maxi und verdrehte die Augen.

»Weil wir die Jungs vom Luxor sind. Wir haben auf diesem Platz das Sagen. Du solltest also lieber deinen großen frechen Mund halten, du blödes Weib!« Um seinen Worten noch mehr Nachdruck zu verleihen, warf er sich beim Sprechen kräftig in die Brust.

»Die Jungs vom Luxor? Seit wann nennt ihr euch denn so?« Sie lachte laut auf und spuckte ihm direkt vor die Füße. »Es kümmert uns einen Scheißdreck, wie ihr euch nennt. Und ich spreche nicht nur für mich selbst. Wir haben genau dasselbe Recht wie ihr, auf diesem Platz zu stehen. So wahr ich Maxi Linder, geborene Wilhelmina Angelica Adriana Merian Rijburg heiße: Ich lasse mir von niemandem etwas vorschreiben. Behalte solchen Unsinn also lieber für dich. Das soll euer Platz sein? Junge, daß ich nicht lache! Von solchen *soro g’go boi’s* wie euch lass’ ich mir aber auch gar nichts gefallen.« Mit einem Blick, der nichts Gutes verhieß, machte sie einen Schritt nach vorn. Herausfordernd stand sie vor Ludy. Ohne etwas zu sagen, starrte sie ihn an, die linke Hand hinter dem Rücken verborgen.

Da ihm ihr Verhalten verdächtig vorkam, ging Marius einen Schritt zur Seite und sah zwischen ihrem Daumen und dem Zeigefinger das Metall eines Rasiermessers glänzen.

»Kommt, kommt, ganz ruhig jetzt, hört doch auf mit der Streiterei. Der Film ist vorbei. Wir brauchen doch auf der Straße nicht alles nachzuspielen«, sagte er beschwichtigend.

Die Mädchen waren in der Minderheit, aber trotz ihrer Übermacht war den Jungen anzumerken, daß die drohende Art, die Maxi an den Tag legte, sie unsicher gemacht hatte.

Mit weichen Knien stellte sich Marius zwischen die Streitenden. Vorsichtig drängte er seinen Freund beiseite. In seinem Unterleib wallte ein warmes Gefühl auf. Das Feuer, das in Maxis Augen entbrannt war, hatte eher sein Verlangen als seine Angst angefacht. Was er in ihren Augen sah, reichte aus, um einen Mann genau zum richtigen Zeitpunkt in äußerste Verzückung zu versetzen.

»Geh nach Hause. Diesem Mädel bist du sowieso nicht gewachsen«, schnauzte er seinen Freund an. So, daß Maxi es nicht hören konnte, sagte er: »Wenn ich nicht dazwischengegangen wäre, hätte sie dir das Gesicht aufgeschlitzt. Sie hatte ein Rasiermesser hinter dem Rücken versteckt.«

»Dieses Weib ist ja total übergeschnappt!« schrie der Kampfhahn. Die Hände in den Taschen und die Schultern hochgezogen, machte er sich in Richtung des Kaufhauses *Kersten* davon.

»Sollen wir ins Victoria gehen?« schlug Marius vor, nachdem er sich wieder zu den anderen gesellt hatte. »Achtet einfach nicht auf ihn, er versucht nur, seine geringe Körpergröße mit einem großen Mundwerk wettzumachen.«

»Ich kann solche Männer auf den Tod nicht ausstehen«, fauchte Maxi. »Kein Mann hat mir zu sagen, was ich zu tun und zu lassen habe. Vor allem nicht, wenn er kaum genug Geld für eine ordentliche Hose am Hintern hat.«

»Ich gehe lieber in die Roxybar!« kam es aus der Gruppe.

»Aber im Victoria gibt es leckere Eiscremesodas, und es ist in der Nähe«, versuchte Marius es noch mal.

Er sah seinen sorgfältig ausgearbeiteten Plan ins Wasser fallen. Er hatte gehofft, Eindruck bei ihr zu schinden, indem er sie in den Lunchroom Victoria einlud. Das Geld, das er wochenlang zusammengespart hatte, brannte ihm in der Hosentasche. Außerdem war das Victoria im Augenblick der Ort, an dem man sich sehen lassen mußte.

»Ehrlich gesagt gehe ich auch lieber in die Roxybar. Ich hab'
kein Geld für das Victoria. Da gehen nur die *big shots* hin.« Mit
dieser Bemerkung verdarb Pero alles. »In der Roxybar können
wir uns wenigstens die *motyos* anschauen. Ich habe gehört, daß
es ein Hurenladen ist. Die Frauen, die dahin gehen, scheren sich
wirklich um nichts. Mein Bruder ist einmal dagewesen. Dem
sind bei den ganzen *switi's*, die da ein- und ausgehen, bald die
Augen aus dem Kopf gefallen.«
Marius warf mordlüsterne Blicke in seine Richtung.
Aber Maxis Gelächter schallte quer über den ganzen Platz: »Anscheinend ist dein Bruder also ein richtiger *motyop'pa*.«
Mit einem lauten *tjoerie* protestierte Pero gegen ihren Kommentar.
»Jetzt hab dich doch nicht so. Ich ziehe dich doch nur auf«, lach-
te Maxi.
»Dann geht ihr nur ins Roxy«, fing Marius wieder an. »Maxi, ich
lade dich auf einen Nachmittag im Lunchroom ein. Das Roxy ist
kein Laden für ordentliche Mädchen.« Es war sein letzter Versuch, den Nachmittag noch zu retten.
»Wer sagt, daß ich nicht ins Roxy will? Was soll ich denn in einem langweiligen Laden wie dem Victoria!« Sie duldete keinen
Widerspruch.
»Bist du denn schon mal dagewesen?«
»Mehrmals, mit Freunden.« Sie blickte triumphierend in seine
Richtung. »Und wenn das Roxy ein *motyotenti* ist, worauf warten wir dann noch?!« rief sie und bekam daraufhin einen Lachanfall, in den ihre Freundinnen eifrig einstimmten. »Kommt, ich
habe Lust auf ein bißchen Spaß!« Lachend zog sie ihre Freun-
dinnen mit sich in die Keizerstraat.
Marius blieb nichts anderes übrig, als ihnen zu folgen.

Vor dem Fenster des Ausstellungsraumes von Autohändler
Bourne in der Keizerstraat blieb er stehen, um den fünfsitzigen
Ford zu bewundern. »He, Maxi, schau dir mal das tolle Auto an,
das hier steht!«

Er zündete sich eine Zigarette an, während sie auf ihn zugelaufen kam.

Sie stellte sich neben ihn. »In so einem hab' ich schon mal gesessen«, sagte sie.

Marius schaute sie ungläubig an und vergaß, den inhalierten Rauch wieder auszuatmen. Die Hand an die Brust gedrückt, klappte er hustend vornüber. Als sie ihm mit der flachen Hand auf den Rücken schlug, war ihm, als würde er von Engelsflügeln berührt. Er zog seinen Hustenanfall noch ein wenig in die Länge.

Als er sich wieder aufgerichtet hatte, sagte er: »Du bist schon in so einem mitgefahren? Wie kam denn das?«

»Einer meiner Freunde hat so einen. Frag mich nicht nach seinem Namen. Den sag' ich dir sowieso nicht.« Überheblich warf sie den Kopf in den Nacken.

»Hast du denn so bedeutende Freunde?« Eine Duftmischung aus Sweetheart-Puder und einem bißchen Schweiß stieg ihm in die Nase. Er versuchte, soviel wie möglich davon einzuatmen.

»Wenn du so tolle Freunde hast, wage ich ja kaum zu fragen, ob du Lust hast, am 2. August mit mir zur Fancy Fair im Court Charity zu gehen. Später am Abend findet dort ein Ball statt, mit der Habanera-Band.«

Während sie die Knuffelgracht überquerten, antwortete Maxi: »An diesem Abend kann ich nicht. Ich bin zu einem Ball im Palais des Gouverneurs eingeladen. Gouverneur Staal und seine Frau geben einen Empfang mit anschließendem Tanz anläßlich des Geburtstags der Königin. Diejenigen, die dem Gouverneur vorgestellt werden, müssen sich um Viertel vor acht im Palais einfinden. Ich kann es kaum erwarten! Ich habe für diesen Anlaß ein Kleid aus grünem Musselin bekommen. Für Herren ist ein weißer Anzug vorgeschrieben.«

Sie plapperte immer weiter. Marius' Stimmung sank rapide.

»Max, durch dieses *akapu dyari* kommen wir in die Grote Hoofdstraat. So sind wir schneller in der Watermolenstraat!« rief eines der Mädchen.

»Äh, hmm – dieser Freund, mit dem du zu dem Fest gehst, ist das derselbe wie der mit dem Ford?« fragte Marius vorsichtig.

»Ach, der? Nein, den sehe ich nicht mehr«, antwortete sie in einem Ton, der deutlich machen sollte, daß ihr das völlig egal war.

Ihre Gleichgültigkeit überraschte Marius. Wenn er jemanden mit einem solchen Auto kennen würde, würde er schon dafür sorgen, daß er ihn sich für immer als Freund erhielte. »Bist du denn mit so vielen Herren befreundet?« fragte er vorsichtig.

»Ob ich viele Männerbekanntschaften habe? Nicht mehr, als ich verkraften kann.«

»Hast du denn keine Angst, daß du dir damit einen schlechten Ruf einhandelst?«

»Nein, das beunruhigt mich nicht im geringsten.«

»Kann ich dich denn ein anderes Mal einladen? Am 31. August findet eine Schützenparade vor dem Gouverneurspalais statt. Zu Ehren der Königin und der Königinmutter.«

Maxi stoppte abrupt. Sie starrte ihn lange und eindringlich an. Er konnte seine Augen nur mit Mühe von der Stelle abwenden, an dem ihr Hals in ihre Brust überging. Ihre Haut spannte sich straff über die Schlüsselbeine, und in der Kuhle dazwischen ruhte an einer dicken *botoketi* eine Goldmünze. Der Schmuck kam auf ihrer seidigen, dunkelbraunen Haut gut zur Geltung.

Ohne etwas zu sagen, standen sie sich eine Weile gegenüber. Maxi brach als erste die Stille. »Marius, ich mag dich gern. Aber ich will nicht, daß du dir Illusionen machst. Ich sage es dir ganz unumwunden: Für mich bedeutet ein Mann nicht mehr als das Geld, das er in der Tasche hat. Und mit Geld meine ich sehr viel Geld. Nur einmal hat ein Hungerleider seine Lenden in meinem Schoß entladen, und da wurde ich gezwungen. Aber das war auch das letzte Mal!« Ihr Gesicht verzog sich schmerzlich, als sie den letzten Satz aussprach.

»Was ist denn?« fragte er besorgt.

»Nichts. Sollen wir zu den anderen gehen?« fragte sie kurz angebunden. »Wir hinken ganz schön hinterher.« Ohne seine Reaktion abzuwarten, beschleunigte sie ihre Schritte.

»Also sind die Geschichten, die über dich die Runde machen, doch nicht frei erfunden«, keuchte er, während er Mühe hatte, mit ihrem Tempo Schritt zu halten.

»Daß ich eine *motyo* bin?! Daraus habe ich nie einen Hehl gemacht.«

»Du bist also eine Hure?!«

»Ja. Soll ich es dir vielleicht buchstabieren? *M-O-T-Y-O!*«

Da sie sich den anderen nun bis auf weniges genähert hatten, dämpfte er seine Stimme. »Wenn ich also genug Geld habe, kann ich mir deine Liebe kaufen?«

»Du hast keine Chance.«

»Warum nicht?«

»Hast du mir nicht zugehört? Ich mache es nur mit *big shots*.«

»*Big shots*?«

»Leute mit viel Geld. Von den Mädchen, die es mit Kerlen treiben, die jeden Cent zusammenkratzen müssen, bekomme ich nur Kopfschmerzgeschichten zu hören.«

»Du meinst also, daß ich keine Chancen habe, selbst wenn ich bezahle.«

»Stimmt.«

»Komm, Mientje, häng doch nicht so hinterher«, sagte eins der Mädchen und reichte Maxi fröhlich ihren Ellenbogen. »Schau nicht so trübselig, Marius. Sonst lassen sie dich gleich nicht rein«, sagte ein anderes lachend.

Die hohen Hocker an der langen, ganz aus Mahagoni gefertigten Bar waren allesamt besetzt. Der Geruch von schalem Bier hing wie eine schwere Decke in der Luft. Das Klirren der Gläser versuchte mit aller Macht, das Grammophon zu übertönen. Durch den dunklen Farbton der Bar und der Wände herrschte eine warme, einladende Atmosphäre.

Während der Rest der Gruppe sofort in der Menge untertauchte, blieb Marius am Eingang stehen. Der Nachmittag, der so hoffnungsvoll begonnen hatte, war mit einer großen Enttäuschung zu Ende gegangen.

Mordlust stieg in ihm auf, als er die Gruppe niederländischer Matrosen dort sitzen sah. Ihr Tisch war mit leeren Biergläsern übersät, und gerade stellte die Bardame schon wieder ein Tablett mit vollen Gläsern vor sie hin. Kokett warf sie den Kopf in den Nacken, und aus ihrer Kehle kam ein glucksendes Lachen. Es war die Reaktion auf eine für Marius unverständliche Bemerkung, die von einem Kniff in ihren gigantischen Allerwertesten begleitet worden war. Sie warf der Gruppe noch einen unmißverständlichen Blick zu und ging zurück an die Bar – beim Rhythmus ihrer Hinterbacken, die sie mit einer Hüftbewegung noch extra in Schwingung versetzte, fielen den Matrosen fast die Augen aus den betrunkenen Köpfen.

In einer Ecke neben der Bar war ein noch ziemlich junges Mädchen, gekleidet in ein zerdrücktes Kleid, gerade eifrig damit beschäftigt, einem Matrosen den neuesten *one step* beizubringen. Die überaus hölzerne Art, in der er ihr folgte, zeigte ganz deutlich, daß er die Schritte nie beherrschen würde. Kein Wunder, wenn man mit hölzernen Klompen an den Füßen geboren war!

»Willemienchen, Willemienchen, hübsches Bienchen!« sang die Gruppe der Matrosen am Tisch mit den leeren Gläsern im Chor, als sie die junge Frau erblickten.

Maxi blieb bei einem der Matrosen stehen. Um ihre Lippen spielte ein Lächeln, das irgendwo zwischen durchtrieben und verführerisch anzusiedeln war. Mit einer Stimme, die eine Oktave höher war als sonst und süße Versprechen enthielt, rief sie über die Musik hinweg: »He, Karel, würdest du mir einen Gefallen tun?«

Sie genoß die Wirkung ihrer Worte sichtlich. Alle Aufmerksamkeit galt nun ihr.

Karel stand augenblicklich auf – unsicher auf den Beinen und mit dem Lächeln eines Betrunkenen auf dem Gesicht. Er war einen Kopf größer als sie. Mit einer weit ausholenden Gebärde zog er die Mütze vom Kopf und verbeugte sich elegant in ihre Richtung. Seine Länge und sein Zustand verliehen dem ganzen eine gewisse Komik. Außer Marius brachen alle in schallendes Gelächter aus.

»Fffür Sie jjederdzeit, Madschestät«, lallte er.

»Komm mal mit nach draußen.«

Neben dem Eingang der Roxybar stand ein kleines Mädchen von ungefähr acht Jahren. Auf der vergammelten Kiste vor ihr befand sich eine Blechbüchse, die gefüllt war mit appetitlich duftenden Kokosmakronen, *Gomma*-, Knusper- und Ingwerplätzchen. Maxi hockte sich zu dem Mädchen hin, während Karel sich mit einer Hand auf ihrer Schulter abstützte. Marius, der in der Türöffnung stand, heuchelte Desinteresse.

»Warum spielst du denn nicht mit deinen Freundinnen, anstatt hier Plätzchen zu verkaufen? Kinder sollten spielen. Davon wachsen sie«, sagte Maxi in einem Ton, der Marius überraschte.

»Meine Oma will, daß ich sie verkaufe. Meine Mutter ist weggegangen und hat uns bei ihr zurückgelassen.«

Maxi nahm ihr Kinn in die Hand und zwang sie, sie anzuschauen.

»Was kosten denn deine Plätzchen?«

»Ein *bigi sensi* für fünf Plätzchen.«

»Also – eins, zwei, drei, vier …« Maxi wühlte in den Plätzchen herum und zählte sie. »Fünfzig Plätzchen. Das macht also fünfundzwanzig Cents?« Aus ihrer Hockstellung heraus drehte sie sich zu Karel um und schaute mit einem koketten Lächeln zu ihm auf.

»Aber Mevrouw braucht sie doch nicht alle auf einmal zu kaufen. Meistens kaufen die Herren ein paar für die Damen.«

»Nicht für diese Dame. Diese Dame ist eine teure Dame.«

Marius fühlte, wie es in seiner Magengegend kochte. Sein Mund füllte sich mit Speichel.

»Aber … Sch-Schatzi … ffindst du nich', daß sie zuviel …?« Der Alkohol hatte Karels Zunge gelähmt.

»Bin ich denn nicht jeden Cent wert?« schmollte sie.

»Ja, Schatzi … a-aber ffünfundzwanzig Cents … für die paar Plätzchen …?«

Verlegen schaute das Mädchen zu Boden.

»U-und wwwas krieg' ich dafür?«

»Ich finde dich nicht gerade galant, Matrose!« Maxi ließ nicht locker.

»Okay, a-aber nur ddieses eine Mal, u-und nnich' weitersagen, hörst du?« Aus der hinteren Hosentasche brachte er sein Portemonnaie zum Vorschein und fischte ein Fünfundzwanzig-Cent-Stück heraus. »Hier Mädel. Und jetzt her mit den P-Plätzchen!«

Maxi zwinkerte dem Mädchen zu. »Jetzt geh aber schnell nach Hause, und paß gut auf das Geld auf! Treib dich nicht mehr auf der Straße herum. Es wäre eine Sünde, wenn du das Geld verlieren würdest.«

Mit der Kiste unter dem linken Arm verschwand das Mädchen, so schnell es seine dünnen Beine trugen, in der dichten Menschenmenge auf der Watermolenstraat.

»Karel, du hast dir einen Kuß verdient«, sagte Maxi. Sie stellte sich auf die Zehenspitzen und küßte ihn voll auf den Mund.

»Ist das alles, wwas ich kriege?« fragte der Matrose mit einem kindlich-enttäuschten Gesichtsausdruck. »K-Können wir nich' n-nach oben gehen?«

»Karel, die Plätzchen waren ein Geschenk. Und wenn du mich kennst, müßtest du eigentlich wissen, daß nach oben gehen mehr als fünfundzwanzig Cents kostet. Außerdem hast du gerade ein gutes Werk getan.«

»Oh, jjja?«

»Wie findest du das? Du hast drei Menschen glücklich gemacht! Das Kind, weil es sich nicht mehr auf der Straße herumtreiben muß, und seine Oma, weil sie jetzt etwas Geld hat, um Essen dafür zu kaufen. Und, *last but not least*: Maxi, weil sie dank deines Geschenks zwei Menschen helfen konnte.«

»G-Gut d-dann für d-dieses Mal. Ich hab' ja nix d-dagegen, andern zu h-helfen. W-Wenn du d-das nur nich' öfter mit m-mir veranstaltest.«

Maxi legte ihm den Arm um die Taille und ging, den betrunkenen Matrosen stützend, direkt an Marius vorbei wieder zurück in die Bar.

Rasch folgte Marius dem Paar.

Der Flur war naß von verschüttetem Bier, und überall lagen Glasscherben herum. An der Bar stand Breniman, der blinde Stadttroubadour, um den sich eine Gruppe ausgelassener Kneipenbesucher geschart hatte. Maxi und Karel stellten sich dazu.

»Er ist äußerst beliebt in letzter Zeit. Wenn er bei einem Fest nicht dabei ist, dann ist es nicht gelungen«, sagte Maxi zu Karel.

»Breniman, spiel uns doch mal dieses eine heiße Lied von dir!« rief eine der Frauen.

»Ja! Sing für uns!« schallte es aus vielen Kehlen.

»Nur wenn Maxi mit dem Hut herumgeht«, antwortete der Star. »Dann kann ich wenigstens sicher sein, daß ich nicht für die Katz singen muß.«

Lachend schnappte Maxi Karel die Matrosenmütze vom Kopf.

»He, Breni! Erst singen, dann das Geld!«

Breniman räusperte sich und nahm seine Ziehharmonika in den Arm. Kurz darauf schallten die Klänge seines reinen Tenors von den mahagoniverkleideten Wänden wider.

> *Te mi s'don prakser' mi lobi*
> *watra e lon na mi ay.*
> *Ay baya watra e lon na mi ay.*
> *Rosa san de y' e mek' so.*
> *Yu bor' alesi*
> *a tron papa.*
> *Yu bor' kows' banti*
> *a tron brafu.*
> *Rosa san de y'e mek' so.*

Wenn ich an mein Liebchen denke,
treten mir die Tränen in die Augen.
Ja, dann treten mir die Tränen in die Augen.
Rosa, warum tust du mir das an.
Wenn du Reis kochst,
wird er zu Brei.
Wenn du Kuhbohnen kochst,
wird es Suppe.
Rosa, warum tust du mir das an.

Kaum waren die letzten Akkorde verklungen, schon brach das Publikum in lauten Applaus und Gejohle aus, während einige nach einer Zugabe riefen. Reichlich Geld verschwand in Karels Mütze. Im Vorübergehen faßte einer der Matrosen Maxi um die Taille und zog sie an sich. Lachend befreite sie sich aus seiner Umarmung.

Das Blut stieg Marius zu Kopf. Was sahen die Mädchen nur in diesen Männern mit ihrer durchscheinenden Haut? Und nach dem, was er gehört hatte, rochen sie auch noch säuerlich, weil sie so viel Milch tranken. Okay, sie hatten Geld, aber das war auch alles. Er konnte sich nur schwer vorstellen, daß diese Bleichgesichter in der Lage waren, einer Frau das zu geben, was sie brauchte.

Als Gehilfe bei der Landwehr lag eine hoffnungsvolle Zukunft vor ihm, und er würde seine zukünftige Familie problemlos ernähren können. Warum mußte ausgerechnet das Mädchen, das er sich in den Kopf gesetzt hatte, sich zu so etwas Niedrigem hingezogen fühlen? Schon seit langem hatte er auf einen günstigen Augenblick gewartet, um sie einzuladen. Die wilden Geschichten, die über sie die Runde machten, hatte er nie wirklich ernst genommen – schließlich setzten die Klatschbasen der Stadt andauernd dummes Gerede in die Welt. Außerdem war es gerade ihre lebenslustige Art, durch die er sich zu ihr hingezogen fühlte. Und nun hatte sie ihm, ohne auf seine Gefühle Rücksicht zu nehmen, das Herz gebrochen. War denn nicht auch er von einer Mutter geboren worden? Er war doch auch ein Mensch und nicht aus Holz! Eine alles überlagernde Wut, die ihm fast den Atem nahm, breitete sich in seiner Brust aus, und durch den dämpfenden Filter des Adrenalins verschwammen die Menschen um ihn herum zu Schatten. Wenn er diesen Ort des Unheils nicht auf der Stelle verließ, würde er einen Mord begehen. Nur mit großer Mühe konnte er sich losreißen.

Er verließ die Bar. Wenn seine Zeit erst einmal gekommen war, würde er sie vor sich kriechen lassen …

Betsy

Combeweg 1933

Langsam bahnte sich der Buick einen Weg durch die Menschenmenge. Die Leute wichen erst dann zur Seite, wenn sie schon fast umgefahren wurden. Allerlei Gesichter drängten sich vor den Scheiben des Wagens, um einen Blick in den Innenraum zu erhaschen.

Mit einer Mischung aus Stolz und Zufriedenheit lauschte Betsy den Bewunderungsschreien, die hin und wieder durch das heruntergedrehte Fenster zu ihr drangen. Sie hielt den Federfächer fest an seinem Jadegriff; ihre gesamte Anspannung konzentrierte sich in ihren Händen. Der Fächer verschaffte ihr die nötige Kühle in der Hitze des drückenden Aprilabends. Der Wind, der sonst vom Suriname her wehte, war heute abend nicht zu spüren, und die brütende Hitze hatte die Menschen aus ihren Häusern getrieben. Wie ein wimmelnder Ameisenhaufen strömten sie unablässig zusammen.

Monatelang hatte sie sich auf diesen Abend gefreut. Sogar Tänzer aus Demerara sollten anwesend sein – alle anläßlich des Geburtstags der Kronprinzessin!

»Bist du nicht nervös wegen heute abend?« fragte sie der Chauffeur und warf einen Blick in den Rückspiegel, um ihre Reaktion zu beobachten.

»Wovor sollte ich denn Angst haben?«

Sie versuchte, die leichte Gereiztheit, die sie in sich aufkommen fühlte, zu unterdrücken. Sie hatte seine Blicke im Rückspiegel satt. Sie tat ihr Bestes, um ihre Nerven unter Kontrolle zu halten, so kurz vor dem großen Moment, und was tat er? Er versuchte nur, sie aus dem Konzept zu bringen. Vielleicht war er sogar mit einem der Mädchen befreundet, die heute abend auch tanzen würden.

»Heute abend werden Sie mit diesem berühmten Black-Bottom-Tänzer aus Demerara tanzen. Was für eine Ehre!«

Die Art und Weise, mit der der Mann sich bemühte, ein Lächeln zu unterdrücken, ärgerte sie maßlos. Doch sie ließ sich nicht aus der Reserve locken. »Es ist eher eine Ehre für ihn, daß er mit mir tanzen darf. Schließlich nennt man mich im Halikibe nicht umsonst ›Queen of the Black Bottom‹. Außerdem habe ich in den letzten Wochen tüchtig geprobt und meinen Stil perfektioniert. Die Frau muß erst noch geboren werden, die diesen Tanz besser beherrscht als ich. Wenn man von Black Bottom, von Charleston, Rumba oder Tango spricht, dann kommt man um mich nicht herum!« Streitlustig warf sie den Kopf in den Nacken.

»Man sagt, er sei der beste Black-Bottom-Tänzer in ganz Westindien. Ständig posaunt er herum, daß er der Meister ist. Wie man hört, hat er die Angewohnheit, seine Partnerinnen bloßzustellen. Wenn er bemerkt, daß sie den Tanz nicht gut beherrschen, beschleunigt er das Tempo und ändert dann unerwartet den Rhythmus. Auf diese Weise amüsiert er das Publikum köstlich mit dem Gestolper der bedauernswerten jungen Frau in seinen Armen.«

»Ach wirklich? Na, ich bin jedenfalls bereit für ihn. Der soll ruhig kommen. Ich werde ihm schon zeigen, wo's langgeht! Machen Sie sich keine Sorgen, konzentrieren Sie sich lieber aufs Fahren. Das Tanzen sollten Sie besser mir überlassen.«

»Ich wollte Sie ja nur warnen.«

Trotz der Ruhe, die sie ausstrahlte, nagte es in ihrem Inneren. Sie hatte Angst, sich heute abend zu blamieren. Wenn sie auch nur einen verkehrten Schritt machte oder nicht mit ihm mithalten konnte, war es aus mit ihr. Ihr Ruhm als Star des Halikibe würde augenblicklich Schaden nehmen. Sie wußte, daß jedes einzelne der anderen Mädchen nur darauf wartete, sie von ihrem Thron zu stoßen. Die Männer würden dann nicht mehr Schlange stehen, um mit ihr tanzen zu dürfen, und der Preis für eine Tanzkarte würde sinken wie ein Backstein. Und das alles natürlich zur größten Freude der anderen.

Sie holte ein schneeweißes Taschentuch aus ihrer Handtasche und besprenkelte es mit Boldoot. Sanft tupfte sie das Eau de Cologne auf Hals und Dekolleté und sank behaglich in die dicken Polster zurück. Sie genoß die Kühle, die das Duftwasser ihr verschaffte. Mit einem Blick in den Spiegel über der Windschutzscheibe kontrollierte sie ihr Make-up. Der schwarze Khol-Eyeliner brachte ihre großen Augen gut zur Geltung. Er verlieh ihr etwas Mysteriöses, ein Eindruck, der von dem zartbraunen Lidschatten, den sie aufgelegt hatte, noch betont wurde. Ihre vollen Lippen hatte sie sorgfältig nicht ganz am äußeren Rand umzeichnet und dann mit blutrotem Lippenstift ausgefüllt. Das Rouge hatte sie ein klein wenig unterhalb ihrer hohen Wangenknochen aufgebracht, um dadurch die eckige Form ihres Gesichts etwas abzumildern. Zufrieden mit dem, was sie im Spiegel sah, puderte sie hier und dort einen glänzenden Fleck im Gesicht ab.

Mit einem leichten Ruck kam das Auto vor dem Eingang des Halikibe zum Stehen. Der Chauffeur trommelte ungeduldig auf dem Armaturenbrett aus Nußbaum, bis einer der Portiers die Tür für Betsy öffnete. Mit dicken Seilen hatte man einen Weg bis zur Tür abgegrenzt, und kräftig gebaute Jungs standen jeweils auf Armeslänge voneinander entfernt Spalier, um das Publikum zurückzuhalten. Wie die Geier drängten sich die Menschen um das Auto. Von der Straße her beugten sie sich vornüber, um durch das Fenster einen Blick auf sie zu erhaschen.

»Sie sieht aus wie eine Prinzessin!« rief eine Frau aus der Menge voller Bewunderung.

Damit war Betsys Abend gerettet. Diese Bemerkung tat ihr besonders gut. Normalerweise waren die Frauen untereinander nicht so freigiebig mit Komplimenten.

Galant öffnete ihr einer der Bodyguards die Tür. Sie dankte ihm mit einem liebenswürdigen Nicken. Das Publikum hielt den Atem an.

Eine Sekunde lang hätte man eine Stecknadel fallen hören. Bis jemand die Stille durchbrach: »Schaut euch mal dieses Kleid an! Wie schön sie darin aussieht!«

»So ein Kleid habe ich noch nie gesehen. Es sieht aus, als sei es aus Tausenden von Perlen gemacht!«

»Sie hat goldene Schuhe an!«

Von überall rings umher drangen die bewundernden Bemerkungen zu ihr. Die Schuhe hatten sie ein Vermögen gekostet. Siebzehn Gulden und fünfzehn Cents hatte sie dafür bezahlt. Und das war noch gar nichts im Vergleich zu ihrem Kleid, das eigentlich aus zwei Kleidern bestand, die sie übereinander trug. Das untere war aus goldenem Satin genäht, und darüber kam eine Kreation, die aus verschiedenfarbigen Perlen gefertigt war. Das Ganze hatte zusammen hundert Gulden gekostet, aber sie hatte mit Meneer Fernandes eine Ratenzahlungsregelung vereinbart. Als er den Preis für das Kleid nannte, hatte sie ausgerufen: »Aber für diesen Betrag kann ich mir ja ein Grundstück kaufen!«

»Betsy«, hatte er zu ihr gesagt, »dieses Kleid ist wie für dich gemacht. Es wird dir stehen wie keiner anderen. Probiere es einmal an.«

Ein Blick in den Spiegel, und es war um sie geschehen. »Und wenn ich mir dafür die Füße vom Leib tanzen muß, ich bezahle es bis auf den letzten Cent.«

»Dich an diesem Abend in diesem Kleid tanzen zu sehen ist das einzige, was mich interessiert. Das mit dem Geld kommt schon in Ordnung.« Schamlos ließ er seine Augen über ihren Körper wandern.

»Werden Sie denn auch mit dabeisein?!« rief sie mit gespielter Verwunderung.

»Natürlich! Einen solchen Abend will ich doch für kein Geld der Welt verpassen! Ich will die Gesichter der Leute sehen, wenn du in diesem Kleid auftrittst! Es wird viele Bewerber geben, die mit dir tanzen wollen. Wer weiß, vielleicht komme ich noch nicht einmal an die Reihe.«

»Machen Sie sich mal keine Sorgen. Ich lasse Sie bestimmt nicht links liegen, und jetzt ganz sicher nicht.« Mit einem leichten Schwindelgefühl im Kopf hatte sie das goldene Kleid hochgehalten.

»Wie eine Prinzessin!« rief wieder ein anderer. Es war ein kräftiger Mann, der ganz in ihrer Nähe stand.

»Dann ist sie wohl die Halikibe-Prinzessin«, reagierte eine ältere Frau, deren Gesicht voller Warzen war.

»Halikibe-Prinzessin!« rief jemand, der ihr offensichtlich recht gab. Der Ruf wurde wie ein Echo aufgenommen, und aus verschiedenen Kehlen klang es: »Halikibe-Prinzessin! Halikibe-Prinzessin!«

Betsy genoß den Erfolg, den ihr das Kleid verschaffte, in vollen Zügen. Der goldene Seidenschal, mit dem sie ihre dichten Locken zusammengebunden hatte, trug wahrscheinlich noch mit zu dem Bild der Prinzessin bei. Halikibe-Prinzessin, dieser Name gefiel ihr. So würde sie sich fortan nennen.

Die Handtasche fest unter den Arm geklemmt, schritt sie hocherhobenen Hauptes zum Eingang. Fetzen der Musik von Buddel's Band schwappten über die Mauer, die sich um den Saal herumzog, nach draußen. Die Mauer war nur halbhoch, und man konnte zwischen ihr und dem Dach hindurch in den Saal sehen. Drinnen war es schon ziemlich voll. Tanzende Paare drehten sich im Takt einer Rumba. Draußen drängte sich die Menge, um nichts von dem zu verpassen, was drinnen vor sich ging. Andere betrachteten das Ganze nur als abendliches Amüsement, standen in kleinen Gruppen beieinander und schwatzten oder hielten sich an den Getränke- und Essensbuden am Flußufer auf.

Kurz bevor Betsy den Eingang erreichte, wurde ihr von Maxi Linder der Weg abgeschnitten, die sich in Gesellschaft von zwei Offizieren befand. Mit viel Trara spie Maxi in den Sand. Ihre Augen rollten vielsagend in Betsys Richtung. Das viele Gold, womit diese Hure Ohren, Hals, Handgelenke und Finger behängt hatte, biß sich mit dem abscheulichen Kleid, das sie trug. Sie hatte das Haar an den Seiten hochgekämmt und es oben auf dem Kopf in einer skurrilen Rolle zusammengesteckt. Noch nicht einmal Make-up hatte sie aufgelegt.

Da Maxi Linder und ihre Begleiter ihr den Weg versperrten, war Betsy gezwungen, zu warten. Das Publikum hatte mit der Ankunft Maxi Linders jegliches Interesse an ihr verloren.

»Was für eine tolle Frau!«

Breit lachend warf Maxi ihrem Verehrer einen Handkuß zu.

Betsy kochte innerlich vor Wut. Dies war einer der zahlreichen Unterschiede zwischen ihr und diesem Weib. Diese *motyo* mochte vielleicht schön sein, aber sie hatte keinerlei Manieren.

»Wenn du von dem Kleid genug hast, denkst du dann an mich?« schrie jemand Maxi Linder zu.

»So ein teures Geschenk kann ich unmöglich weggeben. Aber ich habe bestimmt noch was für dich im Schrank liegen. Komm doch mal bei mir in der Saramaccastraat vorbei, direkt gegenüber vom *Bigi Spikri*.«

Mit welcher Freimütigkeit sich Maxi Linder mit dem Publikum unterhielt! So etwas würde Betsy nie tun. Wenn man ihnen den kleinen Finger reichte, wollten sie gleich die ganze Hand. Und ihre Kleidung einfach einem Wildfremden zu geben! Sie käme überhaupt nicht auf die Idee!

Kurz sah es danach aus, als wolle man Maxi Linder nicht hereinlassen. Betsy wäre nicht traurig darüber gewesen, und schließlich hatte man Maxi Linder schon öfter den Eintritt verwehrt. Dies war ein sittsamer Ort, und »sittsam« war ein Wort, das wahrscheinlich nicht in Maxi Linders Wortschatz vorkam. Von den Mädchen, die ins Halikibe kamen, wurde erwartet, daß sie sich in der Öffentlichkeit anständig benahmen. Von Maxi Linder dagegen war bekannt, daß sie nicht davor zurückschreckte, wie der nächstbeste Straßenjunge auf vulgärste Weise zu fluchen, egal, wen sie vor sich hatte. Sie gehörte auch keineswegs zu den Frauen, die darauf warteten, daß ein Mann den ersten

Schritt tat. Betsy ärgerte sich grün und gelb über ihr ordinäres Benehmen.

Triumphierend wandte Maxi Linder den Blick in Betsys Richtung. Mit einem Offizier an jedem Arm ging sie hinein.

Betsy stieg die letzten Stufen bis zur Tür empor. Ihre gute Laune war verdorben. »Warum laßt ihr bloß diese Schlampe herein? Ich dachte, das hier wäre ein anständiger Ort«, fauchte sie die Türsteher an.

»Uns bleibt nichts anderes übrig. Die beiden Herren sind Offiziere der SS Haiti, die gestern aus New York hier eingelaufen ist. Sie sind eingeladen.«

»Glaubt nur nicht, daß ich sie als Konkurrenz betrachte. Tanzen kann sie nicht, und von Stil kann bei ihr auch nicht die Rede sein.« Mit diesen Worten betrat Betsy den Tanzsaal.

Sie bahnte sich einen Weg durch die tanzende Menge zu ihrem Stammplatz in der Nähe des Podiums. Unterwegs blieb sie ab und zu kurz stehen, um jemanden zu begrüßen, ein Schwätzchen zu halten oder Komplimente wegen ihres Kleides entgegenzunehmen. Als sie sah, daß Maxi Linder und ihre Begleiter am Nebentisch saßen, biß sie sich vor Wut auf die Unterlippe. Während sich der metallische Geschmack von Blut in ihrem Mund ausbreitete, schob sie streitsüchtig und mit viel Lärm ihren Stuhl nach hinten.

Maxi Linder beantwortete ihr Verhalten mit einem lauten Kichern. »Darling, ich möchte gern aus deinem Glas trinken«, gurrte sie dem Offizier links von ihr zu, als sie sich ausgekichert hatte.

»Nein, Liebling, heute abend werde ich aus deinem trinken«, lautete die Antwort des Offiziers. Trotzdem bot er ihr sein Glas an.

Während sie es an die Lippen hob, kniff er ihr spielerisch in die Seite. Mit viel Spektakel wich sie zur Seite, um ihm danach prustend um den Hals zu fallen. Wieder hatte sie alle Aufmerksamkeit auf sich gezogen.

»Wie fanden Sie die Kundgebung auf dem Oranjeplein? Ich

habe noch nie so viele Javaner und Inder auf einmal gesehen«, sagte Betsy zu einem Niederländer, der bei ihr am Tisch saß, um sein Interesse von Maxi Linder und ihrem ordinären Getue abzulenken. Der Mann trug einen dunklen Anzug und eine auffällige Fliege.

»Ich war nicht dabei, aber ich habe heute etwas darüber in der Zeitung gelesen. Die Vertragsarbeiter werden anscheinend von diesem Kommunisten de Kom aufgehetzt. Vor solchen Leuten muß man sich in acht nehmen. Ehe man sich's versieht, hetzen sie die gesamte Bevölkerung gegen die Regierung auf«, antwortete der Mann.

»Glauben Sie wirklich, daß es so weit kommen wird?« fragte jemand anderer aus der Gesellschaft.

»Man braucht doch nur nach Rußland zu schauen, und schon weiß man, was ich meine. Was die Kommunisten da alles angerichtet haben!« antwortete der Mann mit der Fliege.

»Wie kommt er nur auf die Idee, sich mit den Kommunisten einzulassen! Das ist doch nichts für jemanden aus einem friedliebenden Land!« Betsys Interesse war nun wirklich geweckt. Politik war ihr Steckenpferd. Sie las jeden Tag die Zeitung. Nie verließ sie das Haus, ohne sich zuvor vergewissert zu haben, daß sie fünf Cents für *De Banier* bei sich hatte.

Auf dem Podium ging Buddel's Band von der Rumba zum Tango über. Bald war es Zeit für den Black Bottom.

»Diese un-surinamischen Ideen hat de Kom in den Niederlanden aufgeschnappt, von indonesischen Studenten wie Hatta und den Leuten von der Arbeidersbeweging«, bemerkte der Niederländer, während er seine Fliege ein wenig lockerte.

»Aber die Leute haben es doch auch wirklich nicht leicht. Wenn Sie in die Zeitung schauen, werden Sie sehen, daß es überall auf der Welt kriselt. Ein Betrieb nach dem anderen muß schließen. Langsam spüren wir es auch in Surinam. Von den Plantagen, die noch übrig sind, sind die meisten auf dem Weg in die Pleite«, sagte Betsy, mit einem verstohlenen Blick auf Maxi Linder. Letztere saß mittlerweile einem »ihrer« Offiziere praktisch auf dem Schoß, während der andere die Finger nicht von ihren Oberschenkeln lassen konnte.

»Die denkt wohl, daß sie hier in der Roxybar ist«, flüsterte Betsy, wobei sie mit dem Kopf in Maxi Linders Richtung wies.

Der Niederländer hatte sich inzwischen ungeniert nach vorne gebeugt, um besser sehen zu können. »Die amüsieren sich. Diese Frau weiß genau, was einem Mann gefällt!« Ohne seine Augen auch nur einen Augenblick von der Gesellschaft am Nebentisch abzuwenden, fischte er sein Taschentuch aus seinem Jackett und wischte sich den Schweiß von der Stirn. In einem Zug goß er sich das volle Glas Haantjesbier in die Kehle. Den Schaum noch auf den Lippen, sagte er: »Von einem Bekannten habe ich gehört, daß sie zu Hause einen Kühlschrank hat.« Bewunderung klang aus seiner Stimme.

»Einen Kühlschrank?« fragte Betsy mit hochgezogenen Augenbrauen.

»Ja, ich – äh – er«, versprach er sich, »er ist bei ihr zu Hause in der Saramaccastraat gewesen. Eine sehr luftige Wohnung im Obergeschoß mit eingebautem Bad und WC. Er traute seinen Ohren nicht, als sie ihm erzählte, daß das Haus schon seit ihrem sechzehnten Lebensjahr ihr Eigentum ist. Ihr Körper muß ihr wirklich ein Vermögen einbringen!« Wieder wischte er sich die Tropfen ab, die auf Oberlippe und Stirn perlten. Voller Bewunderung starrte er in Maxi Linders Richtung.

Betsy gab einen lauten *tjoerie* von sich. »Das Haus hat ihr ihr Vater hinterlassen. So viel Geld verdient sie nun auch wieder nicht! Sie ist nicht so heiß wie Betsy Bama, und an Trude Labat oder Friede Lemmers reicht sie noch lange nicht heran!«

»Hast du nicht jemanden vergessen?« fragte einer der Herren an ihrem Tisch.

»Wieso? Wen soll ich denn Ihrer Meinung nach vergessen haben?«

»Dich selbst.«

»Wen, mich? Ich verdiene mein Geld mit Tanzen. Für mehr als das bin ich nicht zu haben. Ich bin ein anständiges Mädchen.«

»Ja, ja, das sagen sie alle. Wenn man Maxi Linder fragt, behauptet sie auch, ein anständiges Mädchen zu sein«, ärgerte sie der Mann mit der Fliege. Ohne ihr Gelegenheit zu geben, darauf zu reagieren, fuhr er fort: »Aber du wolltest doch wissen, was ein Kühlschrank ist. Als der Bekannte mir davon erzählte, verstand ich auch zuerst nicht, was er damit meinte, aber kürzlich habe ich einen Artikel in *De West* gelesen, der davon handelte. Es ging darin um eine Art ›Eiskasten‹ für den Haushalt. Ein Schwede hat ihn erfunden. Mit einer genialen Einrichtung, die ständig Kälte erzeugen kann, ohne dabei irgendeine Mechanik zu benötigen. Man kann darin Lebensmittel aufbewahren, ohne sie mit Konservierungsstoffen zu behandeln.«

»Das gibt's doch nicht! Was für eine Erfindung! Wie funktioniert denn so etwas?« Betsy riß ungläubig die Augen auf.

»Wenn ich richtig gelesen habe, funktioniert es mit Hilfe von Ammoniak und Wasserstoff. An das Stromnetz angeschlossen, produziert so ein Ding für zwanzig Cents am Tag Eis für den ganzen Haushalt.« Der Mann lehnte sich zurück und genoß die Aufmerksamkeit, die er mit seiner Geschichte geschickt auf sich gelenkt hatte.

»Zwanzig Cents pro Tag. Das ist eine Menge Geld! Und so was hat dieses nichtsnutzige Weib im Haus?«

»Und dabei wolltest du mir nicht glauben, daß ihr Körper ihr ein Vermögen einbringt«, sagte er triumphierend.

Auf dem Podium machte die Band von Meister Buddel Platz für die populärere Gilles Saxophone Jazz Band. Temperamentvoll setzten die Bläser mit den ersten Klängen eines Black Bottom ein, und das erinnerte Betsy an den eigentlichen Grund ihrer Anwesenheit hier im Halikibe. Es war an der Zeit, ihre Ehre als Halikibe-Prinzessin zu verteidigen. Das war wichtiger, als sich mit Maxi Linders Kühlschrank zu beschäftigen.

Mit ausgestreckten Armen und einem breiten Lächeln auf den Lippen trat der Besitzer des Lokals zu ihr an den Tisch. »Papa Dan wird gleich zu dir kommen, um sich dir vorzustellen. Bist du bereit? Blamier mich nicht! Es haben schon viele Leute eine

Karte gekauft, um mit dir tanzen zu dürfen. Hoffentlich bist du gut vorbereitet. Der Tanz mit Papa Dan wird dich viel Energie kosten. Wir haben den Kartenverkauf jetzt für kurze Zeit unterbrochen.«

»Du weißt, daß du auf mich zählen kannst, Emile. Hab' ich dich jemals enttäuscht?« Diese Worte konnte sie nur in heiserem Flüsterton hervorbringen – vor lauter Nervosität war ihre Kehle wie zugeschnürt.

»Das stimmt! Und, bevor ich es vergesse: Du siehst einfach blendend aus!« Anerkennend ließ er seinen Blick über ihren Körper wandern.

»He, Emile, seit wann begrüßt du mich nicht mehr?« Mit raumgreifenden Armbewegungen versuchte Maxi Linder, das Interesse des Barbesitzers zu wecken.

Doch anstatt zu ihr hinüberzugehen, winkte er ihr nur mit einem peinlich berührten Lächeln zu.

»Ha, traust du dich etwa nicht, näher zu kommen? So einen großen Abstand hältst du aber nicht ein, wenn du bei mir im Bett liegst!« Provozierend schlang sie einem ihrer Begleiter den Arm um den Hals.

»Wilhelmina, dies ist ein anständiger Ort. Benimm dich gefälligst! Sonst sehe ich mich gezwungen, dich zu bitten, den restlichen Abend woanders zu verbringen.«

»Das Halikibe verlassen? Reiz mich lieber nicht, Emile. Denn noch bevor ich mit dir fertig bin, wirst du den Tag verfluchen, an dem du zur Welt gekommen bist.« Sie trat ihren Stuhl nach hinten, der mit viel Lärm gegen die Wand krachte, und schaute ihn zornig an, die geballten Fäuste in die Taille gestemmt.

»Wilhelmina, benimm dich! Im Moment verhältst du dich einfach unmöglich. Eines Tages wird dich dein großes Mundwerk noch mal den Kopf kosten!« Mit knallrotem Gesicht verschwand er in der Menge.

»Was glotzt du denn so?« giftete die Hure Betsy an.

Betsy war klar, daß Maxi Linder eine Laune hatte, in der ihr alles zuzutrauen war. Es schien vernünftig, sie nicht weiter zu provozieren, und deshalb wandte sie nur das Gesicht ab, ohne zu reagieren. »Nie kann man mal einen ruhigen Abend genießen«, bemerkte der Mann mit der Fliege. »Wenn man mich fragt, ist dieses Weib ganz einfach ordinär.«

Aber Maxi ließ nicht so ohne weiteres locker. »Warum glaubst du, du wärst etwas Besseres als ich? Du verlangst doch auch Geld für deine Kunststückchen? Bei dir ist es Tanzen, bei mir Bumsen. Und das eine kannst du mir glauben: Ich bumse besser, als du tanzt! Da kannst du jeden x-beliebigen Kerl hier im Saal fragen.« Sie stand jetzt an Betsys Tisch. Ihre Augen sprühten Funken. Ganz offensichtlich war sie bis aufs Blut gereizt.

Ohne sie auch nur einen Moment aus den Augen zu lassen, griff Betsy nach ihrer Handtasche. Wenn nötig, würde sie ihr Rasiermesser einsetzen. Sie würde diese Schlampe für alle Zeiten so zurichten, daß kein Mann sie mehr ansehen würde.

Wie aus dem Nichts standen plötzlich zwei Türsteher zwischen ihnen. Ein dritter drängte Maxi Linder mit sanfter Gewalt zum Ausgang. Die Band hatte aufgehört zu spielen, und die Paare auf der Tanzfläche wichen zur Seite, um sie durchzulassen.

»Warum lassen sie die überhaupt hier rein?! Wo sie auch hinkommt, es ist überall dasselbe: Immer muß sie Unfrieden stiften und Krach schlagen!« Die blonde Frau, die so unverblümt ihre Abneigung äußerte, starrte Maxi dabei angewidert und zugleich ängstlich an, als sei sie eine Art tollwütiges Tier.

»Ach, willst du wirklich wissen, warum sie mich reingelassen haben? Frag doch mal deinen Mann. Den habe *ich* schon oft reingelassen«, fauchte Maxi zurück.

Mit einer theatralischen Geste schlug die Blondine die Hand vor den Mund und schnappte nach Luft.

Der Abend, der so vielversprechend begonnen hatte, war innerhalb weniger Minuten zu einem Alptraum geworden. Betsy hatte es im Grunde schon in dem Moment geahnt, als sie der Hure vor dem Eingang begegnet war. Maxi war immer auf eine Sensation aus. Das Problem war, daß diese *motyo* einfach keine anderen Frauen neben sich ertragen konnte. Betsy konnte allerdings

96

die Männer nicht verstehen. Was sie nur an einem so ordinären Weibsstück fanden?!

Als Maxi und ihre Begleiter endlich hinausexpediert worden waren, füllten die heißen Rhythmen, die zum Black Bottom riefen, erneut den Raum. Die tanzenden Paare drängten sich wieder auf dem Parkett, als sei nichts vorgefallen.

Plötzlich stand Papa Dan vor Betsy. Sie war so in Gedanken versunken wegen des Zwischenfalls mit Maxi Linder, daß sie ihn gar nicht hatte kommen sehen. Mit einer galanten Geste zog er den Hut und verbeugte sich vor ihr.

Ihr fiel auf, wie übertrieben breit die Schultern seines tadellosen gestreiften Anzugs gepolstert waren. Der Bund seiner Hose, die von Hosenträgern am rechten Platz gehalten wurde, reichte ihm bis zum Zwerchfell. Seine Haut besaß die Farbe reifer Bananen, und der schmale, gepflegte Schnurrbart auf seiner Oberlippe verlieh seinem Gesicht etwas Raubtierhaftes, ein Eindruck, der von der Reihe Goldzähne noch verstärkt wurde, die sichtbar wurden, als er die vollen Lippen zu einem durchtriebenen Grinsen verzog.

»Wer war denn das Mädchen, das den Ort des Geschehens so überstürzt verlassen hat?« fragte er auf Englisch mit starkem *beyan*-Akzent, und ohne eine Antwort abzuwarten, fügte er hinzu: »Ich liebe solche Wildkatzen!«

Sanft, aber bestimmt führte er Betsy zur inzwischen leeren Tanzfläche, während die Musiker den Rhythmus beschleunigten. Der feste Griff seines rechten Arms um ihre Taille in Kombination mit der Art, in der sich ihre Hände umeinander schlossen, ließen Betsy Zeit und Raum vergessen. Ihre Körper fanden sich und flossen in einer einzigen rhythmischen Bewegung ineinander. Wie von einem großen Magneten angezogen, schmiegte sich ihr Becken fest an seines. Mühelos folgte sie seinen Schritten, fehlerlos machte sie sich sein Tempo zu eigen. Wie in Trance sah sie, wie der Saal sich um sie drehte.

Der laute Applaus brachte sie schließlich wieder zurück in die Wirklichkeit.

»Eins mußt du mir unbedingt noch vor dem nächsten Tanz verraten: Hast du schon Pläne für den heutigen Abend?«

An den Bewegungen seines Brustkorbs erkannte sie, daß er Mühe hatte, seinen Atem unter Kontrolle zu bringen. Seine gelbliche Gesichtshaut glänzte vor Schweiß.

»Ich muß heute abend tanzen.«

»Du mußt tanzen. Nun, dann warte ich eben und schaue dir die ganze Nacht lang zu, *my lady.*« Wieder verbeugte er sich tief vor ihr und lupfte ganz kurz den Hut ein wenig, bevor er sie erneut mit männlicher Kraft in die Arme schloß, während diejenigen, die eine Tanzkarte ergattert hatten, schon ungeduldig und mit gezückten Tickets warteten, bis sie endlich an die Reihe kamen.

Für Betsy war der Abend gerettet. Noch nicht einmal die Aussicht, daß sie sich gleich von Herren mit hölzernen Bewegungen über die Tanzfläche würde führen lassen müssen, weil sie zwanzig Cents für einen Tanz mir ihr bezahlt hatten, konnte ihr die Stimmung verderben. Und obendrein war sie diese schreckliche *motyo* losgeworden.

Orsine

Malibatrumstraat 1938

»Es liegt an der Art, wie sie sich benimmt. Weißt du, sie kann ja meinetwegen ruhig eine Hure sein, es gibt eine Menge netter Mädchen, die dieser Arbeit nachgehen, aber sie, sie ist so schrecklich vulgär. Immer nur schimpfen und Ärger machen.« Orsine schrubbte energisch mit dem Putzlappen über die Theke. Das Fett an ihrem Oberarm folgte fröhlich jeder ihrer Bewegungen. Leicht gereizt wischte sie sich zum soundsovielten Mal mit dem freien Arm den Schweiß weg, der ihr in Strömen über die Stirn floß. Sie haßte es, wenn der salzige Schweiß ihr in die Augen lief.

»Aber Orsine, ich kann sie einfach nicht abweisen. Nach all dem, was ich in Österreich mitgemacht habe …« Mit einem verzweifelten Blick in den Augen schaute Meneer Kowalsky sie an. Seine bleiche Haut schimmerte durch das weiße Oberhemd, das ihm durch die Hitze wie eine zweite Haut am Körper klebte.

»Rebecca und ich haben Glück gehabt, daß wir das Unglück schon so früh geahnt haben und dadurch noch rechtzeitig weggekommen sind. In diesem Land hat man uns gastfreundlich aufgenommen, und deswegen denke ich gar nicht daran, irgend jemandem, wem auch immer, die Tür zu weisen. Das Cosmopolitan steht allen offen, auch Mevrouw Linder, jedenfalls solange sie sich an meine Spielregeln hält.« Beim Sprechen zwirbelte er ununterbrochen eine Spitze seines enormen Schnurrbarts.

»Aber Meneer Kowalsky, die anderen Mädchen beklagen sich ständig bei mir. Sie schnappt ihnen die Kunden weg.«

»Aha!« rief er triumphierend. »Also so läuft der Hase! Sie wollen mich benutzen, um ihre Konkurrenz auszuschalten. Aber nicht mit mir.« Um seinen Worten Nachdruck zu verleihen, schlug er mit der Faust auf die Bar. Der Stapel Gläser am Ende der Theke reagierte mit leisem Klirren auf die Wucht seines Schlages. »Übrigens kostet es mich sogar bares Geld, wenn ich sie nicht mehr hereinlasse. Ihre Begleiter spendieren nun mal reichlich, wie du weißt.«

Zutiefst beleidigt schaute Orsine ihn an. Ihr war klar, daß er keine Lust hatte, weiter auf das Thema einzugehen, und sie murmelte fast unhörbar: »Eine Schande für so eine anständige Bar.«

»Statt dir über solche unwichtigen Dinge den Kopf zu zerbrechen, würde ich die Sache an deiner Stelle lieber auf sich beruhen lassen. In einer Stunde öffnen wir. Sind die Zimmer schon alle in Ordnung gebracht?«

Das schlicht möblierte Zimmer war ordentlich aufgeräumt. In die Väschen neben dem Bett hatte Orsine kleine Blumensträuße mit gelben und roten *fayalobis* gestellt. An der Wand hing das Bild einer österreichischen Winterlandschaft: im Vordergrund Bäume, deren Zweige unter dem Gewicht von Schnee und Eis zu Boden gedrückt wurden, und in der Ferne die verschneiten Gipfel einer Bergkette. In allen Zimmern hingen solche Bilder. Wenn Orsine sie betrachtete, konnte sie sich nie vorstellen, wie Meneer und Mevrouw Kowalsky sich jemals in Surinam einleben konnten, wo doch das Klima so völlig anders war. Sie jedenfalls hoffte, daß sie nie dazu gezwungen würde, ihr Land zu verlassen und ihr Leben an einem solch kalten Ort verbringen zu müssen.

Während sie die Betten aufschüttelte, dachte sie bei sich, daß sie eigentlich Gott auf Knien dafür danken müßte, diese Stelle zu haben. Die Arbeit war zwar schwer, aber dafür verdiente sie gut.

Wenn doch Meneer Kowalsky nur auf sie hören würde! Er lebte erst seit zwei Jahren in der Stadt, sie dagegen war hier geboren und aufgewachsen. Wenn er nur einmal richtig zuhören würde, könnte sie ihm so manches über Maxi Linder erzählen. Wo Maxi auch hinkam, gab es Stunk. Und ob denn wirklich so viele Kunden das Cosmopolitan nur ihretwegen besuchten? Wenn sie nicht mehr hierherkäme, würden die Männer sich sicher für die anderen, so viel anständigeren Mädchen entscheiden. Von ihnen bekam Orsine wenigstens noch etwas zugesteckt. Wenn sie einen guten Tag hatten, konnte auch sie mit einem schönen Zubrot rechnen. Nein, wenn er sie nur ließe, würde sie ihr eigenhändig die Tür weisen. Und wenn sie dann eine dicke Lippe riskierte, würde sie, Orsine Levenswaard, der Dame schon zeigen, daß sie sich davon nicht beeindrucken ließ.

Auf Händen und Knien kroch Orsine über den Fußboden, um mit dem Handfeger den Staub in sämtlichen Ecken gründlich zu entfernen. Wenn sie fertig war, würde Meneer die Zimmer kontrollieren, und dann mußten sie pieksauber sein.

Wenn Maxi nicht mehr käme, könnten sie vielleicht sogar mehr Kunden gewinnen, und dann könnte Meneer Kowalsky sein Versprechen ihr gegenüber einlösen, ein Zimmermädchen einzustellen. Wenn viel zu tun war, half ihr Mevrouw. Da die Frau des Chefs allerdings ihre Privaträume nur ungern verließ, hätte auch sie etwas davon. Von Meneer Kowalsky wußte sie, daß das Ehepaar in Wien ebenfalls ein Hotel geführt hatte. Mit Wehmut in den Augen hatte er ihr ein Foto davon gezeigt. Er überreichte es ihr, als sei es ein wertvolles Schmuckstück: ein äußerst imposantes Gebäude, über dessen Eingang ein Schild mit der Aufschrift HOTEL COSMOPOLITAN prangte. Das Gasthaus, das sie nun in Paramaribo führten, stand in schrillem Kontrast zu diesem Hotel in Wien. Nicht, daß es etwa ein anrüchiges Etablissement gewesen wäre – das war es ganz sicher nicht. Orsine war stolz auf ihr Hotel. Zwar war es kein Palast, aber es brauchte sich vor The Stranger's Rest oder der Pension West India an der Watermolenstraat keineswegs zu verstecken. Wenn man es allerdings mit dem Cosmopolitan in Wien verglich, war es die reinste Absteige.

»Orsine, du stehst ja schon wieder herum und träumst!« hörte sie Meneer Kowalsky von unten rufen. »Achtest du bitte auf die Zeit? Du mußt noch bei der Fabrik Eis holen gehen!«

Diesen Teil ihrer Arbeit haßte sie. Sie mußte die Keizerstraat und die Waterkant entlang bis zur Eisfabrik an der Steenbakkerijstraat laufen und danach mit ihrer schweren Last den ganzen weiten Weg wieder zurück zum Hotel. Mit etwas Glück konnte sie manchmal einen Gepäckträger anheuern, aber die waren nicht immer zu kriegen.

»Sine, *fa a waka*, wie stehen die Dinge?« Baka-iri lehnte sich verschwörerisch zu Orsine hinüber. Ihre dicken Hinterbacken, die sie wie enorme Kissen über den Barhocker drapiert hatte, schoben sich nach vorn. »Hast du in der Angelegenheit, über die wir neulich gesprochen haben, schon etwas ausrichten können?«

»Welche Angelegenheit meinst du denn?« fragte Orsine scheinbar ahnungslos.

»Na, die Sache mit Maxi Linder.« Mit einem erwartungsvollen Blick in den tiefliegenden Augen verlieh Baka-iri ihrer Frage noch mehr Gewicht. Das glattgepreßte Haar hatte sie nach hinten gekämmt und mit einem Gummi zusammengebunden, wodurch ihre hohe Stirn besser zur Geltung kam.

Man konnte Baka-iri nicht gerade als »Klassemädchen« bezeichnen. Sie besaß ein Vollmondgesicht, den besagten fetten Hintern und, nicht zu vergessen, diese Fersen, denen sie ihren Spitznamen verdankte: Wenn sie nicht so weit nach hinten gestanden hätten, wäre sie in der Lage gewesen, normale Schuhe zu tragen anstatt ihrer ewigen *delailas* und *opankas*. Als sie das erste Mal gehört hatte, worauf der Spitzname sich bezog, war Orsine in lautes Lachen ausgebrochen. Natürlich wurde dieser Name nicht verwendet, wenn Baka-iri dabei war. Im übrigen besaßen die meisten Mädchen solche ungewöhnlichen Spitznamen, mit denen sie in der Regel in der Öffentlichkeit bekannt waren. Orsine machte sich ein Spiel daraus, in Gedanken die Mädchen, die die Bar besuchten, mit ihren Spitznamen zu bezeichnen. Manche von ihnen kannte sie sowieso nicht unter ihrem richtigen Namen, und außerdem hatte sie so ein bißchen Spaß bei der Arbeit.

»Ich habe doch versprochen, dafür zu sorgen, daß ihre Tage in dieser Bar gezählt sind. Du weißt, daß Meneer Kowalsky meinem Urteil blind vertraut. Ich warte nur noch auf eine günstige Gelegenheit, um die Angelegenheit mit ihm zu besprechen. Hab ein bißchen Geduld.« Beim Sprechen hielt sie die Augen stur auf die Theke gerichtet und unternahm wilde Anstrengungen, einen hartnäckigen Fleck zu entfernen.

»Du hast recht; laß dir ruhig Zeit. Aber du weißt ja: Wir zählen auf dich.« Baka-iri tat ihr Bestes, gleichgültig zu klingen, aber die Enttäuschung stand ihr deutlich ins Gesicht geschrieben.

»Weißt du, was dieses unverschämte *motyo*-Weib sich gestern abend im Roxy geleistet hat? Isri-bowtu hatte einen Kunden nach langen Verhandlungen quasi schon zwischen den Schenkeln. Zur allgemeinen Verwunderung ging Maxi Linder aber plötzlich auf diesen *motyop'pa* zu, sprach ihn an, und bevor irgend jemand begriff, was überhaupt los war, marschierte sie auch schon mit ihm zur Türe hinaus. Vorher drehte sie sich allerdings noch einmal um und sagte zu Isri, daß sie ihr den Schädel einschlagen würde, wenn sie sich noch einmal an einen ihrer Stammkunden heranmache.«

»Der trau' ich alles zu!« schimpfte Orsine. »Kannst du dich noch daran erinnern, wie sie aus demselben Grund hier bei uns ein Mädchen krankenhausreif geschlagen hat?« Im Eifer des Gesprächs hatte sich Orsine so weit zu Baka-iri hinübergelehnt, daß ihre Brüste an der Theke plattgedrückt wurden. »Frag mich nicht, wie sie es so schnell fertiggebracht hat, aber Isri-bowtu war jedenfalls *lasman*, sie hatte verloren. Du hättest das Grinsen in Wilhelminas Fresse sehen müssen, als sie mit dem Mann rausmarschiert ist!«

»Wilhelmina ist also von sich aus auf ihn zugegangen?«

»Bei Gott, so wahr ich hier stehe! Genau so hat es sich abgespielt.« Mit einer theatralischen Geste legte Baka-iri die rechte

Hand aufs Herz, um sie danach mit einer noch theatralischeren Gebärde in die Luft zu werfen.

»Wie hat Isri-bowtu denn darauf reagiert?« Orsine zog ein Gesicht, als würde irgend etwas stinken.

»Nichts, gar nichts hat sie gemacht. Ich glaube, sie war so perplex, daß sie schlicht sprachlos war. Es ist ja schon schlimm genug, wenn ein Mann, den man schon mehr oder weniger zwischen den Schenkeln hat, so mir nichts dir nichts mit einer anderen abhaut.«

»Aber sie ist doch eigentlich kein Angsthase?«

»Nein, ganz bestimmt nicht! Wie ich sie kenne, wird sie bei der nächstbesten Gelegenheit mit Maxi abrechnen. Darauf möchte ich wetten!«

»Die Dreistigkeit von diesem Weib kennt wirklich keine Grenzen. Sie soll nur nicht glauben, daß sie solche Geschichten auch hier veranstalten kann.«

»Das ist genau das, was ich meine!« rief Baka-iri triumphierend.

»Orsine, gib mir ein Glas Bier. Und schenk dir selbst auch eins ein. Ich habe heute noch nichts verdient, sonst würde ich dir ein bißchen *mazzel* geben. Aber keine Sorge: Noch bevor der Abend vorbei ist, wirst du etwas von mir bekommen.«

»Möchtest du ein Frontenac oder ein Haantjes? Die anderen Biere habe ich noch nicht kaltgestellt.«

»Gib mir ein Haantjes. Frontenac finde ich zu stark, um den Abend damit einzuläuten. *If mi wan' verdien mi sowtu*, muß ich einen klaren Kopf behalten.«

Draußen brach bereits die Dämmerung an. Mit der abgekühlten Abendluft wehten dann und wann Gesprächsfetzen und Gerüche herein, die der Tag zurückgelassen hatte: die schrillen Stimmen von Frauen, die sich aus ihren Fenstern lehnend unterhielten, Pfiffe, wie Brunftsignale, mit denen die Jungen den vorübergehenden Mädchen Anerkennung zollten, das laute Gebell eines Hundes, der sein Territorium bewachte, als hinge sein Leben davon ab, der bittere Gestank von Pferde- und Eselsmist, das süßliche Aroma von faulenden Früchten, die die Straßenhändler am Wegesrand liegengelassen hatten, der typische Geruch, den die Bäume und Pflanzen verbreiteten, wenn sie wiederauflebten, nachdem sie die sengende Hitze der Sonne tagsüber ermattet hatte … Die Geräusche, die durch die geöffneten Fenster hineindrangen, vermischten sich mit der lieblichen Stimme von Bessie Smith, die auf der schwarzen Schellack-Scheibe ihre Herzensgeheimnisse mit den Anwesenden teilte. Die einfachen Holztische waren mit rot karierten Tischdecken und Vasen mit künstlichen europäischen Blumen geschmückt. Diese nicht surinamisch dekorierten Tische hatten die zumeist europäischen Männer zu ihrer Domäne erklärt, während die Frauen, Kreolinnen, *kabugerinnen* und *malatas* der verschiedensten Altersstufen, auf den Hockern an der Bar oder auf Stühlen entlang der weißen Holzwand Platz genommen hatten.

Hier und da lockerten Bilder von Alpenlandschaften die weiße Wand ein wenig auf. Über der Eingangstür hing ein Davidstern, unter dem ein für Orsine unlesbarer hebräischer Text stand. Die großen Fenster zu beiden Seiten der Tür waren weit geöffnet. Die Sicht nach draußen wurde ihr allerdings von den Gardinen versperrt, die bis zur Hälfte der Fensteröffnungen reichten. Inzwischen war es so voll geworden, daß Orsine keine Zeit mehr zum Schwatzen blieb. Die Gäste, die Limonaden verlangten, konnten direkt bei ihr bestellen, während Meneer Kowalsky die härteren Sachen ausschenkte und das Geld entgegennahm.

Trotz des hektischen Betriebs genoß Orsine den Anblick des bunten Treibens in vollen Zügen. Sie wollte nichts von dem versäumen, was in der Bar vor sich ging. Die unterschwellige und teilweise auch offene Rivalität, die zwischen den Frauen herrschte, sorgte manchmal für amüsante Szenen.

Baka-iri hatte auf einem Barhocker Platz genommen. Von den Tischen aus konnte man sie im Profil betrachten. Ihrer Meinung nach kam ihr gewaltiger Hintern, ihr »Markenzeichen«, auf diese Weise am besten zur Geltung. Der billige Stoff ihres geblümten Kleides spannte sich straff um ihre Pobacken.

Mit verschwörerischem Blick gab Orsine Ek-rupia ein Zeichen, als sie sah, wie Baka-iri den Raum in allen Details in sich aufnahm – ihr entging rein gar nichts. Ek-rupia stand nonchalant mit der Hüfte an den Tresen gelehnt, tippte mit dem Zeigefinger an ihr Glas und unterdrückte ein Lachen. Die Tatsache, daß sie einen ganzen Gulden für ihre Arbeit verlangen konnte, während die meisten Mädchen sich mit nur fünfunddreißig Cents zufriedengeben mußten, hatte sie gewiß nicht ihrer Figur zu verdanken. Ihr schlanker Körperbau machte sie zum krassen Gegenteil von *motyos* wie Baka-iri. Da die meisten Männer nun einmal Frauen mit Fleisch auf den Rippen bevorzugten, mußte sie wohl Qualitäten besitzen, die Orsine verborgen blieben.

Alle Augen waren auf die offene Eingangstür gerichtet, wo nun Agutobo zusammen mit A Luku Dun Dun A Si Fra Fra erschien. Letztere nannte Orsine der Einfachheit halber Dun Dun – ihren vollständigen Künstlernamen fand sie schlichtweg zu lang. Die beiden Frauen wurden von den bereits anwesenden *motyos* von Kopf bis Fuß gemustert, gewichtet und nach ihrem Wert geschätzt. Agutobo, die dreistere der beiden, bahnte sich mit übertriebenen Hüftschwüngen einen Weg zwischen den Tischen hindurch. Durchdringender Schweißgeruch traf Orsine wie ein Faustschlag ins Gesicht, als Agutobo bei Baka-iri stehenblieb. Jeder, der eine Bemerkung über ihren Körpergeruch machte, bekam zu hören, daß dieser wie ein Aphrodisiakum wirke. Mit viel Tamtam begann sie dann gewöhnlich, damit aufzuschneiden, daß sogar Männer, die ansonsten Casanova-Creme benutzen mußten, bevor sie eine Frau sexuell befriedigen konnten, bei ihr Genesung fanden.

»Ist Maxi Linder denn jetzt endlich zur unerwünschten Person erklärt worden?!« fragte sie, laut genug, damit es jeder hören konnte.

»Schrei doch nicht so, Mathilde!« rief Baka-iri, wobei sie Agus richtigen Namen benutzte. »Willst du mich vielleicht in Schwierigkeiten bringen?«

Mit einem dumpfen Knall stellte Orsine das Glas, das sie gerade abgetrocknet hatte, auf die Holztheke und blickte wütend in Agutobos Richtung. Am liebsten hätte sie ihr das Glas an den Kopf geschmissen. Wollte diese blöde Mistkuh vielleicht, daß sie ihren Job verlor? Sie machte ihrem Namen mal wieder alle Ehre! Nach Orsines Meinung verdankte sie ihren Spitznamen nämlich weniger der Tatsache, daß sie sich so oft im Cookshop Agutobo etwas zu essen holte, als den Schweinereien, mit denen sie anderen ständig übel mitspielte.

»He, *motyo*, wovor hast du denn solche Angst?« fragte Aguto-bo Baka-iri.

»Ich will keine Probleme mit Maxi kriegen. Du weißt doch, daß die Wände hier Ohren haben«, zischte diese ihr zu.

»Jetzt mach dir wegen Maxi Linder mal keine Sorgen! Die Sprüche von der sind doch nichts als heiße Luft. Ich lass' mir von der jedenfalls keine Angst einjagen!«

»Wenn ich du wäre, würde ich meine Stimme etwas senken. Wie gesagt: Hier haben die Wände Ohren«, sagte Dun Dun, die sich inzwischen zu ihnen gesellt hatte.

»Ich verstehe nicht, warum ihr euch wegen dieser schwarzen Tucke dermaßen in die Hosen scheißt.« Agutobo fühlte mit beiden Händen, ob ihr Haar noch richtig saß, und warf um Anerkennung heischende Blicke um sich. Es war deutlich zu sehen, daß sie auf ihre Frisur viel Zeit verwendet hatte. Ihr von Natur aus glattes Haar hatte sie in kleinen Wellen mit so viel Brillantine an den Kopf geklebt, daß es das Licht der Gaslampen widerspiegelte und sein natürliches Schwarz noch dunkler wirkte. Ihre mandelförmigen Augen leuchteten hell in ihrem ovalen, karamelfarbenen Gesicht. Das blau-rot gestreifte Satinet-Kleid, das sie trug, war so eng geschnitten, daß es schamlos die Geheimnisse ihres Körpers preisgab.

»Vielleicht müßtest du sie einfach mal erleben, wenn sie so richtig böse wird, dann würdest du den Mund nicht so voll nehmen! Ich habe mal gesehen, wie sie mit bloßen Händen ein Fahrrad *rampaneert* hat! Von dem Ding war hinterher nichts mehr übrig als ein Haufen Blech«, behauptete Dun Dun, stolz auf ihr Wissen. Wegen ihrer schielenden Augen war es schwer, festzustellen, mit wem sie eigentlich sprach.

Orsines Sensationsgier hatte mittlerweile über ihre schlechte Laune gesiegt. Unbemerkt war sie näher an die drei Frauen herangerückt – solche Momente betrachtete sie als die Rosinen im Brei ihrer alltäglichen Arbeit: Wenn sie dann nach Hause kam, hatte sie ihren Nachbarn, die auf demselben Grundstück wohnten, viel zu erzählen.

»Diese Geschichte mit dem Fahrrad, ist die nicht vor dem Halikibe passiert?« mischte sich Baka-iri ins Gespräch. »Ich habe gehört, daß es dabei um einen jungen Mann ging, mit dem sie mal ein Verhältnis gehabt hat. Sie muß so verliebt in ihn gewesen sein, daß sie ihm dieses Fahrrad geschenkt hat.«

»Die ist wohl nicht ganz richtig im Kopf! Einem Mann Geschenke machen! Das ist doch die verkehrte Welt!« rief Agutobo.

»An dem bewußten Abend war er wohl zusammen mit seiner neuen Freundin im Halikibe und tat so, als kenne er Maxi Linder gar nicht«, erzählte Baka-iri ihre Geschichte weiter. »Sie fragte ihn, ob er um der alten Zeiten willen nicht noch einmal mit ihr tanzen wolle. Aber wie ihr euch vorstellen könnt, wollte der Mann nicht mit ihr gesehen werden. Schließlich macht sie ja nicht gerade ein Geheimnis aus ihrem Metier.«

»Recht hatte er«, meinte Dun Dun. Ihre schielenden Augen wanderten unruhig durch den Raum.

Es war wirklich ein Rätsel, wie sie sich trotz ihres Handicaps so viele Kunden angeln konnte. Vielleicht legten die Männer ihr ja ein Kissen aufs Gesicht. Orsine konnte es förmlich vor sich sehen: Dun Dun nackt zwischen den Laken, und auf ihr ein Mann, der während der Stöße sein Bestes tat, das Kissen auf seinem Fleck zu halten. Nur mit Mühe konnte sich Orsine das Lachen verbeißen. Zugegeben, Dun Dun besaß einen Körper, für den so mancher Mann einen Mord begangen hätte. Außerdem mußte man ihr lassen, daß sie es verstand, durch ihre Kleidung ihre Reize äußerst vorteilhaft zur Geltung zu bringen.

»Maxi Linder hängt zu sehr an die große Glocke, daß sie eine *motyo* ist«, fuhr Dun Dun fort. »Bis auf meine Kunden und meine Kolleginnen weiß kaum jemand, daß ich diese Arbeit tue. Die meisten wissen nur, daß ich gern ausgehe, aber das war's auch schon.«

Baka-iri ließ sich nicht beirren und erzählte weiter. »Sie war so beleidigt, daß sie später draußen auf ihn wartete. Dem Hörensagen nach muß es alles andere als schön gewesen sein, was dann aus ihrem Mund kam …«

»Kann ich mir vorstellen. Was das angeht, ist mit ihr nicht zu spaßen«, warf Orsine plötzlich ein.

Drei Köpfe drehten sich wie auf ein Zeichen zu ihr hin. Dun Duns Augen schossen in alle Richtungen.

Orsines Lippen verzogen sich zu einem etwas blöden Grinsen. Nachdem sie sich vergewissert hatte, daß niemand sonst zuhörte, fuhr Baka-iri fort: »Als er nicht darauf reagierte, begann sie, ihr Fahrrad zurückzufordern. Plötzlich riß sie es ihm weg und fing an, es mit bloßen Händen auseinanderzunehmen. Sie war wie von einem *obiya* besessen! Und als sie ihre Wut an dem Fahrrad ausgelassen hatte, war sie mit dem Typen noch lange nicht fertig. Sie sann auf Rache und befahl ihm sogar, ihr die Kleidung, die er trug, zurückzugeben …«

»Sie hat ihm wohl recht großzügige Geschenke gemacht!« Agutobo schüttelte sich vor Lachen.

»… und wenn die Umstehenden sie nicht zurückgehalten hätten, hätte der arme Junge nackt nach Hause gehen müssen«, schloß Baka-iri ihren Bericht.

»Wenn du nicht aufpaßt, kannst du gleich selbst nackt nach Hause laufen!« rief plötzlich eine Frauenstimme so laut, daß man es in der ganzen Bar hören konnte.

Baka-iri, Agutobo, Dun Dun und Orsine wandten gleichzeitig die Köpfe um.

Orsines Herz setzte einen Schlag aus – Maxi Linder war unbemerkt hinter sie getreten. Das weiße Fell des Pudels, der sich schwanzwedelnd an ihre Beine schmiegte, stand in auffälligem

Kontrast zu ihrer schillernden Erscheinung. Die geballten Fäuste auf den Hüften, stand sie mitten in der Bar wie der Luzifer persönlich. In dem tief ausgeschnittenen Dekolleté ihres knallroten Kleides prangte eine gelbe Fayalobiblüte. Das enge Mieder ging in einen glockig fallenden Rock über, der ihre Knie freiließ.

»Ihr billigen Flittchen! Habt ihr nichts Besseres zu tun, als eure Nase in die Angelegenheiten anderer Leute zu stecken?! Ach, aber ich kann es euch gar nicht verdenken. Was sollt ihr denn schon anderes tun, um die Zeit totzuschlagen!«

Orsine hatte sich vorsichtig hinüber zur anderen Seite der Theke manövriert. Sie konnte es sich nicht erlauben, ihren Job zu verlieren.

»Ihr braucht euch nicht zu wundern, daß die Kunden nicht nach euren Diensten Schlange stehen! Mit euren losen Mäulern machen sie lieber einen großen Bogen um euch! Ganz zu schweigen von den Tricks, die ihr euch ausdenkt, um sie zu beklauen. Seht ihr diesen Körper?« Geschmeidig ließ Maxi die Hände über ihre weiblichen Kurven wandern. »Dieser Körper ist ein Vermögen wert. Was ich hiermit einstreiche, könnt ihr in euren kühnsten Träumen nicht zusammenraffen! Ihr könnt doch nichts als Blödsinn quatschen! Während ihr eure Zeit mit Klatschen vertrödelt, ficke ich mich reich!«

Mit gespannter Aufmerksamkeit verfolgte das Publikum in der Bar die Szene, die sich vor seinen Augen abspielte. Auf vielen Gesichtern zeichnete sich deutlich die Sensationsgier ab. So eine Auseinandersetzung brachte richtig Leben in die Bude und konnte außerdem bedeuten, daß man einen Gratis-Striptease zu sehen bekam: Wenn sie sich in die Haare gerieten, konnte es passieren, daß sich die Frauen gegenseitig die Kleider vom Leib zu reißen versuchten.

Baka-iri, Agutobo und Dun Dun ignorierten Maxi Linders Beschimpfungen – sie starrten einfach vor sich hin, als ginge sie das Ganze nichts an.

Maxi Linder trat in ihren roten Schuhen mit den Blockabsätzen einen Schritt nach vorn. »Wenn ich einen Mann mit Geschenken verwöhnen will, ist das meine Scheißangelegenheit! Ich habe wenigstens das Geld dazu. Ihr habt ja nicht mal genug, um euren Kindern vernünftig zu fressen zu geben.«

Daraufhin ließ Agutobo einen *tjoerie* hören und rollte die Augen in Maxis Richtung.

Auf Maxi hatte das dieselbe Wirkung wie ein rotes Tuch auf einen Stier. Wie in einem Reflex schnappte sie sich einen freien Barhocker und hob ihn hoch über ihren Kopf, mit einer Kraft, die man höchstens einem Mann zugetraut hätte.

»*Mi Gado*, du wirst sie ermorden!« rief Orsine.

Allgemeine Panik brach aus. Agutobo machte eine abwehrende Geste – die Angst auf ihrem Gesicht war geradezu unbeschreiblich –, Baka-iri war von ihrem Hocker gefallen und suchte Deckung unter der Theke, und Dun Dun hatte die Arme schützend über den Kopf gelegt und rannte schreiend zur Bar hinaus. Die Stühle um die Tische und an der Wand waren leer. Nun, da die Anwesenden Blut rochen, hatten sie sich wie ein Mann nach vorne gedrängelt, um eine gute Sicht auf die Ereignisse am Tresen zu haben.

Mit dem Krachen von splitterndem Holz sauste der Barhocker auf Agutobos linke Schulter nieder. Mit einem tierischen Schrei griff sie nach ihrem Schlüsselbein. »Was hab ich dir denn getan?!« kreischte sie.

»Dich hab ich schon lange auf dem Kieker. Schon einmal hab ich dich gewarnt, mir nicht in die Quere zu kommen, und trotzdem wagst du es, mir einen meiner festen Freier wegzuschnappen. Das werd' ich dir ein für allemal austreiben.« Immer noch flackerte Mordlust in Maxis Augen. Sie hob das, was vom Hocker noch übrig war, hoch, doch bevor sie ihn auf die hilflos schluchzende Agutobo niederkrachen lassen konnte, war Meneer Kowalsky dazwischengegangen und hielt sie davon ab.

»So, es reicht jetzt, Maxi«, sagte er bestimmt.

Maxi zerrte weiter an den Resten des Hockers, doch Meneer Kowalsky hielt ihn so fest, daß sie ihre Versuche aufgeben mußte. »Orsine, nimm sie mit nach hinten«, sagte er und deutete mit dem Kopf in Agutobos Richtung. Dann wandte er sich wieder an Maxi: »Und wer bezahlt mir den Hocker?«

Die Fayalobiblüte in ihrem Dekolleté ging heftig auf und nieder – es gelang ihr nicht, ihren Atem wieder unter Kontrolle zu bringen. Schweißtropfen perlten auf ihrer Oberlippe, und ihre Schläfen, an denen die Adern pochten, waren ebenfalls schweißnaß. Die großen Schwitzflecken unter den Achseln hoben sich dunkel vom Hellrot ihres Kleides ab. »Machen Sie sich darüber mal keine Sorgen. Das Geld für Ihren Hocker habe ich mir ruckzuck zusammengebumst«, sagte sie, nachdem sie wieder zu Atem gekommen war.

Orsine blieb sitzen und schwieg.

Isaak

Saramaccastraat 1938

Am Ende des schwach beleuchteten engen Ganges fand er die Treppe, die nach oben führte. Seine Schritte klangen gedämpft auf dem geblümten gelben Linoleum. Unsicher setzte er die Füße von einer Stufe auf die nächste. Er gelangte in einen hübsch eingerichteten Vorraum.

Im Gegensatz zu den Wohnungen der meisten Huren wurde die von Maxi von Gaslampen erhellt und nicht von den üblichen *kokolampus*. Er brauchte sich also keine Sorgen zu machen, daß er heute abend mit dem Gestank von verbranntem Öl in der Kleidung nach Hause kommen würde.

Das große Mahagonibett nahm fast das ganze Zimmer ein. Am Fußende stand ein mannshoher Spiegel. Die Kleider, die an der Wand gegenüber dem Fenster ordentlich auf Bügeln hingen, wirkten mit ihren vielfältig leuchtenden Farben wie ein bunter Wandschmuck. Auf dem Frisiertisch befand sich ein Sortiment von Töpfchen, Tuben und Fläschchen, wie es sich jede Frau gewünscht hätte: Yarley Lavendel, Peggy-Sage-Nagellack, Eau de Quinine, Radiant-Rose-Puder, Sweetheart-Puder, Ruby-Rose-Lippenstift und Casanova-Creme boten mit ihren verschiedenen Farben und Verpackungen einen prächtigen Anblick. Neben dem Frisiertisch hing ein Schwarzweißfoto von einer strahlend lachenden Maxi Linder. Zusammen mit ihrem weißen Pudel stand sie vor dem Tor der protestantischen Kirche am Kerkplein.

Maxi Linder saß auf einer mit rotem Samt bezogenen Chaiselongue. Vor ihr auf dem Boden lagen ihre beiden Hunde, im Schlaf behaglich aneinandergekuschelt wie zwei weiße Wattebäusche. Maxis Augen waren sorgfältig und dezent geschminkt; der Lippenstift auf ihrem vollen Mund hatte die Farbe reifer Kirschen. Bis auf ein paar rote, durchbrochene Lackschuhe und ein Collier, das aus drei Reihen blattgoldener Rosen bestand, war sie nackt. Die Knie hatte sie bis zur Brust hochgezogen.

Doch da war noch etwas. Isaaks Augen wurden so groß wie Unterteller, als er die brennende Zigarre zwischen ihren Beinen erblickte. Wie hypnotisiert starrte er auf ihre Scham. Die Temperatur des Blutes in seinen Leisten näherte sich dem Siedepunkt. Er war derart erregt, daß ihm sogar der Kontakt mit seiner Kleidung zuviel wurde. Vergeblich versuchte er, mit der Zunge die Lippen anzufeuchten.

Plötzlich schloß Maxi Linder die Augen und warf den Kopf in den Nacken. Sie spannte die Bauchmuskeln an. Die Glut an der Zigarrenspitze leuchtete auf, und zu Isaaks großer Verwunderung kringelte sich ein Rauchwölkchen hervor.

Ein Seufzer, halb schmerzlich, halb sehnsuchtsvoll, stahl sich von Isaaks Lippen. Der Unterkiefer fiel ihm herunter, seine Knie fühlten sich an wie Pudding, und er sank auf einen Stuhl, der hinter ihm stand, als sei alles Leben aus seinem Körper gewichen.

Unvermittelt zog Maxi Linder die Zigarre aus ihrem Geschlecht. »Diese Vorstellung ist nicht im Preis inbegriffen. Wenn du willst, daß ich weitermache, kostet es dich fünf Gulden extra.« In einer fließenden Bewegung stellte sie ihre langen nackten Beine mit den roten Schuhen auf den Boden und schaute ihn mit einem amüsiert fragenden Blick an.

Es dauerte ein paar Sekunden, bis Isaak die Sprache wiedergefunden hatte. Noch nie hatte er eine Frau solche Kunststückchen vorführen sehen. Daß ein Besuch bei Maxi Linder ein Ereignis war, das man nicht so schnell vergaß, war ihm nicht unbekannt, aber nichts von dem, was er bisher von ihr gehört hatte, hatte ihn auf ein so aufregendes Schauspiel vorbereitet.

Ein schwerer Geruch von nasser Erde und Blättern hatte über der Stadt gehangen. Er empfand die abgekühlte Luft in seinem Gesicht als angenehm, und das war ein Grund, warum man ihm die Aufregung, die in seinem Inneren tobte, von außen nicht anmerkte.

Der Trottoirsand hing an den Sohlen seiner glänzend geputzten Schuhe. Wegen der heftigen Regenfälle hatten die meisten Leute schon früh die Behaglichkeit ihrer Wohnungen aufgesucht. Die größtenteils weißen Häuser mit ihren grün gestrichenen Fensterläden und Türen zu beiden Seiten der Straße waren fest verschlossen. Nur hier und da fiel ein Streifen Licht durch einen Spalt nach draußen.

Zu seiner Erleichterung war auf der Straße nichts los; nur dann und wann ratterte ein Auto auf dem holprigen Straßenbelag vorbei. Das Risiko, Bekannten zu begegnen, war gleich null.

Im gedämpften Licht der Straßenlaternen standen die Huren und warteten auf Freier. Sie hatten ihn schon mehrmals angesprochen, und jedesmal hatte er den Hut tiefer in die Stirn gezogen und das Kinn auf die Brust gedrückt.

Unruhig betrachtete Isaak den Himmel. Er hatte gerade den Straßenabschnitt, an dem die Geschäfte lagen, hinter sich gelassen, und wenn es nun wieder anfangen würde zu regnen, konnte er keinen Schutz mehr unter den Galerien suchen. Doch das teerschwarze Firmament war mit Sternen übersät. Erleichtert atmete er auf. Vorläufig brauchte er nicht mit Regen zu rechnen. Der Mond spiegelte sich in den vielen Pfützen, die sich in den Schlaglöchern der mit Muschelsand befestigten Straße gebildet hatten. Es schien fast, als begleite ihn der Mond.

Zu Beginn des Abends hatte es plötzlich angefangen zu regnen. Es war einer jener *sisi busis*, die mit viel Blitz und Donner einhergingen. Fast hatte es so ausgesehen, als ob er zu Hause bleiben müßte. Ein unbehagliches Gefühl hatte von ihm Besitz ergriffen, als seine Frau von ihrer Handarbeit aufsah und mit Besorgnis in der Stimme fragte: »Wenn es so weiterregnet, dann fällt die Versammlung heute abend doch sicher aus?«

Sie arbeitete an ihrem soundsovielten Zierdeckchen. Nach seiner Fertigstellung würde sie einen Platz dafür auf irgendeiner Sessellehne oder einem Tisch finden. Das Licht der Stehlampe hielt sie in ihrem Schein gefangen, während sie im Schaukelstuhl, in dem sie beim Sticken immer zu sitzen pflegte, sanft auf und ab wippte.

Isaak beugte sich tiefer über seine Bücher. Er konnte sich kaum konzentrieren. Die Ziffern des Tagesumsatzes tanzten ihm vor den Augen.

»Wie steht es mit dem Umsatz?« Ohne mit dem Sticken aufzuhören, schaute sie in seine Richtung. »Heute hatten wir besonders viel zu tun.«

»Die Bilanz ist noch nicht fertig, aber soweit ich es überblicken kann, haben wir einen guten Tag gehabt.«

Gespannt lauschte er der abnehmenden Heftigkeit des Gewitters. Das Grummeln des Donners klang immer entfernter. Isaak seufzte vor Erleichterung.

»Gehst du noch kurz zu den Kindern hinein, bevor du dich auf den Weg machst?« Sie zog die Nadel durch den Stoff und sah ihn besorgt an. »Du arbeitest zuviel. Nach einem so harten Tag noch zu einer Versammlung … Wird es heute abend spät werden?«

Er hielt den Blick starr auf die Zahlen gerichtet, als er antwortete: »Du weißt doch, daß die Versammlungen der Händlervereinigung oft auf lange, hitzige Debatten hinauslaufen. Warte lieber nicht auf mich.«

Um seine Brust legte sich ein Band, das sich mit jeder Minute straffer spannte. Heimlich warf er einen Blick in ihre Richtung. Mit zitternden Fingern gelang es ihm, den obersten Knopf seines Hemdes zu öffnen.

Irgendwo in der Ferne bellte ein Hund. Ununterbrochen, mit hohen, langgezogenen Tönen, wachte er über sein Territorium. Oder war es eine Reaktion auf den Geruch einer läufigen Hündin? Trotz des unbehaglichen Gefühls, das in seinem Inneren nagte, lachte Isaak ein wenig in sich hinein. Auch er befand sich heute abend auf den Spuren eines brünstigen Weibchens.

Er hatte Maxi Linder ein paar Tage zuvor im Cosmopolitan an der Malibatrumstraat getroffen. Zwar hatte er sie vorher schon öfter gesehen, aber bisher keinen Kontakt zu ihr gehabt.

Als er die Bar betrat, war er überrascht von der angespannten Atmosphäre, die dort herrschte. Einem Gespräch zweier Matrosen hinter ihm entnahm er, daß Maxi Linder gerade einen Barhocker auf einer ihrer Kolleginnen kaputtgeschlagen hatte.

Er lehnte ein wenig beunruhigt an der Wand direkt neben dem Eingang, als sie auf ihn zuging und ihn ganz unverfroren fragte, ob er vielleicht Geld für einen Whiskey habe. Automatisch faßten seine Hände in die Hosentaschen. Zum Dank schenkte sie ihm das strahlendste Lächeln, das ihm jemals eine Frau gegönnt hatte. Ohne ein Wort zu sagen, drehte sie sich um und ging zurück an die Bar.

Der warme Klang ihrer tiefen Stimme hallte wie ein heißer Tango in seinen Ohren wider. In den Pupillen ihrer Augen hatte er ein Feuer brennen sehen, dessen Flammen auf ihn wirkten wie ein Liebestrank – ein Trank aus ihrem Becher, den er gerne bis zum Boden leeren wollte. Wie ein *draaiwinti* rauschte ihm das Blut durch den Körper, und eine angenehme Wärme durchströmte sein Geschlecht.

Sie stand mit dem Rücken zu ihm an den Tresen gelehnt. In einem Zug kippte sie ihren Whiskey hinunter. Ihr weißer Pudel lag seelenruhig schlafend zu ihren Füßen, als störe ihn das Stimmengewirr, das in der Bar herrschte, nicht im mindesten. Maxi hatte sich noch nicht einmal die Mühe gemacht, ihn anzubinden.

Der Rücken ihres Kleides hatte einen tiefen, V-förmigen Ausschnitt. Bei jeder Bewegung ihrer Arme wurde der Verlauf der

Muskeln unter der Haut ihres nackten Rückens sichtbar. Voller Bewunderung betrachtete Isaak ihre glänzende Haut. Sie war so glatt und schimmernd, als hätte man eine *awara*-Frucht am Ärmel blank gerieben. Das rote Kleid umschloß eng ihren Oberkörper. Er starrte sie an, als hätte er noch nie eine Frau gesehen.

Maxis Ruf war ihm nicht unbekannt; schließlich machte sie keinen Hehl daraus, womit sie ihr Geld verdiente. In der Öffentlichkeit mit ihr gesehen zu werden konnte ihn in arge Schwierigkeiten bringen. Als Besitzer eines gutgehenden Stoff- und Damenbekleidungsgeschäftes war er in der Stadt kein Unbekannter. Es war bereits riskant gewesen, nach dem Besuch der Synagoge ins Cosmopolitan zu gehen. Aber er war wie von einer unsichtbaren Hand hineingezogen worden.

Nun, wo er mit einer Frau seines eigenen Glaubens verheiratet war, wie es die religiösen Vorschriften verlangten, konnte er seine Vorliebe für schwarze Frauen nur noch befriedigen, indem er sich diesen Genuß *kaufte* – von Frauen wie Maxi Linder. Bisher hatte er allerdings aus Vorsicht sein Heil nur bei solchen Damen gesucht, die die Art ihres (Neben-)Verdienstes nicht so an die große Glocke hängten.

Maxi stand noch immer mit dem Rücken zu ihm. Wie könnte er es nur anstellen, mit ihr anzubändeln, ohne daß es allzu sehr auffiele?

Als hätte sie seine Gedanken gelesen, drehte sie sich plötzlich um. Sie fixierte ihn einige Augenblicke und kam dann, den Blick weiterhin ständig auf ihn gerichtet, mit energischen Schritten auf ihn zu.

Die Art und Weise, in der sie wie ein Hafenarbeiter auf ihn zuging, stand in merkwürdigem Kontrast zu der sinnlichen Ausstrahlung ihres Körpers. Es verlieh ihr etwas Drohendes und Begehrenswertes zugleich.

Plötzlich lief ihm ein kalter Schauder zwischen den Schulterblättern hindurch über den Rücken. Sein Mund fühlte sich an wie die Fasern einer alten Kokosnuß, und der Wirbelsturm in seiner Hose tobte immer heftiger.

»So, der Whiskey hat den ersten Brand gelöscht. Jetzt wollen wir mal schauen, ob du auch dazu in der Lage bist, Feuerwehrmann für den zweiten Brand zu spielen. Die Ananas hier unten brennt nämlich lichterloh«, sagte sie, als sie ihm gegenüberstand.

Mit ihrem rot lackierten Zeigefinger deutete sie auf ihren Schritt. Kokett warf sie den Kopf in den Nacken, und ihr lautes Lachen schallte durch den Raum. Es kostete ihn Mühe, seine Augen von der Stelle abzuwenden, wo die gelbe Fayalobiblüte in ihrem Dekolleté verschwand.

Der Schweiß lief ihm in Strömen aus allen Poren. Panisch blickte er um sich.

Maxi folgte amüsiert seinen Blicken. »Wie man sieht, fühlst du dich hier nicht gerade wohl. Sagen wir in einer halben Stunde bei mir zu Hause?«

Isaak verschlug es die Sprache. Mit großen Augen starrte er sie an, genau wie beim ersten Mal. Er mußte an sich halten, um nicht sofort hier auf dem schmutzigen Fußboden der Bar über sie herzufallen.

»Ich wohne in der Saramaccastraat«, fuhr Maxi fort. »Beim *Bigi Spikri*, über der Schneiderei.«

»Mein ganzer Körper sehnt sich danach, den weiteren Abend mit dir zu verbringen. Doch so gerne ich auch will: Wenn ich heute abend zu dir gehe, bekomme ich zu Hause Schwierigkeiten«, preßte er hervor.

»Jeder, der mich kennt, weiß, daß das das letzte ist, was ich will. Wenn meine Kunden zu Hause Probleme bekommen, verliere ich sie nur. Sag mir einfach, wann du kannst«, meinte sie und schaute ihn verständnisvoll an.

»Paßt es dir in zwei Tagen?« Ängstlich blickte er um sich.

»Um welche Uhrzeit, Schätzchen?«

Ihm brach wieder der Schweiß aus. »Acht Uhr …«

»Okay. Ich lehne die Tür an, dann brauchst du nicht draußen zu warten. Du mußt um das Haus herumlaufen und zur Seitentür hineingehen.«

»Nett von dir, daß du die Tür auflassen willst«, sagte Isaak verlegen.

»Überlaß das Denken nur Maxi! Ich kenne die Nöte meiner Kunden. Schließlich bin ich nicht das erstbeste *motyo*-Weib.«

Isaak warf wieder scheue Blicke um sich. Es wurde Zeit, dieses Gespräch zu beenden.

Doch Maxi war noch nicht fertig. »Ach ja, bevor ich es vergesse. Was den Preis angeht: *didon* zwei Gulden fünfzig, *afu skoinsi* einen Gulden fünfzig und *bak'pun* einen Gulden.«

Ohne seine Antwort abzuwarten, drehte sie sich auf den Absätzen ihrer roten Schuhe um. Der schwere, süße Duft von Heliotrop, der in der Luft zurückblieb, streichelte Isaak wie eine liebkosende Hand. Seine Hände zitterten, als er sein Taschentuch hervorholte. Voller Verlangen blickte er zu dem aufrechten Rücken am Tresen hinüber. Durch seine Adern pulsierte ein warmer Strom voll süßer, sinnlicher Versprechen. Er würde jetzt wohl besser gehen, bevor er es sich womöglich anders überlegte.

Den Hut tief in die Stirn gezogen und das Kinn auf die Brust gedrückt, näherte sich Isaak dem Haus von Maxi Linder.

Schon in einiger Entfernung war ihm das bunte Treiben beim *Bigi Spikri* aufgefallen. Die Treppe vor dem Haus gegenüber dem von Maxi Linder war bis auf den letzten Platz besetzt, und das Gelächter und die Stimmen der *motyos* waren schon von weitem zu hören. Manche saßen sogar auf den Treppen der angrenzenden Häuser. Ihre Pfeifen und Zigarren leuchteten im Dunkeln. Er hatte erwartet, daß nach dem Regenschauer nur wenige Frauen auf der Straße sein würden, doch es schien, als habe die Abendkühle sie gerade hinausgelockt. Vielleicht erwarteten sie, daß heute abend besonders viele Männer auf der Suche nach der Art von Wärme wären, die sie ihnen bieten konnten.

Isaak zog seinen Hut noch tiefer in die Stirn und drückte das Kinn noch fester auf die Brust. Die Huren, die beim *Bigi Spikri* herumhingen, waren bekannt dafür, ihre Meinung über das Aussehen der vorübergehenden Männer lauthals kundzutun. Wer in ihren Augen gut gekleidet war, durfte mit überschwenglichen Komplimenten rechnen, und wenn sie jemanden ignorierten, konnte man davon ausgehen, daß derjenige ihrer Meinung nach nicht geschmackvoll genug angezogen war. Schließlich wurde dieser Ort nicht umsonst *Bigi Spikri*, großer Spiegel, genannt.

Wegen der Frauen am *Bigi Spikri* hatte sich Isaak bereits den ganzen Abend Sorgen gemacht. Manche kannte er; er hatte schon öfter bei ihnen seine Bedürfnisse befriedigt. Wenn sie sehen würden, daß er zu Maxi Linder ging, könnten sie ihm eventuell Schwierigkeiten bereiten.

Doch die Götter waren ihm wohlgesonnen. Von ein paar Pfiffen und Rufen abgesehen, erreichte er ungeschoren das Haus von Maxi Linder.

So ein großes Grundstück hatte er nicht erwartet. Zu seiner Verwunderung reichte es bis hinüber zur Timmermanstraat. Hinter dem Vorderhaus standen zwei Reihen kleiner Häuschen mit einem Abwasserkanal dazwischen. Die Häuser waren so klein, daß man sie getrost als »Hütten« bezeichnen konnte.

Der faulige Gestank des Abwassers drang ihm in die Nase. Vor einem der Häuschen lag ein ausgemergelter Hund unter der kleinen Treppe, die zur Eingangstür führte. Gelangweilt hob das Vieh seinen räudigen Kopf und blickte Isaak mit halb geschlossenen Augen an. Hinter seinem linken Ohr klaffte eine offene Wunde. Er kratzte sich mit einer Vorderpfote und legte den Kopf wieder in den Sand.

Aus einem der Häuschen kam ein Mann heraus. Seine weiße Uniform leuchtete im Licht, das durch die geöffnete Tür nach draußen fiel. Aus den gewickelten Strümpfen schloß Isaak, daß es sich um einen niederländischen Soldaten handelte. Der Mann sagte etwas zu einer Frau in der Türöffnung. Sie zupfte den Kragen seiner Uniform zurecht, während ein helles Lachen über den Hof schallte, das dessen trostlosen Anblick für einen Augenblick noch unterstrich. Danach ging der Soldat mit langen Schritten an der räudigen Töle vorbei, die mit einer müden Bewegung den Kopf hob.

»Willst du, daß ich weitermache? Oder sollen wir zum üblichen Paket übergehen? Wie ich schon sagte: *didon* zwei Gulden fünfzig, *afu skoinsi* eins fünfzig und *bak'pun* einen Gulden.« Sie stand auf, nahm ein blaues Tuch aus besticktem Brokat von der Sofalehne und knotete es über ihren Brüsten zusammen.

»*Yongu*, Maxi, warum hörst du denn so abrupt auf?!« fragte Isaak empört. Wie konnte sie ihm den Anblick ihres göttlichen Körpers vorenthalten? Nur mit Mühe konnte er sich beherrschen, von seinem Stuhl aufzuspringen und ihr das Tuch vom Leib zu reißen.

»Ich vereinbare den Preis immer im voraus, damit hinterher keine Mißverständnisse entstehen, Schnucki«, sagte Maxi, während sie mit der Zigarre sein Gesicht streichelte.

Der Duft ihrer Weiblichkeit, gemischt mit dem des Tabaks, stieg ihm in die Nase. Isaak spürte ein Beben, das in seinem Hals begann und sich die Rückenwirbel entlang nach unten zog, wo er es bis in die Lenden fühlte. Grob packte er sie an den Oberschenkeln. Durch den Stoff hindurch konnte er die Wärme ihrer straffen Haut spüren. Er versuchte, sie an sich zu ziehen, aber mit einer Bewegung befreite sich Maxi aus seinem Griff.

»Hat der Herr sich schon entschieden, welches Gericht er bestellen möchte?«

Er schaute zu ihr auf. In ihren Augen loderte dieselbe Flamme, die ihn zwei Abende zuvor in Ekstase gebracht hatte. »Deine Preise sind allerdings ziemlich hoch«, stammelte er.

»Verglichen mit der Qualität der billigen Mädchen kriegst du es hier zu einem Dumpingpreis. Was du bei mir bekommst, ist auch sein Geld wert. Und außerdem kannst du sicher sein, daß du von mir kein Geschenk mit nach Hause nimmst – ich lasse mich jeden Monat untersuchen.«

Isaak hatte bereits sein Portemonnaie gezückt. Er zählte das Geld zweimal nach und legte es in die geöffnete Hand von Maxi Linder.

Maxi betrachtete die Geldscheine. Mit einem Lächeln auf den Lippen bemerkte sie: »Sieben Gulden fünfzig. Meneer wählt das teuerste Paket.« Quälend langsam löste sie den Knoten des Tuchs und ließ es ganz allmählich an ihrem Körper entlang zu Boden gleiten. Wie eine blaue Wolke lag es schließlich zu ihren Füßen. Das Rot ihrer Schuhe stach grell davon ab.

Isaak ließ den Blick über ihre glänzenden, langen braunen Beine wandern, an denen kein Gramm Fett zuviel saß. Das schwarze Kraushaar an ihrem Unterleib hatte sie ordentlich in Form eines Dreiecks rasiert. Ihr leicht gewölbter Bauch mit der Kuhle ihres Nabels in der Mitte bewegte sich bei jedem Atemzug sachte auf und ab.

Isaak unterdrückte das Verlangen, sie sofort an sich zu reißen. Nun, wo er dafür bezahlt hatte, wollte er sich die Zeit nehmen, ihre Schönheit zu genießen.

Ihre festen, nicht allzu großen Brüste standen aufrecht, und die Haut über den Schlüsselbeinen war glatt und straff. Sie trat ein paar Schritte zurück und ließ sich auf die Chaiselongue fallen. Ihre dunklen Augen hielten ihn dabei ständig gefangen.

Aus einer Schachtel auf dem Beistelltischchen nahm sie eine neue Zigarre und zündete sie an. »Zieh dich aus und bleib, wo du bist«, sagte sie mit umflorter Stimme. Langsam brachte sie die Hand mit der Havanna nach unten.

Zitternd wanderten seine Finger zu den Knöpfen seines Hemdes. Der schweißdurchtränkte Stoff klebte ihm am Rücken. Mit einem Ruck zog er das Hemd über den Kopf. Beim Öffnen seiner Hosenknöpfe fühlte er durch den Stoff hindurch, wie sein Geschlecht pulsierte. Mit ein paar schlenkernden Bewegungen entledigte er sich seiner Hose, wobei er seine Augen keinen Moment von ihrer zigarrerauchenden Scham abwenden konnte.

Isaak seufzte tief. Mit seinem feuchten, nackten Rücken ließ er sich gegen die Stuhllehne sinken.

Von draußen hörte man die Stimmen der Frauen am *Bigi Spikri*. Die Möbel aus braunem Tropenholz, das Büfett mit den eingelassenen Glasscheiben, das Porzellan und die Keramik, der Spiegel auf dem Ständer, das Grammophon mit dem Kupfertrichter – alles verschwand wie im Nebel aus seinem Gesichtsfeld. Maxi Linder auf ihrer roten Chaiselongue füllte den Raum ganz allein.

Das gelbe Licht der Gaslampe über dem Bett warf goldene Lichter auf ihre Haut. Maxi Linder räkelte sich mit ausgestreckten Armen zwischen den weißen Laken. Die Knie lagen leicht angewinkelt aneinander. Sie entblößte die Zähne mit einem einladenden Lächeln, und das Licht der Lampe spiegelte sich in den beiden Goldzähnen, die ihren Mund zierten. Ihr schwarzer Körper, der einer Statue glich, bildete einen kräftigen Kontrast zu den weißen Laken. Sie war die Aphrodite von Surinam.

Isaak stand neben dem Bett. Forschend ließ er seine Blicke über ihren Körper wandern. Er hätte nicht sagen können, wie viele Huren er schon besucht hatte, aber das, was er hier sah, war unerreicht. Wenn diese Frau es wollte, konnte sie jeden Kerl so verrückt machen, daß er ihr das Lebenslicht ausblies.

»Na, was ist? Du hast für das doppelte Paket bezahlt, und das gerade eben war ja nur der Auftakt. Du willst mir doch nicht erzählen, daß du schon genug hast? Steh doch nicht so rum und starr mich an, es gibt noch viel zu tun!« Einladend richtete sie sich auf und streckte die Arme nach ihm aus. Mit einem sanften Ruck zog sie ihn auf ihren göttlichen Körper.

Zu seiner Überraschung stellte Isaak fest, daß sie sich weich anfühlte. Ihr Körper, der kurz zuvor einer Statue geglichen hatte, fühlte sich in seinen Armen an wie Fleisch und Blut, und die

Wärme ihrer seidenglatten Haut drang durch seine Poren in ihn hinein. »Du fühlst dich gut an«, flüsterte er ihr ins Ohr.

»Ich gehöre ganz dir. Worauf wartest du?« hauchte sie heiser und schlug ihm sanft die Zähne ins linke Ohrläppchen.

Es fuhr wie ein Blitz durch seinen Körper. Gierig trank er den Duft ihrer Haut. Er wähnte sich unter einem *mope*-Baum, der seine süßen Früchte wie einen orangefarbenen Teppich auf dem Boden ausbreitet. Zärtlich umfaßte er ihre Brüste, die wie reife *pomeraks* ihre Spitzen stolz in seiner hohlen Hand aufrichteten. Sie zitterten leicht, als er sie massierte. Seine Zunge beschrieb kleine Kreise in der Kuhle zwischen ihren Schlüsselbeinen. Die Ader unter ihrer Haut klopfte immer heftiger. Ihre Brustwarzen wurden hart und drückten gegen seine Handflächen, und der Druck ihrer überkreuzten Beine auf seinen Rücken wurde stärker. Wenn ihn ihr Unterleib berührte, breitete sich ein Gefühl wie von leichten Stromstößen auf seiner Haut aus. Geschmeidig schmiegten sich ihre Becken ineinander. Er spürte, wie er in sie eindrang. Wie ein Ganzes fanden sie in einem gemeinsamen Rhythmus zusammen.

Isaak hob den Kopf und betrachte das Echo ihrer balzenden Körper im Spiegel am Fußende des Bettes. Der Geruch nach Moschus und reifer *mope* trieb ihn ans Ende seines Könnens. Er spürte, wie ihm seine Lebenskraft immer heftiger in die Lenden drang. Laut stöhnend floß er in sie hinein.

Maxi hatte die Tür zum Vorraum geöffnet. Die hellen Frauenstimmen von der gegenüberliegenden Straßenseite trieben mit den kühlen Windstößen ins Zimmer hinein.

Isaak war angezogen und räkelte sich lässig auf dem Sofa. In der linken Hand hielt er eine Zigarette, sein rechter Arm lag ausgestreckt auf der Lehne. Maxi Linder saß ihm gegenüber und hatte ihre Nacktheit wieder mit dem blauen Tuch verhüllt.

»Du bist einfach unglaublich«, sagte Isaak.

»Unglaublich?« Maxi runzelte die Stirn.

»Einzigartig. Dies ist das erste Mal, daß ich nicht den Drang habe, nach dem Spiel so schnell wie möglich zu verschwinden.«

Ein schalkhaftes Funkeln erschien in ihren Augen. »Ich habe dir doch gesagt, daß ich nicht mit dem Abschaum zu vergleichen bin, der sich auf den Straßen von Paramaribo herumtreibt! Ich bin eine Spezialistin meines Fachs, die ihre Arbeit ernst nimmt.« Herausfordernd schaute sie ihn an.

»Dem kann ich nur zustimmen«, meinte er lachend.

Dann schwiegen sie beide für einen Moment.

Draußen fiel die Tür ins Schloß. Isaak blickte sie fragend an.

»Bestimmt ein Freier für eines der Mädchen. Ich vermiete ihnen die Häuschen auf meinem Grundstück. Von manchen weiß noch nicht einmal ihre nächste Umgebung, daß sie dieser Arbeit nachgehen, und hier können sie ihre Kunden an einem sicheren Ort empfangen.«

»Das Grundstück hat ja auch eine günstige Lage, so direkt gegenüber vom *Bigi Spikri*. Hast du es aus diesem Grund gemietet?«

Lachend antwortete sie: »Wie kommst du denn auf die Idee? Diese Parzelle ist mein Eigentum. Als Kind habe ich in dem Haus, das an der Timmermanstraat liegt, gewohnt. Meine Mutter lebt noch immer dort.«

»Meinst du das große Haus am anderen Ende des Grundstücks?«

»Kommt darauf an, von welchem der beiden Häuser aus man es betrachtet. Vom anderen Haus aus gesehen, wohne ich am anderen Ende.« Wieder lachte sie.

»Ich hatte nicht erwartet, daß es hier so tiefe Grundstücke gibt. Eine solche Parzelle muß ja ein Vermögen wert sein.«

»Sie ist meine Altersabsicherung, sie und die Parzelle zwei Häuser weiter.«

»Du bist nicht nur eine tolle Frau, du bist auch noch intelligent!«

»Jetzt schmeichelst du mir aber, mein Lieber!« kicherte sie.

Es war lange her, daß Isaak sich so wohl gefühlt hatte. Er spürte das Verlangen, sie ein weiteres Mal zu besitzen. »Ich möchte dich gerne öfter sehen«, sagte er.

»Was hattest du dir denn so vorgestellt?« fragte Maxi, wobei sie erfolglos versuchte, ein Lächeln zu unterdrücken.

Dieses Lächeln war das Zeichen für den Sieg, den sie über ihn errungen hatte, aber es störte ihn nicht, denn die Tatsache, daß er es nicht bei diesem einen Mal bewenden lassen würde, war auch ein ganz persönlicher Sieg für ihn. »Was würdest du davon halten, wenn wir diesen Abend in Zukunft einmal pro Woche wiederholen?« Er schaute sie an.

»Keine schlechte Idee. Du kennst meine Preisliste. Soll ich einmal in der Woche zu dir ins Geschäft kommen und einen Termin mit dir ausmachen?«

»Um Himmels willen, bloß nicht! Halte dich bitte so weit wie möglich von meinem Geschäft fern!« Schon bei dem Gedanken daran spürte er, wie ihm das Herz bis zum Hals schlug. Die Adern auf seiner Stirn füllten sich mit Blut.

»Jetzt reg dich doch nicht so auf! Du wirst ja rot wie eine Tomate! Krieg mir hier mal keinen Schlaganfall, Isaak, *kis' yu blo*. Wofür hältst du mich? Glaubst du etwa, ich würde das Huhn schlachten, das goldene Eier legt?«

Mit einem tiefen Seufzer brachte Isaak seine Atmung wieder unter Kontrolle. »Was schlägst du denn vor? Frauen können meistens besser mit solchen Dingen umgehen.«

»Was hältst du davon, wenn wir uns jeden Freitag treffen?«

»Freitags kann ich nicht, da beginnt der Sabbat, und ich muß in die Synagoge.«

»Donnerstags?«

Der Donnerstag schien ihm keine schlechte Idee. An diesem Abend hatte er keine besonderen Verpflichtungen. Er mußte sich nur noch überlegen, wie er von zu Hause wegkommen könnte, doch er hatte schließlich noch eine ganze Woche Zeit, um sich eine Ausrede auszudenken. »Donnerstag ist gut.«

Mit einem breiten Lächeln entblößte sie ihre Zähne. »Genau wie heute abend werde ich die Tür für dich einen Spalt offenlassen.«

»Vielen Dank. Aber jetzt muß ich gehen. Nochmals danke für diesen unvergeßlichen Abend«, sagte Isaak und fügte lachend hinzu: »Ach, übrigens: Wo hast du denn das Zigarrerauchen gelernt?«

Gemeinsam gingen sie nach unten. Am Fuß der Treppe schmiegte sich Maxi Linder leicht an ihn.

Wieder der Geruch nach reifen *mope*-Früchten.

»*Swit' kontrentyi, te yu go yu sa kon baka*«, flüsterte sie ihm ins Ohr.

Draußen erwartete ihn eine angenehme Brise. Zu dieser späten Stunde fühlte sich die Luft noch frischer an als am frühen Abend. Er drückte seinen Hut mit einer Hand so tief wie möglich in die Stirn. Mit einem dumpfen Schlag fiel die Tür hinter ihm ins Schloß.

Auf der anderen Straßenseite herrschte ein solcher Andrang, daß man hätte meinen können, es wäre mitten am Tag.

Sein Nachhauseweg führte ihn durch die verlassenen Straßen Paramaribos. So mochte er die Stadt am liebsten: Ohne die wimmelnden Menschen und das Verkehrschaos kam ihre Schönheit noch besser zur Geltung. Im angenehmen Licht der Gaslaternen, die gegen Morgen eine nach der anderen gelöscht wurden, ließ er den Abend Revue passieren.

Swit' kontrentyi, te yu go yu sa kon baka, hörte er noch den Nachklang von Maxi Linders tiefer, warmer Stimme, und trotz des kühlen Windes spürte er noch immer ihren warmen Atem am Ohr. Sie hatte Recht: Er würde wiederkehren. Ohne jeden Zweifel.

Zwei

1941 – 1944

Louisa

Waterkant 1941

Die stattlichen Kaufmanns- und Handelshäuser, die das Panorama der Stadt vom Suriname aus gesehen prägten, wirkten an jenem windstillen Abend des fünfundzwanzigsten November besonders herrschaftlich. Die schönsten Gebäude befanden sich im Abschnitt zwischen der Wiegestation und dem Oranjeplein, wo auch das imposante Gouverneurspalais lag. Auf der Promenade, die von Mandelbäumen überschattet war, die gegenüber den Häusern in Reih und Glied standen, wimmelte es von Menschen. Sogar auf dem gepflegten Rasenstreifen zwischen den Bäumen und dem Fluß, dessen Betreten normalerweise verboten war, drängten sich die Leute. Alle Augen waren auf die drei grauen amerikanischen Kriegsschiffe in der Flußmitte gerichtet. Sie konnte sich nicht erinnern, schon jemals zuvor solche großen Schiffe gesehen zu haben. Anscheinend herrschte auch auf ihnen große Aufregung. Nach dem, was man Louisa erzählt hatte, waren die Riesenschiffe an diesem Morgen überraschend den Suriname hinaufgekommen. Anfangs hatte man sie für deutsche Schiffe gehalten, und unter den Zuschauern war eine gewisse Panik entstanden. Die Gerüchte, der Krieg würde auch hier in Surinam ausbrechen, waren in letzter Zeit immer lauter geworden. Beunruhigte Bürger hatten unter dem Namen »Surinam wacht« einen Verein gegründet, dessen Ziel es war, der Öffentlichkeit die nationale Pflicht ins Bewußtsein zu rufen, sich bereitzuhalten. Vor einigen Wochen hatte Gouverneur Kielstra im Radio eine Rede gehalten, in der er die Bürger darauf vorbereitete, daß der Krieg möglicherweise auf Surinam übergreifen könne. Das Land decke fünfundsechzig Prozent des weltweiten

Aluminiumbedarfs und sei damit der weltgrößte Lieferant eines Produkts, das von außerordentlicher Bedeutung bei der Flugzeugherstellung sei – und damit natürlich für die gesamte Kriegsindustrie. Ferner kündigte der Gouverneur an, die Regierung werde öffentliche Bunker anlegen lassen, die allerdings nur von denjenigen aufgesucht werden könnten, die sich gerade auf einer öffentlichen Straße befänden. Für private Zwecke müsse man selbst für einen Schutzkeller sorgen. Vorsorglich wurden alle deutschen Untertanen, die in Jodensavanne lebten, interniert, und zwar gemeinsam mit den Sympathisanten der nationalsozialistischen NSB.

Aus den gelbbraunen Fluten des Suriname ragte die Unterseite des Wracks der Goslar hervor wie ein böses Omen. Die Goslar war ein deutsches Frachtschiff gewesen, das zu Beginn des Krieges im Hafen von Paramaribo lag. Nachdem es von den Surinamern beschlagnahmt worden war, versenkte es die deutsche Besatzung mitten im Fluß. Im Januar hatte man versucht, die Goslar zu heben. Am 6. Januar war die für die Bergungsarbeiten aus Jamaika herbei beorderte SS Killinger eingelaufen. Da das Wrack jedoch tief in den schlammigen Grund des Flusses eingesunken war, erwies sich das Unternehmen als undurchführbar, und die Bergungsarbeiten wurden nach mehreren vergeblichen Versuchen abgebrochen.

Die Panik im Publikum schlug rasch in Begeisterung um, als man die auf den Schiffen wehende amerikanische Flagge entdeckte. Wie ein Lauffeuer verbreitete sich die Nachricht von der Ankunft der Amerikaner in der ganzen Stadt. Noch bevor die Sonne untergegangen war, schien es, als hätten sich sämtliche Bewohner Paramaribos an der Waterkant versammelt.

Louisa arbeitete als Verkäuferin bei Van der Voet. Sie hatte sich direkt nach Ladenschluß der Menge angeschlossen, und mit einiger Mühe war es ihr gelungen, einen Platz gegenüber des Geländes der KNSM, der Königlichen Niederländischen Schifffahrtsgesellschaft, zu erobern. Sie lehnte an einem der dicken Holzpfeiler, die die Wohnhäuser stützten, und so gelang es ihr, ihren Aussichtsplatz zu verteidigen.

Suchend blickte sie um sich, in der Hoffnung, ein bekanntes Gesicht zu entdecken. In der wimmelnden Menschenmenge vor sich erkannte sie mehrere *motyos*. Baka-iri lief zwischen den sich drängenden Leuten hin und her. Ab und zu blieb sie stehen, um ein paar Worte mit einer Kollegin zu wechseln. Es war praktisch unmöglich, sie zu ignorieren, da sie ihren üppigen Körper in ein kanariengelbes Kleid gezwängt hatte – sie war wirklich nicht zu übersehen. Faantje Bigi-sensi, die ihren Beinamen der Tatsache verdankte, daß sie oft unter Preis arbeitete, kam angeschlendert, innig Arm in Arm mit einer Kollegin, die hinter ihrem Rücken heimlich »Sie Ißt Auch Holländische Bananen« genannt wurde.

An der Ecke beim Wiegegebäude stand Glady Glad, die sich eifrig gestikulierend mit einem niederländischen Soldaten unterhielt. Wie gewöhnlich war ihr ganzer Körper dabei in Bewegung. Was den Umfang ihres Hinterns anbetraf, brauchte sie sich nicht vor Baka-iri zu verstecken. Ganz im Gegenteil: Sie übertraf in dieser Hinsicht ihre korpulente Kollegin noch um einiges. Anders als bei Baka-iri stand ihr diese enorme Kruppe jedoch gut zu Gesicht, und bei jeder Bewegung bebte sie rhythmisch mit. Stolz bezeichnete sie sie als ihr »Markenzeichen«. Sie brüstete sich damit, mit ihrem Allerwertesten Tricks anzustellen, die jeden Mann in höchstes Entzücken versetzten. Eins ihrer Kunststücke war, den Hintern »dribbeln« zu lassen, während der Rest ihres Körpers ruhig blieb. Schon dieser Trick reichte, um Männer automatisch nach ihrem Portemonnaie greifen zu lassen. Sie hatte noch einen weiteren Spitznamen, auf den sie besonders stolz war: »Carlos Alberto«. Diesen Ehrentitel verdankte sie der Tatsache, daß sie bei venezolanischen Seeleuten überaus beliebt war.

Der Weg zur Arbeit führte Louisa täglich durch die Straßen, in denen die Huren ihre Dienste anboten, weshalb sie für sie keine Unbekannte war. Mit einigen hielt sie sogar dann und wann ein Schwätzchen. Maxi Linder war ihr jedoch die Liebste.

Heute stand den meisten von ihnen die Spannung ins Gesicht geschrieben. Ungeduldig behielten sie den Fluß im Auge, und in ihren Gesichtern spiegelte sich freudige Hoffnung wider.

»Hast du schon mal so große Schiffe gesehen?« fragte Baka-iri beeindruckt Mi Loto, eine kleine, drittklassige Prostituierte, die neben ihr stand. »Stell dir mal vor, wie viele Männer so ein Schiff fassen kann!«

»Vrouw, und das Ganze mal drei! *Wan tak libi e kon bogo bogo!* Wir kriegen alle Hände voll zu tun! Wenn diese Schiffe ihre Ladung löschen, wird in der Stadt mehr los sein als zur Paarungszeit der Hunde!« antwortete Mi Loto. Ihre Begeisterung war so groß, daß sie die Augen verdrehte und den Kopf sachte von einer Seite zur anderen wiegte.

Louisa hatte Respekt vor diesen Frauen. Die Umstände, unter denen sie ihren Lebensunterhalt verdienten, waren alles andere als einfach. Viele von ihnen versorgten mit dem Geld, das ihnen der Verkauf ihres Körpers einbrachte, ihre gesamte Familie, und in manchen Fällen profitierte sogar die Nachbarschaft, in der sie lebten, noch mit von ihrem Verdienst.

Jeden Morgen dankte sie Gott auf Knien, daß er ihr die Stelle bei Van der Voet geschenkt hatte. Arbeit gab es nicht gerade im Überfluß. Ende der dreißiger Jahre hatten zahlreiche Plantagen Pleite gemacht. Daraufhin war ein Strom von Frauen auf der Suche nach Arbeit nach Paramaribo gekommen, doch auf viele von ihnen wartete nur die Straße.

Auf der anderen Seite, beim Eingang des KNSM-Geländes, kamen ständig Autos an und fuhren wieder ab, während niederländische Soldaten und Angehörige der Landwehr von Surinam den Weg für sie freihielten. Ungeduldig drängten die Menschen nach vorn. Niemand wußte, was geschehen würde – die Ankunft des amerikanischen Militärs war bisher nicht offiziell bekanntgegeben worden. Um halb acht kam das Auto des Gouverneurs im Schrittempo angefahren. Widerwillig traten die Leute beiseite, besorgt darum, ihren Platz nicht zu verlieren.

Ein Polizeibeamter, der neben ihr stand, erzählte Louisa, daß die Soldaten um acht Uhr von Bord gehen sollten und daß Gouverneur Kielstra sie mit einer Begrüßungsrede willkommen heißen würde. Danach sollten sie mit dem Zug in ein Lager bei Zanderij gebracht werden.

»Warum stellst du dich denn nicht auf die andere Seite? Da kannst du doch viel besser sehen, was so alles passiert.« Die Stimme, die plötzlich ihre Konzentration störte, war unverkennbar die von Maxi Linder. Louisa hatte sie nicht kommen sehen. Auf den Zehenspitzen stehend, hatte sie zur gegenüberliegenden Seite hinübergestarrt, wo Gouverneur Kielstra und seine Frau gerade aus dem Auto ausstiegen. »Oder steht da vielleicht ein früherer *pel* von dir, dem du lieber nicht über den Weg laufen möchtest?« Maxi versetzte ihr einen spielerischen Klaps auf die Schulter.

»Maxi, *fa y'e go,* wie geht's?«

»Mir? Wie einem Paar Hundehoden!«

»Wie einem Paar …?« Sie schaute Maxi verständnislos an.

»Mädchen, hast du dir noch nie die Hoden von einem Hund beim Laufen angeschaut? Der Sack schlenkert von rechts nach links, und so geht es auch in meinem Leben.«

»Jetzt übertreibst du aber! In meinen Augen siehst du aus wie ein *kapelka* mit gespreizten Flügeln!« Sie hielt Maxi auf Armeslänge von sich und sagte: »Ich habe dich ja schon eine Ewigkeit nicht mehr gesehen, Vrouw. Laß mich dich bewundern.« Mit gespieltem Neid musterte sie Maxi Linder von Kopf bis Fuß. Maxi drehte sich vor ihr um die eigene Achse. Sie hatte für diesen besonderen Anlaß ein sandfarbenes Kleid im Uniformstil angezogen, dessen Rock nach der neuesten Mode kurz unterhalb des Knies endete. Das Ganze hatte sie mit einem Barett aus demselben Stoff komplettiert, das sie keck schief auf dem Kopf trug.

Louisa hatte ähnliche Modelle bislang nur in amerikanischen Frauenmagazinen gesehen. Maxi war immer die erste, die einen neuen Stil einführte. Auch in bezug auf den entsprechenden Stoff gab sie meistens den Ton an: Wenn morgens ein neuer Ballen Stoff im Geschäft lag, lief sie noch am selben Abend darin herum.

»Du siehst ja mal wieder zum Anbeißen aus. Übrigens, wie geht es denn deiner Mutter? Hast du überhaupt noch Zeit für sie?«

»Ich besuche sie, so oft ich kann. Aber glücklicherweise hat sie ja auch noch Vrouw Trude. Die ist immer für einen Schwatz zu haben.«

»Meinst du die alte Frau, mit der sie auf dem Markt steht? Die mit dem losen Mundwerk? Die mischt sich ja wirklich in alles ein. Aber für deine Mutter freut es mich, so hat sie wenigstens ein bißchen Ansprache.«

Plötzlich drückte sich etwas Nasses an ihre Beine. Schwanzwedelnd hüpften Blackie und Bello um sie herum. Da Louisas ganze Aufmerksamkeit Maxi galt, hatte sie die Hunde bisher nicht bemerkt.

Die Pudel waren das Geschenk eines Offiziers von der Nørdvangen aus Norwegen, und sie begleiteten Maxi auf Schritt und Tritt. Louisa tat ihr Bestes, sich ihre Angst nicht anmerken zu lassen. Sie konnte Hunde nicht besonders gut leiden, seitdem sie als Kind einmal von einem gebissen worden war.

Als hätte sie Louisas Angst gespürt, beugte sich Maxi nach vorn und packte die Hunde an ihrem dichten Nackenfell. »Könnt ihr euch denn gar nicht benehmen? Wenn ich mich unterhalte, habt ihr schön brav sitzenzubleiben.«

Artig legten sich Blackie und Bello zu Maxis Füßen nieder und schauten mit treuen Augen zu ihr auf.

»Du brauchst keine Angst vor ihnen zu haben: Sie sind die bravsten Hunde der Welt. Sie haben noch niemals jemandem ein Haar gekrümmt.«

»Du machst dich ja wirklich rar, Maxi, ich glaube, ich habe dich schon seit Monaten nicht mehr gesehen.«

»Ach, Mädchen, ich habe in letzter Zeit einfach unheimlich viel zu tun! Es sieht fast so aus, als wollte jeder plötzlich ein Stückchen Maxi probieren. Aber nun ja, wenn man seine Geschäfte geschickt zu führen versteht, macht man sich nun mal einen Namen.«

»Wie meinst du denn das?«

»Laß mich ganz offen sagen, wie es ist: Wenn du gut bumst, verbreitet sich diese Nachricht wie von selbst!«

»Maxi, du bist einfach unverbesserlich!« lachte Louisa. »So was kann nur von dir kommen. Wenn ich dich recht verstehe, hast du momentan so viele Kunden, daß du gar nicht mehr vor die Tür kommst?«

»So ist es. Irgendwann habe ich beschlossen, meine Kunden bei mir zu Hause zu empfangen statt in irgendeinem muffigen Hotelzimmer oder an einem abgelegenen Ort. Momentan kommen viele Männer in hohen Positionen zu mir, und es ist auf diese Weise sicherer für sie. So brauchen sie sich nicht mit mir, einer *motyo*, in der Öffentlichkeit blicken zu lassen. Wenn ich Namen nennen könnte, du würdest deinen Ohren nicht trauen! Aber so etwas tue ich nicht; bei mir ist Diskretion Ehrensache.«

»Wie steht es denn eigentlich mit deinem Lover?« fragte Louisa lachend.

»Lover? Welchen von den hundert meinst du denn?« Maxi verdrehte mit Unschuldsmiene die Augen.

»Diesen Marius Menten, mit dem bist du doch so dicke?« Louisa lachte sich schier kaputt.

Maxi schaute sie an, als hätte sie gerade in einen verdorbenen Fisch gebissen, und brach dann in ein solches Gelächter aus, daß sie ihre Brüste mit den Armen festhalten mußte.

Faantje Bigi-sensi musterte Maxi aus einiger Entfernung von Kopf bis Fuß. Der Neid stand ihr ins Gesicht geschrieben. Als sie merkte, daß Louisa sie ansah, trat sie einen Schritt zurück und verschwand in der Menge.

»Sollen wir auf die andere Seite gehen? Von dort aus können wir alles besser sehen. Und was Marius angeht, wenn du das sagst, muß es ja wohl die Wahrheit sein. Aber hier zwischen den vielen Leuten gibt es mir zu viele Ohrenzeugen. Komm, laß uns rübergehen.«

»Aber es ist so voll auf der anderen Seite. Hier ist es wenigstens ruhig. Wenn ich mich auf die Zehenspitzen stelle, kann ich genug sehen«, sträubte sich Louisa.

»Vergiß nicht, daß du in meiner Gesellschaft bist. Für mich lassen sie nicht nur die Hosen runter, sondern sie lassen auch nichts unversucht, um mir zu helfen. Auf der anderen Seite sind ein paar Soldaten, die mir um jeden Preis gern einen Gefallen tun würden. Wir finden bestimmt einen Platz in der vordersten Reihe. Komm mit!« sagte Maxi in einem Tonfall, der keinen Widerspruch duldete. Sie reichte Louisa ihren Arm, und diese ließ sich brav mitschleppen.

Sobald sie sich in Bewegung setzten, sprangen die Hunde auf und folgten ihnen schwanzwedelnd. Die kleine Gesellschaft erregte viel Aufsehen. Wohin sie auch gingen, wichen die Leute zur Seite.

Louisa konnte sich gut vorstellen, daß die Augen aller Umstehenden nun auf Maxi Linder gerichtet waren. Abgesehen von ihrem allgemein bekannten Ruf als *motyo* war ihre Art, sich zu kleiden, relativ exzentrisch. Außerdem kam es wahrhaftig nicht alle Tage vor, daß man auf der Straße einer Frau begegnete, die sich von zwei Hunden eskortieren ließ. Soweit Louisa sich erinnern konnte, sah man so etwas normalerweise nur in Filmen.

Maxi selbst genoß den Aufruhr, den sie verursachte. Sie gab ihren Schultern einen extra Ruck und richtete sich noch gerader auf. Sie warf den Kopf in den Nacken, und auf ihrem Gesicht lag ein mysteriöses Lächeln. Wenn man sie so sah, war es nicht schwer, sich vorzustellen, warum die niederländischen Seeleute und Soldaten sie anbetungsvoll »Die schwarze Perle des Westens« nannten.

»Hast du keine Angst, daß man sich ein falsches Bild von dir macht, wenn man dich in meiner Gesellschaft sieht?«

»Maxi, mir ist es völlig egal, was man über mich denkt. Gott sei

Dank bleibt es mir erspart, meinen Körper verkaufen zu müssen, um meinen Lebensunterhalt zu verdienen. Doch das eine kann ich dir sagen: Wenn es sein müßte, wäre mir das immer noch lieber als stehlen oder morden.«

Maxi Linder ließ über die Köpfe der Menge hinweg ein lautes Lachen ertönen. »Ai, Mädchen, du bist so richtig nach meinem Geschmack! Deswegen finde ich es so schön, mit dir zusammenzusein. Du weißt, daß Freundinnen nichts für mich sind, aber in deiner Gegenwart fühle ich mich wohl. Du bist nicht auf den Mund gefallen. Und: Du bist keine Konkurrenz für mich.«

»Keine Konkurrenz? Da wäre ich mir mal nicht so sicher! Wenn Not am Mann ist, würde ich möglicherweise ganz andere Entscheidungen treffen«, sagte Louisa zum Spaß.

»Komm in diesem Fall aber vorher bei mir vorbei und hol dir ein paar Ratschläge ab. Die Freier sind heutzutage sehr anspruchsvoll«, scherzte Maxi zurück. »Ich bin mal gespannt auf die Rede des Gouverneurs«, meinte sie, als ihr Lachen wieder verklungen war. »Ein Freund hat mir erzählt, die niederländische Exil-Regierung in London sei nicht besonders erbaut darüber, daß die Amerikaner hierherkommen. Es hat große Meinungsverschiedenheiten darüber gegeben, wer den Oberbefehl über die Truppen erhalten sollte. Die Niederländer wollten ihre Zustimmung nur unter der Voraussetzung erteilen, daß sie den Befehl über die amerikanischen Truppen bekämen.«

»Aber dem würden die Amerikaner doch niemals zustimmen?«

»Natürlich nicht. Sie haben auch nicht nachgegeben. Wenn du mich fragst, haben die Niederländer Angst, daß die Amerikaner hier die Macht übernehmen könnten.«

»Dein Freund muß ja ein ganz schön wichtiger Mann sein, wenn er über so *bere* Informationen verfügt.«

»Was denkst denn du! Ich habe dir doch gesagt, daß ich nicht einfach *soso boto* bin.«

»Und, was meinst du: Sind sie zu einer Übereinkunft gekommen?«

»Sieht ganz danach aus. Sonst wären die Amerikaner bestimmt

nicht hier. Mein Freund hat mir erzählt, daß sie ihr Hauptquartier an der Waterkant aufschlagen wollen. Weißt du, daß es in den deutschen Zeitungen einen Aufschrei des Protests gegen die Entsendung der Amerikaner in unser Land gegeben hat?«

»Ach, wirklich wahr? Wenn ich das alles so höre, klingt es, als würde unser kleines Land momentan eine wichtige internationale Rolle spielen.«

»Und das alles für ein bißchen *rote Erde* …«

Dank der Hilfe eines niederländischen Offiziers hatten sie einen Platz auf dem Podium vor dem KNSM-Gelände erobern können. Vorne saßen der Gouverneur und seine Gattin, die übrigen Plätze waren von Regierungsmitgliedern und anderen wichtigen Personen des öffentlichen Lebens besetzt.

»Ich habe mit über der Hälfte aller hier anwesenden Herren das Bett geteilt«, flüsterte Maxi Louisa ins Ohr.

»Mit über der Hälfte?! Und ich habe immer gedacht, daß das alles anständige Herren wären.«

»Bin ich denn etwa kein anständiges Mädchen?«

Wie die Männer sich wohl fühlen mochten? So dicht bei Maxi Linder und gleichzeitig ihre Ehefrauen an ihrer Seite. Keiner von ihnen hatte sie gegrüßt, und sie selbst hatte sich auch nichts anmerken lassen.

»Hast du es auch mit dem Gouverneur getrieben?« flüsterte Louisa.

»Mit dem Gouverneur? Auch wenn es so wäre, ich würde es dir nicht verraten. Alle meine Kunden wissen, daß sie auf meine Diskretion zählen können.«

»Komm, Maxi, nun erzähl mir doch, mit welchen von diesen Männern du geschlafen hast! Du weißt doch, daß ich den Mund halten kann.«

»Die Antwort heißt nein, und dabei bleibt es.«

Auf dem Kai direkt am Wasser packten die Musiker der Coveira Jazzband ihre Instrumente aus.

Vor dem Podium liefen Angehörige der Landwehr und Soldaten fieberhaft auf und ab. Befehle ertönten von verschiedenen Seiten, während ein neuer Zug zum Tor hereinmarschiert kam, die Gewehre fest an die Schultern gelegt und zum sternenübersäten Himmel gerichtet. Ihre wie Spiegel glänzenden Stiefel folgten im dumpfen Rhythmus den Klängen aus dem Innenhof.

Inzwischen war es Viertel vor acht. Die Aktivitäten auf dem Kai wurden immer hektischer. Der Offizier, der Louisa und Maxi ihren Platz besorgt hatte, hatte ihnen erzählt, daß die Amerikaner um acht Uhr von Bord gehen sollten. Man hatte diese Uhrzeit in der Hoffnung gewählt, daß dann nicht mehr so viel Volk auf den Beinen wäre. »Da kennen sie die Bewohner von Paramaribo aber schlecht«, hatte Louisa zu Maxi gesagt. »In dieser Stadt passiert doch nie etwas. Das hier ist eine willkommene Abwechslung vom täglichen Einerlei, und dank unserer gut funktionierenden Gerüchteküche brauchen wir noch nicht einmal ein Radio oder eine Zeitung, um eine solche Nachricht zu verbreiten.«

Langsam kam vom Suriname her eine schwache Brise auf. Die Damen hielten ihre Taschentücher an die Nase gegen den brakkigen Geruch, den der Wind mitbrachte. Eine Mischung verschiedener Parfums schwebte über dem Podium und versuchte vergeblich, den Gestank des Flußwassers zu verdrängen.

»Wer hätte das gedacht, daß wir uns heute noch in so feiner Gesellschaft wiederfinden würden! Wenn ich das vorher gewußt hätte, wäre ich erst nach Hause gegangen, um mir etwas Anständiges anzuziehen. Schau dir mal die Kleider dieser vornehmen Damen an! Und hast du gesehen, wie herablassend uns manche von ihnen anschauen?« flüsterte Louisa.

»Vornehm? Vornehm *mi mars*!«

Mehrere Köpfe drehten sich zu ihnen um. Erschrocken stieß Louisa Maxi in die Seite.

Aber Maxi war nicht zu bremsen. »Ja, ja, ich halte wohl besser den Mund. Aber was ich von ihren Ehemännern alles über sie weiß, ist teilweise nicht von schlechten Eltern«, flüsterte sie spöttisch und warf provozierende Blicke in die Runde. »Sie sollten sich besser nicht mit mir anlegen, das würde ihnen schlecht bekommen. Schließlich bin ich nicht nur ein Mädchen erster Klasse, sondern ich bin auch in *Tingi Uku* aufgewachsen!«

»Reg dich doch nicht so auf, Maxi, komm, laß uns doch den schönen Abend genießen. Ich werde jedenfalls morgen allerhand zu erzählen haben, wenn ich zur Arbeit komme. Diese Gelegenheit lasse ich mir von nichts und niemandem verderben. Und außerdem hast du es mehr als verdient, hier auf diesem Podium zu sitzen.« Louisa wußte aus eigener Erfahrung, daß Maxi neben der Prostitution mehr gute Taten verrichtete als die meisten der anwesenden Damen. Und das wußte sie nicht nur vom Hörensagen: Den Beweis hatte sie erhalten, als sie eines Tages mit Maxi zusammen ein Stückchen durch Spanhoek spazierengegangen war.

Seine Kleidung hatte bessere Zeiten gesehen. Seine zerschlissene Hose war schon unzählige Male geflickt worden, am Hemd fehlten ein paar Knöpfe, und es wies dank unzähliger Wäschen auf dem *was'uma*, dem Waschbrett, eine undefinierbare, ausgeblichene Farbe auf. Vor sich auf den Boden hatte er einen Jutesackfetzen gelegt und darauf die Pflanzen ausgebreitet, die er zum Verkauf anbot. Als Maxi Linder ihn sah, fragte sie Louisa, wie spät es sei.

»Zehn Uhr.«

»Sollte der Junge um die Zeit denn nicht in der Schule sein?« fragte Maxi. Ohne eine Antwort abzuwarten, ging sie auf das Kind zu. »Wie heißt du?«

»Emanuel. Zeigen Sie mir nur, welche Pflanze Sie haben wollen. Sie sind sehr preiswert.« Mit leicht schief geneigtem Kopf und einem kecken Blick in den Augen schaute er sie an.

»Solltest du jetzt nicht eigentlich in der Schule sitzen?« fragte Maxi streng, anstatt auf sein Angebot einzugehen.

Über sein Gesicht, das eben noch hoffnungsvoll gestrahlt hatte, legte sich nun ein Schatten. Mit der großen Zehe eines seiner bloßen Füße zog er Streifen in den Sand.

»Schau mich gefälligst an, wenn ich mit dir rede.« Maxi legte die Hand unter sein Kinn und zwang ihn, ihr ins Gesicht zu sehen. »Warum bist du nicht in der Schule?« fragte sie noch einmal.

»Ich muß erst diese Pflanzen verkaufen, bevor ich zur Schule darf.«

»Hat denn die Schule nicht schon vor einer ganzen Weile angefangen?«

Er nickte, den Blick auf den Boden gerichtet.

»Für wen verkaufst du die Pflanzen?« Ein weicher Tonfall hatte sich in ihre Stimme geschlichen.

»Für meine Mutter.«

»Deine Mutter? Wie heißt denn deine Mutter?«

»Mary. Mary Medemblik.«

»Und wo wohnst du?«

»In Charlesburg.«

»Ist deine Mutter jetzt zu Hause?«

»Ich glaube schon, Mevrouw.«

Maxi wandte sich an Louisa, die hinter ihr stand. »Ich gehe mit ihm zu seiner Mutter. Wir sehen uns dann ein andermal.«

Neugierig, was ihre Freundin vorhatte, bot Louisa an, sie zu begleiten, obwohl Charlesburg ein ganzes Ende von Spanhoek entfernt lag.

Eine wacklige kleine Brücke führte über den mit *dagublat* bewachsenen Wassergraben zu dem Grundstück, auf dem eine Anzahl kleiner, ungestrichener Häuser stand. Wind und Wetter hatten ihre Spuren hinterlassen – das Holz, aus dem die Häuser gebaut waren, war grau und ausgeblichen und hatte sich hier und dort bereits verzogen – doch rund um die Häuser war alles sauber und ordentlich. Weiter hinten im Hof hingen Kleider zum Trocknen auf der Leine. Ein großer Mangobaum, der viele gelbe Früchte trug, verbreitete einen süßen Duft.

Sie fanden Mary Medemblik neben dem zweiten Haus. Auf einem Beet wuchsen in ordentlichen parallelen Reihen verschiedene Pflänzchen. Unter dem Schutzdach neben dem Haus stand eine Frau über ein Bügelbrett gebeugt, ihre Haare waren in vier ungepflegten geflochtenen Zöpfen auf dem Kopf zusammengesteckt. Ihre Augen sahen müde aus, und ihr Hals war schweißbedeckt.

Auf der Bank vor dem Haus lag ein Stapel ordentlich gefalteter, frisch gebügelter Kleidung, und daneben stand ein *koolpot*, in dem zwei rostfarbene Bügeleisen glühten.

Die Frau war derart in ihre Arbeit vertieft, daß sie die Ankömmlinge zunächst gar nicht bemerkte. Das Bügeleisen in ihrer Hand glitt zügig über das Bettlaken, das auf dem Bügelbrett vor ihr lag. Plötzlich unterbrach sie ihre Tätigkeit, drehte das Eisen um und spuckte darauf. Ihr Speichel blieb an der Unterseite des Bügeleisens hängen. Sie stellte es in den *koolpot* und nahm ein anderes heraus. Der Speichel ging zischend in Dampf auf.

Mit einer müden Bewegung senkte sie das Eisen auf das Bettlaken. Erst dann blickte sie von ihrer Arbeit auf. Erschrocken wanderten ihre Augen von ihrem Sohn zu Maxi und Louisa und wieder zurück.

»Emanuel, was für Dummheiten hast du denn jetzt schon wieder gemacht?« fragte sie, als sie sich von ihrem Schrecken erholt hatte. Wie eine Furie kam sie hinter dem Bügelbrett hervor, ging auf ihren Sohn zu und packte ihn unsanft an der linken Schulter. Drohend hob sie den freien Arm. Nur Maxis Einschreiten konnte verhindern, daß ihre Hand seinen zarten Körper traf.

»Bitte schlagen Sie ihn nicht«, sagte Maxi sanft und hielt Marys Arm fest.

Sichtlich irritiert zog Mary ihren Arm zurück. Ratlosigkeit sprach aus ihrem Gesicht. »Was hat er denn getan?« fragte sie.

»Nichts.«

»Nichts?! Aber was wollen Sie denn dann hier?« Unsicher gingen ihre Augen von Maxi zu Louisa.

»Wir haben ihn in Spanhoek getroffen. Statt die Schulbank zu drücken, verkauft er Pflanzen an der Straße.«

Marys Körper spannte sich an. Ihr Gesicht nahm einen verteidigungsbereiten Ausdruck an. Grob packte sie den Jungen am Arm und riß ihn mit einem Ruck hinter ihren Rücken. »Was geht Sie das an? Er ist mein Kind, und es ist mein gutes Recht, ihn arbeiten zu schicken.«

»Sie wissen doch, daß es so etwas wie die allgemeine Schulpflicht gibt. Ihr Emanuel sollte zur Schule gehen.« Maxi hatte offensichtlich Mühe, nicht die Beherrschung zu verlieren.

»Scheiß auf die Schulpflicht! Was meinen Sie wohl, wer dafür sorgt, daß meine fünf Kinder zu fressen kriegen und Kleider am Leib tragen, wenn ich es nicht tue? Zusammen mit dem Geld für das Bügeln bringt der Verkauf der Pflanzen gerade genug zum Leben ein. Sollen wir vielleicht verhungern?«

»Aber ist Ihnen denn nicht klar, wie wichtig Schulbildung ist? Es gibt heutzutage so viele Möglichkeiten für Leute, die etwas gelernt haben! Früher, zu unserer Zeit, hatten wir diese Möglichkeiten nicht. Es ist eine Sünde, daß Sie Ihrem Sohn seine Zukunft verbauen! Es gibt so viel zu lernen, Sie sollten ihn nicht davon abhalten!« Maxis Stimme war um zwei Oktaven gestiegen.

Erschrocken schaute Mary sie an. »Selbst wenn ich Emanuel zur Schule schicke: Ich habe nicht genug Geld, um Schulbücher für ihn zu kaufen.«

»Wenn Geld das einzige Problem ist – dafür finden wir schon eine Lösung. Komm am Ende des Monats bei mir vorbei. Ich wohne in der Saramaccastraat, gegenüber vom *Bigi Spikri*, über der Schneiderei. Du wirst von mir einen Betrag bekommen, für den du die Kinder zur Schule schicken kannst. Außerdem werde ich dafür sorgen, daß du jeden Monat einen Sack mit Lebensmitteln bekommst.«

Mit großen, ungläubigen Augen starrte Mary sie an. Hinter ihr stand ein wenig verloren Emanuel, der seinerseits mit aufgerissenem Mund die Erwachsenen anschaute.

»Aber wehe, wenn ich ihn noch einmal auf der Straße sehe, während er eigentlich in der Schule sein müßte! Dann komme ich wieder bei dir vorbei. Und das wird dann kein angenehmer Besuch!«

Louisa hörte dem allen voller Erstaunen zu. Wenn sie es richtig verstanden hatte, würde Maxi diese Frau und ihre fünf Kinder fortan unterhalten. Brachte ihr der Verkauf ihres Körpers denn so viel Geld ein?

Aber Maxi packte sie mit festem Griff am Arm. »Louisa, schlaf nicht ein. Wir gehen jetzt.«

Bevor sie das Grundstück verließen, wandte sich Maxi noch ein letztes Mal zu Mary um. »Du brauchst dich übrigens nicht zu schämen! Wenn du mir auf der Straße begegnest, kannst du mich ruhig grüßen!«

Louisa wurde von dem Jubel, mit dem die Soldaten verabschiedet wurden, aus ihren Gedanken gerissen. Langsam setzte sich der Zug in Bewegung, während von der Lokomotive eine große Dampfwolke in den dunklen Himmel emporstieg. Die hölzernen Bänke in den Waggons waren bis auf den letzten Platz mit Soldaten in grünen Uniformen besetzt. Von den Gesichtern der meist jungen Männer war die Aufregung abzulesen. Doch schließlich wurden sie von der Begeisterung des Publikums mitgerissen. Ihr Erstaunen schlug um in Erregung, und sie sangen aus voller Brust ein kampflustiges Lied nach dem anderen. Ein paar der Soldaten lehnten sich aus den offenen Fenstern und winkten eifrig den Mädchen am Straßenrand zu.

»Wenn sie erst mal zwei Wochen lang in Zanderij Däumchen gedreht haben, sind sie reif für meinen Schoß«, bemerkte Maxi. Lachend stützte sie sich auf die Schulter von Louisa.

»Maxi, du bist unverbesserlich! Du denkst auch wirklich nur an das eine!« erwiderte Louisa ebenfalls mit einem Lachen.

»An das eine? Ich weiß schon, wie ich mir meine Brötchen verdiene. So viele junge Männer, fern von Heim und Herd ... Mädchen, ich fange am besten schon mal an, mir den Reichtum auszurechnen. Du kannst dich drauf verlassen, daß ich auf alles gut vorbereitet bin. Glücklicherweise habe ich immer schön Englisch geübt. Wo kann man eine Sprache schließlich besser lernen als im Bett?«

Langsam aber sicher gingen die Leute nach Hause. Mittlerweile war es schon dunkel geworden. Manche blieben noch ein Weilchen und redeten über die Ereignisse. Hinter den beiden Frauen war eine Gruppe von Leuten in eine eifrige Diskussion vertieft.

»Heißt das, daß unser Land sich jetzt auch im Kriegszustand befindet?«

»Diese Frage kann ich dir nicht beantworten«, bekam der Fragende zur Antwort, »aber ich kann dir versichern, daß die Deutschen es sich jetzt zweimal überlegen werden, bevor sie nach Surinam kommen. Das würde nämlich bedeuten, daß die Amerikaner in den Krieg hineingezogen würden.«

»Seid ihr euch eigentlich darüber im klaren, daß Surinam neben den Niederländischen Antillen das einzige Gebiet ist, in dem die niederländische Herrschaft noch ungebrochen ist?« bemerkte jemand.

»Warum kommt die niederländische Regierung denn dann nicht nach Surinam?«

Louisa stimmte dem Sprecher im stillen zu.

»Die Königin ist schon da. Fehlen nur noch die Minister!« sagte Maxi. »Blackie, Bello, es wird Zeit zu gehen. Statt hier unnütz herumzulungern, werde ich mir noch einen kleinen Matrosen angeln. Dann kann ich das Angenehme mit dem Nützlichen verbinden: mein Englisch auffrischen und zugleich mein Portemonnaie spicken. Man kann davon ausgehen, daß nach einem Abend wie diesem die Arbeit förmlich auf der Straße liegt. Louisa, wir sehen uns bald wieder. *Waka nanga bun.*« Mit großen Schritten ging sie in Richtung Heiligeweg davon, dicht gefolgt von Blackie und Bello.

Howard

Sein Bataillon traf am späten Nachmittag in Paramaribo ein. Erwartungsvoll sprang er vor dem Hauptquartier der amerikanischen Streitkräfte aus dem Armeelastwagen, der sie in die Stadt gebracht hatte. Er nahm seine Post und seinen Sold in Empfang, und dann hatte er bis zehn Uhr frei, um auf den Putz zu hauen.

Wie ein Schwarm hungriger Heuschrecken zogen die Soldaten durch die Stadt. Sie stillten ihren Appetit mit vielen Litern Bier, das in den Kneipen an der Maagden-, Keizers-, Jodenbree-, Watermolen- und Domineestraat, an der Waterkant, im Heiligeweg und an der Knuffelsgracht in Strömen floß.

Es war Freitagabend, und sie wurden von den Mädchen in den Kneipen mit Begeisterung empfangen. Gierig begrapschte Howard das an ihn gedrückte Fleisch. Bei dem überreichen Angebot ließ er sich Zeit, seine Wahl zu treffen. Das Ende des Abends war noch lange nicht in Sicht; er brauchte sich nicht zu beeilen. Er löste sich aus der Umarmung.

»Kommt, laßt uns in die Watermolenstraat gehen. Da ist richtig was los«, sagte er schließlich zu den zwei Kameraden, die ihn ins Cosmopolitan begleitet hatten.

Der Andrang, der in der Watermolenstraat herrschte, erinnerte ihn an die Feiern zum amerikanischen Unabhängigkeitstag. Die brütende Hitze verlieh dem Ganzen etwas Vertrautes; sie rief Erinnerungen an die typischen schwülen Sommerabende zu Hause in ihm wach. Der Baustil der Häuser, in denen sich im Erdgeschoß Lokale und in den Stockwerken darüber die Wohnungen befanden, war dem der Südstaaten sehr ähnlich. Die ein- oder mehrstöckigen Häuser waren symmetrisch gestaltet und mit Eingangstreppen aus Backstein, Flügeltüren, großen Dachgauben, Balkonen und Galerien geschmückt. Die Aussicht, die sich ihm beim Durchblick von einer Galerie zur nächsten bot, überraschte Howard: die Galerien einer Häuserzeile gingen alle ineinander über.

Bei den Backsteintreppen und eisernen Balustraden gab es eine Vielzahl von Varianten; die Treppen hatten die unterschiedlichsten Formen, wobei jede ihrer Stufen aus geschliffenen Backsteinen bestand, und die Verzierungen an den Balustraden waren mit großer Kunstfertigkeit ins Holz geschnitzt. Manche Gebäude hatten zierliche Paneele über den dicken und stabilen Eingangstüren. Howard war tief beeindruckt.

Aus den überfüllten Kneipen, die es hier so reichlich gab, wehten Fetzen von Jazzmusik nach draußen. Um ihn herum bahnten sich fröhlich lachende Militärs einen Weg durch die Menge. Überall sah man ihre grünen Uniformen. Und dazwischen wimmelte es von Nachtfaltern in ihren bunten und provozierenden Kleidern, die auf der Suche nach Honig fröhlich von Grün zu Grün flatterten.

Das eng geschnittene violette Kleid aus Crêpe Georgette war um den tiefen Ausschnitt herum mit weißen Organza-Rüschen abgesetzt. An der schweren goldenen *botoketi* um Maxi Linders Hals baumelte ein Goldklumpen, und das Licht der Straßenlaternen wurde von zwei Paar schweren Goldarmreifen reflektiert, die ihre Handgelenke zierten.

Hocherhobenen Hauptes, den Blick in die Ferne gerichtet, kam sie aus der Richtung Waterkant, begleitet von ihren Hunden, die sich fröhlich mit den Schwänzen wedelnd einen Weg zwischen den unzähligen Beinpaaren hindurchsuchten.

Mit jedem Schritt schmiegte sich das Kleid eng um ihre Kurven. Howards Nackenhaare richteten sich auf beim Anblick der sanften Wölbung ihres Bauches und der üppigen Formen ihrer

Schenkel. Trotz der drückenden Schwüle perlten kalte Schweißperlen auf seiner Stirn. Es war, als würde in seinem Inneren ein Wasserhahn aufgedreht: Der Schweiß lief ihm aus allen Poren. Seine gemischten Gefühle aus Aufregung und Abneigung ließen das Blut so schnell durch seinen Körper rasen, daß ihm die Ohren sausten. Seine Kehle war wie ausgetrocknet.

Im Camp kursierten widersprüchliche Gerüchte über sie. Einige gaben den größten Teil ihres Soldes für sie aus. Wenn man den Geschichten Glauben schenken wollte, verdiente sie so viel Geld, daß sie wie ein weiblicher Robin Hood armen Kindern die Chance geben konnte, eine Ausbildung zu absolvieren. Er hatte sogar gelegentlich gehört, wie manche Soldaten sie als »die Königin der Huren« bezeichneten.

Howard wußte wie kein anderer, daß sie ihren Ruhm nicht nur der Tatsache zu verdanken hatte, daß sie einen erwachsenen Mann dazu bringen konnte, nach seiner Mutter zu winseln. Sie war schuld daran, daß er neun Monate lang im Gefängnis gesessen hatte. Und sie war stolz darauf, die erste Hure zu sein, die einen Amerikaner ins Gefängnis gebracht hatte. Statt das ihr angebotene Schweigegeld anzunehmen, hatte sie das amerikanische Militär mit ihrem Verhalten herausgefordert. Jedem, der es hören wollte, erzählte sie, daß »diese Tiere ihrer wohlverdienten Strafe nicht entgehen sollten«. Sie machte sich nicht die Mühe, die Striemen zu bedecken, die wie ein tiefviolettes Collier ihren Hals zierten. Es schien fast, als sei sie stolz auf diese stummen Zeugen jener Unheilsnacht.

Er war mit Brad unterwegs gewesen, und sie waren praktisch in jeder einzelnen Kneipe in der ganzen Stadt eingekehrt. Als der halbe Abend rum war, hatte sich Maxi Linder zu ihnen gesellt. Nach einer wilden Fahrt durch die Stadt waren sie auf die abgelegene Straße zum Meer gekommen. Daß sie unterwegs keinen Unfall gebaut hatten, lag einzig und allein daran, daß keine

Menschenseele auf der Straße unterwegs war. Vom Alkohol benebelt, konnte Howard während der ganzen Fahrt kaum seine Hände bei sich behalten. Immer wieder war der Jeep über den Randstreifen neben der Straße geholpert. Als er schließlich seine Hormone nicht mehr unter Kontrolle halten konnte, brachte er den Jeep am Straßenrand zum Stehen.

Die Brecher der rauhen Brandung, die an Land schlugen, verursachten einen Höllenlärm. Während sich die Männer voller Ungeduld an der dargebotenen Pracht der Königin von Surinam gütlich taten, leckte der salzige Meereswind begehrlich an ihren nackten Körpern. Das Salz, das auf ihrer Haut zurückblieb, vermengte sich mit dem Speichel von Howards gieriger Zunge. Leidenschaftlich bohrten sich seine Finger in ihr Fleisch. Die Schreie, die sie in die Nacht sandten, verloren sich im Toben der Elemente.

»Hilf mir doch mal bitte mit meinem Reißverschluß!« Um sich verständlich zu machen, hatte Maxi Linder die Hand wie einen Trichter an den Mund gelegt. Howard war bereits angezogen und näherte sich nun Maxi, die im Licht der Scheinwerferkegel gefangen war. Sie drehte ihm den Rücken zu. Der Reißverschluß des verknitterten gelben Satinkleides reichte ihr bis knapp oberhalb des Pos. Wie ein zweiter Reißverschluß war in der Mitte des Schlitzes im Kleid, dessen glockiger Rock bis unterhalb der Knie fiel, ihre Wirbelsäule sichtbar.

Ihr aufgestecktes Haar war durcheinandergeraten und mit Grashalmen übersät. Howards Aufmerksamkeit wurde jedoch in erster Linie von den drei schweren Goldketten gefesselt, die sie um den Hals trug. Ein Duft von Erde und Heliotrop streichelte seine Nasenflügel, während er langsam den Reißverschluß hochzog. Maxi Linder hielt abwartend den Kopf nach vorn gebeugt.

Die goldenen Ketten glänzten im Licht der Autoscheinwerfer. Bevor er in dieses Land kam, hatte sich sein Kontakt zu schwarzen Frauen auf die Dienstmädchen weißer Familien beschränkt.

Für sie würde der Besitz solcher Ketten wie der von Maxi für immer und ewig ein Wunschtraum bleiben.

Zu Hause war das Leben von Schwarz und Weiß strikt voneinander getrennt. Anfangs war ihm schon bei dem Gedanken, es mit einer schwarzen Frau zu treiben, übel geworden. Im Laufe der Zeit wurde ihm jedoch klar, daß das Überwinden seiner Abneigung die einzige Alternative zum Masturbieren war – es gab nun einmal nichts anderes.

Er hatte ihren Reißverschluß nun bis zum Hals geschlossen. Seine Finger ruhten auf dem kühlen Metall. Maxi Linder hatte sich schon vor Beginn der wilden Fahrt bezahlen lassen. Das Geld, das Howard und seine Kameraden als Vergütung für ihren erzwungenen Aufenthalt an diesem gottverlassenen Ort erhielten, ermöglichte ihr die Pracht, die nun ihren Hals zierte.

Howard empfand die Zeit in Surinam als Strafe. Schon von klein auf hatte er davon geträumt, zum Militär zu gehen, doch seine Erwartungen in bezug auf den Krieg stimmten absolut nicht mit dem überein, was er hier antraf. Niemals hätte er gedacht, daß Krieg auch das bedeuten konnte: das Wochenende herbeizusehnen, an dem man so viele Frauen bumsen würde, wie man eben schaffte.

Zuerst hatte er gedacht, daß sie nach Europa geschickt würden. Surinam, so hatte man ihm erzählt, sei ein Teil der Niederlande. Entsprechend groß war seine Überraschung, als er nach einigen Wochen auf See an Land ging und von einer großen Menge farbiger Menschen empfangen wurde. Noch größer wurde seine Frustration, als er erleben mußte, daß junge Männer aus Surinam nach Europa aufbrachen, um dort im Krieg zu kämpfen.

In Gedanken versunken berührten seine Finger das kühle Metall an ihrem Hals. Die andere Hand lag lose auf ihrer Schulter. Maxi versuchte, sich von ihm zu entfernen, aber seine Hand auf ihrer Schulter hinderte sie daran.

Sie drehte sich zu ihm um, und während ihre Lippen sich zu einem verführerischen Lächeln kräuselten, rief sie über den Lärm der Brandung hinweg: »Eine zweite Runde wird dich nochmals was kosten, mein Schatz! Du kennst meinen Preis!« Spielerisch schmiegte sie sich mit dem Rücken an ihn.

Vom dunklen, sternenübersäten Himmel blickte der Mond wie eine große, vollkommen runde Kugel drohend auf sie herab. In der Ferne leuchteten dann und wann die Lichter herumschwirrender Glühwürmchen auf.

Howard wurde von einer plötzlichen Wut ergriffen. Geld war auch das einzige, woran sie denken konnten, diese dreckigen schwarzen Nutten! Seine Hand auf ihrer Schulter rutschte hoch zum Hals, und seine Finger schlossen sich wie ein Band um ihre Kehle.

»He! Du tust mir weh! Hör sofort auf damit!« Maxi zerrte an seinen Armen und versuchte, sich so aus seinem Würgegriff zu befreien. »Für diese Art von Spielchen bin ich nicht zu haben!« protestierte sie.

»Wir werden dieser raffgierigen Hure mal eine Lektion erteilen!«

Auf Howards Worte hin kam Brad, der am Jeep gelehnt hatte, schwankend zu ihnen hinüber. Wie eine Wildkatze schlug und kratzte Maxi um sich.

Während Howard den Griff um ihren Hals verstärkte, flüsterte er ihr ins Ohr: »Du schwarzes Hurenmiststück, da wo ich herkomme, gehen wir so mit Straßendreck wie dir um!«

Mit großen Augen, in denen sich Panik und Überraschung zugleich widerspiegelten, kämpfte Maxi um ihr Leben. Blut und Speichel suchten sich röchelnd über ihre Lippen einen Weg nach draußen. Wie ein in die Enge getriebener Puma versuchte sie, sich aus seinem Würgegriff zu befreien.

»Laß uns die Ketten einsacken!« Ohne Howards Antwort abzuwarten, fing sein Kumpel an, mit aller Kraft an den Goldketten zu zerren. Aufgrund ihrer Dicke gaben sie jedoch nicht sofort nach. Jeder Ruck hinterließ tiefe Spuren auf Maxis Hals.

Langsam begann Maxis Widerstand nachzulassen. Sie verdrehte die Augen, und ihre Beine sackten weg. Mit einem letzten kräftigen Ruck riß Brad ihr alle drei Ketten auf einmal vom Hals. Howard ließ sie augenblicklich los. Wie ein leerer Sack glitt sie ins Gras.

»Lebt sie noch?« Brad geriet ganz offensichtlich in Panik.

»Was weiß denn ich, ist doch eh nur eine gewöhnliche Hure!« Howard versetzte ihr einen Tritt in die Seite.

Maxi öffnete die Augen und blickte wild und ängstlich um sich. Die Hand an die Kehle gedrückt, richtete sie sich mühsam auf. Sie kniete im Licht der Scheinwerfer. Blutiger Speichel verfärbte ihr Kinn und die Vorderseite ihres Kleides. Wie ein getroffenes Beutetier schaute sie die Männer voller Abscheu an.

»Na, Königin der Huren, wie fühlst du dich denn so, da unten auf den Knien?«

»Laß uns von hier abhauen! Los, schnell!« Brad zerrte Howard in den Jeep.

Die Ketten wie Trophäen über dem Kopf schwenkend, fuhren sie mit quietschenden Reifen davon, hinein in die Dunkelheit.

Langsam löste sich die Welt aus den Armen der Nacht. Mit einer festlichen, orangefarbenen Glut gab der Himmel über dem Camp den abziehenden Schwaden des nächtlichen Nebels das Geleit. Die Affen im unendlich großen Urwald, der die Lichtung mit den in ordentlichen Reihen errichteten Baracken umschloß, begrüßten mit ohrenbetäubendem Lärm die Morgendämmerung.

Howard saß mit dumpfem Kopf auf dem Rand seines Bettes und starrte nach draußen. Die letzten Reste der Nacht, die noch über das Firmament schwebten, lösten sich immer schneller auf. Trotz des überwältigenden Schauspiels, mit dem der neue Tag sich ankündigte, war er nicht für dessen Reize empfänglich. Noch nicht einmal das kalte Wasser, mit dem er sich gewaschen hatte, war in der Lage gewesen, den Druck in seinem Kopf zu vertreiben. Am liebsten wäre er eine ganze Woche lang im Bett liegengeblieben. Es war ihm an diesem Wochenende schon wieder nicht gelungen, sich an seine guten Vorsätze zu halten und seinen Alkoholkonsum zu mäßigen.

Wie an jedem Montagmorgen herrschte im Schlafsaal schon zu früher Stunde ein reges Treiben. In Erwartung des Appells zum Wochenbeginn waren alle eifrig beschäftigt. Die Bettlaken wurden stramm wie ein Brett gezogen, Kleidungsstücke wurden so exakt gefaltet, daß man die Kanten mit einem Lineal nachmessen konnte, und der unebene Steinfußboden wurde fleißig saubergefegt.

Die Fingerspitzen an den Schläfen, versuchte Howard, den Druck in seinem Gehirn zu vermindern. Um ihn herum rannten seine Kameraden fieberhaft hin und her. Auf einer ganzen Reihe von Gesichtern sah er die Spuren eines durchfeierten Wochenendes. Der kühle Luftstrom, der durch die geöffneten Fenster in den Raum hineinwehte, war nicht in der Lage, den Geruch von Männerkörpern, billigem Aftershave und Zigarettenkippen zu vertreiben.

»Wie viele hast du denn an diesem Wochenende flachgelegt?« hörte er eine Stimme hinter sich fragen.

»Wieso? Glaubst du etwa, ich nehme einen Notizblock mit, um die Anzahl der Weiber festzuhalten, die ich aufspieße?« antwortete eine für Howard ebenfalls unsichtbare Person.

Die dröhnende Lachsalve, die darauf folgte, schickte einen stechenden Schmerz durch seinen Kopf.

Vom Gelächter seiner Saalkameraden angespornt, redete der Angesprochene weiter. »Die Weiber sind hier so leicht zu haben, daß du jedesmal erstaunt bist, wie oft dein Schwanz von allein wieder hochgeht.«

Die Heiterkeit, die der Sprecher mit seiner Bemerkung auslöste, verursachte Howard Ohrensausen. Er hatte den Witzbolden den Rücken zugekehrt und blickte zähneknirschend weiter durch das offene Fenster nach draußen. Die grüne Wand aus Bäumen, die das Gelände wie eine Umzäunung umgab, starrte düster drohend zurück. Dann und wann glitzerte Licht in den

Tautropfen, die auf den Blättern lagen, was bei ihm den Eindruck erweckte, der Wald zwinkere ihm zu und verspotte ihn wegen seiner Gefangenschaft an diesem gottverlassenen Ort. Das waren die Momente, in denen Howard hoffte, endlich aus dem bösen Traum zu erwachen, der sich nun schon länger als ein Jahr hinzog. Er fühlte sich wie eines der unzähligen Staubteilchen, die um ihn herumschwebten, gefangen in den kräftigen Lichtbündeln, die schräg durch die Dachritzen hineinfielen. Mühsam stand er auf und begann mit hölzernen Bewegungen, an seinem Bettlaken zu ziehen. Jede Bewegung verursachte eine Explosion von Schmerzen in seinem Kopf.

»Wie ich diese ganze Scheiße hasse!« Wütend trat er gegen seinen Spind.

»Reg dich ab, Mann, ist doch besser, hier rumzuhängen als irgendwo in Europa zu sterben«, bemerkte Brad, der mit einem Sprung aus dem oberen Bett neben ihm auf dem Fußboden landete.

»In Europa sterben? Das ist doch noch nicht einmal unser Krieg, Mann. Vergiß das nicht: Das ist nicht unser Krieg!« Mit einer Bewegung leerte Howard den gesamten Inhalt seines Spinds auf den Boden.

»Warum regst du dich bloß so auf? Eines Tages werden sie aufhören zu kämpfen. Dann können wir wieder zurück nach Hause. Und im Grunde gefällt es mir hier ganz gut.«

»Darum geht es doch gar nicht. Worüber ich mich am meisten ärgere, ist, daß die Niederländer den Tag kaum erwarten können, an dem wir uns hier wieder aus dem Staub machen.« Mühsam bückte er sich, um die Kleidungsstücke, die auf dem Fußboden vor seinem Spind verteilt lagen, aufzuheben. »Wußtest du, daß Roosevelt drei Monate lang mit den Niederländern herumstreiten mußte, bevor sie sich über unsere Anwesenheit hier geeinigt haben?«

»Drei Monate? Du hast recht. Wenn wir nicht hier wären, hätten die Deutschen das Land schon längst erobert. Das Bauxit ist schließlich richtig was wert.«

»In ein paar Punkten konnten sie sich nur sehr mühsam einigen.«

»Zum Beispiel?«

»Die Niederlande wollten den Oberbefehl über die gesamten Truppen haben, also auch über unsere.«

»Lächerlich!«

»Und die Niederlande wollten selbst die Kosten dieser Operation übernehmen, obwohl Roosevelt angeboten hatte, für alles aufzukommen. Wir dürfen uns nicht in ihre inneren Angelegenheiten einmischen. Und der wichtigste Punkt ist: Wir müssen abhauen, sobald die Kriegsgefahr gebannt ist.«

»Was mich betrifft, kann die Kriegsgefahr ruhig noch ein bißchen andauern. Ich würde die Weiber ganz schön vermissen.«

Eine Sekunde lang verfielen sie in unbehagliches Schweigen. Dann schnitt Brad das heikle Thema an: »Äh ... Wie wird's denn Queeny wohl so gehen?«

»Ach ...« Während er eine Hand an seine Schläfe drückte, machte Howard mit der anderen eine abwehrende Geste in Brads Richtung.

Die Kopfschmerzen, die im Laufe des Gesprächs etwas besser geworden waren, kehrten nun mit aller Heftigkeit wieder zurück. Vor seinen Augen tauchte das Bild Maxi Linders auf, wie sie auf den Knien im Gras am Wegesrand saß. Indem er den Kopf schüttelte, gelang es ihm, dieses Bild wieder loszuwerden. Das Geld, das sie für die Ketten bekommen hatten, war für Alkohol draufgegangen. Freigiebig hatten sie in jeder Kneipe, in der sie eingekehrt waren, Runden ausgegeben.

»Nächste Woche gehe ich zu ihr und sage ihr, daß es mir leid tut. Es war bestimmt nicht das erste Mal, daß sie so ein aus dem Ruder gelaufenes Abenteuer erlebt hat. Diese Weiber kennen es doch nicht anders. Die Schwarzen sind wie Affen, ihnen ist alles egal, die freuen sich über jeden Scheiß, den man ihnen in die Hand drückt.«

Das Quietschen der Barackentür setzte ihrem Gespräch ein Ende. Ein Streifen grellen Sonnenlichts fiel durch die Öffnung hinein, so daß nur eine Silhouette in der Tür erkennbar war. Neugierig starrten alle auf die Figur im Lichtbündel. Einige zogen rasch ihre Uniformen zurecht. Ein erleichtertes Aufatmen ging durch den Saal, als der Adjutant des Campkommandanten aus dem feuchtwarmen Dunst trat.

Zur allgemeinen Überraschung ging der Adjutant mit festem Schritt auf Howards Pritsche zu. In strammer Haltung blieb er vor ihm stehen. Mit einer knappen, energischen Bewegung knallte der Adjutant die Hacken seiner Stiefel zusammen und führte zugleich die flache Hand ans Barett. Howard hatte noch keine Zeit gehabt, sich von seiner Überraschung zu erholen, und legte die Hand an den unbedeckten Kopf.

»Sergeant Fields, Sie werden unverzüglich im Büro des Kommandanten erwartet.«

»Für kein Geld der Welt werde ich meine Anklage zurückziehen. Diese Tiere gehören hinter Schloß und Riegel, und damit basta!« Die goldenen Armreifen an ihren Handgelenken klingelten leise. Ihre schwarzen Pupillen wurden noch dunkler, als sie mit ausgestrecktem Finger auf die beiden wies.

Die Hände auf dem Rücken verschränkt, ging der Gefängnisdirektor von Fort Zeelandia in seinem Büro auf und ab. Auf der Kante seines Schreibtischs saß der Befehlshaber der amerikanischen Truppen. Ein Schatten der Besorgnis legte sich auf sein Gesicht. »Hör mir mal zu, Queeny, es geht hier doch lediglich um einen etwas außer Kontrolle geratenen Scherz. Den Jungs ist langweilig, und dann passieren eben solche ärgerlichen Zwischenfälle. Sei doch keine Spielverderberin. Laß es sein, damit wir die ganze Sache vergessen können.«

»Ich soll es sein lassen? Sehen Sie die Striemen an meinem Hals?« Unter Zuhilfenahme ihres linken Fußes streifte sie den rechten Schuh ab. »Und die Blasen an meinen Füßen? Ich kann immer noch nicht richtig laufen. Wissen Sie, wie weit es von der

Straße zum Meer bis zur nächsten menschlichen Behausung ist?«

Der Direktor blieb mitten im Zimmer stehen. Sein Blick wanderte von Howard und Brad zu Maxi Linder. In seinem Kopf reifte ganz offensichtlich irgendein Plan.

Maxi redete weiter, ohne sich unterbrechen zu lassen. »Ich habe ihnen meinen Körper gegeben, und als sei das noch nicht genug gewesen, wollten sie auch noch meinen Schmuck. Oder mein Leben, es sah jedenfalls ganz danach aus.« Mit schmerzverzerrtem Gesicht schlüpfte sie vorsichtig in den offenen braunen Schuh zurück. »Sie sollen büßen für das, was sie mir angetan haben. Daß sie auch die anderen Mädchen oft genug mißhandeln, steht auf einem anderen Blatt. Aber bei Wilhelmina Angelica Adriana Merian Rijburg sind sie einen Schritt zu weit gegangen.« Mit einem unerbittlichen Gesichtsausdruck nahm sie ihre Tasche vom Schreibtisch und ging zur Tür.

Das Holz der Bank, auf der sie saßen, fühlte sich klamm an. Seine Hose war schweißnaß. Die ganze Zeit hatte er so dagesessen, ohne sich zu rühren. Es fiel ihm schwer, zu begreifen, daß das, was sich hier vor seinen Augen abspielte, etwas mit ihm zu tun hatte. Neben ihm rutschte Brad nervös hin und her, und dann und wann kam ein Seufzer von seinen Lippen.

Die letzten beiden Wochen waren wie ein Traum an ihm vorübergezogen. Ein Traum, aus dem er nicht erwachen konnte. Die Hitze des Tages blieb innerhalb der dicken Steinmauern seiner Zelle hängen. Selbst die Nacht brachte keine Abkühlung. Der Kommandant hatte ihm versichert, daß er nicht einen Tag in dieser Zelle bleiben müsse. Daß es sich um eine reine Formalität handle und er nach einer Regelung mit Queeny wieder ein freier Mann wäre. Das beruhigende Plätschern des Suriname an den Mauern des Forts hatte ihm mehr oder weniger dabei geholfen, nicht völlig durchzudrehen.

Natürlich tat ihm leid, was in jener Nacht vorgefallen war. Bei den verschiedenen Treffen mit ihr hatte er das auch immer wieder deutlich gesagt. Daß aber sein Verhalten in dieser Nacht so weitreichende Folgen haben würde, hatte er sich nicht im Entferntesten vorstellen können.

Zu Hause wäre es niemals so weit gekommen. Dort kannten die Schwarzen ihren Platz. Man mußte als Weißer schon sehr weit gehen, um wegen eines Vergehens an einem Schwarzen ins Gefängnis zu wandern. Abgesehen davon, daß ein Schwarzer zumeist gar nicht erst die Möglichkeit erhielt, Anzeige zu erstatten. Das Geschmeiß wurde schon für weniger gelyncht.

Bevor sie die Tür erreichte, versuchte der Kommandant erneut, sie zu überzeugen. »Queeny, es wäre doch eine Sünde, diese Jungs verurteilen zu lassen! Sie würden nicht nur für über ein Jahr wegen Diebstahls und Mordversuchs in den Bau wandern, sondern auch ihren Rang als Sergeant verlieren. Das willst du doch nicht auf dein Gewissen laden, oder?!« Seine Stimme hatte den Tonfall eines Vaters angenommen, der sein ungehorsames Kind mit einem Plätzchen zu etwas überreden will.

Sie blieb in der Tür stehen. »Das ist mir scheißegal! Sie hätten sich für ihre irren Spielchen eben nicht die falsche Person aussuchen sollen!« Ihr Gesicht war zu einer wütenden Grimasse verzogen, und sie spuckte beim Sprechen.

Howard spürte eine Mischung aus Angst und Bewunderung für sie in sich aufkeimen. So hatte er noch nie eine schwarze Frau mit einem Weißen reden hören, und ganz bestimmt nicht mit einem Mann in einer Position wie der des Kommandanten.

Während der Angesprochene den obersten Knopf seiner Uniform aufknöpfte, schaute er hilfesuchend zum Gefängnisdirektor. Dieser hatte seit Beginn des Gesprächs noch nicht einen Ton gesagt, sondern nur mit gerunzelter Stirn an der breiten Fensterbank gelehnt.

Queeny stand mit den Niederländern auf sehr gutem Fuß. Wer weiß, vielleicht könnte er sie ja dazu bewegen, ihre Anzeige zurückzuziehen. Der Direktor wechselte einen Blick des Einvernehmens mit dem Kommandanten und richtete seine Augen auf Maxi. Diese blickte, die Türklinke noch in der Hand, hochmütig in den Raum. Das Mieder ihres mit einem Blumenmotiv bedruckten Baumwollkleids umspannte eng ihre Brüste. Sie hatte, dem Anlaß entsprechend, ein hochgeschlossenes Modell gewählt. Die Striemen an ihrem Hals waren mittlerweile fast schwarz. Ihr Busen hob und senkte sich in raschem Tempo, und die dicke Goldkette mit einer Goldmünze, die sie trug, folgte jeder Bewegung ihrer Brust. Diese Hure besaß so viel Gold, daß Howard sich fragte, ob die drei Ketten, die sie ihr weggenommen hatten, ihr wirklich etwas bedeuteten.

Als hätte sie seine Gedanken gelesen, wandte sie sich an Howard: »Im Gegensatz zu dem, was allgemein angenommen wird, habe ich meinen Schmuck nicht von dem Geld gekauft, das ich mit meinem Körper verdiene. Es handelt sich vielmehr um Liebesbeweise meines verstorbenen Vaters, gekauft mit dem Geld, das er unter Schweiß und Tränen als Goldgräber verdiente.« Herausfordernd starrte sie Howard an.

Um dem Haß, der aus ihren Augen sprach, auszuweichen, blickte er zum Direktor, der mit seinem Direktorenstuhl auf Queeny zuging.

»Maxi, ich will mit dir reden«, sagte er in väterlichem Ton. »Bitte, setz dich doch einen Moment.«

Sichtlich erfreut über die Aufmerksamkeit des Direktors, nahm Maxi auf dem angebotenen Stuhl Platz, jedoch nicht ohne vorher einen triumphierenden Blick auf ihre Peiniger geworfen zu haben.

Es entging Howard nicht, daß der Direktor mit dem Daumen sanft Maxis Hals berührte, bevor er zu seinem Platz am Fenster zurückkehrte, und daß sie einen koketten Blick in seine Richtung warf. Es war sonnenklar, daß die beiden einander mehr als nur flüchtig kannten. Das Gewicht, das auf seine Brust drückte, verschwand zugleich mit dem tiefen Seufzer, der ihm entfuhr. Beruhigt lockerte er seine angespannte Rückenmuskulatur und machte es sich auf der Bank so bequem, wie es eben ging.

Wieder am Fenster, drehte sich der Direktor zu der Anklägerin um. »Willemientje, nun nimm mal an, die Amerikaner böten dir fünfhundert Gulden ...«

»Ich ...«

Mit einer Handbewegung hieß er sie schweigen. »Laß mich erst mal ausreden, bevor du dich dazu äußerst. Ich bräuchte von dir dann nichts weiter als eine Erklärung, daß die Polizei dich zu einer falschen Anzeige gezwungen hat.«

Fünfhundert Gulden waren ein Haufen Geld. Was wollte diese Hure mit so viel Geld?! Mit fünfhundert Gulden könnte sie nach Lust und Laune Robin Hood spielen! Ach, was ging es ihn an. Wenn er nur nicht zurück in diese Zelle mußte ...

Der Direktor blickte abwartend in Richtung des Kommandanten.

»Wenn Queeny mit dem Deal einverstanden ist, bin ich es auch«, pflichtete er dem Vorschlag bei, obwohl die Worte ihm nur mühsam über die Lippen kamen.

Der Direktor, der unterdessen eine Apfelsine geschält und halbiert hatte, reichte Maxi die eine Hälfte. »Hier, Willemientje, du hast bestimmt schon einen ganz trockenen Hals von dem ganzen Gerede.«

Als sähe sie einen bösen Geist, sprang sie plötzlich auf. Ihre Bewegung war so heftig, daß der Stuhl, auf dem sie gesessen hatte, umfiel. Wild um sich schlagend wich sie zurück. »Hau ab mit deinen Apfelsinen! Ich hasse Apfelsinen, ich hasse Apfelsinen, ich hasse Apfelsinen!« Schluchzend lehnte sie sich an die Wand. Immer wieder wiederholte sie diesen einen Satz, die Arme schützend um sich geschlungen.

Verständnislos schauten die Anwesenden einander an.

»Die ist ja nicht bei Trost!« flüsterte Howard Brad zu.

Der Direktor ging auf Maxi zu und streckte die Hände nach ihr aus. »Aber Willemientje, was hast du denn? Schau dich doch mal an, du bist ja ganz außer dir! So ein mutiges Mädchen wie du, das noch nicht einmal Angst hat vor des Teufels Großmutter ...« Er nahm sie beim Arm.

Mit aller Kraft stieß sie ihn weg. »Laß mich in Ruhe! Hast du nicht gehört, ich habe gesagt, ich hasse Apfelsinen!«

Mit verständnislosem Blick schaute der Direktor den Kommandanten an.

»Wenn Sie dafür sorgen, daß sie die Erklärung unterzeichnet, gehe ich schon mal ins Hauptquartier und hole das Geld. Dann können die Jungs zurück ins Camp. Sie haben schon genug durchgemacht.« Gemessenen Schrittes ging der Kommandant zur Tür.

Es schien beschlossene Sache. Nur mit Mühe konnte sich Howard zurückhalten, seinem Kameraden um den Hals zu fallen. Doch noch bevor der Kommandant die Tür erreicht hatte, hatte sich Maxi von ihrem Platz an der Wand gelöst. Sie schien ihre Fassung wiedergewonnen zu haben. Mit der Tasche unter dem Arm lief sie am Kommandanten vorbei. »Behalten Sie Ihre Silberlinge. Diese Tiere gehören ins Gefängnis.« Sie warf einen verächtlichen Blick zurück.

Der Direktor stand mit hilflosem Gesichtsausdruck und hängenden Schultern mitten im Zimmer. Seine Hände zerquetschten die Apfelsinenstücke, die er vom Boden aufgehoben hatte, fast zu Mus.

Howard hämmerte mit beiden Fäusten auf das Holz der Bank. Mutlos warf er den Kopf in den Nacken und schloß die Augen. Wieder hörte er das Plätschern des Wassers an den Außenmauern des stickigen Raums, in dem er die letzten zwei Wochen verbracht hatte.

Die Stimme des Kommandanten brachte ihn zurück in die Realität. »Warte mal, du Miststück!« Er hatte sich mit seinem ganzen Gewicht gegen die Tür gelehnt und versperrte Maxi mit ausgebreiteten Armen den Weg. »Das Spiel, das du hier spielst, kann weitreichendere Folgen haben, als du dir in deinem simplen Geist ausmalen kannst! Heutzutage haben hier nicht mehr nur die Niederländer allein das Sagen. Der Tag wird kommen, an dem auch der Schutz deiner einflußreichen Freunde dich nicht mehr retten kann.«

Mit einem Ruck versuchte die schwarze Frau, die Tür zu öffnen. Ohne das geringste Zeichen von Angst schaute sie den Kommandanten an, einen kalten, verächtlichen Blick in den Augen.

Der Kommandant tat so, als sei ihm das egal. »Wie du aller Wahrscheinlichkeit nach vernommen hast, Madame, sind Gesetze in Vorbereitung, die dazu beitragen sollen, solchem Krankheiten verbreitenden Abschaum wie dir Herr zu werden. Glaub ja nicht, du seist so unantastbar, daß du diesen Maßnahmen entkommen wirst.«

Mit gelangweiltem Blick hörte Maxi ihm zu und fragte: »Wie lange wollen Sie mich eigentlich noch in diesem Raum festhalten?« Dann blickte sie hilfesuchend zum Direktor, der noch immer auf demselben Fleck mitten im Zimmer stand, die zu Mus zerdrückte Apfelsine in der Hand. »Und, Hein, bist du jetzt etwa auch ein Gefangener? Deine Frau wird sich freuen, wenn sie das hört.«

»Willemien, warum bist du denn nur so dickköpfig? Dein großes Mundwerk wird dir eines Tages noch zum Verhängnis werden.« Diese Worte kamen ihm ohne die rechte Überzeugung von den Lippen.

Sie blies ihm einen Handkuß zu.

Die Erkenntnis, daß er gezwungen sein würde, die nächste Zeit in dieser abscheulichen Zelle zu verbringen, drängte sich plötzlich in Howards Bewußtsein und drückte wie eine riesige Hand seine Kehle zu. Für einen Moment hatte er das Gefühl, keine Luft mehr zu kriegen. »Queeny, bitte, denk doch an meine Zukunft …« In heiserem Flüsterton kamen diese Worte über seine trockenen Lippen. Er begann heftig zu zucken, und voller Scham bedeckte er das Gesicht mit den Händen. Das Geräusch von Schritten sagte ihm, daß der Kommandant auf ihn zukam. Durch sein Schluchzen hindurch hörte er, wie die Türklinke hinuntergedrückt wurde.

»Schlampe! Dafür wirst du bezahlen!« Die Stimme des Kommandanten wurde von den dicken Steinmauern des Zimmers zurückgeworfen. Wie ein Echo ertönte irgendwo in der Ferne das Geheul eines Nebelhorns.

Mit einem dumpfen Schlag fiel die Tür ins Schloß.

Queeny kam ihm entgegen. Sie war sich der Wirkung, die sie in ihrem engen violetten Kleid auf die Menschen in ihrer Umgebung hatte, überdeutlich bewußt. Im Licht der Gaslaternen sprang bei jeder ihrer Bewegungen ein gelber Funke von ihren goldenen Armreifen. Seine Augen wurden magisch von dem Spalt zwischen ihren Brüsten angezogen, und tief in seinem Inneren verspürte er einen Stich des Neides auf den Goldanhänger, der sanft darüber hin und her baumelte.

Er leerte das Glas Bier, das er in der Hand hielt, in einem Zug, und es gelang ihm, den ledrigen, trockenen Geschmack aus seinem Mund zu vertreiben. Er hatte schon recht bald den Überblick über die Anzahl der Gläser, die er sich an diesem Abend genehmigt hatte, verloren, und durch den Nebel, den das Bier in seinem Gehirn verursachte, verwandelte sich Queeny immer wieder in einen violetten Fleck – er mußte ständig die Augen auf- und zumachen, um wieder einen klaren Blick zu bekommen.

Es herrschte wieder einmal Hochstimmung. Alle waren ausgelassen, was an den Wochenenden nichts Ungewöhnliches war, denn nach einer Woche des Nichtstuns und der Langeweile im Camp waren sie für alle eine willkommene Abwechslung. Manche Männer paradierten in Begleitung einer oder mehrerer Frauen durch die Gegend. Die meisten Damen warfen verächtliche Blicke in Queenys Richtung, und die Soldaten ließen unablässig Bemerkungen über sie fallen. Dadurch, daß sie sich im Gegensatz zu den meisten anderen Frauen nicht in Gesellschaft eines Mannes befand, zog sie noch zusätzlich die Aufmerksamkeit auf sich.

Er hatte ihr nie verziehen, daß sie ihn für neun Monate ins Gefängnis gebracht hatte. Jedesmal, wenn er sie sah, wurde er zwischen Lust und Rachsucht hin- und hergerissen. Bisher war es ihm immer gerade noch gelungen, sich so weit zu beherrschen, daß sein Verstand die Oberhand behielt. Die Konfrontation mit ihr im Büro des Gefängnisdirektors hatte ihm deutlich gemacht, daß sie über mächtige Beschützer verfügte: Die Tatsache, daß sie es gewagt hatte, den Kommandanten der amerikanischen Truppen zu demütigen, sprach Bände.

Die ausgelassene Atmosphäre, die Wirkung des Alkohols und die sinnliche Macht, die von ihr ausging, waren jedoch eine Kombination, die ihn übermütig machte. Der Gedanke daran, wie sie mit ihrem frechen Mund seinen Schwanz befriedigen würde, ließ ihn plötzlich jede Vorsicht vergessen. »Hey, Queeny! Willst du mir nicht einen blasen?« rief er. Er wußte, daß sie diese Mode nicht mitmachte.

»Frag doch deine Scheißmutter!« antwortete sie und ging, ohne sich nach ihm umzudrehen, einfach weiter. Die Art, in der sie ihren Rücken straffte und die Schultern nach hinten zog, verstärkte in ihm noch das Gefühl der Erniedrigung. Es schien ihm, als seien alle Augen auf ihn gerichtet, wie unzählige Nadelstiche, und das Gelächter um ihn herum dröhnte in seinen Ohren. Alle verspotteten ihn. Es war ihr schon wieder gelungen, ihn zu demütigen.

Sie befand sich ungefähr fünf Meter von ihm entfernt. Wie ein unsichtbarer Faustschlag auf die Schläfe explodierte plötzlich etwas in ihm. »Verdammte Hure, diesmal wirst du es mir büßen!« zischte er, laut genug, damit sie es hören konnte.

Aus dem Blick, mit dem sie sich umsah, sprach Überraschung. Mit geballten Fäusten ging Howard auf sie los. Durch die zu Schlitzen zusammengekniffenen Augen sah er, wie sie in panischem Schrecken die Flucht ergriff. Die Hundeleine hatte sie losgelassen.

Er wollte sie nicht entkommen lassen und beschleunigte seine Schritte. Neugierig blieben die Passanten stehen, um zu sehen, was da passierte.

In Höhe des Krabbesteegs holte er sie ein. Mit einer Hand packte er ihr in losen Locken aufgestecktes Haar und schlug ihr mit der Kraft all seiner aufgestauten Wut die geballte Faust mitten ins Gesicht.

Er spürte keinen Schmerz, als sich ihre Zähne in seine Hand bohrten. Der zweite Schlag traf sie ein weiteres Mal mitten im Gesicht. Als er etwas krachen hörte, schlug seine Wut in Panik um. Grob stieß er sie von sich weg. Sie landete mitten in einer Gruppe kartenspielender Chinesen. Wie ein leerer Sack sank sie zwischen die überall verstreuten Spielkarten. Das Blut quoll ihr in Strömen aus den Nasenlöchern. Aus ihrem nach Luft schnappenden Mund schäumte mit Speichel vermischtes Blut. Wo einmal ihre Vorderzähne gesessen hatten, klaffte ein großes, dunkles Loch.

Esselien

Maagdenstraat 1943

Durch das offene Küchenfenster im ersten Stock drangen die aufgeregten Stimmen der fußballspielenden Jungen zu ihr hinein. Ihr Geschrei übertönte das helle Geräusch des aneinanderklingelnden Kristalls. Mit einer achtlosen Gebärde stellte sie einen geblümten Porzellanteller in das Abtropfgitter.

Wie jeden Nachmittag hatten die Jungen die Straße zu ihrer Domäne gemacht. Dann und wann wurde ihr Spiel von einem der sporadisch vorbeikommenden Fahrzeuge unterbrochen. Wie eine schmutziggelbe Decke stieg der von den Kinderbeinen aufgewirbelte Staub träge auf. Durch die Reflexion des späten Sonnenlichts schienen die Jungen wie gefangen in einer orangenen Glut, zierlich tanzende Schatten, die sich vor dem Dunst des Nachmittags abzeichneten.

Trotz der drückenden Hitze schloß Esselien das Fenster. Der aufgewirbelte Staub bewegte sich langsam in Richtung ihres Küchenfensters, und sie wollte den feinen Sand lieber nicht auf ihrem sauberen Abwasch landen sehen.

Bevor sie sich setzte, stellte sie zufrieden fest, daß die Gardinen fest zugezogen waren. Sie hielt sich strikt an den Aufruf, der in den Zeitungen gestanden hatte. Seit der Besetzung der Niederlande regierte die Angst ihr Leben. Brav gehorchte sie den Anweisungen für das Verhalten im Falle eines Luftalarms. Sie verfolgte jeden der entsprechenden Berichte und wußte, daß sie sich in einen der Schutzkeller begeben mußte, falls sie während eines Alarms auf der Straße unterwegs war. Es war strengstens verboten, Streichhölzer anzuzünden oder Taschenlampen zu benutzen, und unter keinen Umständen durften Fenster oder

Türen geöffnet werden. Im äußersten Notfall durfte höchstens eine Verdunklungslampe benutzt werden. Vorsorglich hatte sie die Oberlichter über den Fenstern und Türen abgeschirmt. Ihr Ehemann hatte ihr ans Herz gelegt, den Anweisungen strikt Folge zu leisten.

Die Ankunft der Amerikaner hatte Esseliens Angst ein wenig beschwichtigt. Die Verdunklungsübung vom sechzehnten Februar hatte ihr den Ernst der Lage deutlich gemacht. Diesen Abend hatten sie zu dritt im Dunkeln verbracht. Es war ihr sehr schlecht gegangen, und ein tiefes Gefühl der Machtlosigkeit hatte von ihr Besitz ergriffen. Die Reaktion derjenigen, die diese Übung als einen Witz betrachteten, hatte sie mit Abscheu erfüllt. Anstatt die vorgeschriebenen Regeln zu befolgen, hatten viele die Situation ausgenutzt. Esselien hatte händeringend in ihrer Wohnung gesessen und gehofft, das Gejohle und Gekreische möge bald aufhören. Ihr Abscheu wurde noch größer, als sie am nächsten Tag erfuhr, daß im Schutze der Dunkelheit plündernde Banden durch die Straßen gezogen waren. Am Morgen bot die Stadt einen trostlosen Anblick.

Nicht lange, nachdem sich die von den Fußballern aufgewirbelten Staubwolken gelegt hätten, würde die Straße zum Revier von diversen Huren und ihrem obskuren Anhang werden. In der Maagdenstraat eröffnete derzeit ein Lokal nach dem anderen, und die Besucher schwärmten hin wie die Motten zum Licht. Neu im Straßenbild waren die javanischen Prostituierten. Man erkannte sie daran, daß sie einen javanischen Sarong trugen, im Gegensatz zu den meisten anderen Huren, die nach europäischem Stil gekleidet waren. Nachdem zahlreiche Plantagen hatten schließen müssen, suchten diese Frauen ihr Heil in der Stadt. Da es hieß, sie seien gefügiger und viel weniger dreist als die kreolischen *motyos*, stellte ihre Anwesenheit eine Bedrohung für die kreolischen Mädchen dar, die hier schon seit Jahr und Tag arbeiteten. Die Atmosphäre auf der Straße veränderte sich, und das ehemals ruhige Leben von Esselien und ihrer Familie wurde zur Hölle, eine Entwicklung, die sie nie und nimmer hätten vorausahnen können.

Wie ein bleiernes Laken hatte sich die Hitze über die Stadt gelegt. Dicht über dem Boden flimmerte die Luft. Die extreme Wärme, die seit Ende Januar die Stadt heimsuchte, war ungewöhnlich für diese Jahreszeit. Exakt vor einem Monat hatte es zum letzten Mal geregnet. Esselien konnte sich noch genau daran erinnern: Am einunddreißigsten Januar war die Tochter der Kronprinzessin geboren worden. Die Feiern aus Freude über die Geburt von Prinzessin Beatrix hatten in den Häusern stattgefunden, denn ein gnadenloser *sisi busi* war über der Stadt niedergegangen und hatte sie innerhalb kürzester Zeit überschwemmt. Doch nun fand Esselien selbst im Schatten ihres Balkons keine Abkühlung. Das Blut strömte ihr träge wie Sirup durch die Adern, und das Umschlagtuch, das sie oberhalb der Brust verknotet hatte, klebte an ihrer Haut. Lustlos hing sie in einem Rattansessel; selbst ein Becher mit *zuurzak*-Fruchteisstückchen hatte ihr nicht die erhoffte Kühlung verschafft.
Sie starrte in die Richtung, aus der sie ihren Sohn erwartete.
Da kam er ja! Aber … was war das? Er war in Begleitung einer Frau …
Für einen kurzen Moment verspürte sie ein Gefühl der Schwäche in ihrem Brustkorb. Von ihrem Platz auf dem Balkon aus war schwer auszumachen, in wessen Gesellschaft ihr Sohn war, doch sie konnte sich nicht vorstellen, daß eine sittsame Frau zu dieser Tageszeit ein Kleid in so grellen Farben tragen würde.
Neugierig geworden, trat Esselien aus dem schützenden Schatten. Nervös umklammerten ihre Hände die von der Sonne erwärmte hölzerne Balustrade. Sie kniff ihre Augen zusammen und spähte in Richtung ihres Sohnes und der unbekannten Frau. Mit einer spielerischen Geste nahm die Frau Roberts Panama von seinem Kopf und setzte ihn auf ihr frivol hochgestecktes Haar. Sie reichte zu ihm hinüber und fuhr ihm zärtlich mit der Hand durch seine schwarzen Locken. Verärgert griff Esselien

fester um die Holzbalustrade. Sie traute ihren Augen nicht. Robert beugte sich zu der Frau hinüber, ohne sich darum zu kümmern, daß er sich in der Öffentlichkeit – mitten auf der Straße! – befand. Mit einer koketten Bewegung warf die Frau den Kopf in den Nacken. Ein lautes Lachen kam aus ihrem goldverzierten Mund und durchbrach die Stille des Nachmittags. Was wollte ihr Sohn von so einem … so einem unmöglichen Frauenzimmer?

Das Duo war nun nahe genug gekommen, daß sie erkennen konnte, wer die fremde Frau war, die ihren Sohn begleitete …

Mi Gado! Es war niemand anders als Maxi Linder!

Panikartig suchte Esselien mit den Augen die verlassene Straße ab. Ob jemand sie gesehen hatte? Würden sie nun zum Gespött der ganzen Nachbarschaft? Ihr wurden die Knie weich. Wie konnte ihr anständig erzogener Sohn sich nur zu einer derart verdorbenen Frau wie dieser Maxi Linder hingezogen fühlen?!

Eine Woche war inzwischen vergangen. Seit diesem einen Mal hatte sie die beiden nicht mehr zusammen gesehen. Sie war jedesmal wieder erleichtert, wenn sie ihn allein nach Hause kommen sah. Trotzdem hatte sie, seit sie ihren Sohn in Gesellschaft von Maxi Linder gesehen hatte, kein Auge mehr zugetan. Die amouröse Eskapade ihres Sohnes erfüllte sie mit Abscheu. Bis jetzt war es ihr gelungen, ihm aus dem Weg zu gehen und zu schweigen. Es war besser, sie würde bis zum kommenden Wochenende warten, wenn René, der als Distriktkommandant außerhalb der Stadt stationiert war, zu Hause wäre.

Sie saß in Gedanken versunken auf dem Balkon. Plötzlich ließ sich Robert in den Sessel neben ihr fallen. Ohne ein Wort zu sagen, saßen sie ein Weilchen beisammen, jeder mit seinen eigenen Gedanken beschäftigt.

Unten auf der Straße wurde es langsam belebter. Die Prostituierten versuchten, sich mit möglichst auffallenden Kleidern gegenseitig Konkurrenz zu machen. Zuhälter lehnten lustlos an den Fassaden der Kneipen, behielten aber ihre Umgebung dabei ununterbrochen genauestens im Auge. Die *motyop'pas* konnte man von denen, die aus anderen Gründen vorbeikamen, gut anhand ihrer schüchternen Gangart unterscheiden. Es waren vor allem ausländische Matrosen, die von dem Angebot an Frauenfleisch ohne Zögern Gebrauch machten: Schamlos liefen sie mit einer oder mehreren Huren am Arm durch die Gegend. Maxi Linder war glücklicherweise nirgends zu sehen.

Sie konnte sich damit abfinden, daß sie ihre Arbeit hier vor ihrer Haustür taten, doch wenn sie sich an die jungen Männer, die hier in der Nachbarschaft wohnten, heranmachten, gingen sie eindeutig zu weit. Der Sessel neben ihrem knarrte. Robert fühlte sich offenbar unbehaglich.

»Soll ich Licht machen?« Seine Stimme schien von weit her zu kommen. Ohne die Antwort abzuwarten, ging er hinein. Der Schein der Gaslampe verlieh seinem Gesicht etwas Hilfloses.

Daß sie ihn mit ihren ekligen Fingern angefaßt hatte! Gott weiß, was für abscheuliche Krankheiten dieses Weib hatte. Esselien schlug das Herz bis zum Hals – sie war außer sich vor Wut. Sie betete zu Gott, daß man bald eine Lösung für das Ärgernis finden würde, das die *motyos* darstellten. Ihre Zahl wuchs von Tag zu Tag. In der Stadt wurden Stimmen laut, die Maßnahmen gegen sie forderten. Auch das amerikanische Oberkommando beklagte sich lauthals. Unter den Soldaten war die Anzahl derer, die sich eine Geschlechtskrankheit geholt hatten, in erschreckendem Maße angestiegen. Der Gedanke daran, daß auch Robert sich eine Krankheit zuziehen könnte, war ihr noch gar nicht gekommen. Sie mußte unbedingt dafür sorgen, daß er sich so schnell wie möglich untersuchen ließ. Wenn sie warten würde, bis René zurückkam, könnte es womöglich zu spät sein.

»Hast du ... hast du mit Maxi Linder ... ich meine, hast du es mit ihr gemacht? Wenn das so ist, mußt du so schnell wie möglich zum Arzt.« Ehe sie sich versah, waren ihr die Worte auch schon herausgeschlüpft.

Das Licht der Gaslampe verfärbte das Weiß seiner überrascht aufgesperrten Augen gelb, als säße ihm in der Tat irgendeine Krankheit in den Knochen. Sein Unterkiefer fiel herunter, und seine Zunge lag ihm wie eine gelähmte Schlange zwischen den Zähnen. Es blieb für eine Weile still.

Doch dann begann er zu sprechen. »Mutter, warum regst du dich so auf? Ich weiß schon, was gut oder schlecht für mich ist.« Es war ihm deutlich anzumerken, daß er keine Lust hatte, über dieses Thema zu reden.

»Das werden wir schon noch sehen, ob du alt genug bist, um deine eigenen Beschlüsse zu fassen. Ich habe jedenfalls nicht den Eindruck, als seien deine Entscheidungen wohlüberlegt«, fuhr sie ihn an.

Das Gespräch war schließlich in einen handfesten Streit ausgeartet. Verärgert darüber, daß er seine Beziehung zu ihr nicht aufzugeben gedachte, hatte sie ihm alle möglichen Vorwürfe an den Kopf geworfen. Trotz all ihrer Argumente – der schlechte Ruf dieser Frau, die Gefahr von Krankheiten, etc. – hatte er ihr vorgehalten, sie habe »nicht das Recht«, sich in sein Leben einzumischen. Noch nie zuvor hatte er so respektlos mit ihr gesprochen. Schließlich war er erbost aus dem Haus gerannt. Sie hatte die Nacht auf dem Balkon verbracht.

Am nächsten Tag wagte sie nicht, ihn zu fragen, wo er die Nacht über gewesen war. Sie hatte Angst vor einem neuerlichen Streit und davor, hören zu müssen, daß er tatsächlich bei Maxi Linder geschlafen hatte. Als er nach Hause kam, hatte er sich sofort in seinem Zimmer eingeschlossen, und das Mittagessen hatte er nicht angerührt. Erst gegen Abend sah sie ihn kurz im Vorübergehen, als er ohne ein Wort zur Tür hinausging. Seine feine Kleidung und das Eau de Cologne, dessen Duft als Beweis seiner Gegenwart zurückgeblieben war – sie brauchte sich gar keine Illusionen zu machen, es war sonnenklar, wohin er ging.

Während das Haus in Dunkelheit gehüllt war, saß sie am Küchentisch und rang verzweifelt die Hände in ihrem Schoß. Der Streit hatte ihr gezeigt, daß der Kampf um ihn unglaublich hart sein würde. Sie würde nicht nur ihren Sohn allein als Widersacher haben, sondern ihm würde als Sekundant auch noch eine Frau beiseite stehen, von der bekannt war, daß sie einflußreiche Kontakte im ganzen Land unterhielt.

Esselien nahm sich vor, wohlweislich kein Wort mehr über die Situation zu verlieren. Wer weiß, vielleicht wäre ja sein Vater in der Lage, Robert in einem Gespräch von Mann zu Mann die Aussichtslosigkeit seiner Beziehung mit Maxi Linder bewußt zu machen.

Sie hoffte außerdem, daß ihm dieses unbesonnene Verhalten nicht sein ganzes Leben lang nachhängen würde. Und sie fürchtete um den guten Ruf der Familie. Wie war es nur möglich, daß er sich so völlig schamlos mit ihr in der Öffentlichkeit zeigte?

Daß Maxis Bekanntheit für sie keineswegs immer nur von Vorteil war, hatte Esselien durch ein denkwürdiges Ereignis rund um ihre Person erfahren, das sich einige Monate zuvor abgespielt hatte. Nach einer amourösen Begegnung mit einem Amerikaner war sie mißhandelt und nackt an einem abgelegenen Ort zurückgelassen worden. Es hatte sich um einen Racheakt gehandelt: Zwei Freunde des Amerikaners waren durch Maxis Zutun für neun Monate ins Gefängnis gewandert. Ohne sich einen Deut darum zu scheren, daß sie keinen Faden am Leibe trug, hatte sich Maxi Linder auf den Weg in die Stadt gemacht. Nach einer langen nächtlichen Wanderung war sie einem Polizeibeamten begegnet und hatte auf seine Frage, warum sie nackt auf der Straße herumlaufe, ganz frech geantwortet: »Laß mich in Ruhe und hau ab! Siehst du nicht, daß ich meine Arbeitskleidung anhabe? Du trägst doch auch deine Uniform, wenn du im Dienst bist.«

Dem Beamten war nichts anderes übriggeblieben, als ihr seine

Uniformjacke anzubieten. An jenem Tag war dieser Vorfall in der Stadt in aller Munde gewesen.
Esselien konnte nun nicht mehr darüber lachen. Die Ehre der Familie Medoza stand auf dem Spiel.

Das Gespräch ihres Sohnes mit seinem Vater, auf dem all ihre Hoffnungen geruht hatten, lieferte nicht das von ihr so sehnsüchtig erwartete Ergebnis. Robert weigerte sich, sein Verhältnis mit Maxi Linder zu beenden, das zu allem Unglück inzwischen für die Nachbarn kein Geheimnis mehr war. Esselien litt so furchtbar unter dieser Schande, daß sie sich gar nicht mehr auf die Straße wagte, ja sie mied aus Angst vor neugierigen Blicken sogar den Balkon. Dem Dienstmädchen wurden indessen Fragen gestellt, die sich gewaschen hatten.
Zu allem Überfluß besaß Maxi Linder auch noch die Frechheit, zu ihr ins Haus zu kommen. Als Reaktion auf diese unglaubliche Dreistigkeit ließ Esselien sie einfach vor der Wohnungstür stehen. Maxi zeigte daraufhin unumwunden ihr Mißvergnügen: Sie stellte sich doch tatsächlich draußen unter den Balkon und beschwerte sich lauthals darüber, daß sie »ihren Mann« nicht besuchen dürfe.
»Unvorstellbar! Die versucht doch glatt, mich von meinem Mann fernzuhalten! Er ist doch kein Kind mehr! Das sieht man doch schon daran, was er für ein ordentliches Ding in der Hose hat!« schrie sie.
Weinend vor Scham versteckte sich Esselien im Haus, während die Worte von der Straße zu ihr hineindrangen. Wie konnte sie es wagen, Robert als »ihren Mann« zu bezeichnen! War ihr denn völlig egal, daß er zwanzig Jahre jünger war als sie? Mit Kälte im Herzen zog sich Esselien in die Abgeschiedenheit ihres Hauses zurück und wünschte der gemeinen *motyo* im stillen die allerschlimmsten Dinge an den Hals.

Sie hatte wirklich überall angerufen – ohne Erfolg. Von der Polizei erhielt sie die Antwort, es läge außerhalb ihrer Befugnis, sich in solche Angelegenheiten einzumischen. Auf dem Kommissariat gelang es ihr nicht, zum Stadtkommissar vorgelassen zu werden, und die Armeeoffiziere, die sie ans Telefon bekam, wollten sich ebenfalls nicht die Finger verbrennen. Bis sie endlich doch jemanden fand, der ihrem Problem die nötige Aufmerksamkeit schenkte. Sie hatte all ihre Hoffnungen auf dieses Gespräch gerichtet. Es war ihre letzte Rettung. Überall, wo sie um Hilfe gebeten hatte, war sie auf eine Mauer aus Unverständnis gestoßen. Man riet ihr, Geduld zu haben. Eines Tages würde das Feuer seiner Liebe zu dieser Frau schon von selbst erlöschen, und bis dahin könne man nichts daran ändern. Ihr Argument, er sei doch erst zwanzig Jahre alt und daher laut Gesetz minderjährig, hatte diese Leute kaltgelassen. Am liebsten hätte sie sofort den Hörer auf die Gabel geknallt, anstatt ihren scheinheiligen Ausflüchten weiter zuzuhören. Wie gerne hätte sie ihnen an den Kopf geworfen, daß sie sehr wohl wußte, daß bei den meisten von ihnen das Feuer für Maxi Linder noch immer brannte, oder jedenfalls einmal gebrannt hatte!

Die Wahlen zum Staatsrat standen vor der Tür, und René befand sich in einer gesellschaftlichen Position, die es ihm erlaubte, seine Stimme abzugeben. Durch Zeitungsanzeigen versuchten die Kandidaten, so viele Stimmberechtigte wie möglich für sich zu gewinnen. Vergeblich versuchte Esselien, einige der Herren an den Apparat zu bekommen. Aus Angst um ihre Position mieden sie sie wie die Pest.

Schließlich gelang es René jedoch, einen hohen Polizeikommissar, der sich noch nicht lange in der Kolonie aufhielt, zu bewegen, ihrem Problem Aufmerksamkeit zu schenken.

Sie saßen zu dritt am Küchentisch. Um neugierige Blicke fernzuhalten, hatte sie trotz der frühen Stunde die Gardinen zugezogen. Laut schmatzend hatte sich der Kommissar das Beefsteak mit Bratkartoffeln schmecken lassen. Esselien hatte extra für ihn eine echt holländische Mahlzeit zubereitet. Sie selbst hatte davon nicht mehr als ein paar Bissen hinunterbekommen.

Mit bis zum Äußersten angespannten Nerven wartete sie auf den Moment, in dem er ihnen seinen Plan unterbreiten würde. Die Zeit drängte. Seit einer Woche wohnte Robert nicht mehr zu Hause, sondern hatte auf Rechnung von Maxi Linder ein Zimmer im Palace-Hotel bezogen. Maxi Linders Einfluß auf ihn war so groß, daß es sie nicht viel Mühe gekostet hatte, ihn zu überreden, von zu Hause auszuziehen. Solange sie nicht willkommen sei, habe auch er dort nichts mehr verloren.

Esselien konnte sich nicht vorstellen, daß diese Frau all das Geld ausgab, nur um mit Robert zusammensein zu können. Das Palace-Hotel war das teuerste Hotel in der ganzen Stadt. Den Gerüchten zufolge, die man ihr zugetragen hatte, war es ein öffentliches Geheimnis, daß ein Mann, der studieren wollte, lediglich dafür sorgen mußte, daß sich Maxi Linder in ihn verliebte. Sie schien sogar die nötigen Kontakte zu besitzen, um ihren Geliebten einen Auslandsaufenthalt zu ermöglichen. Da René und Esselien jedoch sehr wohl in der Lage waren, Roberts Ausbildung selbst zu bezahlen, hätte sich Esselien eigentlich darüber im klaren sein müssen, daß finanzielle Gründe für Robert keine Rolle spielen konnten. Der Gedanke, daß hier wahre Liebe im Spiel sein könnte, kam Esselien allerdings gar nicht erst in den Sinn.

Als sie zum Hotel gegangen war, hatte man ihr an der Rezeption glattweg erklärt, Mevrouw Rijburg habe den Auftrag erteilt, ihr Sohn dürfe keinen Besuch empfangen. Dieses Weib hatte ihren Robert in einen Pantoffelhelden verwandelt! Sie schwor bei sich, daß sie alles in ihrer Macht Stehende unternehmen würde, um ihren Sohn aus den Klauen dieser Frau zu befreien …

Nach dem Essen lehnte sich der Kommissar zufrieden in seinem Stuhl zurück. Knarzend protestierte die hölzerne Sitzgelegenheit gegen die Gewalt, die ihren Fugen angetan wurde. Die Uniformjacke spannte sich eng um den Kommissarsbauch, und die goldfarbenen Knöpfe zerrten mit aller Macht an ihren Fäden. Der Kommissar fischte ein großes weißes Taschentuch hervor und wischte sich ausgiebig den Schweiß von seinem rot angelaufenen Gesicht. Die blonden Haare klebten ihm an Stirn und Schläfen.

Esselien fand den Mann alles andere als sympathisch, aber sie war heilfroh, daß er ihr helfen wollte, ihre Probleme zu lösen. Sie dankte Gott, daß er noch nicht lange genug in der Kolonie lebte, um sich in die Laken von Maxi Linder verstrickt zu haben. So, wie er ihr hier gegenübersaß, schien er ihr sehr wohl der Typ dafür zu sein, in einem schwachen Moment der Versuchung des überreichlichen Angebots von Frauenfleisch zu erliegen.

Nachdem er sich ein paarmal geräuspert hatte, brachte René das Gespräch auf den eigentlichen Zweck ihrer Zusammenkunft.

»Haben Sie über unser Gespräch von neulich nachgedacht?«

»Daß ich ihren Sohn aus den Tentakeln der Schwarzen Witwe befreien soll?« Sein dröhnendes Lachen füllte den Raum, und sein Bauch bebte dabei dermaßen, daß Esselien befürchtete, die Fäden, mit denen die Knöpfe angenäht waren, könnten endgültig nachgeben. Der Mann war rot wie eine Tomate. »Ja, ja, ich bin ja auch einmal jung gewesen … Und ich muß zugeben, daß ich weiß, wie es ist, wenn einem das Hirn in die Eier rutscht! Mevrouw, bitte entschuldigen Sie meine Ausdrucksweise …«

Mit einer knappen Handbewegung winkte sie seine Entschuldigung beiseite.

»Ich nehme an, Sie wissen, daß die Dame, von der hier die Rede ist, Protektion von höchster Stelle genießt? Wenn man den Gerüchten Glauben schenken darf, befindet sich zwar ein Gouverneursbeschluß in Vorbereitung, alle Prostituierten zu internieren. Wegen des hohen Prozentsatzes an Soldaten mit Geschlechtskrankheiten drängen besonders die Amerikaner darauf. Doch selbst wenn dieser Beschluß durchkommt, stehen die Chancen sehr gering, daß er auch für Maxi Linder Anwendung findet.« Diesmal verzichtete er auf das dröhnende Lachen und schaute sie statt dessen ernst an.

Erleichtert lehnte sich Esselien näher zu ihm hinüber. Endlich einmal jemand, der den Ernst der Lage erkannte! Sie sagte: »Daß Sie das so offen aussprechen! Ich habe zwar schon vorher daran gezweifelt, aber in den letzten Wochen ist es mir mehr als deutlich geworden.«

»Können wir sie denn nicht festnehmen lassen, weil mein Sohn noch minderjährig ist?« Renés hoffnungsloser Blick bei diesen Worten war ihr nicht entgangen. Unter dem Tisch nahm sie seine Hand.

»Mit ihren Kontakten ist sie innerhalb von vierundzwanzig Stunden wieder auf freiem Fuß. Ich gehe davon aus, daß ihr Sohn sein Verhältnis mit ihr nicht freiwillig beenden wird. Ehe man sich versieht, sind sie wieder zusammen. Nein, wir müssen sicher zu einer drastischeren Maßnahme greifen. Ich habe da einen Plan; er ist allerdings sehr rigoros.«

Die Bestimmtheit, mit der er diese Worte aussprach, linderte ein wenig den Schmerz, der wie eine schwärende Wunde in Esseliens Innerem wütete. Seit dem Augenblick, in dem sie ihren Sohn in der Gesellschaft dieser Hure gesehen hatte, hatte sich der Schmerz wie ein *fowru doti* in ihrer Seele festgesetzt. »Wir sind zu allem bereit, um unseren Sohn aus den Händen dieser Person zu befreien. Haben Sie selbst Kinder?«

Er nickte.

»Dann können Sie sich sicher vorstellen, was es für eine Mutter bedeutet, in eine solche Situation zu geraten. Wir haben uns so viel Mühe mit seiner Erziehung gegeben. Ich kann noch immer nicht glauben, was momentan geschieht. Und diese Schande ...«

»Mevrouw, ich werde Ihnen meinen Plan unterbreiten. Lassen Sie mich bitte ausreden. Wenn Sie damit einverstanden sind, können wir sofort loslegen.«

»Sie sind unsere letzte Rettung!«

Mit einem verständnisvollen Blick bat ihr Mann sie, nichts mehr zu sagen.

»Wir lassen Maxi Linder für einen Tag festnehmen. Durch den Beruf, den sie ausübt, findet man immer einen Grund, sie unter Arrest zu stellen. Wie Sie vielleicht wissen, herrscht kein besonders gutes Verhältnis zwischen ihr und dem Kommandanten der Amerikaner. Es wird mich nicht viel Mühe kosten, mit ihm eine kleine Absprache zu treffen. Er nimmt die Verantwortung für die Festnahme auf seine Kappe. In diesem Fall halten wir uns ihre Schutzherren bei der Kolonialverwaltung eine Zeitlang vom Leib. Sie werden es sich gut überlegen, bevor sie die Amerikaner vor den Kopf stoßen.« Der Kommissar unterbrach kurz seine Rede, um sich die Kehle mit dem Cognac anzufeuchten, den Esselien ihm eingeschenkt hatte.

Sie hatte den Kopf auf die Ellenbogen gestützt und schaute ihn wie hypnotisiert an.

René rutschte nervös auf seinem Stuhl hin und her und verursachte dadurch ein permanentes Knarren.

»Besorgen Sie ein Ticket auf seinen Namen für die Peter Stuyvesant; das ist das nächste Schiff, das in die Niederlande fährt.«

»In die Niederlande?!« rief Esselien erschrocken. Sie saß jetzt aufrecht, und ihre Augen blickten hilfesuchend hinüber zu René. Doch dieser starrte den Kommissar an, als habe er nichts von dessen Worten begriffen.

»Sie haben mich richtig verstanden: eine Fahrkarte in die Niederlande. Vorläufig erscheint es mir am vernünftigsten, wenn der Junge für eine Weile das Land verläßt.«

»Aber wie sollen wir ihn denn dazu bringen?« fragte Esseliens Ehemann, zu dem die Worte des Kommissars jetzt erst durchgedrungen zu sein schienen.

Esselien erfaßte noch nicht in vollem Umfang, was es für sie bedeuten würde, sich von ihrem Sohn trennen zu müssen. Doch sie sah sehr wohl, daß es keine andere Alternative gab. Alles war besser als die Schande, mit der sie jetzt leben mußten.

»Natürlich gehe ich nicht davon aus, daß er freiwillig mitkommt. Es bleibt uns nichts anderes übrig, als ihn aus dem Ho-

tel zu entführen. Das ist auch der eigentliche Zweck der Festnahme von Maxi Linder: Wenn sie erst aus dem Weg geräumt
ist, haben wir nämlich schon ein Problem weniger. Sie wird erst
wieder auf freien Fuß gesetzt, wenn das Schiff bereits ausgelau-
fen ist.« Zum Zeichen, daß er ausgeredet hatte, kippte er den
Rest des Cognacs in einem Zug hinunter.

Ergeben suchten Esseliens Augen die von René. Sie hatte in ihrem Herzen schon mit dem unvermeidlichen Abschied von ihrem Sohn begonnen.

Der Plan des Kommissars wurde haargenau so durchgeführt,
wie sie es besprochen hatten. Esselien war nicht zum Hafen gegangen, um von ihrem Sohn Abschied zu nehmen. Sie wollte
sich so an ihn erinnern, wie sie ihn zuletzt gesehen hatte. Ihn in
Fesseln zu sehen, kämpfend gegen seine Gefangennahme, hätte
sie nicht ertragen.

Schweigend saß sie mit René im Wohnzimmer. Er schlug die
Arme um sie. Sie wußte nicht, ob es seine Tränen waren oder
ihre eigenen, die sie auf ihrem Gesicht spürte.

Draußen vor der Tür tobte Maxi Linder. Natürlich wußte sie
von Roberts Abreise. Die geschlossenen Fenster und Türen ver-
mochten nicht, Esselien und René von den Obszönitäten zu
verschonen, die sich in einem kontinuierlichen Strom aus ihrem
Mund ergossen.

René war noch keine ganze Stunde wieder in der Maagdenstraat
gewesen, als sie ihn auch schon aufgesucht hatte. Fluchend und
tobend verlangte sie »ihren Mann« zurück. Wenn sie gedacht
hatten, sie mit Roberts Abreise endgültig los zu sein, hatten sie
sich gründlich geirrt.

Das Krachen von zersplitterndem Glas ließ Esselien noch näher
an René heranrücken. Sie warf ängstliche Blicke um sich. Die
Fensterscheiben waren noch heil. In den Augen ihres Eheman-
nes las sie nur unterdrückte Wut.

»Dem Lärm nach zu urteilen, hat sie unten die Schaufensterscheibe eingeschlagen.« Seine Stimme zitterte.

Den durcheinanderrufenden Stimmen auf der Straße nach erregte Maxi Linder mit ihrem Wutanfall viel Aufsehen. Vergeblich preßte Esselien beide Hände auf die Ohren. »Wo bleibt denn nur die Polizei?«

René blieb ihr eine Antwort schuldig.

Der letzte Rest eines Zweifel, der ihr wegen der Art, mit der sie das Problem gelöst hatten, geblieben war, wich nun einem Gefühl der Erleichterung. Als Mutter war es schließlich ihre Aufgabe, ihren Sohn von dem Einfluß einer so widerwärtigen Frau zu befreien.

Und das war ihr gründlich gelungen.

Marius

Katwijk 1943

»Also, du wirst es nicht glauben! Da taucht doch plötzlich so ein riesiger, zehnrädriger Lastwagen in der Domineestraat auf, in Spanhoek, und hält genau da, wo ich gerade sitze. Ich dachte, ich seh' nicht richtig: Vor dem Lkw ist doch tatsächlich dieser Bama hergelaufen! Ich hatte mich mit meinem Hintern noch keine fünf Minuten zum Ausruhen auf diese Bank gesetzt, du weißt schon, die gußeiserne Bank gegenüber vom Bellevue-Theater in Spanhoek. Ich habe also ganz friedlich dagesessen und meinen Berliner gegessen, den ich mir bei Kersten gekauft hatte ...« Sie unterbrach ihren Redefluß für einen Moment und überprüfte, ob man ihr noch zuhörte.

Von der Stelle aus, wo er stand, an die Mauer der langen Baracke gelehnt, konnte Marius jedes Wort verstehen. Er tat, als interessiere ihn das Gespräch nicht, hörte aber ganz genau zu.

»Sie kommen« – die ihren Namen der Tatsache verdankte, daß sie eines Tages ein wenig zu enthusiastisch auf dem Kai herumgesprungen war, als gerade ein Schiff voller Matrosen einlief, und dabei gerufen hatte: »Sie kommen! Sie kommen!« – nahm ihre Erzählung, angespornt von der Zuhörerschar, wieder auf. »Ich habe niemanden belästigt, das schwöre ich. Und, was glaubt ihr, was dann passierte? Der Lastwagen bleibt genau vor mir stehen, und dieser *saka saka* von einem Bama zeigt auf mich. Mit einem Stock. Es war wie in einem Film. Bevor ich bis zehn zählen konnte, sprangen niederländische Soldaten von der Ladefläche und zerrten mich mir nichts, dir nichts von der Bank! Sie haben mir noch nicht einmal irgendwelche Fragen gestellt. Ehe ich mich versah, saß ich schon hinten im Lastwagen. Ich habe noch gefragt: ›Was ist denn hier los?‹ Aber die haben mich nur angebrüllt, daß ich das Maul halten solle und daß sie es mir ansonsten schon stopfen würden. Es war einfach das Letzte!«

»Mir ging es genauso. Auch ich wurde mitten auf der Straße von Bama rausgepickt. Kannst du dir das vorstellen? Er will sich wohl an uns rächen. Dieser verkrachte Zuhälter! Konnte kein Mädchen soweit kriegen, für ihn zu arbeiten. Nur der allerletzte Abschaum wie der da läßt sich doch von denen vor ihren Karren spannen!« Kräftig spuckte Sie Ißt Auch Holländische Bananen auf den Boden und deutete mit einer Kopfbewegung zu Marius hinüber. »Alles dasselbe Gesindel!« schimpfte sie.

»Na, na, meine Damen, ich bin nur zur Bewachung hier. Ich kann doch nichts dafür, daß ihr hier sitzt. Allerdings muß ich zugeben, daß es mir überhaupt nichts ausmacht, meine Zeit in Gesellschaft von so vielen Schönheiten zu verbringen.«

Er erhielt einen lauten *tjoerie* zur Antwort.

»He, daß ihr uns hier einsperrt, ist ja schon schlimm genug. Aber daß ihr uns auch noch wie Tiere behandelt, das schlägt wirklich dem Faß den Boden aus!« Um ihren Worten Nachdruck zu verleihen, schnitt Faantje Bigi-sensi ihm eine Fratze und blickte wild um sich.

Der langgestreckte, kahle Raum, der früher als Militärbaracke gedient hatte und mit drei Reihen Armeepritschen vollgestellt war, diente nun als Schlafsaal für die Frauen, die im Lager interniert waren.

Es fing allmählich zu regnen an. Die ersten Tropfen, die auf das Zinkdach fielen, hallten hohl in dem überfüllten Raum wider. An einigen Stellen sickerte Wasser hinein. Den ganzen Tag über hatte die Sonne geschienen, und in dem schlecht belüfteten Saal war es kaum auszuhalten. Marius hatte den Auftrag, während der Mittagsruhe die Aufsicht zu führen, und war verpflichtet, sich die ganze Zeit über im muffigen Frauenschlafsaal aufzuhalten. Was ihn betraf, war der Regen eine willkommene Erleichterung.

»Und wo haben sie dich aufgegriffen?«

Auf die Frage von Sie Kommen richteten alle ihre Blicke auf Maxi Linder. Das blaßblaue Kleid hing ihr wie ein formloser Sack um den Körper. Sie trug einen Jutestreifen als Gürtel um die Taille, um trotz allem ein wenig Form hineinzubringen. Es war nicht das traditionelle Weiß, das sie eigentlich so kurze Zeit nach dem Tod ihrer Mutter hätte tragen müssen. Sie hatte jedoch keine Erlaubnis erhalten, die Vorschriften der Trauerzeit einzuhalten. (Normalerweise war es erst sechs Wochen nach dem Tod eines Angehörigen erlaubt, sich wieder farbig zu kleiden.) Das Kleid, das sie nun trug, war eines der drei blauen Kleider, die die Frauen bekamen, wenn sie im Lager ankamen. Des weiteren erhielten sie noch drei aus Mehlsäcken gefertigte Unterhosen, und das war alles. Man hatte alles Mögliche versucht, um Maxi dazu zu kriegen, ihren Schmuck abzulegen, doch sie hatte sich standhaft geweigert. Ihr überreichlicher Schmuck bildete nun einen schrillen Kontrast zu ihrer übrigen Kleidung.

Sie saß auf einem der Feldbetten und blickte in die Runde, um sich zu vergewissern, daß sie die Aufmerksamkeit aller hatte, bevor sie mit ihrer Geschichte begann. »Ich saß an diesem Nachmittag in meinem Bordell an der Saramaccastraat, als sie auf einmal hereinkamen. Natürlich hat mich jemand verraten ...« – sie nickte bedeutsam in Marius' Richtung – »... das hat man ganz deutlich an der selbstsicheren Art gemerkt, mit der sie kamen.«

»Sie sind tatsächlich ins Bordell gekommen, um dich zu holen?« Baka-iri schaute sie ungläubig an.

Bevor Maxi Linder antworten konnte, kam Isri-bowtu ihr zuvor. »Mädchen, das ist ja noch gar nichts! Manche von uns sind sogar aus ihren Häusern gezerrt worden!«

Mit einem mißbilligenden Blick fiel Maxi Linder ihr in die Rede. »Wollt ihr jetzt meine Geschichte hören oder nicht?« Sie wartete die Antwort gar nicht erst ab und fuhr fort: »Wie sehr ich auch versuchte, ihnen zu erklären, daß das Ganze auf einem Mißverständnis beruht, da ich niemandem etwas Böses tue und auch keine Krankheiten verbreite, es war alles umsonst. Ich habe ihnen sogar vorgeschlagen, mit mir zu Doktor Koppenschaar zu gehen, bei dem ich mich regelmäßig untersuchen lasse. Doch sie wollten nichts davon hören. Sie hatten den Auftrag, mich mitzunehmen, und nichts und niemand konnte daran etwas ändern. Ich fühlte mich so erniedrigt, daß ich sie weinend anflehte, mich in Ruhe zu lassen!«

Kartini, eine bildschöne Javanerin, die ihren Namen einer ebenso bildschönen Prinzessin in ihrem Heimatland verdankte, legte tröstend die Hand auf Maxis Schulter.

»So hat jede ihre eigene traurige Geschichte. Ich habe gehört, daß sie sogar unschuldige Mädchen mitgenommen haben.« Diesmal kam der Kommentar von Baka-iri.

»Ja, und sogar eine schwangere Frau!« ergänzte Faantje. »Ich habe hier Frauen kennengelernt, die von abgewiesenen Liebhabern angezeigt worden sind, obwohl sie mit unserem Beruf überhaupt nichts zu tun haben!«

»Ach, ich habe kein Mitleid mit ihnen. Die sollen ruhig mal am eigenen Leibe spüren, was wir alles mitmachen müssen«, sagte Sie Kommen hartherzig.

Maxi zuckte mit den Achseln. »Mitleid? Paßt nur auf, ehe ihr euch verseht, bin ich hier wieder weg!«

Baka-iri schnitt ein anderes Thema an. »Hätte dieser Isaak Meyer denn nichts für dich regeln können? Der ist doch irgendein hohes Tier in der Politik geworden?«

»Blödes Weib, was hast du dich denn da einzumischen!« fuhr Maxi sie an. »Wenn du so schlau bist, hättest du mit deinem Körper doch sicher mehr Geld verdienen können.«

»Um welchen Meyer geht es denn?« fragte Kartini vorsichtig.

»Der ist in Amerika, also wenn du hinter ihm her willst, dann nur zu.«

Inzwischen regnete es wie aus Eimern. Marius streckte die Hände aus einem der wenigen Fenster der Baracke. Das Regenwasser, das ihm wie eine Gardine die Sicht nahm, klatschte auf seine

Handflächen und rann ihm über die Handgelenke. Er hoffte, so ein wenig Abkühlung zu erlangen, denn trotz des heftigen Regens blieb die drückende Hitze im Raum hängen.

Aus dem Augenwinkel heraus beobachtete er Maxi unablässig. Die Gruppe der Frauen war noch immer angeregt ins Gespräch vertieft. Über Maxis Schläfe rann ein Schweißtropfen, der ihr den Hals hinunterfloß und schließlich im Dekolleté verschwand. Marius schloß die Augen und stellte sich vor, er wäre an Stelle dieses Schweißtropfens.

Es war ihm ein Rätsel, warum er nach all den Jahren noch immer eine so verzehrende Leidenschaft für sie empfand, trotz aller Geschichten, die über sie die Runde machten. Längst vergangen waren die Tage, an denen er sie am Kino getroffen hatte. Ein mattes Lächeln umspielte seine Lippen, als er daran dachte, daß sie es nicht zuletzt ihm zu verdanken hatte, daß niemand sie noch als Wilhelmina kannte. In jenen Tagen hatte er sich noch Hoffnungen gemacht ...

Die Massage der harten Regentropfen auf seiner Haut regte seine Phantasie an. Ein Bild erwachte in ihm zum Leben: Sie standen beide nackt unter dem offenen Himmel, eng aneinandergeschmiegt, während die dicken Tropfen ihre Haut erbarmungslos geißelten, bis sie trotz des kühlen Wassers zu glühen begannen.

Als er hörte, daß sie ins Lager gebracht werden sollte, hatte er im stillen gehofft, ihr Selbstvertrauen würde dadurch einen solchen Dämpfer erhalten, daß sie wie Wachs in seinen Händen wäre. Doch die Maxi Linder, die im Camp eingeliefert wurde, war kämpferischer denn je.

Bei Ausbruch des Krieges war er zur Landwehr gegangen. Einige seiner Freunde hatten sich als Freiwillige gemeldet, und manche von ihnen waren als Kanoniere auf einem der Frachtschiffe der KNSM eingestellt worden. Anfangs arbeitete Marius unter der Leitung von surinamischen Unteroffizieren, die aus Niederländisch-Indien zurückgekehrt waren, mit am Aufbau eines

Verteidigungsapparates. Das niederländische Militär in Surinam war in einem beklagenswerten Zustand und brauchte dringend Verstärkung. Trotz der Tatsache, daß die Surinamer nicht offiziell als niederländische Soldaten anerkannt wurden, trafen die amerikanischen Truppen und die niederländischen Marineeinheiten, die nach Surinam entsandt worden waren, um die Bauxitvorräte zu bewachen, eine gut organisierte und wehrhafte Armee an.

Marius hatte voller Stolz seine Uniform getragen. Es war ein harter Dämpfer für ihn gewesen, daß Maxi ihn entgegen seiner Erwartungen auch in Uniform keines Blickes würdigte. Sie bestand hartnäckig darauf, er sei nicht vom Kaliber der Männer, mit denen sie das Bett teile, und er könne – wie oft er auch das Gegenteil versicherte – ihren Preis nicht bezahlen. Unter dem Rang eines Offiziers arbeitete sie nun einmal nicht.

Als die Amerikaner eintrafen, übernahmen sie sämtliche Aufgaben der Landwehr, die von da an nur noch mit der Überwachung wichtiger nationaler Objekte betraut war. So mußte Marius in Jodensavanne Personen mit niederländischer oder deutscher Nationalität im Auge behalten, die für eine Internierung in Betracht kamen. Bei den Niederländern handelte es sich um NSB-Sympathisanten, die entweder aus den Niederlanden oder Niederländisch-Indien nach Surinam geschickt worden waren. Im Falle der Deutschen betraf es diejenigen, die nach der Kapitulation der Niederlande als Kriegsgefangene betrachtet wurden. Unter den internierten Niederländern befand sich unter anderem der ehemalige Direktor der Plantage Beekhuizen; zu den deutschen Gefangenen gehörten beispielsweise die Besatzungsmitglieder der Goslar, deren Kiel zwei Jahre nach ihrem Untergang noch immer im Hafen von Paramaribo zu sehen war. Am dritten Juni wurde Marius wieder in die Stadt versetzt. An jenem Tag war ein Schiff aus dem unbesetzten Teil Frankreichs eingelaufen, voll mit niederländischen Flüchtlingen, denen es geglückt war, dem Nazi-Regime zu entkommen. Marius mußte sich darum kümmern, daß die Flüchtlinge ordentlich untergebracht wurden. Auf dringendes Ansuchen der Regierung hatten Court Humaniteit und die direkt daneben gelegene chinesische Vereinigung Kong Ngie Tong ihre Gebäude an der Steenbakkerijstraat für die niederländischen Flüchtlinge zur Verfügung gestellt.

Bereits eine ganze Weile vor dem Beginn der Verhaftungswelle von Prostituierten waren Marius die zahlreichen Artikel in den Zeitungen aufgefallen, in denen über das Ärgernis geklagt wurde, das diese Frauen darstellten. Auch der Kommandant der amerikanischen Truppen hatte um Maßnahmen gegen sie ersucht, schon allein wegen des hohen Prozentsatzes an Geschlechtskrankheiten unter seinen Soldaten. Die Ankunft der Militärs hatte die Nachfrage nach *motyos* derart ansteigen lassen, daß Frauen vom Land und von den Plantagen scharenweise die Stadt überschwemmten, um sich ihren Anteil an den Dollars zu sichern, mit denen die Amerikaner so reichlich um sich warfen. Besonders die wohlhabenden Einwohner der Stadt beklagten sich lauthals über die Situation.

Nicht zuletzt wegen seiner Gefühle ihr gegenüber hatte Marius mit Argusaugen den Wirbel verfolgt, den Maxi durch ihr Verhältnis zu einem Sohn aus einer der »besseren« Familien Paramaribos verursacht hatte. Um die Geschichte zu beenden, hatte man den armen Jungen gegen seinen Willen in die Niederlande geschickt, und bis heute hatte niemand wieder von ihm gehört. Nach diesem Vorfall war Maxi ungenießbar gewesen. Noch Tage danach war sie mit einem dicken Verband um den Arm herumgelaufen. In ohnmächtiger Wut hatte sie die Schaufensterscheibe des Geschäftes, über dem die Eltern des Jungen wohnten, entzweigeschlagen und sich dabei eine tiefe Schnittwunde zugezogen.

Anstatt Mitleid mit ihr zu haben, lachte sich Marius ins Fäustchen. Es tat ihm gut, daß sie auch einmal erleiden mußte, was er durch ihr Zutun ständig mitmachte.

Als die Tageszeitungen den Regierungsbeschluß verkündeten, daß künftig gegen Personen vorgegangen werde, die die öffentliche Ordnung störten und die Gesundheit der Truppe in Gefahr brächten, wurde damit in Surinam der Weg für die größte Razzia aller Zeiten geebnet.

Überall in der Stadt wurden Frauen aufgegriffen und interniert, ohne daß ihnen in irgendeiner Form der Prozeß gemacht worden wäre. Ebenso erging es einer großen Anzahl von Zuhältern. Außerdem wurden mehrere Banden ausgehoben, darunter die »Black Out Gang« und die »Zorro Gang«, die regelmäßig Geschäfte plünderten, sobald wegen eines Luftalarms in der Stadt die Lichter ausgingen.

Aber es hatte wirklich niemand damit gerechnet, daß sie auch Maxi verhaften würden. Für Marius jedenfalls kam ihre Festnahme absolut überraschend. Allerdings machten Gerüchte die Runde, ihre Verhaftung sei eine Reaktion auf den Druck, den einige Amerikaner, die noch ein Hühnchen mit ihr zu rupfen hatten, auf bestimmte Personen innerhalb der Regierung ausgeübt hätten.

Die abscheulichen Szenen, die sich bei der Plattebrug abspielten, wo die Prostituierten vor ihrer Reise nach Fort Nieuw Amsterdam zusammengetrieben wurden, würde Marius nicht so schnell vergessen. Innerhalb kürzester Zeit hatte sich eine ansehnliche Menschenmenge um die Frauen versammelt. Angehörige der Landwehr und Polizisten mußten einen Ring bilden, um zu verhindern, daß die Frauen angegriffen wurden.

Die meisten Huren waren für die Umstehenden keine Unbekannten; sie waren Teil des gewohnten Straßenbildes. Die Obszönitäten, die man ihnen an den Kopf warf, hatten es in sich.

»Werft sie in den Fluß! Dann sind wir diese Krankheitsherde ein für allemal los!« rief eine Frau.

Sie wurde mit einer lauten Lachsalve belohnt.

»Gott sei Dank! Endlich wird wieder Ruhe einkehren in der

Stadt!« Die alte Frau, die diese Worte mit ihrer krächzenden Stimme ausgesprochen hatte, betrachtete das elende Häuflein, als hätte sie den Abschaum der Welt vor sich.

»Recht haben Sie, zur Hölle mit ihnen! Jetzt brauchen wir uns vorläufig keine Sorgen mehr um unsere Männer zu machen!« rief eine andere.

Die giftigsten Bemerkungen kamen von seiten der Frauen.

Eine junge Frau zeigte mit dem Finger auf Maxi. »Schaut mal her! Noch nicht mal Maxi Linder entgeht dem Großreinemachen!«

Maxi bildete mit all ihrem Schmuck einen deutlichen Kontrast zu der restlichen Gruppe. Die Körper der meisten Frauen wiesen sichtbare Spuren von Mißhandlungen auf.

Plötzlich flog ein Stein über die Menge hinweg. Mit einem dumpfen Schlag traf er den Kopf einer jungen Frau, die schon eine ganze Weile gejammert hatte, sie wisse gar nicht, warum man sie mitgenommen habe. Wenn das Schiff, das die Frauen nach Fort Nieuw Amsterdam bringen sollte, nicht bald käme, würde es schwer werden, die aufgebrachte und immer größer werdende Menge unter Kontrolle zu halten. Die Schutzleute hatten zudem keinen Befehl, die Frauen notfalls auch mit Gewalt zu verteidigen.

Die Leute drängten sich immer dichter, um einen Blick auf die Frauen zu erhaschen, so daß Marius sich wegen seiner geringen Körpergröße auf die Zehenspitzen stellen mußte, um sehen zu können, wie es Maxi erging. Selbst mit gesenktem Kopf überragte sie die anderen Frauen um Haupteslänge.

Ihre Lippen waren geschwollen, und an ihrem Kinn klebte geronnenes Blut. Sie tat ihm leid, obwohl er andererseits zugeben mußte, daß ihm ihre Verhaftung ganz gut in den Kram paßte. Im Lager würde er das Sagen haben, und wenn sie bestimmte Privilegien haben wollte, würde sie auch gewisse Gegenleistungen dafür erbringen müssen. Er genoß die Vorfreude darauf, daß sein Verlangen endlich erfüllt werden würde.

Gegen Ende des Nachmittags wurde beschlossen, die Prostituierten im Lastwagen nach Katwijk zu bringen. Man hatte Angst, daß sie auf einem Schiff über Bord springen würden.

An den Nähmaschinen saßen die Frauen einander in zwei Reihen gegenüber. Da sie so viele waren, verursachten sie einen Höllenlärm. Unaufhörlich ratterten die Tretmaschinen über das Schwatzen der Damen hinweg. Während sie mit den Füßen die Maschine bedienten, führten sie vornübergebeugt den grünen Armeestoff unter der Nadel hindurch.

Zwischen den beiden Reihen liefen die Bewacher hin und her, die, um Eindruck zu schinden, ständig mit einer Holzlatte gegen ihre Handfläche schlugen. Sie beobachteten die Frauen sehr genau, und wer ohne Erlaubnis seine Arbeit unterbrach, konnte sich auf ein paar gezielte Schläge gefaßt machen.

Auch Marius marschierte breitbeinig zwischen den schuftenden Frauen auf und ab und ließ drohend die Latte kreisen. Er stand den anderen Bewachern in nichts nach und genoß es, seine Macht über die Gefangenen zu demonstrieren.

Die Frauen verdienten fünf Gulden im Monat. Für einige von ihnen war das sogar mehr, als sie mit dem Verkauf ihres Körpers eingenommen hatten, aber für Damen wie Maxi Linder oder Truus die Hühnerdiebin war es nicht mehr als ein Almosen. Für sie bedeutete der Aufenthalt in Katwijk nichts als Demütigung und Armut. Hier mußten sie ohne die feinen Seidenstrümpfe auskommen, die sie bei Bata kauften, hier gab es keine Wochenendausflüge zu herrlich gelegenen Häusern auf dem Land mit großzügig möblierten Zimmern, die Zufahrtswege überschattet von üppigen grünen Bäumen, oder auserlesene Diners im schikken Imperial an der Knuffelsgracht, oder Tänze zu den swingenden, heißen Rhythmen von Rumba oder Conga – hier waren sie den Launen und Gelüsten ihrer Bewacher hilflos ausgeliefert. Für ihre tägliche Toilette stand ihnen lediglich eine kleine Aluminiumschüssel zur Verfügung, um sich Gesicht und

Körper zu waschen, und ihre Notdurft mußten sie in Löchern verrichten, die zu diesem Zweck in die Erde gegraben worden waren.

Abends spielten sich schändliche Szenen ab. Regelmäßig vergingen sich die Wachtposten an den Frauen. Diejenigen, die sich dagegen wehrten, wurden gefoltert oder auf andere Weise erniedrigt. Tagsüber sah man manche Frauen nackt durch das Lager irren, völlig außer sich durch das, was man ihnen am vorhergehenden Abend zwischen den Lagerbaracken angetan hatte. Nicht zuletzt aus diesem Grund war eine nahegelegene Schule dazu gezwungen gewesen, ihre Tore zu schließen.

Am Ende der ersten Reihe saß Maxi Linder. Tief vornübergebeugt versuchte sie, den Faden durch die Nadel zu führen – keine einfache Aufgabe in dem schlecht beleuchteten Saal. Langsam näherte sich Marius dem Platz, wo sie saß. Er brauchte sich nur ihren gebeugten Rücken anzusehen, und schon kam die Wut wieder in ihm auf. Sein Blick wanderte ihren Rücken hinunter nach unten, wo das Kleid sich straff um ihr Becken spannte und ihr Höschen sich deutlich abzeichnete.

Auch im Lager hatte sie seine Annäherungsversuche konsequent abgewehrt, anders als die meisten Frauen, die ihre Dienste im Tausch gegen Privilegien freiwillig anboten. Das Maß war voll – er würde nicht länger um einen Gunstbeweis von ihr betteln. Wenn es sein mußte, würde er sie hier auf der Stelle nehmen: Kein Hahn würde danach krähen.

Plötzlich änderte sie ihre Sitzhaltung. Sie machte ein Hohlkreuz und legte die Hände auf ihren Rücken. Mit den Fäusten massierte sie sanft den Punkt genau oberhalb ihres Pos. Marius, der inzwischen ganz nahe bei ihr stand, betrachtete dies als Provokation.

»An die Arbeit, Hure! Du sitzt schließlich nicht zu deinem Vergnügen hier!«

Langsam wandte sie den Kopf in seine Richtung und musterte ihn verächtlich von Kopf bis Fuß. »Und auch nicht zu deinem, *porter batra!*«

»Halt die Schnauze, oder es setzt was! Freche Hure!« Drohend hob er die Latte.

Rings herum herrschte plötzlich Stille.

Maxi Linder hatte bereits ihren Arm schützend erhoben, um sich gegen den Schlag zu wappnen. »Fühlst du dich so vielleicht mehr als Mann? Wehrlose Frauen schlagen ...!« Aus ihrer Stimme sprach tiefe Verachtung.

Für einen Augenblick blieb das Holz zögernd in der Luft hängen. Marius blieben nur wenige Sekunden, um sich die eventuellen Folgen seiner Tat auszumalen. Bis jetzt wußte er noch nicht genau, ob Maxi Linder im Lager einen Beschützer hatte, doch wenn er den Gesichtsverlust gegenüber der Gruppe der Frauen und seinen Kollegen auf ein Minimum beschränken wollte, gab es keinen Weg zurück.

»Wenn du so toll bist, warum sitzt du dann hier im Lager? Du bist doch um kein Haar besser als der andere Abschaum hier.« Er wies mit der Latte auf die Frauen, die ihr gegenüber saßen und neugierig ihre Arbeit unterbrochen hatten.

Marius wußte, daß es den Frauen egal war, wer als Gewinner aus dem Streit hervorging: Ihre Verachtung für ihn war genau so groß wie ihre Abneigung gegenüber Maxi Linder. Ihn verachteten sie, weil er zu denen gehörte, die ihnen die Freiheit geraubt hatten, und was Maxi Linder betraf, so hatte sich die Rivalität, die draußen zwischen ihnen herrschte, im Lager unvermindert fortgesetzt.

»Worte tun nicht weh. Meine Haut ist dicker als die einer Seekuh. Weißt du, was weh tut? Diese Latte in deinem Arsch!« Marius duckte sich, als das Gelächter von den kahlen Holzwänden der Baracke widerhallte, und dann kam die blinde Wut hoch, die sich schon so lange wie ein dicker Kloß in ihm aufgestaut hatte. Mit geschlossenen Augen ließ er die Latte auf Maxi niedersausen, wo sie nur treffen konnte. Ihre erstickten Schreie und das Klatschen der Latte auf ihrem Körper waren Balsam für die Wunde, die in seinem Inneren brannte.

Trude

Katwijk 1943

»Was haben sie dir nur angetan?« Mit einem besorgten Blick zog
Vrouw Trude Wilhelmina an sich.

Während sie die Augen verschämt niederschlug, versuchte Wilhelmina, ihren Arm aus dem eisernen Griff von Vrouw Trude zu
befreien, doch es gelang ihr nicht.

Trude strich mit der Hand über die Nummer, die Wilhelmina
bei ihrer Einlieferung in den Unterarm tätowiert worden war.
K-63. »Was soll denn das bedeuten, um Gottes willen? Sieh nur,
wie sie deine schöne Haut zugerichtet haben!«

Mit einem bösen Blick schaute sie den Bewacher an, der auf einer kleinen Holzbank bei ihnen im Besucherzimmer saß und
aufmerksam ihrem Gespräch lauschte.

»Junger Mann, die Sklaverei wurde schon vor langer Zeit abgeschafft, falls Sie das noch nicht wußten. Neger zu brandmarken
ist eine Sitte, die einer finsteren Vergangenheit angehört. Du
brauchst mich gar nicht so frech anzuschauen! Ich bin alt genug,
um deine Mutter sein zu können. Übrigens kenne ich deine
Mutter – oder bist du nicht der Sohn von Vrouw Tine van Pontbuiten? Hat sie dir denn keine Manieren beigebracht?«

Der junge Mann war der Art, in der ihn die beiden Augenpaare
anstarrten, nicht gewachsen, und richtete seinen Blick ohne ein
Wort auf das offenstehende Fenster. Zwischen den beiden Baracken war in der sengenden Sonne eine Gruppe von Frauen in
blaßblauen Kleidern damit beschäftigt, Unkraut zu jäten.

»K-dreiundsechzig bedeutet, daß ich die dreiundsechzigste
Frau bin, die hier registriert wurde«, erklärte Wilhelmina geduldig Vrouw Trude.

»Aber das ist doch unmenschlich! Ach, wie schrecklich!« Sie schob ihren Stuhl näher zu Wilhelmina hin.

»Sie hätten wirklich nicht zu kommen brauchen. Nicht, daß ich nicht froh darüber wäre – ganz im Gegenteil! –, aber in Ihrem Alter ist so eine Reise doch sicher sehr ermüdend.«

Trude strich Wilhelmina über das Gesicht. »Ißt du denn auch genug, Mina? Du hast abgenommen. Paß auf, daß dein Aufenthalt hier nicht deine Schönheit auffrißt, *gudu*.«

Wilhelmina lachte freudlos. An der Art und Weise, wie sie auf dem Stuhl saß, erkannte Trude, daß sie sich unbehaglich fühlte. Sie konnte sich gut vorstellen, daß es nicht angenehm für sie war, von Bekannten in einer solchen Situation gesehen zu werden.

»Ach, ich mußte einfach kommen. Deine selige Mutter und ich standen uns doch so nahe. Wenn sie noch am Leben wäre, hätte sie dich auch ganz bestimmt besucht. Was für ein wunderbares Begräbnis du für sie ausgerichtet hast! Daß ich das noch erleben durfte! *Ai baya*, wenn ich auf eine solche Art gehen könnte, dann will ich meinetwegen schon morgen tot umfallen!«

Alle Spiegel und Bilder waren zur Wand gedreht worden, so daß die Verstorbene die Anwesenden nicht mit ihrem Anblick belästigte. Das Haus hallte von dem eintönigen, quälend getragenen Gesang wieder, der die Trauerklagen übertönen sollte. Ein christliches Lied nach dem anderen wurde angestimmt.

Sie lag da, als ob sie schliefe. Wenn man ihre entspannten Gesichtszüge betrachtete, war es kaum zu glauben, daß Amalia das irdische Leben mit dem ewigen vertauscht hatte. Man hätte schwören können, sie würde jeden Moment die Augen aufschlagen, um voller Überraschung die trauernden Menschen um sich herum zu betrachten. Die Angestellten des Bestattungsunternehmens hatten sich ihrer Aufgabe mit der nötigen Sorgfalt gewidmet. Das weiße Kopftuch mit dem blauen Vogelmotiv war bis zu ihren Augenbrauen hinuntergezogen, und aus ihrem Mundwinkel schaute ein *alanyatiki* hervor.

Die Wände des braunen Tropenholz-Sarges waren mit zu Fächern gefalteten Kopftüchern verziert. Von dem *pepre-nanga-sowtu koto* war nur der obere Rand der Jacke zu sehen; den Rest verdeckte ein Blumenmeer.

Am Kopfende lagen verschiedene Taschentücher, Zigarrenschachteln und eine Pfeife, Geschenke, die Amalia zum Abschied ins Jenseits mitgegeben wurden.

Trude betrachtete die Soldaten, die Wilhelmina zum Begräbnis ihrer Mutter eskortierten, mit Abscheu. Die Trauergäste warfen ihnen verstohlene Blicke zu, die zwischen kaum verhüllter Verachtung und Neugier schwankten. In ihrer grünen Uniform, die Gurttasche markig auf die linke Hüfte geschnallt, mit ihren Stahlhelmen und den schweren Lederstiefeln, die ihnen bis knapp unter die Knie reichten, hoben die Männer sich deutlich von den weiß gekleideten Trauergästen ab. Schon allein die Tatsache, daß Wilhelmina mit einer solchen Zurschaustellung von Macht zur Beerdigung begleitet wurde, hatte Trude befremdet. Hatten sie vielleicht Angst davor, daß Mientje mit Hilfe von außen entkommen konnte?

Voller Spannung wartete Trude ab, was passieren würde, und ihre Sensationsgier sollte, noch bevor dieser Tag vorbei war, mehr als befriedigt werden.

Im Wohnzimmer, wo sich die trauernden Angehörigen und Freunde um die Verstorbene versammelt hatten, hatte sie einen Platz ganz in der Nähe des Sarges erobert. Während sie ein mit Eau de Cologne besprenkeltes Taschentuch an die Nase drückte, behielt sie die Umgebung hinter ihren halb geschlossenen Lidern genau im Auge. Kurz zuvor war sie Zeugin der Ankunft Wilhelminas geworden. Überall um sie herum war entrüstetes Murren laut geworden, als die Soldaten, die Wilhelmina mit sich führten, mit viel Aufhebens aus ihrem Armeelastwagen gestiegen waren.

Mientje hatte sich inzwischen wieder einigermaßen beruhigt. Sie saß, den Oberkörper wiegend und einen leeren Blick in den Augen, da und starrte vor sich hin. Dofie, eine von Amalias Schwestern, hatte sich ihrer angenommen. Sie hatte ihr den Arm um die Schultern gelegt und fächelte ihr mit ihrem Kopftuch Kühle zu. Dabei hielt sie ein Taschentuch mit Limealcol an die Nase gedrückt.

Trude überkam ein tiefes Gefühl des Mitleids für Wilhelmina. Am liebsten wäre sie zu ihr hingegangen und hätte sie in die Arme genommen. Es war das erste Mal, daß sie sie ohne Schmuck sah. Ob man ihn ihr im Lager abgenommen hatte? Ihre Neugier konnte sie trotz der Ereignisse nicht völlig unterdrücken.

Wilhelmina trug ein weißes Umschlagtuch über ihrem Kleid als Zeichen, daß sie zur engsten Verwandtschaft gehörte, und dazu ein *lont'ede* und ein *tompi* als Zeichen tiefer Trauer. Nur mit größter Mühe war es gelungen, sie vom Sarg loszureißen. Mit einer Kraft, die man von einer Frau nicht erwartet hätte, hatte sie sich daran festgeklammert. Ihr jämmerliches Geschrei ging einem durch Mark und Bein und schien auf einige der Anwesenden ansteckend zu wirken. Zwei Frauen fielen sich kreischend in die Arme, und auf der anderen Seite des Sarges verlor eine jüngere Frau das Bewußtsein. Man versuchte, den oberen Teil ihres Kleides zu öffnen, und fächelte ihr Kühle zu. Eine Gruppe Frauen, die sich wie ein einziger Körper jammernd von links nach rechts wiegten, bildete einen schützenden Wall um sie. Ein Mann in den Vierzigern mit einem ruhelosen Blick betrat den Raum. Schimpfend hieb er mit aller Kraft auf den Türfosten ein. »Warum tut Gott uns das an?! Warum nimmt er von allen Menschen ausgerechnet unser Peetje von uns?« Eine ältere Frau, die am Eingang stand, legte ihm die Hand auf die Schulter. »So darfst du nicht reden. Gottes Wege sind unerforschlich. Dort, wo sie nun ist, herrscht nichts als Ruhe und Frieden.« Mit einem Blick, der Bände sprach, schaute sie zu Wilhelmina, die inzwischen wieder jammernd über dem Sarg lag und ihre Wange liebkosend an die ihrer Mutter geschmiegt hatte. Mit sanfter Gewalt versuchten zwei der Soldaten, sie vom Sarg wegzuziehen.

Es tat Trude weh, als sie sah, wie Wilhelmina sich gehen ließ. Sie stopfte ihr Taschentuch in den Ausschnitt ihres Kleides und ging auf die Gruppe am Sarg zu. »Laßt mich mal kurz mit ihr reden.«

Die Soldaten blickten auf das weiße Umschlagtuch, das sie um ihren umfangreichen Körper geschlungen hatte. »Sie gehören zur Familie?« fragten sie zweifelnd.

»Amalia und ich waren wie Schwestern. Unser ganzes Leben lang haben wir zusammen auf dem Markt gestanden. Ich wohne ein paar Häuser weiter. Wilhelmina kenne ich schon, seit sie so klein war.« Sie machte eine Gebärde in Höhe ihres Knies. »Ich betrachte sie als meine Tochter.« Ohne eine Antwort abzuwarten, schob sie die Männer mit einer Bewegung beiseite, die keinen Widerspruch duldete.

Ihr beherztes Auftreten und der verächtliche Blick, mit dem sie sie von Kopf bis Fuß gemustert hatte, erweckte ihre Scham – sie schlugen die Augen nieder und traten einen Schritt zur Seite.

Trude packte Wilhelmina bei den Schultern. »Mientje, ich bin es, Vrouw Trude. Schätzchen, jetzt laß dich doch nicht so gehen. Komm her zu mir.« Sanft, aber energisch versuchte sie, Wilhelmina an sich zu ziehen. »Mientje! Schau mich an! *Mi Gado*, Mädchen, was für ein großer Kummer! Deine Mutter schläft jetzt ...«

Die Besorgnis, die aus ihrer Stimme sprach, sowie die tröstenden Worte bewirkten, daß Wilhelmina noch lauter zu schreien anfing. Sanft wiegte Trude sie hin und her und summte dabei, als wiege sie ein Kind in den Schlaf.

Plötzlich wandte ihr Wilhelmina das Gesicht zu. Es war vom Weinen ganz geschwollen.

»Komm her!« Trude drückte sie an sich.

Als hätte sie keine Knochen im Leib, überließ sich Wilhelmina der älteren Frau.

Trude führte sie zu dem Stuhl, der für sie bereitstand, und hielt sie dabei die ganze Zeit fest im Arm. »Ich weiß, daß du traurig bist, Mientje, aber du mußt es als den Willen Gottes betrachten. Ihre Zeit ist gekommen. Er hat sie zu sich nach Hause gerufen«, flüsterte sie. Sie wiegte sie immer weiter, als sei sie ein kleines Kind und keine einundvierzigjährige Frau.

»Warum mußte es nur ausgerechnet dann passieren, als ich nicht bei ihr sein konnte!« Wie ein Todesschrei gellte ihre Klage durch den überfüllten Raum.

Alle Aufmerksamkeit war nun auf sie gerichtet. Die, die keinen Platz mehr im Inneren des Hauses hatten erobern können, drängten sich vor den Fenstern und an der offenen Tür.

»Es ist das Werk Gottes, Mädchen. Es steht uns nicht zu, darüber zu urteilen.« Trude holte ein Taschentuch zwischen ihren Brüsten hervor, besprenkelte es mit Limealcol und legte es in Maxis Hände, die wie leblos in ihrem Schoß lagen. »Sie ist im Schlaf hinübergegangen. Glücklicherweise hat sie nicht gelitten. Genau so, wie sie jetzt dort liegt, haben wir sie gefunden. Sie ist keinen Tag krank gewesen, Gott sei Dank.« Sanft flossen die tröstenden Worte aus ihrem zahnlosen Mund.

Wilhelmina schien sich ganz und gar abgeschottet zu haben von dem, was um sie herum geschah; sie starrte apathisch vor sich hin, während ab und zu ein Zittern durch ihren Körper lief.

»Sie ist schuld am Tod ihrer Mutter!«

Die Person, die diese abscheuliche Behauptung von sich gab, befand sich hinter ihnen. Trude konnte sich nur mit Mühe zurückhalten, sich umzuwenden. Daß zwischen Wilhelmina und dem Rest ihrer Familie nicht gerade ein herzliches Verhältnis bestand, war ihr schon lange klar. Nur wenige hatten ihr kondoliert, als sie eintraf. Sie wurde schlichtweg ignoriert, und es hagelte alle möglichen boshaften Bemerkungen.

Plötzlich löste sich Trude von Wilhelminas Seite und ging mit kurzen Schritten zum geöffneten Sarg. Sie hatte die Hände auf dem Rücken verschränkt und lief demonstrativ um den Sarg herum. Nach zwei Runden blieb sie stehen. Ohne ein Wort zu sagen, blickte sie einen Augenblick starr auf den entseelten Körper von Vrouw Amalia. »Schau, wie schön du daliegst! Mientje hat weder Kosten noch Mühen gescheut, um dir ein prächtiges Begräbnis auszurichten!« Sie wandte den Blick zu Wilhelmina. »Solange ich dich kenne, Amalia, habe ich dich nie über deine Tochter klagen hören. Wer sind wir, daß wir uns ein Urteil erlauben dürfen?«

Alle hielten den Atem an. Nur einige wenige mißglückte Versuche, ein Schluchzen zu unterdrücken, durchbrachen die Stille.

Trude nahm ein weißes Taschentuch aus dem Dekolleté, trocknete sich damit theatralisch das Gesicht ab und legte es dann in den Sarg. »Wenn du dich auf die Reise ins *yanasei* begibst, kannst du dieses Taschentuch dazu benutzen, dir den Schweiß von der Stirn zu wischen.« Dann holte sie eine ganze Schachtel mit Taschentüchern hervor, die sie ebenfalls in den Sarg legte. »Die sind für den Fall, daß du dort drüben Freunde findest. Dann hast du etwas, was du mit ihnen teilen kannst.« Als sie mit ihrer kleinen Ansprache fertig war, ging sie auf Wilhelmina zu und umarmte sie umständlich. »Mientje, nochmals mein tiefstes Beileid zum Tod deiner Mutter«, sagte sie nachdrücklich.

Wilhelmina ließ alles gelassen über sich ergehen.

Aber Trude war noch nicht fertig. Sie nahm Wilhelminas Hand, blickte um sich und sagte mit kräftiger Stimme: »*Yu na watra taya, yu no bun fu nyan ma yu no bun fu trowe tu*, du bist eine Pflaume, du bist ungenießbar, aber wegwerfen muß man dich deswegen noch lange nicht.«

Es blieb eine Weile still. Dann meldete sich eine andere Stimme zu Wort. »Die, die noch Abschied nehmen wollen, müssen es jetzt tun. Wir werden den Sarg gleich schließen.«

Die Worte des Bestattungsunternehmers schienen Wilhelmina aus ihrer Lethargie zu reißen. Aus ihrer Kehle kam ein Schrei, und wie auf Kommando stand sie plötzlich kerzengerade im Raum. Trudes Predigt schien ihren Zweck verfehlt zu haben, doch bevor Wilhelmina sich erneut über den Sarg werfen konnte, wurde sie von verschiedenen Händen zurückgehalten. Mit aller Macht versuchte sie, laut um ihre Mutter weinend zum Sarg vorzudringen. »Mama, geh nicht weg! Laß mich nicht allein! Ich habe dir noch so viel zu sagen!«

Das Lied, das man traditionell bei der Schließung eines Sarges singt, wurde nun von allen anwesenden Trauergästen angestimmt.

Sicher in Jesu Armen
sicher in Jesu Herz
Dort in meinem sanften Erbarmen
dort ruht meine Seele voll Schmerz
Hört nun das Lied der Engel
singend von Liebe und Frieden
Rauschend aus Himmelssälen
über die glänzende See

Sicher in Jesu Armen
sicher an Jesu Herz
Dort in meinem sanften Erbarmen
dort ruht meine Seele voll Schmerz
Sicher in Jesu Armen
frei bei meinem Hüter und Herrn
frei von den Wirren der Erde
frei von Kummer und Sorg

Befreit von Furcht und Zweifel
befreit von der Sünde Macht
Nur noch ein klein wenig leiden
nur noch eine kurze Nacht
Sicher in Jesu Armen
sicher an Jesu Herz
Dort in meinem sanften Erbarmen
dort ruht meine Seele voll Schmerz

Unterdessen gingen diejenigen, die noch keinen Abschied genommen hatten, zum Kopfende und legten, leise vor sich hin
murmelnd, die Hand über Vrouw Amalias Stirn.

Als die Sargträger in ihren vornehmen schwarzen Uniformen
wie ein Schwarm Geier das Zimmer betraten, fiel Wilhelmina in
Ohnmacht. Ihr Eintreten war das Zeichen dafür, daß die Ab-
schiedszeremonie zu Ende war. Während sie sich zum Sarg be-
gaben, hielten sie aus Respekt vor der Verstorbenen ihre *browru
ati* feierlich unter den Arm geklemmt.

Indem man ihr mit Limealcol und Floridawasser getränkte Taschentücher unter die Nase hielt, versuchte man, Wilhelmina
wieder zu Bewußtsein zu bringen. Die meisten Anwesenden
hatten mehr Augen für die Aufregung um sie als für den Sarg mit
der Verstorbenen.

Langsam bahnte sich der Trauerzug einen Weg durch die staubi-
gen Straßen. An der Spitze marschierte einer der Sargträger, der
mit übertriebenen Bewegungen einen Stock schwenkte. Wie ein
Tambourmajor gab er das Tempo an. Wenn an einer Ecke gewartet werden mußte, warf er seinen Stock in die Luft und fing
ihn mühelos wieder auf. Mit viel Tamtam vollführte er ein paar
Schritte nach hinten und nach vorn und wirbelte dabei den
Stock wie einen Kreisel über den Kopf.

Hinter einer Abteilung der Landwehr fuhr eine Kutsche, die
von zwei glänzenden schwarzen Pferden gezogen wurde. An
den schweren grünen Stiefeln der Soldaten haftete der Staub,
den sie jedesmal aufwirbelten, wenn sie ihre Füße mit schweren
Schritten auf die Straße aufsetzten. Die blitzblank geputzten
Gewehre ragten stolz über ihre Köpfe.

»Wenn man es nicht besser wüßte, könnte man meinen, hier
würde die Mutter einer Königin zu Grabe getragen«, flüsterte
Trude ihrer Tochter zu, die neben ihr im Zug mitging.

»Stimmt. Auf diese Weise wird Mientje ihrem Ruf wirklich gerecht«, kicherte ihre Tochter.

Bei jedem Schritt, den die Pferde machten, wippten die schwarzen Federbüsche auf ihren Köpfen fröhlich hin und her. Der Kutscher, der sehr vornehm aussah in seinem hohen schwarzen Hut und in dem schwarzen Anzug mit den Epauletten, hatte alle Hände voll zu tun, die Pferde, die sich dem Tempo der Soldaten anpassen mußten, im Zaum zu halten. Das Dach der Kutsche war überhäuft mit Kränzen und Blumengebinden, und durch die gläserne Seitenwand hindurch war der braune Tropenholz-Sarg mit den Kupferhandgriffen sichtbar. Oben auf dem Sarg lag ein kleiner Kranz weißer Blumen. Auf dem hellblauen Band, das daran hing, war zu lesen:

RUHE SANFT, LIEBE MUTTER.

Trude fragte sich, was dieses Begräbnis Wilhelmina wohl gekostet haben mochte. Normale Leute konnten sich keine Kutsche erlauben. Im allgemeinen mußte man sich mit Pferde- oder Eselskarren begnügen, oder der Sarg wurde einfach auf den Schultern getragen.

Die Kutsche wurde zu beiden Seiten von je vier Trägern begleitet. Sie marschierten in strammer Haltung, die Arme an die Seiten gepreßt und die Hände zu Fäusten geballt, wie hölzerne Puppen das Gesicht immer starr nach vorn gerichtet. Wenn der Zug an einer Ecke warten mußte, folgten sie dem Beispiel ihres Anführers, der vorneweg marschierte. Mit ihren Bewegungen, so steif wie die von Marionetten, boten sie ein regelrechtes Schauspiel.

Gleich hinter der Kutsche folgte Wilhelmina, an der Spitze des langen Zugs der Trauergäste, die ihre Mutter zu ihrer letzten Ruhestätte begleiteten. Sie hatte sich nun wieder vollständig unter Kontrolle. Sie sah einsam aus, und das um so mehr, da zwischen ihr und dem Rest der Trauernden ein Abstand von etwa einem Meter eingehalten wurde. Das weiße Umschlagtuch, das sie lose in den Händen hielt, flatterte wie ein Flügel hinter ihr her. Ihr Gesichtsausdruck verriet nicht, was in ihr vorging.

Wie zwei Hofdamen folgten Trude und ihre Tochter, nahe genug, um sie, wenn nötig, zu stützen.

Das Interesse unter den Passanten entlang der Straße war groß. Neugierig drängten sich die Menschen, um einen Blick auf den Trauerzug zu erhaschen. Überall fielen entsprechende Bemerkungen. Die Leute fragten einander, wer da wohl begraben werde, und manche schlossen aufgrund der Art und Weise, wie Vrouw Amalia ihre letzte Reise antrat, auf die Beerdigung einer wichtigen Persönlichkeit. Andere erkannten Wilhelmina an der Spitze des Zuges und kamen zu dem Schluß, es handle sich um einen ihrer Liebhaber.

Je näher der Zug dem Friedhof kam, desto größer wurde die Menge der Zuschauer. Wilhelmina blickte weder auf noch um sich, sondern starrte ununterbrochen auf den Sarg hinter der Glasscheibe.

»In den Tagen vor ihrem Tod hat sie ständig von dir gesprochen. Glücklicherweise hatte sie einen starken Glauben. Mit Gottes Hilfe gelang es ihr, die schweren Tage zu überstehen. Ich war jeden Tag bei ihr. Es bereitete ihr großen Kummer, daß du festgenommen worden bist. Aber sie hat sich, jedenfalls mir gegenüber, nie über dich beklagt.« Trude holte ein großes Taschentuch hervor und putzte sich geräuschvoll die Nase.

Wilhelmina weinte still vor sich hin. Trude beugte sich zu ihr und wischte ihr mit einer sauberen Ecke des Taschentuchs die Tränen vom Gesicht.

»Weine nicht, mein Schatz. Verdirb dir dein hübsches Gesicht nicht.«

Der Wachtposten rutschte unbehaglich auf der kleinen Bank hin und her. Er fühlte sich offensichtlich unwohl in Gegenwart der beiden Frauen, die so vertraut beieinander saßen.

»Ach ja, Mientje, beinahe hätte ich es vergessen. Kannst du dich eigentlich noch an Meneer Nelis erinnern?«

Mit einem lautem Krachen schob Wilhelmina ihren Stuhl nach hinten. Sie biß sich auf die Unterlippe und starrte Trude an.

»Du weißt doch, wen ich meine?«

Wilhelmina nickte.

»Ein paar Tage vor ihrem Tod hat er deine Mutter aufgesucht. Er hatte von deiner Verhaftung gehört ...«

Nervös lief Wilhelmina vor der alten Frau hin und her.

»Deine Mutter hat sich sehr über seinen Besuch gefreut. Sie hatte ihn seit dem Tag nicht mehr gesehen, als er ohne irgendeine Erklärung plötzlich verschwand. Von der Treppe vor meiner Tür aus sah ich, wie er euer Grundstück betrat. Du weißt ja, wie neugierig ich bin, und deshalb bin ich sofort zu deiner Mutter gegangen.« Die Art, wie Wilhelmina hin und her lief, ging Trude auf die Nerven. »Kannst du dich nicht mal ruhig hinsetzen? Dein Hin-und-her-Gerenne macht mich noch ganz verrückt!«

Wilhelmina lehnte sich mit dem Rücken an die Wand und verschränkte schützend die Hände vor der Brust.

Trude war ihr seltsames Verhalten ein Rätsel. Anscheinend begann der Aufenthalt im Lager, Mientjes Nerven anzugreifen.

»Er hat deiner Mutter entsetzlich leid getan. Sie hat seinen plötzlichen Weggang nie verstanden. Als sie ihn nach dem Grund fragte, antwortete er, es sei nun schon so lange her, daß ihn wegen des Alters sein Gedächtnis im Stich lasse.«

»Dieser gemeine Schuft«, kam es auf einmal aus Wilhelminas Mund. Sie stampfte mit dem Fuß auf.

Alarmiert starrte Trude sie an. »So darfst du nicht über ihn sprechen! Nelis hat es gewiß nicht leicht gehabt. Die Beziehung zu seiner Frau und seinen Kindern hat er nie wieder aufbauen können. Und was ihn am meisten verletzte, war, daß derjenige, dem er all sein Elend verdankte, letztlich völlig andere Beweggründe hatte, als er behauptete ...« Trude unterbrach für einen Moment ihre Geschichte. Sie schaute verschwörerisch in Richtung des Wachtpostens, um danach im Flüsterton fortzufahren: »Einige Jahre, nachdem man Killinger achtkantig aus dem Land geworfen hatte, las Nelis ein Interview mit ihm in *De West*, das von einer niederländischen Zeitung übernommen worden war. In diesem Interview erzählte Killinger, daß sein Versuch, die hiesige Regierung zu stürzen, seiner Abneigung gegenüber uns schwarzen Menschen entsprungen war. Er lehnte die schulischen Ausbildungsmöglichkeiten ab, die die Regierung den Schwarzen bot und die zur Folge gehabt hätten, daß sein Sohn das Klassenzimmer mit der Tochter seiner Putzfrau hätte teilen müssen. Für so jemanden hatte Nelis seine ganze Zukunft aufs Spiel gesetzt!« Sichtlich erschöpft durch ihre ausführliche Rede lehnte sie sich zurück und atmete ganz langsam aus, um wieder zur Ruhe zu kommen.

Wilhelminas Gesicht wurde hart. »Dieser Nelis kümmert mich einen Scheißdreck! Er hätte eben besser nachdenken sollen, bevor er sich auf ein solches Abenteuer einließ. Abschaum wie er hat es nicht besser verdient!« Sie spuckte die Worte aus, ohne mit der Wimper zu zucken.

»Aber Mientje, was hast du denn?! Warum bist du nur so undankbar? Meneer Nelis war wie ein Vater zu dir. Der Aufenthalt im Lager tut dir nicht gut. Er macht dein Herz bitter.«

»Ein Vater?! Ein Vater *mi mars*!«

Die beiden Frauen schwiegen für einen Moment. Durch das Fenster drang das anhaltende Gelächter einer der Frauen herein, die draußen bei der Arbeit waren.

Was war vorgefallen zwischen Wilhelmina und Meneer Nelis? Warum war er damals so plötzlich aus der Timmermanstraat verschwunden? Wie eine Schlange, die ihre Beute mit ihrem Blick hypnotisiert, starrte Trude Wilhelmina an. »Mientje, nun sag mir doch mal, warum du so verbittert bist über Meneer Nelis? Als Kind warst du doch geradezu verrückt nach ihm?«

Stur schwieg Wilhelmina. Trude spürte einen Kloß in ihrem Hals, den sie nur mit Mühe herunterschlucken konnte. Indem sie die Hand auf ihre sich heftig auf und nieder bewegenden Brüste legte, versuchte sie, ihren Atem unter Kontrolle zu bringen. Sie wußte, daß sie etwas Außergewöhnliches erfahren würde, wenn sie das Spiel geschickt spielte. »Nelis war ein richtiger

Schatz«, begann sie wieder und lächelte Wilhelmina freundlich an. »Ich sehe dich noch heute neben ihm auf der Treppe vor seinem Haus sitzen …«

Mit einer Handbewegung gebot Wilhelmina ihr zu schweigen. »Oom Nelis … war nicht der Mann, für den ihr ihn gehalten habt …« Die Worte kamen wie von weit her über ihre Lippen. Trude wandte das Gesicht ab. Wilhelmina brauchte das Lächeln auf ihren Lippen nicht unbedingt zu sehen.

»Nun, wo meine beiden Eltern nicht mehr sind, hindert mich nichts mehr daran, den wahren Grund für seine Flucht zu verraten.« Sie war kaum zu verstehen.

Trude nahm sie an der linken Schulter und manövrierte sie in eine Ecke des Wartezimmers, um so weit wie möglich vom Wachtposten entfernt zu sein. Verschwörerisch stellte sie sich vor Wilhelmina. Der Posten, der offensichtlich mehr Interesse an den Frauen vor dem Fenster hatte, würdigte sie keines Blikkes. Trude spürte, daß ihr das Herz wie verrückt bis zum Hals klopfte.

Während es sie von oben bis unten schüttelte, erzählte Wilhelmina ihre Geschichte.

Trude hatte die Hand vor den Mund geschlagen und lauschte mit weit aufgerissenen Augen der Sturzflut von Worten, die von Wilhelminas zitternden Lippen floß.

Erschöpft lehnte Wilhelmina an der Wand. Ihre Hände hingen schlaff herunter. Die Lippen waren zu einem dünnen Strich zusammengepreßt, und die Augen starrten wie tot in die Ferne. Trude wollte sie an sich drücken, doch ihre Arme versagten ihr den Dienst. Sie fühlte, wie ihr das Blut in den Schläfen klopfte.

»Ist … ist das das erste Mal, daß du darüber sprichst?« fragte sie. Für kurze Zeit blieb es still zwischen ihnen. Trude sah, wie das Leben langsam wieder in Wilhelminas Augen zurückkehrte.

»Nein.«

»Nein?!« Wieder saß ihr ein Brocken in der Kehle. Sie haßte sich selbst. »Wer … wer weiß es denn sonst noch außer mir?« Sie erkannte ihre eigene Stimme nicht wieder.

»Mapauw.«

»Mapauw? Die alte *motyo*, die früher bei euch auf dem Grundstück gewohnt hat?«

Mapauw lag auf der Überdecke des Bettes und hielt ihr tägliches Mittagsschläfchen. Wilhelmina mußte sie ein paarmal rufen, bevor es ihr gelang, sie aus dem tiefen Schlaf, in den sie gefallen war, zu wecken.

Sie stand mitten im Zimmer und umklammerte mit den Armen ihren Bauch. Ihr von Tränen und Speichel verschmiertes Gesicht war zu einer Grimasse verzogen. Sie weinte lautlos.

So schnell, wie ihr Körper es zuließ, setzte sich Mapauw auf dem Rand ihres Bettes auf und blickte auf das geronnene Blut auf Wilhelminas Beinen. Sie stieß einen Seufzer der Erleichterung aus. »Mi Gado, Mädchen, hast du mich erschreckt! Komm mal her, nun wein doch nicht …« Sie streckte die Arme nach ihr aus. »Das ist eben die Natur, Mina, du bist jetzt ein großes Mädchen geworden. Ab heute mußt du dich von den Jungens fernhalten.«

»…« Wilhelmina rührte sich nicht.

»Tyé pôti, du bist noch zu jung, um zu verstehen, was ich meine. Bleib hier, ich gehe deine Mutter holen. Schau mal, wie du aussiehst, so kannst du jedenfalls nicht vor die Tür gehen!« Mapauw nahm ihren Stock aus einer Ecke und schlurfte zur Tür.

»Nein, nein! Nicht meine Mutter holen!« Wilhelmina schrie hysterisch.

Noch bevor Mapauw die Tür erreicht hatte, hatte Wilhelmina sie schon zugeworfen. Das Haus war nun in Dunkelheit gehüllt.

»Mädchen, nun sieh dich doch mal an! Jetzt reg dich nicht so auf – wenn deine Mutter kommt, kannst du dich säubern. Im Koffer unter dem Bett habe ich ein paar Stoffreste, daraus werden wir

eine Binde für dich machen. Deine Mutter wird stolz sein: Heute bist du ein bigi Mädchen geworden.«

»Bitte, Mapauw, laß meine Mutter aus dem Spiel! Es ist .. es ist Oom Nelis ...« Ihre letzten Worte wurden von einem nicht zu unterdrückenden Weinkrampf erstickt.

»Was sagst du da? Sprich lauter, damit ich dich verstehen kann!« Mapauw, die ein wenig schwerhörig war, legte die Hand ans Ohr und beugte sich zu ihr hinüber.

»Nelis hat ...«

»Du meinst Oom Nelis! Hat deine Mutter dir nicht beigebracht, was sich gehört? Oom Nelis hat hiermit nichts zu tun! Das sind Frauengeschichten. Ich gehe jetzt deine Mutter rufen.« Sie stolperte in Richtung der Tür und hatte Mühe, die Klinke zu finden.

»Ma-pauw! Oom Nelis hat mir weh getaa-aan!!« schrie Wilhelmina in die Dunkelheit des Zimmers hinein.

Die Klinke in der Hand blieb Mapauw wie gelähmt stehen. Sie lehnte die Stirn an das Holz der Tür. Wilhelminas Schreie füllten den Raum.

»Oom Nelis hat schmutzige Sachen mit mir gemacht!!«

Mit einer Energie, die man ihr in ihrem Alter gar nicht zugetraut hätte, drehte Mapauw sich um und streckte im Dunkeln die Arme nach Wilhelmina aus.

Ohne etwas zu sagen, lagen sie sich so ein Weilchen in den Armen und versuchten, sich gegenseitig zu trösten.

Gemeinsam waren sie zum Haus von Nelis gegangen.

»Du verfluchtes Untier! Sebrefata! Wie kannst du so etwas tun! Ein unschuldiges Kind mißbrauchen! Wenn du solche Probleme mit krasi, mit deiner Geilheit hast, warum stopfst du deinen Schwanz dann nicht in ein Ameisennest!!« Wie eine vor Wut schäumende Schicksalsgöttin stand Mapauw vor ihm.

Wilhelmina war auf der Schwelle stehengeblieben. Nelis sah miserabel aus. Er saß auf der Bettkante, den Kopf auf die Fäuste gestützt. Wilhelmina betrachtete seine Knöchel und das lichte Haar auf seinem Schädel.

»Gott sei es geklagt, daß ein einundfünfzigjähriger Mann sich an einem solchen Kind vergreift! Junge, Junge, Nelis, wenn die Welt dich zur Verantwortung zieht, wird es dir schlecht ergehen!« Daraufhin fing Nelis an, herzzerreißend zu schluchzen. In einer fließenden Bewegung ließ er sich vom Bett auf den Fußboden sinken. Die Knie an die Brust gezogen, den Körper von Schluchzern geschüttelt, lag er Mapauw zu Füßen.

»Ich weiß ja, daß es keinen Zweck hat. Du bist eben ein Mann. Deswegen habe ich, Pauline Sporkslede, so wahr ich hier stehe, euch Männer immer ausgesaugt! Wörtlich und im übertragenen Sinn! Ja, ich könnte dir Geschichten erzählen, Nelis, da würden dir die Haare zu Berge stehen! Der Mann, der behaupten kann, er sei mir auf der Nase herumgetanzt, der muß erst noch geboren werden! Aber dann muß er sich beeilen, denn Fedi ruft!« Sie kicherte, doch das Lachen verging ihr rasch wieder. »Ai, mein Gott!« seufzte sie, als ihr Blick auf das blutgetränkte Handtuch auf dem Fußboden fiel. »Nelis, Nelis, verrate mir, was ist denn um Himmels willen in dich gefahren?«

Nelis versuchte, etwas zu sagen, aber es gelang ihm nicht. Er brachte kein Wort heraus.

»Junge, jetzt hör doch mal auf damit, dich wie ein kleines Kind zu benehmen! Für jemanden, der gerade erst bigiman sani veranstaltet hat, finde ich das reichlich unpassend.«

Nelis hatte sich inzwischen wieder aufgesetzt und schneuzte sich in sein Unterhemd.

»Junge, Junge, jetzt schau dich nur mal an! So ein großer Kerl, mit einem ordentlichen Ding in der Hose! Wie kannst du dich nur so weit vergessen, die arme Wilhelmina zu entjungfern?«

»Mapauw, ich schwöre dir, ich weiß nicht, was mit mir los ist. Vielleicht hat jemand einen wisi über mich geworfen. Ich hatte keine Gewalt mehr über mich. Ich werde so schnell wie möglich Hilfe suchen ...«

»So schnell wie möglich Hilfe suchen? So schnell wie möglich deine Sachen zusammenpacken und verschwinden, wolltest du wohl sagen!«

»Wie soll ich denn so auf die Schnelle eine andere Wohnung finden?« flehte er.

»Darüber kannst du dir selbst den Kopf zerbrechen. Das hättest du dir besser überlegen sollen, bevor du mit deinen Nettigkeiten begonnen hast. Und daß du dir das hinter die Ohren schreibst: Ich habe Wilhelmina gebeten, ihren Eltern nichts zu erzählen. Wir wollen ihnen diese Schande ersparen. Aber wenn du nicht zusiehst, daß du, noch bevor die Nacht anbricht, verschwunden bist, werde ich Vrouw Amalia höchstpersönlich berichten, was heute nachmittag vorgefallen ist. Du weißt, wie das Gefängnis von innen aussieht. Wenn du nicht machst, daß du wegkommst, wirst du diesmal nicht so schnell wieder rauskommen!«

Während Mapauw sich große Mühe gab, nach ihrer Tirade wieder zu Atem zu kommen, begegneten sich ihre Blicke.

In Nelis' Augen spiegelten sich abwechselnd Unglaube und Erleichterung wider. »Vrouw Amalia weiß nichts davon?« Er legte die Hand auf die Brust.

Mapauw nickte bestätigend.

»Mapauw, ich weiß nicht wie … wie ich Ihnen danken soll. Sie sind eine weise bigisma. Ich werde dafür sorgen, daß ich morgen früh weg bin.« Nelis fiel auf die Knie und umklammerte ihre Knöchel.

Während er ihr zu Füßen lag, hob sie ihren Stock und ließ ihn mit einem heftigen Schlag auf seinen Schädel niedersausen.

Nelis griff sich an den Kopf und rief: »Mein Gott, hilf mir!«

Keinen Augenblick hatte er gewagt, Wilhelmina anzusehen.

»Daß ich so was in meinem Alter noch mitmachen muß«, murmelte Mapauw, während sie Nelis' Wohnung verließen. Ihre faltigen, dunkelbraunen Wangen waren tränennaß. Drinnen hatte sie sich gerade noch so beherrschen können. »Ich hätte es diesem Mistkerl nicht gegönnt, mich heulen zu sehen«, sagte sie und zog geräuschvoll die Nase hoch.

Wilhelmina schniefte mit ihr.

Die Flamme in der kokolampu *flackerte und warf tanzende Schatten an die Wände. Ein Geruch nach verbranntem Petroleum und Essen hing in der Luft. In einer Ecke schmauchte ein Stückchen Kokosbast – die Rauchfahne, die langsam davon aufstieg, hielt die blutrünstigen Moskitos fern.*

Wilhelmina saß auf dem Fußboden. Auf dem Schoß hatte sie einen Teller Reis mit tayerblad *und Pökelfleisch. Sie hatte keinen Appetit, aber Mapauw wollte nichts davon hören:* tayerblad *sei gut für sie, es enthielte viel Eisen und würde ihr helfen, das Blut wieder neu zu bilden, das sie am Nachmittag verloren hatte. Wilhelmina machte sich nicht die Mühe, ihren Widerwillen zu verbergen, als sie das Essen zum Mund führte.*

Mapauw hatte Amalia gefragt, ob Wilhelmina an diesem Abend bei ihr übernachten dürfe. Sie hatte gelogen und ihr erzählt, sie erledige ein paar kleine Aufgaben für sie im Haus. Da Wilhelmina ihr öfter einmal half, hatte ihre Mutter Mapauws Bitte sofort nachgegeben.

Wilhelmina hatte sich bei Mapauw gewaschen, vor lauter Angst, Nelis oder ihrer Mutter zu begegnen. Das Gehen bereitete ihr Mühe – nur wenn sie die Hand an den Unterleib drückte, kam sie ein paar Schrittchen voran. Sie hatte ihre Unterhose ausgewaschen und trug nun ein altes Ding von Mapauw, das sie mit einer großen Sicherheitsnadel am Herunterrutschen hindern mußte.

Mapauw hatte ihr noch einmal ausdrücklich ans Herz gelegt, ihrer Mutter nichts zu verraten. Es habe nichts damit zu tun, daß sie Nelis schützen wolle – nein, sie tue es für Wilhelmina. Sie wolle sie davor behüten, daß mit dem Finger auf sie gezeigt würde, wenn die Geschichte an die Öffentlichkeit käme. Was mit Wilhelmina geschehen sei, sei das Los vieler Frauen. Wenn Mapauw jemals wieder auf die Welt käme, dann als Mann.

»Wo geht Nelis denn jetzt hin?« hatte Wilhelmina gefragt, während ihr die Tränen erneut in Strömen über die Wangen liefen. »Schätzchen, ruinier dir nicht dein Gesicht. Nelis findet schon einen Weg. Er hätte so etwas niemals tun dürfen. Männer finden

immer einen Weg, und Frauen fallen immer auf die Füße«, sagte Mapauw, während sie ihr über die Wange streichelte.

»Was meinst du damit, Mapauw?« Wilhelmina blickte ihr ernst in die Augen.

»Was ich meine, ist, daß Männer sich nun einmal niemals ändern werden. Sie wollen immer nur das eine, und dem jagen sie ihr ganzes Leben lang hinterher. Eine Frau kann ihrerseits immer zurechtkommen. Egal, was für eine Art Frau du bist. Auch wenn dein Mann dich im Stich läßt und du mit einem Haufen Kindern zurückbleibst, wird es immer einen anderen Mann geben, der mit dir weitergehen will. Du mußt versuchen zu vergessen, was heute geschehen ist. Du bist jetzt keine Jungfrau mehr, aber den meisten Männern macht das nichts aus. Bei dir ist alles am rechten Platz – die Männer werden dir zu Füßen liegen! Schade, daß ich das nicht mehr erleben werde!«

»Aber Mapauw, ich will nie wieder einen Mann! Solche Schmerzen will ich nie wieder ausstehen müssen!«

»Wilhelmina, *mi gudu,* nun hör mir mal gut zu: Jetzt kannst du dir das natürlich noch nicht vorstellen. Für das, was du heute nachmittag erlebt hast, warst du einfach noch nicht reif. Wir können zwar auf die Männer schimpfen, aber sie müssen nun einmal dasein. Wenn du das Spiel richtig spielst, kannst du sie ganz nach deinem Willen formen. Zwischen unseren Beinen beherbergen wir einen Schatz. Es ist egal, ob du häßlich oder schön bist: Es ist dieser Schatz, den sie haben wollen. Und ich, Pauline Sporkslede, kann dir sagen, daß sie bereit sind, teuer dafür zu bezahlen!« Sie kicherte vor sich hin.

»Was für einen Schatz?« fragte Wilhelmina. Sie schaute Mapauw mißtrauisch an und dachte, diese habe den Verstand verloren.

Mapauw schloß die Augen und wiegte langsam den Kopf hin und her. Ohne etwas zu sagen, saßen sie sich so ein Weilchen gegenüber.

Es war Mapauw, die als erste das Schweigen brach. »Als der Zahn der Zeit meine Schönheit noch nicht angenagt hatte, genoß *ich das Leben in vollen Zügen. Du hättest mich sehen müssen, Wilhelmina! Mein Hintern schien der reinste Honigtopf zu sein! Man sagt nicht umsonst: Unter dem Rock einer Frau findest du* switi. *Ja, und unter meinem Rock gab es tatsächlich* switi! *Aber ich habe es nie umsonst hergegeben, ich habe mich immer gut dafür bezahlen lassen ...«* Voller Wehmut starrte Mapauw in die Ferne.

»Bezahlen? Meinst du so wie Matrosen-Beth und Blaka Nene?« Mapauw nickte.

»Du warst also auch eine, äh, hm ...«

»Motyo«, ergänzte Mapauw ihren Satz. *»Und ich bereue es nicht. Wenn ich noch einmal vor der Wahl stünde, würde ich mich wieder so entscheiden. Ich habe mein Leben gelebt. Und: Ich bin förmlich im Geld geschwommen. Für uns schwarze Frauen ist das die einzige Möglichkeit. Du brauchst deine Hand nicht für einen kargen Lohn aufzuhalten, und du bist nicht von den Launen eines* soso boto *Mannes abhängig. Das einzige, was ich heute anders machen würde, ist, daß ich etwas für meine alten Tage beiseite legen würde. Denn bei alldem Geld, das durch meine Hände gegangen ist, hätte mein Altenteil rosiger aussehen können«,* sagte sie ohne Bitterkeit in der Stimme.

»Hast du denn auch so schöne Kleider getragen wie Matrosen-Beth und ihre Freundinnen?« fragte Wilhelmina ungläubig und voller Bewunderung. Doch noch bevor Mapauw ihr antworten konnte, kippte sie vornüber und schlug die Hand vor den Bauch.

Trude hatte sich kaum von dem Schrecken erholt, den Wilhelminas Geheimnis bei ihr ausgelöst hatte. Doch nun wurde es Zeit, das Thema anzuschneiden, das den wahren Grund für ihren Besuch darstellte.

»Ach ja, ehe ich es vergesse: Wer sind eigentlich die Leute, die diese Woche in das Haus an der Saramaccastraat eingezogen sind? Mußt du hier denn so lange bleiben, daß du dein Haus vermieten mußtest? Und ich habe ja meinen Augen nicht getraut, als ich sah, wie Arbeiter das Haus an der Timmermanstraat abgerissen haben. Weil ich doch mit deiner Mutter so eng befreundet war, sind die Leute auf mich zugekommen und haben mich gefragt, was da los sei.«

Wilhelmina war erneut von ihrem Stuhl aufgestanden. Mit nervösen kurzen Schritten ging sie auf und ab. Für einen Augenblick war das Schleifen ihrer Schuhe auf dem Fußboden und das Geräusch, das sie durch das Aneinanderreiben ihrer Daumennägel verursachte, das einzige, was in dem kahlen Raum zu hören war. Als sei sie ganz allein im Zimmer, starrte sie vor sich hin, und ihre zusammmengekniffenen Augen schienen durch die Mauern hindurchzublicken.

Mit angehaltenem Atem verfolgte Vrouw Trude ihre Bewegungen. Das Kinn war ihr auf die Brust gesunken, ihr Mund stand offen, und sie hatte die Augen starr auf Wilhelmina gerichtet. Mit einer raschen Bewegung wischte sie den Faden Speichel weg, der ihr unbemerkt aus dem Mundwinkel getropft war. Der *anitri-strepi*, der ihre Brüste zu stramm umschloß, folgte dem Rhythmus ihres erregten Atems. Schließlich durchbrach sie die Stille. »Schätzchen, nun sprich doch mit mir. Du weißt, daß deine Mutter und ich wie Schwestern waren. Wir hatten keinerlei Geheimnisse voreinander. Wir standen einander so nahe, daß wir uns bis in die Eingeweide kannten.« Bittend blickte sie Wilhelmina an. »Deine Mutter ist noch nicht kalt unter der Erde, und schon wird das Haus abgerissen. Denk doch nur mal dran, wie hart dein Vater gearbeitet hat, damit ihr beide nach seinem Tod gut versorgt wart. Er selbst hat ja leider nichts mehr davon gehabt ...« Abwartend schaute sie Wilhelmina an. Das konnte doch wohl nicht wahr sein. »Du ... du hast das Grundstück doch nicht etwa verkauft, oder? Das wäre ja eine Schande!«

Da Wilhelmina nicht reagierte und einfach weiter im kahlen Zimmer hin und her lief, sprach Trude an einem Stück weiter. »Du solltest wissen, daß auf diesem Geld kein Segen ruht, Mientje.«

»Wollen Sie wirklich wissen, was los ist?!« explodierte Wilhelmina. Sie trat gegen den Stuhl, der vor ihr stand. Die Frauen, die draußen an der Arbeit waren, unterbrachen ihre Tätigkeit und starrten alarmiert hinüber zum Besuchergebäude.

Vrouw Trude ließ sich erschrocken an die Stuhllehne sinken. Sie hatte Angst, Wilhelmina würde durchdrehen.

Doch Wilhelmina senkte ihre Stimme zu einem kaum hörbaren Flüstern. Vrouw Trude mußte sich nach vorn beugen, um sie verstehen zu können. »Man hat mich unter Druck gesetzt. Ich habe meinen ganzen Besitz verkaufen müssen – für ein Butterbrot ... Zuerst habe ich mich natürlich geweigert. Niemand weiß besser als ich, was meine Eltern entbehren mußten, um sich die beiden Parzellen kaufen zu können. Ganz zu schweigen von den vielen Stunden, die ich auf dem Rücken liegen mußte, um mir die anderen drei leisten zu können! Zu fünft haben sie auf mich eingeredet. Sie drohten, daß ich hier nie wieder rauskäme, wenn ich nicht unterzeichnen würde. Sie wußten ganz genau, wie freiheitsliebend ich bin und was für ein Elend es für mich bedeutet, hier drin sitzen zu müssen. Sie wußten, daß sie mich damit in die Enge treiben konnten und erpreßten mich. Aus Angst, nie wieder durch die Straßen Paramaribos gehen zu können, habe ich dann schließlich meine Unterschrift geleistet.«

Die letzten Worte waren kaum noch zu verstehen. Sie schwieg. Die Tränen strömten ihr übers Gesicht. Mit geballten Fäusten rieb sie sich über die Wangen.

Vrouw Trude hatte die Hände vor den Mund geschlagen und starrte Wilhelmina mit weit aufgerissenen Augen an. »Aber ... mein Gott ... mein Gott ... wer macht denn so etwas? Hat ein armes Menschenkind denn in diesem Land keine Rechte mehr? Das können sie doch nicht so einfach tun!«

»Ich bin nicht die einzige, die hier auf diese Art und Weise enteignet wurde. Alle Frauen, die im Besitz von Immobilien waren, haben ihr Eigentum verloren. Von dem Geld, das unser ehemaliger Besitz ihnen einbringt, finanzieren sie ihren Scheißkrieg in Europa.«

»Und dabei gibt es doch schon die Speedfire Foundation, die tonnenweise Geld rüberschaufelt!« Vrouw Trude war aufrichtig besorgt. »Jetzt, wo sie aus Indonesien nicht mehr genug Geld herausholen können, muß unsere arme Kolonie es büßen. Wo willst du denn wohnen, wenn du wieder frei bist? Wenn ich dich richtig verstanden habe, haben sie dir all deine Grundstücke und Häuser abgenommen?«

»Nun machen Sie sich mal keine Sorgen. Ich werde eben zur Miete wohnen.« Wilhelmina versuchte, so sorglos wie möglich zu klingen.

»Aber es ist doch eine Schande, daß jemand wie du in einer Mietwohnung wohnen muß!«

Die beiden Frauen saßen da und blickten einander schweigend an.

Der Wachtposten schaute auf die Uhr und brach das Schweigen. »Die Besuchszeit ist vorbei. Würden Sie bitte mit mir mitkommen?«

Während ihr die Tränen ungehemmt über die Wangen flossen, drückte Vrouw Trude Wilhelmina an sich. »Mientje, wirst du mir eines versprechen? Wenn du wieder draußen bist, mußt du aufhören, dir die Sorge für die Kinder anderer Leute aufzuhalsen. Ich lebe schon lange auf dieser Welt, und eins kannst du mir glauben: Der Dank für Güte ist ein Schlag mit dem Knüppel. Sag doch selbst, von diesem Medemblik hörst du doch nie was.«

»Emanuel? Der ist in den Niederlanden und hat einfach zuviel mit seinem Studium zu tun.«

Ohne den Wachtposten eines Blickes zu würdigen, verließen die Frauen die Baracke.

Marius

Katwijk 1944

Jeder wußte, daß die Frauen zum Urinieren keinen Gebrauch von den Löchern im Boden machten, in denen sie andere Bedürfnisse verrichteten, sondern dazu einen geschützten Ort zwischen den Sträuchern hinter dem Waschhaus aufsuchten. Nachdem er Wilhelmina umsonst unzählige Male angefleht hatte, ihm das Vergnügen zu gönnen, nur ein einziges Mal mit ihm Liebe zu machen, hatte Marius beschlossen, ihr genau wie den anderen Frauen seinen Willen aufzuzwingen.

An seinem freien Tag verbarg er sich in den Büschen hinter dem Waschhaus. Auf dem Bauch liegend, wartete er ungeduldig auf das Kommen Maxi Linders. Vorsorglich hatte er ein mit Eau de Kinine getränktes Taschentuch mitgenommen, denn der Ammoniakgestank an diesem Ort war kaum auszuhalten. Neben ihm lag eine Feldflasche, die er bis zum Rand mit einer Mischung aus Whiskey und Wasser gefüllt hatte. Es war nicht das erste Mal, daß er diese Taktik anwandte. Er wußte, daß seine Geduld zu guter Letzt belohnt werden würde. Irgendwann mußte sie schließlich einmal ihre Blase entleeren.

Er lag im Schatten eines riesigen *dyamun*, hielt das Taschentuch an die Nase gedrückt und versuchte, soweit als möglich durch den Mund zu atmen. Der Anblick der urinierenden Frauen machte das Warten einigermaßen erträglich, eigentlich sogar ganz angenehm. Wie ein Reptil lag er geduckt im Gras und lauerte auf seine Beute.

Nachdem er vier Stunden lang auf dem Bauch gelegen hatte und sich seine Rippen bereits anfühlten, als wäre ein Lastwagen darüber gefahren, kam sie auf einmal hinter einer der Waschkabinen hervor und ging in seine Richtung. Sie bewegte sich noch immer mit der gleichen stolzen Art. Ihr Aufenthalt im Lager und die Entbehrungen, die sie erleiden mußte, hatten ihrem Stolz offenbar überhaupt nichts anhaben können. Sie raffte ihren Rock und blickte forschend um sich. Nachdem sie sich davon überzeugt hatte, daß sie allein war, ging sie in die Knie und schob, den Rücken ihm zugewandt, den Schlüpfer herunter.

Mit angehaltenem Atem starrte Marius ihre nackte Haut an, besorgt, sein Atmen könnte ihn verraten. Ihre weichen Rundungen überraschten ihn. Durch ihre dralle Figur hatte er sie sich muskulöser vorgestellt. Der Schimmer ihrer tiefbraunen Haut ließ es in seinen Fingern kribbeln – er mußte diese Haut einfach berühren.

Das Geplätscher, das beim Entleeren ihrer Blase entstand, brachte ihm den Grund seiner Anwesenheit an diesem Ort wieder vor Augen. Behutsam richtete er sich auf und ging mit vorsichtigen Schritten in ihre Richtung. Nur mit großer Mühe konnte er seine Atmung unter Kontrolle halten.

Maxi war inzwischen fertig und trocknete sich mit einem Stück Uniformstoff ab. In einer fließenden Bewegung stand sie auf und zog ihren Schlüpfer hoch.

Er war nun dicht hinter ihr und brauchte nur noch die Arme auszustrecken, um sie zu packen.

In einem Reflex drehte sie sich um die eigene Achse. Sie starrte ihn an wie ein in die Enge getriebenes Beutetier. In panischer Angst versuchte sie wegzurennen und dabei ihren Rock herunterzuziehen, doch noch ehe sie wegspringen konnte, hatte er sie schon von hinten ergriffen und ihr den Arm auf den Rücken gedreht. Da sie sich trotzdem wehrte, drückte er ihren Arm hoch. Gleichzeitig preßte er seine Hand auf ihren Mund, um den Schrei, der von ihren Lippen kam, zu unterdrücken.

»Halt die Klappe. Wenn du dich weiter so wehrst, kugele ich dir den Arm aus.« Um ihr zu verdeutlichen, was er meinte, übte er zusätzlichen Druck auf ihren Arm aus.

»Arschloch«, zischte sie zwischen den Zähnen hindurch.

»Dieses Arschloch wird dich spüren lassen, wozu ein richtiger Mann in der Lage ist. Was dir gleich bevorsteht, wird dich all diese halbgaren Kerlchen vergessen lassen. Und jetzt marsch! Los geht's!«

Er drückte seinen Körper an sie und schob sie vor sich her. Er erhöhte den Druck auf ihren Arm, so daß sie der Schmerz daran hinderte, sich zu wehren, und manövrierte sie in einen der muffigen Waschräume. Der Geruch von moderndem Holz und Badeseife schlug ihm entgegen. Grob stieß er sie von sich. Das vergammelte Waschhäuschen bebte unter der Gewalt, mit der sie gegen die verwitterte Holzwand krachte. Haßerfüllt starrte sie ihn an.

Er hatte sich so vor sie gestellt, daß es keinen Ausweg für sie gab. Sie strich über ihren schmerzenden Arm. Der Blick in ihren Augen hatte etwas von dem einer Schlange, die den richtigen Moment abwartete, um ihre Beute anzugreifen. Marius war auf der Hut. Er wußte, daß sie schlau war und er aufpassen mußte, nicht von ihr überlistet zu werden.

»Wie lange versuche ich nun schon, auf normale Art bei dir zu landen? Aber das einzige, was ich von dir kriege, ist Hohn und Spott. Meine Geduld ist jetzt zu Ende. Zwanzig Jahre des Wartens sind eine lange Zeit. Du läßt mir keine andere Wahl.«

»Was hast du vor?«

Der lauernde Blick in ihren Augen entging ihm nicht. Sie stand noch immer an die Wand gelehnt und rieb sich den schmerzenden Arm.

»Ich werde mir nehmen, worauf ich schon so lange warte!« Er machte einen Schritt in ihre Richtung.

»Willst du mich etwa ver… vergewaltigen?« Mit Mühe preßte sie dieses Wort hervor. Auf der einen Seite ihres Gesichts zuckte unkontrolliert ein Muskel.

»Nenne es, wie du willst. Betrachte es meinetwegen als unbezahltes Bumsen.«

»Bitte, tu das nicht …«

Die flehende Art, in der sie ihn ansah, sowie der kindliche Ton in ihrer Stimme überraschten Marius. »Hast du denn wirklich einen so großen Abscheu vor mir? Ekelt dich der Gedanke daran so sehr?« Mit aller Kraft drückte er sie an sich. Wie sehr sie sich auch wehrte, es gab keinen Ausweg für sie.

»Es ist besser, du gibst deinen Widerstand auf. So machst du es dir nur um so schwerer.«

Auf einmal war der kämpferische Blick in ihren Augen wieder da. Mit aller Kraft versuchte sie, seinen tastenden Händen zu entkommen. Sie ließ ihn dabei keinen Moment aus den Augen. Trotz der Erregung, die der Kontakt mit ihrem Körper bei ihm hervorrief, spürte er ein leichtes Unbehagen, als er sah, wie ihre Pupillen sich abwechselnd verengten und weiteten. Im Grunde wollte er es so schnell wie möglich hinter sich bringen. Rasch öffnete er seine Hose.

»Tu es … bitte nicht.« Heiser kamen ihr die Worte aus der Kehle. »Bitte … bitte … tu es nicht …«

Marius fühlte, wie seine Hose zu den Knien herunterrutschte. Der Kontakt seiner nackten Haut mit ihren noch immer von der groben Baumwolle bedeckten Formen sandte ein Beben von seinen Lenden bis hinauf zu seinem Scheitel.

Sein Griff um sie wurde schwächer, und sie nutzte die Gelegenheit, um ihn von sich wegzustoßen. Er strauchelte über seine Hose, die ihm um die Knöchel hing, und konnte sich gerade noch rechtzeitig an der Wand abstützen. Ein Blick auf sie genügte: Sie hatte ihre Haltung wiedergewonnen und blickte auf ihn herab, als sei er das größte Stück Dreck auf der ganzen Welt.

»Tu bloß nicht so, als hättest du hier das Sagen«, fuhr Marius sie an. »So leicht wirst du mich nicht los.« Er machte einen Schritt in ihre Richtung, blieb aber augenblicklich stehen, als sie zu sprechen begann.

»Wenn du denkst, du würdest hiermit so einfach davonkommen, hast du dich bitter getäuscht. Es mag vielleicht so aussehen, als wären mir hier im Lager die Flügel gestutzt worden. Aber so sicher, wie es ein Heute und ein Morgen gibt, werde ich hier wieder rauskommen. Und ich brauche dir nicht zu erklären, daß ich außerhalb des Lagers gute Kontakte zu den richtigen Leuten habe. Verstehst du, worauf ich hinauswill?«

Mit der Hose um die Knöchel stand er ihr gegenüber. Er begriff sie nur zu gut. Es würde für sie beide auch ein Leben nach dem Lager geben, und sie wäre sehr wohl in der Lage, ihm große Schwierigkeiten zu bereiten. Es könnte sogar sein, daß er arbeitslos würde, schließlich stand sie auf sehr gutem Fuß mit der Kolonialverwaltung. Vielleicht wäre es besser, klein beizugeben.

»Aber du kannst mich doch nicht so stehenlassen.« Mit dem Kopf wies er auf seine Erektion.

»Das ist nicht mein Problem. Hol dir eben einen runter.«

Ihre Worte trafen ihn wie Peitschenhiebe ins Gesicht. Doch seine Lust war so groß, daß das Blut ihm weiterhin wie besessen durch den Körper raste. »Darf ich dich dabei anschauen? Bitte, heb doch deinen Rock hoch.«

Spöttisch sah sie ihn an. »Läßt du mich dann gehen?« Und mit abgewandtem Gesicht hob sie ihren Rock.

Beim Anblick ihrer straffen Oberschenkel, deren Haut nicht die kleinste Unebenheit aufwies, wankte er. Mit einer Hand stützte er sich an der Wand ab, während er mit der anderen nach seinem Geschlecht griff.

»Zeig mir deine Brüste.«

Sie ließ ihr Kleid über eine Schulter rutschen, und ihre volle Brust ragte stolz nach vorn.

Marius machte einen Schritt auf sie zu.

»Bleib, wo du bist!« Abwehrend hob sie die Hand.

Der Geruch von Seife, der in dem muffigen Raum hing, ließ ihn phantasieren, wie er den Duft ihrer Haut einatmen würde. Seine Handbewegungen wurden heftiger. Während seine Nasenflügel sich weiteten, um die feuchte, warme Nachmittagsluft tief in sich eindringen zu lassen, schloß er für einen Moment die Augen.

Da wurde er plötzlich mit einem unglaublich kräftigen Hieb an die Seitenwand geschleudert. Im Bruchteil eines Augenblicks sah er Maxi vorübereilen. Der feuchte Holzfußboden an seinem nackten Hintern fühlte sich klamm an, als sich sein Samen über die Innenseite seines Oberschenkels ergoß.

DREI

1957 – 1981

Kees

Waterkant 1957

Gestern war nach der langen, eintönigen Reise über den Atlantik endlich in der Ferne die breite Mündung des Suriname aufgetaucht. Man konnte deutlich eine Begrenzungslinie sehen, wo das helle Wasser des Ozeans in das gelbe, schlammige Wasser des Flusses überging. In der Ferne ragten die Pfähle, zwischen denen die Fischer ihre Netze gespannt hatten, stolz aus dem Wasser. Ihre große Zahl ließ sie wie eine mittelalterliche Armee aussehen, die nach dem Sieg heimwärts zog, die Lanzen stolz in die Luft gereckt.

Die MS Artemis mußte zunächst beim Leuchtschiff vor Anker gehen und auf Hochwasser warten, bis sie vom Hafendienst hineingelotst werden konnte. Kees stand auf dem Vorderdeck und füllte mit einem tiefen Atemzug seine Lungen mit der Luft, die vom Land her aufs Meer hinauswehte. Mit der Hand über den Augen beobachtete er einen Vogelschwarm, der in V-Formation unter den Wolken her flog. Anders als die dünne Bewölkung in den Niederlanden drängten sich hier die Wolken in dicken Haufen zusammen, in die man die seltsamsten Figuren hineindeuten konnte.

Er war nun fünfundzwanzig und stand seit seinem zwanzigsten Lebensjahr im Dienst der KNSM. Noch nie zuvor hatte er diesen Teil der Welt gesehen. Der entlegenste Ort, an den er je gefahren war, war Madeira gewesen. Er hatte sich wahnsinnig auf diese Reise gefreut, die überdies seine erste Fahrt auf einem Schiff mit Dieselmotor war – alle Schiffe, auf denen er bisher gefahren war, waren dampfgetrieben gewesen.

Im Kielwasser des Lotsenbootes fuhren sie in die Mündung des Suriname ein und setzten ihre Reise zum Hafen von Paramaribo fort. Entlang der Ufer wurde die dichte Vegetation hin und wieder von Dörfern unterbrochen, die nicht viel mehr waren als kleine Ansammlungen von Hütten. Die spärlich bekleideten Bewohner betrachteten sie ohne jede Regung. Der einzige bedeutende Ort, den sie unterwegs passierten, war Nieuw Amsterdam. Vom Ufer aus wies eine Reihe von Kanonen drohend in ihre Richtung.

Jan, der Matrose, der neben ihm an der Reling stand, erzählte ihm, daß dort das Fort lag, welches feindliche Schiffe früher passieren mußten, ehe sie nach Paramaribo gelangen konnten.

Langsam durchpflügte der Bug das gelbe, trübe Wasser des unendlich breiten Flusses, mit dem verglichen der Ij wie eine unbedeutende Gracht wirkte.

Plötzlich, wie aus dem Nichts, ragte vor dem Schiff ein seltsames Metallding aus dem Wasser. Kees spürte unter seinen Füßen, wie unter Deck die Motoren gedrosselt und so die Fahrt vermindert wurde. Er lehnte sich über die Reling und zeigte auf die merkwürdige Metallinsel. »Was ist denn das?« fragte er Jan.

»Das Ding da? Das war mal ein deutsches Frachtschiff.«

»Wie kommt das denn dahin?«

»Das haben die blöden Deutschen versenkt, während des Zweiten Weltkriegs.«

»Im Krieg? Wieso liegt es denn dann immer noch da?«

»Nach dem, was ich gehört habe, hat man ein paarmal versucht, es zu bergen. Aber der Kahn ist zu tief in den schlammigen Grund eingesunken. Es besteht die Gefahr, daß ein Strudel entsteht, wenn man das Schiff hebt, und das wäre fatal, so nahe beim Hafen. Diese Scheißdeutschen ...«

»Ist das Paramaribo?«

Die niedrigen, weitverzweigten Bäume waren in einer ordentlichen Reihe hintereinander angepflanzt worden, und die dahinter liegenden Gebäude hatten viel gemeinsam mit den Häusern in Zaandam, nur der Maßstab war größer. Mit ihren weißen

Holzwänden und den grün gestrichenen Fensterläden und Türen hätte man sie sich ohne weiteres an der Zaanse Schans vorstellen können.

Der Kai, an dem die MS Artemis nun manövrierte, war gerade groß genug, daß dort zwei seetüchtige große Schiffe anlegen konnten. Auf dem Anlegesteg liefen Arbeiter hektisch hin und her, und bei den großen Lagerschuppen aus Holz hielten ärmlich gekleidete Fuhrleute ihre Pferde und Esel im Zaum.

»Hier wird mit unabhängigen Arbeitern gelöscht, deswegen gibt es immer so ein Gedränge, wenn ein Schiff ankommt. Wer zuerst kommt, mahlt zuerst«, erklärte Matrose Jan. »Schau dir mal diese armen Schlucker an! Wie ein wimmelnder Ameisenhaufen!«

Nach einem heftigen Regenschauer hatten sich die grauen Wolken schließlich aufgelöst. Wie unheilverkündende Vorboten waren laute Donnerschläge und grelle Blitze dem Regen vorausgegangen. Anders, als er es bei einer solchen Machtdemonstration der Elemente erwartet hatte, war der Schauer rasch vorbei gewesen, und die Sonne hatte wieder ihre Kraft bewiesen. Stolz blickte sie vom strahlend blauen Himmel hinunter auf das Schiff. Kees wunderte sich über den Wetterumschwung. Das war etwas anderes als der tagelang anhaltende Nieselregen zu Hause, der die Welt mit seinem beständigen aschgrauen Schleier niederdrückte.

Auf dem Deck waren die Matrosen damit beschäftigt, das Regenwasser, das wie aus Eimern vom Himmel gefallen war, aufzuwischen. Unbarmherzig und lautstark hatte die Natur das Schiff gegeißelt. So wie es nun glänzte, machte es den Eindruck, als sei ein ganzes Bataillon von Matrosen mit dem Putzen beschäftigt gewesen. Einen würdigeren Empfang hätte die Königin von Surinam sich nicht wünschen können …

Während Kees das sonnige Wetter genoß, ließ er das Fallreep nicht aus den Augen. Als Deckunteroffizier war es seine Aufgabe, hohe Gäste, die über die Laufplanke kamen, pfeifend zu begrüßen. Der Wachoffizier hatte ihm zu verstehen gegeben, daß Maxi Linder nach dem Protokoll für den Botschafter einer befreundeten Nation behandelt werden sollte. Diesen Status verdankte sie den erwiesenen Diensten an den niederländischen Seeleuten. Dabei hatte er nachdrücklich angemerkt, daß unter diesen »erwiesenen Diensten« nicht nur die im Bett zu verstehen waren.

Diese Frau hatte über Jahre hinweg ein so enges Band mit den Kapitänen geknüpft, daß die meisten sich zu ihrem Freundeskreis zählen konnten. Sie war es, die sie über die Lage in diesem Landesteil informierte, und sie wurde ohne Ausnahme offiziell an Bord empfangen. Während dieser Empfänge hielt sie die Kapitäne über die letzten Neuigkeiten in der Stadt auf dem laufenden. Dank ihrer Beziehungen zu allerlei hochstehenden Personen war sie eine verläßliche Informationsquelle. Deswegen mußte stets die Kapitänsschaluppe bereitgehalten werden, wenn das Schiff im Hafen anlegte, für den Fall, daß Maxi Linder am Kai stand und an Bord kommen wollte.

All die Geschichten, die über sie die Runde machten, reizten Kees' Neugierde bis aufs Äußerste. Hieß es nicht sogar, daß sie einen Willemsorden von der Marine erhalten hatte für ihre erwiesenen Dienste? Wenn das stimmte, war sie garantiert die einzige Hure der Welt mit einem Ritterorden.

Gegen Abend saß er, betäubt von der Hitze, schlafend auf dem Mitteldeck. Im Traum hörte er irgendwo in der Ferne jemanden rufen: *Maxi Linder! Maxi Linder! Maxi kommt...* Sofort war er hellwach und sprang auf. Er lief hastig zum Fallreep und suchte in den Taschen eifrig nach seiner Pfeife. Er lehnte sich über die Reling. Ihm fiel vor Staunen die Kinnlade herunter, als er vorne am Anlegesteg bei den hindustanischen Fuhrleuten eine Frau erblickte, die, gehüllt in allerlei grellbunte Lappen, heftig gestikulierend mit den Männern sprach. Sechs Straßenhunde saßen ordentlich in Reih und Glied wie ein höfisches Gefolge um sie herum. Mit erhobenen Köpfen ließen sie sie nicht aus den Augen. Die Frau überragte die Fuhrleute um mehr als Haupteslänge, und ihre auffällige Größe wurde noch betont von einer Art bunter Mütze, auf der drei Zipfel keck nach oben wiesen.

»Ist ... ist das Maxi Linder?«

Langsam nickte einer der drei Fallreepgasten, die sich inzwischen zu ihm gesellt hatten. Der amüsierte Blick in seinem Gesicht sprach Bände.

Wortfetzen in dem einheimischen Kauderwelsch, von dem er als holländischer Junge keinen Deut verstand, wehten vom Anlegesteg aufs Schiff herüber. Plötzlich löste sich die »Königin« aus der Gruppe. Ihr Körper neigte sich beim Gehen ein wenig nach einer Seite. Sein Blick fiel auf einen schneeweißen Verband um ihren Knöchel. »Die sieht ja aus wie ein angeschlagenes Schlachtschiff, das jeden Moment kentern kann!« Er lachte übertrieben laut.

»Wenn ich du wäre, würde ich mir solche Witze verkneifen, wenn sie in der Nähe ist. Solltest du je in den Genuß einer ihrer Wutanfälle kommen, wirst du verstehen, was ich meine«, sagte einer der Fallreepgasten voller Respekt.

»Durch all diese Geschichten, die ihr mir erzählt habt, habe ich eine würdevolle Frau erwartet, in einer Pelzjacke oder so!«

»In einer Pelzjacke? Na klar, bei der Hitze!«

»Ach, du weißt schon, was ich meine ...«

»Du hättest sie früher mal sehen müssen! Sie war immer extravagant gekleidet!«

»Ich kann mir das ehrlich gesagt nicht so recht vorstellen. Schau dir doch mal an, wie die hinkt!« Lachend hing er über der Reling und beobachtete die seltsame Erscheinung, die nun mit einem breiten Grinsen auf dem Gesicht näher kam. Ihr Aussehen kam ihm so komisch vor, daß er einen unbeherrschten Lachanfall bekam. »Ist dieser Hinkefuß wirklich die Königin von Surinam?!«

»He, ein bißchen mehr Respekt vor dieser Frau, Kees!« mahnte ein anderer Fallreepgast, der bis dahin schweigend ihrem Gespräch gelauscht hatte. »Wenn du öfter in den Westen kommst, wirst du schon kapieren, was diese Frau für unsere Jungs alles getan hat und noch immer tut.«

»Verdammt noch mal! Du willst mir doch nicht erzählen, daß
für diesen Körper auch heute noch bezahlt wird?«
»Soviel ich weiß, hat sie immer noch ihren festen Kundenkreis.
Aber das meiste Geld verdient sie inzwischen durch die Ver-
mittlung von ungefähr vierzig jungen Huren. Und eines kannst
du mir glauben: Sie hat die Zügel fest in der Hand!«
»Sie ist also eine Kupplerin?«
»Nein, eher eine Art Madame. Und du kannst darauf wetten,
daß sie ihre Mädchen besser zu beschützen weiß als jeder x-
beliebige Zuhälter. Wenn ich du wäre, würde ich mit Maxis
Mädchen keinen Streit anfangen.«
»Kannst du dich noch an diesen Unteroffizier erinnern, den
Vorratsverwalter, den Maxi vor der gesamten Besatzung bis auf
die Knochen blamiert hat?« fragte einer der anderen Matrosen.
»Meinst du diesen häßlichen Idioten mit den Pockennarben im
Gesicht?«
Die Jungs kamen langsam in Fahrt. Kees zündete sich eine Zigarre an.
»Der war so blöd, einem von Maxi Linders Mädchen ein Kleid
zu klauen, und das nur, weil sie sich nicht über den Preis einigen
konnten. Das Mädchen hat Maxi eine Beschreibung von dem
Typen gegeben, und der hatte das Kleid noch in der Hand, als sie
auf das Schiff gestürmt kam. Dabei hatten wir ihn wirklich gewarnt, daß er gewaltigen Ärger kriegen würde. Während die
ganze Besatzung zugeschaut hat, hat sie ihn beschimpft, daß es
nur so krachte. Und Maxis Mädchen haben ihn von da an gemie-
den, als hätte er die Pest am Hals. Es war seine letzte Reise nach
Surinam.«
»Ja, bei Maxis Mädchen kannst du sicher sein, daß du was
kriegst für dein Geld. Aber wenn du hier neu bist, mußt du die
Augen aufhalten. Die Weiber hier sind ziemlich gerissen. Die
riechen schon auf einen Kilometer Entfernung, daß du ein Neu-
ling bist.«
»Wie kommt sie eigentlich zu ihrem Namen?«
»Maxi Linder? Das kommt von Maximum Zylinder. Wegen

ihrer gut geschmierten Maschinerie, mit allen möglichen Saugern und Lagern hier und da, du weißt schon.« Diese Auskunft sorgte für lautes Gelächter.

Maxi Linder hatte sich dem Fallreep bereits bis auf wenige Meter genähert. Vom Kai her wehte eine sanfte, warme Brise hinüber zum Schiff, und hin und wieder konnte man einen Hauch des Eau de Toilette riechen, mit dem sie sich offenbar reichlich besprenkelt hatte. Kees gab den Fallreepgasten mit dem Kopf ein Zeichen. Je zwei von ihnen nahmen nebeneinander ihren Platz am Anfang und am Ende des Steges ein und bildeten so eine Art Empfangskomitee. Kees war sich nicht sicher, ob er dieses lächerliche Schauspiel nun ernst nehmen sollte oder nicht. Am Anfang des Fallreeps blieb sie stehen. Die Hunde drängten sich ängstlich an ihre Beine. Das viele Gold, mit dem sie behangen war, sowie der bunt bedruckte Stoff ihrer Kleidung verliehen ihrem Aufzug etwas Karnevalhaftes. Mit einem belustigten Blick schaute sie abwartend in seine Richtung. Es war unklar, ob sie ihn auslachte oder ob dies ihre Art zu flirten war. Unsicher blickte Kees hinüber zum Wachoffizier, der seinen Blick mit einem wohlwollenden Nicken beantwortete. Auf der Brücke bei der Offiziersmesse stand der Kapitän, der die Szene amüsiert beobachtete.
Kees konnte sich kaum vorstellen, daß er der Mittelpunkt dieses ganzen Zirkus war. Am Fallreep stand noch immer die wartende Maxi Linder. Ihre tiefbraune Gesichtshaut, die kurz zuvor durch ihr Lächeln in unzählige Falten gezogen worden war, war nun glatt wie die Oberfläche einer Statue aus Ebenholz. Zu seiner Überraschung mußte er zugeben, daß sie, von nahem betrachtet, trotz ihres Alters nicht unattraktiv war. Sie hielt den Kopf ein wenig schief, zog die linke Augenbraue spöttisch ein wenig hoch, und so stand sie herausfordernd da und schaute ihn an.
Langsam hob er die silberne Pfeife zum Mund. Fünf kurz aufeinanderfolgende schnelle Pfeiftöne durchbrachen die Stille.

Noch bevor sie verklungen waren, hatte sie schon einen Fuß auf das Fallreep gesetzt. Solange sie über den Steg lief, mußten die Pfiffe beständig wiederholt werden.

Auf halbem Wege blieb sie plötzlich stehen. Die Hände auf den Hüften blickte sie ihn an. Kokett warf sie den Kopf in den Nakken und ließ ihr Baritonlachen über das Schiff schallen.

Kees Lungen brannten, und die Pfiffe ertönten immer weniger schrill. Die Umstehenden begannen, leise zu kichern, und Maxi stand noch immer in der Mitte des Fallreeps und schaute ihn an. Was fiel diesem Weib bloß ein? Er war schon ganz außer Atem.

Plötzlich setzte sich die Frau in Bewegung. »Was ist denn nun los?! Weißt du denn nicht, was sich gehört? Haben die jungen Leute heutzutage nicht mal mehr genug Saft in den Knochen, um für eine Königin den Willkommensgruß zu blasen? Wie willst du das denn nachher schaffen, bei den ganzen anspruchsvollen Weibern, die hier herumlaufen?« rief sie und brach in schallendes Gelächter aus.

Ringsherum fiel die Mannschaft des Schiffes in ihr Lachen ein. Kees hielt den Blick starr auf die Planken vor seinen Füßen gerichtet und hatte das Gefühl, vor unzähligen Augen nackt zur Schau gestellt zu werden. Der Wachoffizier neben ihm räusperte sich. Kees warf ihm einen hilfesuchenden Blick zu.

»So Max, jetzt reicht es! Du hast deine fünf Minuten Spaß gehabt. Laß den armen Jungen in Ruhe. Er sieht dich zum erstenmal, und du jagst ihm gleich so einen Schrecken in die Glieder.«

»Ach, Frits, nun laß mich doch. Der Junge ist neu, also muß ich ihm eben klarmachen, daß mit mir nicht zu spaßen ist. Respekt bekommst du nicht umsonst; du mußt ihn dir erzwingen.« Und wieder dröhnte ihr merkwürdiges Lachen über das Fallreep zu ihm hinüber.

Trotz ihres lahmen Beins kam sie nun mit großen Schritten über die Planke, während sie eine abwehrende Gebärde in Kees' Richtung machte, der die Pfeife erneut an die Lippen brachte. Schwanzwedelnd folgten ihr die Hunde. Im Vorübergehen zwinkerte sie dem Fallreepgast zu, der sie vorhin so eifrig verteidigt hatte.

Mit einem breiten Lächeln auf dem Gesicht und mit ausgebreiteten Armen kam der Kapitän ihr entgegen. Nahm er etwa auch an diesem lächerlichen Schauspiel teil? Für diesen Anlaß hatte er sogar seine Galauniform angezogen! Als träfe sie einen lange verloren geglaubten Geliebten wieder, schmiegte sich Maxi Linder an ihn.

Kees hatte jedoch den Eindruck, als sei er der einzige, der an diesem geschmacklosen Getue Anstoß nahm. Die meisten Matrosen schauten amüsiert zu. Die übrigen Offiziere hatten sich zu Maxi und dem Kapitän gesellt, und auch sie begrüßten die »Königin« mit einer herzlichen Umarmung. Beim Kapitän untergehakt, führte Maxi Linder den Zug in die Offiziersmesse an.

Kees konnte nicht einschlafen. Unzählige Male ließ er die Ereignisse des Tages Revue passieren. Er konnte nicht leugnen, daß Maxi Linder Eindruck auf ihn gemacht hatte. Er war inzwischen sehr neugierig geworden – was war sie für eine Frau? Wie kam sie zu diesem Status? Er nahm sich vor, in den kommenden Tagen so viel wie möglich über sie in Erfahrung zu bringen. Bis tief in die Nacht hinein hielt ihn die Aufregung, die die Begegnung mit ihr verursacht hatte, vom Schlafen ab. Während er durch das Bullauge den Mond betrachtete, der sich geheimnisvoll hinter schwarzen Wolkenfetzen verbarg, lauschte er dem Gelächter und den betrunkenen Gesängen, die aus der Offiziersmesse bis unter Deck zu hören waren.

Einige Tage nach Maxi Linders aufsehenerregendem Empfang an Bord, landete Kees zusammen mit einer Anzahl Matrosen in der Tutti-Frutti-Bar. Während ihres Zuges durch das ebenso drückend heiße wie idyllische Hurenviertel waren sie in dieser Bar mit dem reizvollen Namen eingekehrt. Die braunen Holzwände und -tische verliehen dem Ort etwas Anheimelndes. Im schrillen Gegensatz dazu stand die rote, mit Chrom abgesetzte Jukebox neben dem Eingang, die einen niederländischen Hit nach dem anderen in den Raum plärrte – zum größten Vergnügen des überwiegend niederländischen Publikums.

Die hölzernen Barhocker, Tische und Stühle waren bis auf den letzten Platz besetzt. Rapid, der österreichische Fußballverein, der auf seiner Tour durch Südamerika gerade in Paramaribo Station machte, verbrachte hier die letzten Stunden vor der Abreise. Obwohl sie das Spiel 0:3 verloren hatten, befanden sich die Spieler in einer Stimmung, als hätten sie gerade die Fußballweltmeisterschaft gewonnen. Für Surinam war das Turnier von großer Bedeutung gewesen. Man hatte deshalb extra Humphrey Mijnals und Michael Kruin herübergeholt, zwei Fußballer, die gerade in den Niederlanden große Erfolge feierten.

Mit den Schultern bahnten sich Kees und seine Kameraden den Weg zur Bar. Er schüttete ein kaltes Bier hinunter und schaute danach traurig auf das leere Glas in seiner Hand. Die Hitze war im Freien schon nicht auszuhalten gewesen, und hier drinnen war es sogar noch um einige Grad wärmer. Er hob den Finger und bedeutete dem Mädchen an der Bar, daß er noch ein Bier wollte.

Das Mädchen war auffallend attraktiv: Ihr niedliches Gesicht wurde von schwarzen Locken umrahmt und paßte nicht an einen Ort wie diesen. Sie trug ein großgeblümtes gelbes Kleid. Das kurze Mieder schloß sich eng um ihren Oberkörper und lief in einen weiten Rock aus, der ihr bis fast an die Knie reichte. Sie war jung und hübsch.

Sie hielt die Augen ununterbrochen auf ihn gerichtet, während sie sein Glas mit Bier füllte. Plötzlich verengten sich ihre schönen Augen. Zwischen den Lippen rollte sich ihre Zunge hervor wie eine rosa Schlange. Träge fuhr sie die Konturen ihrer Oberlippe nach. Kees war verblüfft über die Länge und Beweglichkeit dieses rosafarbenen Stück Fleisches. Die Kehle wurde ihm eng. Wie verzaubert starrte er das Mädchen an. Mit einer mechanischen Geste reichte seine Hand nach dem Glas Bier, das sie ihm anbot. Nur kurz berührte seine Hand ihre Fingerspitzen, doch lang genug, daß ihm ein Zittern durch den ganzen Leib fuhr. Ungeduldig suchte sich das Blut einen Weg in seinen Unterleib.

Während sich das kokette Barmädchen um einen anderen durstigen Gast kümmerte, hielt sich Kees das kalte Glas an die Schläfen. Er konnte die Augen nicht von ihr abwenden, und der Gedanke an ihre Zunge – und wozu sie imstande war – verursachte ihm ein Gefühl, als hätte er Watte in den Knien.

Plötzlich wurde er roh aus seinen süßen Träumen gerissen. Jemand zerrte an seinem Arm, als wolle er ihn gleich auskugeln. Kees drehte sich um.

Neben ihm stand Maxi Linder und schaute ihn schalkhaft an. Das billige süße Parfum, mit dem sie sich eingenebelt hatte, verursachte, bei all dem Bier, in seinem Magen heftige Protestreaktionen. Er konnte gerade noch rechtzeitig das Gesicht abwenden, damit der dröhnende Rülpser, mit dem der Protest einherging, ihr nicht mitten ins Gesicht röhrte.

Genau wie an dem Tag, als er ihr zum erstenmal begegnet war, hatte sie sich herausgeputzt wie ein bunter Kakadu. Er hatte inzwischen mitbekommen, daß ihre Art und Weise, sich zu kleiden, eine Art Tracht der kreolischen Frauen war, doch so bunt wie sie hatte er noch keinen anderen Menschen hier herumlaufen sehen. Wie konnte jemand nur Farben miteinander kombinieren, die sich derart bissen! Allerdings mußte er zugeben, daß sie immer wie aus dem Ei gepellt aussah.

»Wie man sieht, hat sich Nasse Sjaan dir bereits vorgestellt.« Mit einer Kopfbewegung deutete sie zu dem Mädchen an der Bar. »Sie ist eines von meinen Mädchen. Wie du siehst, braucht sie keine weiteren Referenzen. Wenn du willst, kann ich etwas für dich arrangieren, Matrose.«

Kees drehte sich wieder zur Theke, hinter der »Nasse Sjaan«

stand und die Gäste bediente. Wie eine Viper auf der Lauer blitzte zwischen ihren ungeschminkten Lippen ihre rosa Zungenspitze hervor.

Er seufzte und spürte, wie sich langsam eine Erektion ankündigte.

Maxi Linder ließ ihn keinen Moment aus den Augen. Wie die Klauen eines Raubtiers umklammerten ihre sehnigen, dunkelbraunen Hände sein Handgelenk. Obwohl er sich in ihrer Nähe unbehaglich fühlte, wagte er nicht, sich aus ihrem Griff zu befreien.

»Alles, was sie kann, hat sie von mir gelernt«, fuhr die Madame fort. Ihre Augen blitzten ihn an, während sie die Zunge mit derselben Bewegung, wie sie das Barmädchen vorgeführt hatte, über ihre Lippen gleiten ließ. Sie tat es auf eine Art, daß er sich immer besser vorstellen konnte, wie sie zu ihrem Ruf gekommen war. Nein, der Titel »Königin« war wirklich nicht zu hoch gegriffen.

»Und warum solltest du den Lehrling wählen, wenn du den Meister haben kannst?« fragte sie und sah ihn herausfordernd an.

Aber sie hätte seine Mutter sein können. Er wandte die Augen von ihr ab und blickte wieder hinüber zu dem Mädchen, das sie »Nasse Sjaan« nannte.

Sie sagte: »Für wen du dich auch entscheidest, ich verdiene auf jeden Fall daran!« und brach in Gelächter aus.

Er fiel in ihr Lachen ein. Eins mußte man ihr lassen: Sie hatte wirklich Humor.

»Nasse Sjaan ist eines meiner Paradepferdchen, genau wie Lep'-bana«, sagte sie und wies dabei auf ein ausgelassenes Mädchen, das ihm schon vorher aufgefallen war, nicht zuletzt wegen ihres tief ausgeschnittenen Dekolletés, das ihre Brüste gerade eben bändigen konnte. Sie stand im Mittelpunkt einer Gruppe Österreicher und schwang große Reden. Atemlos tranken sie jedes Wort, das von ihren Lippen kam. Das Wogen ihrer großen Brüste hielt sie in seinem Bann.

»Und von denen habe ich noch ein paar. Jede einzelne von ihnen hat ihr Fach von mir gelernt. Dieser Beruf ist nicht für jede geeignet. Es geht nicht nur darum, wie man aussieht. Wichtiger ist, was man mit den Talenten anfängt, die einem Gott als Leihgaben für die Zeit auf Erden mitgegeben hat. Was für billige Weiber man heutzutage auf der Straße herumlaufen sieht! Zu meiner Zeit hätten die keine fünf Cents verdient!«

»Also, könntest du vielleicht etwas für mich arrangieren mit deiner ›Nassen Sjaan‹?« Es war das erste Mal, daß er sie direkt ansprach.

»Natürlich, mein Junge. Ich muß sie nur erst fragen, ob sie vielleicht schon selbst etwas abgemacht hat.«

»Tu das. Ich bin gleich wieder da. Von dem vielen Bier muß ich mal dringend pissen.«

Während er sich einen Weg zur Toilette bahnte, merkte er erst, wie schwer seine Beine vom Alkohol waren. Die Aussicht auf ein Abenteuer mit dem Mädchen mit der Schlangenzunge machte ihn schwindelig. Oder kam das von dem vielen Bier?

Quietschend ging die Tür zur Toilette auf. Der abgestandene Ammoniakgestank, der ihm entgegenschlug, raubte ihm fast den Atem. Der kleine ungelüftete Raum, in dem lediglich Platz war für drei Metallpinkelbecken dicht nebeneinander, war nur schwach erleuchtet. Der Fußboden glänzte naß, und in die gelben, fleckigen Wände waren zahlreiche Sprüche und grobe Zeichnungen eingeritzt. An den beiden äußeren Pinkelbecken standen schon zwei Seeleute. Die blassen Beine, die aus den kurzen weißen Hosen ihrer Uniform hervorragten, waren mit knallroten Mückenstichen übersät. Es waren Matrosen von der HMS Van Speyk, die einen Tag vor der MS Artemis eingelaufen war.

Sein ganzer Körper kribbelte, als er seine angespannte Blase in das Pinkelbecken in der Mitte entleerte. Aus dem Geplätscher neben sich schloß er, daß seine Nachbarn ebenso tief ins Glas geschaut hatten wie er. Während er den Hosenschlitz wieder schloß, wanderten seine Gedanken zurück zu dem Mädchen an der Bar. Nasse Sjaan – das klang vielversprechend. Er hoffte, die Bedeutung dieses Spitznamens in dieser Nacht am eigenen Leibe herauszufinden.

Kees haßte Leute, die nicht abzogen, nachdem sie auf der Toilette gewesen waren. Er reichte mit einer Hand nach der Kette links neben dem Pinkelbecken und zog sie mit einem Ruck nach unten. Mit viel Getöse ergoß sich das Wasser aus den Reservoirs über den Becken über die Beine von Kees und von den beiden Matrosen. Da er in Gedanken versunken gewesen war, war ihm nicht aufgefallen, daß die Rohre, die das Wasser eigentlich in die Pinkelbecken hätten leiten sollen, fehlten. Tropfnaß standen sie sich gegenüber und starrten sich einen Augenblick lang erschrocken an.

»He, haste Scheiße auf'n Augen?« brüllte einer der Matrosen lallend.

Entsetzt starrte Kees ihn an. Während er noch nach Worten suchte, um sich zu entschuldigen, bekam er einen Stoß vor die Brust. Er verlor das Gleichgewicht und versuchte, sich an dem anderen Matrosen festzuhalten. Dieser sprang zur Seite, so daß Kees stürzte und mit dem Gesicht auf dem nassen Boden aufschlug.

»Schau, was du angerichtet hast, du Idiot!« Mit wutverzerrtem Gesicht wies der Matrose auf seine Uniform.

»Das wirst du büßen!« rief sein Kamerad, dessen Gesicht ebenfalls rot angelaufen war. Er hatte die Worte noch nicht ganz ausgesprochen, als er Kees schon einen harten Fußtritt in die Leber versetzte.

Kees wurde schwarz vor Augen. Wie wilde Tiere traten sie auf ihn ein. Überall, wo sie ihn nur erwischen konnten, trafen sie ihn mit ihren schweren Schuhen. Vergeblich versuchte er, sein Gesicht zu schützen. Plötzlich begannen sich die verschimmelte Decke und die schmierigen Wände um ihn zu drehen. Immer schneller und schneller kreisten sie um ihn herum. Er hatte nicht einmal mehr Schmerzen. Im Nebel, der vor seinen Augen aufstieg, sah er das Gesicht von Nasse Sjaan vor sich. Ihre Zunge hob sich rot von ihrer dunklen Haut ab. Mit zitternden Zungenbewegungen lockte sie ihn zu sich.

Mit viel Mühe gelang es ihm, die Augen zu öffnen. Das Licht, das durch das geöffnete Fenster fiel, schmerzte in seinen Augen. Er würde sie lieber geschlossen halten. Als er eine Hand an sein Gesicht bringen wollte, stöhnte er vor Schmerzen laut auf. Bei jeder Bewegung schien es, als bohrten sich unzählige Nadeln durch seinen Körper. Langsam aber sicher drangen die Ereignisse des gestrigen Abends wieder in sein Bewußtsein. Das letzte, woran er sich erinnern konnte, war ein Hagel Fußtritte, der auf ihn niedergegangen war.

Das Knarren des Holzfußbodens erregte plötzlich seine Aufmerksamkeit. Lag er denn nicht in seiner Kabine? Wo war er? Der Fußboden auf dem Schiff bestand aus Metall …

Er öffnete die Augen, soweit es das grelle Sonnenlicht zuließ. Durch die Wimpern hindurch betrachtete er seine Umgebung. Er befand sich in einem ihm völlig unbekannten Zimmer. Er riß die reinen weißen Laken, die er wegen der Hitze von sich geschoben hatte, erschrocken bis hoch ans Kinn. Was machte er hier? Wie war er hierhergeraten?

Wieder ertönte das Knarren des Holzbodens, nun am Fußende seines Lagers. Obwohl jede Bewegung tausend Stiche durch seinen Körper jagte, hob er vorsichtig den Kopf. Durch die geöffnete Schlafzimmertür hindurch erblickte er ein komfortabel eingerichtetes Wohnzimmer, in dem eine Frau herumschlurfte: Maxi Linder.

Er stieß einen Schrei aus.

Die Königin wandte sich ihm zu, und ihr bekanntes, langanhaltendes Lachen füllte den Raum.

Sie nahm einen Kessel vom Herd, goß heißes Wasser in einen Becher, der schon bereitstand, und sah mit einem merkwürdigen

Lächeln zun ihm herüber. Mit dem Becher in der Hand kam sie ins Schlafzimmer gehumpelt. Die Hunde, die sich in der Küche aufhielten, verfolgten von dort aus träge ihre Bewegungen.

Mit einem tiefen Seufzer ließ sie sich auf den Rand des Bettes sinken. »Ich dachte schon, du würdest nie mehr wach werden. Hier.« Sie reichte ihm den Becher.

Kees schüttelte den Kopf, um ihr zu bedeuten, daß er keine Lust auf Tee hatte. Zuerst wollte er Klarheit haben über die Situation, in der er sich befand. Plötzlich tauchte das Gesicht von Nasse Sjaan vor ihm auf. Ob sie sich auch in der Wohnung befand? Und wenn das so war, was machte er dann in diesem Bett? Er würde doch wohl nicht …

»Wenn du keinen Tee willst, dann trinke ich ihn eben selbst.« Sie schaute ihn weiterhin an, während sie die Tasse an die Lippen setzte.

An der Wand hinter ihr hing das Foto einer attraktiven jungen Schwarzen, die eine Art Krone auf dem Kopf trug. Die geschnitzte Tür des Kleiderschranks stand halb offen und ließ eine Sammlung bunter Kleider sehen.

Die Königin stellte den Becher auf ein Tischchen neben dem Bett und fragte: »Willst du wirklich nichts trinken?« Es hörte sich seltsam besorgt an.

»Nein. Was mache ich eigentlich hier?« Angespannt schaute er sie an.

Langsam zog sie die linke Augenbraue hoch. Über die ganze Breite ihrer Stirn zog sich eine tiefe Falte. Danach warf sie plötzlich den Kopf in den Nacken, und während sich ihr ganzer Körper schüttelte, stieg ein dröhnendes Gelächter in ihrer Kehle auf.

Kees stimmte halbherzig in ihr Lachen ein.

»Was du hier machst?« fragte sie, nachdem sie den Hustenanfall, der auf ihren Lachkrampf gefolgt war, überwunden hatte.

»Kannst du dich wirklich nicht mehr daran erinnern, was gestern abend passiert ist?«

Kees schüttelte den Kopf. »Das einzige, was ich noch weiß, ist, daß mich zwei Matrosen fast zu Brei geschlagen haben. Der Rest ist nur noch ein schwarzes Loch.«

»Dann will ich es dir mal erzählen, mein Junge. Nasse Sjaan und ich haben noch eine Weile auf dich gewartet. Irgendwann dachte Sjaan, du hättest vielleicht Angst vor deiner eigenen Courage gekriegt und dich still und klammheimlich davongemacht. Ich sagte noch zu ihr, du hättest vielleicht ein Mädchen zu Hause, dem du treu bleiben wolltest, und da Sjaan mehr als genug Aufmerksamkeiten einheimste, haben wir dich ziemlich bald vergessen. Aber als ich später auf mein Taxi wartete, hörte ich irgendwelchen Krach aus den Toiletten. Es stellte sich heraus, daß du k.o. geschlagen in der Pisse lagst. Die anderen waren schon alle weg und mein Taxi kam gerade, also blieb mir nichts anderes übrig, als dich mit nach Hause zu nehmen.«

»Und Nasse Sjaan?«

»Die war schon lange nach Hause gegangen. Sie hatte Besseres zu tun.«

Für einen Augenblick blieb es ruhig im Haus. Nur die Geräusche, die durch das offene Fenster hineindrangen, durchbrachen dann und wann die Stille.

»Haben wir ...«

Sie lachte und sagte: »Liebchen, nun mach dir mal keine Sorgen! Du kannst dein Geld ruhig stecken lassen. Du glaubst doch wohl nicht, daß du, wo du dich nicht einmal daran erinnern kannst, wie du hierhergekommen bist, dazu in der Lage gewesen wärst!« Triumphierend reckte sie die Faust in die Luft, der Daumen schaute zwischen Zeige- und Mittelfinger hervor.

»Warum hast du mich nicht aufs Schiff gebracht?«

»Hat der Herr noch weitere Beschwerden vorzubringen? Sei froh, daß ich mich um dich gekümmert habe. Ich hätte dich genausogut in der Scheiße liegenlassen können. Du glaubst doch nicht, daß ich noch zusätzlich Geld fürs Taxi bezahle, um dich nach Hause zu bringen! Bringt mich vielleicht jemand nach Hause? Übrigens bist du nicht der erste Matrose, dem ich aus der Patsche helfe. Die Jungens wissen, daß sie immer zu mir kommen können. Da wirst du schon noch dahinterkommen, wenn du öfter nach Paramaribo fährst.«

»Aber … wissen die auf der Artemis denn, wo ich bin?«

Maxi Linder nickte. »Ich habe heute morgen meinen Nachbarn, der im Hafen arbeitet, gebeten, auszurichten, daß du hier bist. Die schicken bestimmt gleich ein Auto, um dich abzuholen. In dem Zustand, in dem du dich befindest, kann ich dich unmöglich zu Fuß gehen lassen. Ich habe gestern Nacht noch deine Klamotten gewaschen. Dieser Pissegestank war ja nicht auszuhalten! So, jetzt muß ich aber den Hunden etwas zu fressen geben.« Begleitet vom leisen Rascheln ihrer gestärkten Kleidung verließ sie das Zimmer.

Marius

Kerkplein 1964

»Der? Hast du das denn nicht gehört? Der schleust doch alle lukrativen Aufträge direkt weiter an den Betrieb seines Bruders! Und so was nennt sich Minister!«

»Ach, daß du dich darüber noch aufregst! Wir erfüllen doch alle brav unsere Pflicht? Und wenn wir dann einmal unser Kästchen rot angekreuzt haben, hört man vier Jahre lang nichts mehr von ihnen!«

»Recht hast du. Die stecken doch alle unter einer Decke, diese Politiker. Deswegen gehe ich schon gar nicht mehr zur Wahl!«

»Ja, wenn die Wahlbenachrichtigung bei mir zu Hause ankommt, wandert sie sofort in den Mülleimer!« rief der erste Sprecher mit sich überschlagender Stimme. Durch die Hitzigkeit, mit der er in die Diskussion eingriff, vergaß er das Glas Bier in seiner Hand, so daß es ziellos in der Luft hängenblieb.

»Ein bißchen leiser, Herman! Jeder kann dich hören!« Mit zusammengebissenen Zähnen beugte sich Marius zu ihm hinüber, während er mahnend auf ihn einredete.

Ringsherum wandten verschiedene Leute die Köpfe in ihre Richtung.

In einem Zug schüttete Herman den Inhalt seines Glases hinunter. An der unruhigen Art, mit der seine Augen Marius' Blick gefangenhielten, war abzulesen, daß sich seine Wut noch nicht gelegt hatte. »Es kümmert mich einen Scheißdreck, wer mich hört! Was gesagt werden muß, muß gesagt werden!« Der Knall, mit dem er das Glas auf dem Plastiktisch abstellte, zog erneut die Aufmerksamkeit einiger Gäste auf sich.

»Ich finde, der Mann hat recht!« meinte Frederik, der wie gewöhnlich der Wortführer war, und ließ seinen Blick verschwörerisch durch das Lokal wandern. »Den Herren Politikern ist es doch egal, wie wir uns über Wasser halten!«

Marius füllte sein Glas und schob den Filzhut aus der Stirn. Er kratzte sich hörbar in seinem sich allmählich lichtenden grauen Haar – etwas, das er immer tat, wenn er versuchte, einen klaren Gedanken zu fassen.

»Ganz egal, zu welcher Partei die gehören, zu einer hindustanischen, javanischen oder kreolischen: die stecken doch alle unter einer Decke. Nichts als Diebe sind das!« wetterte sein Tischnachbar, dessen dicker Bauch bei jedem Wort heftig hin und her wabbelte.

»Versteh mich nicht falsch. Auch ich bin schließlich weder blind noch taub. Aber ich bin nur ein armer alter Mann, und aus der Ferne zwinkert mir *Fedi* schon zu. Soll ich mir denn alle Probleme dieser Welt auf die Schultern laden? So sehr wir uns auch darüber aufregen, wir können es ja doch nicht ändern. Laßt uns lieber über angenehmere Dinge reden.«

»Zum Beispiel?« Herman schob die braunen Literflaschen zusammen, von denen eine große Anzahl auf dem Tisch herumstanden, und schaute ihn fragend an.

»Zum Beispiel über das spannende Spiel von gestern, zwischen Robin Hood und Vorwärts.«

Daraufhin brach ein ohrenbetäubender Tumult los. Ohne die Argumente der anderen überhaupt anzuhören, fingen alle an, laut durcheinanderzurufen.

Während auch Gäste von anderen Tischen anfingen, sich in die Diskussion einzumischen, wurde Marius' Aufmerksamkeit von einem grauen Chevrolet abgelenkt, der vom Postamt her auf den Kerkplein einbog. Das Auto fuhr auf der Suche nach einer Parkmöglichkeit langsam um den Platz herum. Vor dem Eingang der Hervormde Kerk, einem weißen Kolonialbau in der Mitte des Platzes, hatte der Fahrer schließlich Glück. Langsam manövrierte er den Wagen im Rückwärtsgang zwischen zwei andere

Autos, die am offenstehenden Tor des gußeisernen grünen, Zaunes standen.

Das majestätische achteckige Gebäude, das den Platz beherrschte, verkörperte längst vergangene Größe und bildete einen merkwürdigen Kontrast zu dem modernen, kubistischen Postamt, dem unwiderlegbaren Beweis, daß die neue Zeit ihren Einzug gehalten hatte.

Marius wollte sich gerade an dem Gespräch über das Fußballspiel beteiligen, als er sah, wer da aus dem grauen Chevrolet ausstieg. Wenn seine Augen ihn nicht trogen, war der Mann, der da so vorsichtig die Autotür schloß, niemand geringerer als der Politiker Isaak Meyer. Während er sein Jackett glattstrich, ließ er den Blick nervös über den Platz wandern. Aufmerksam geworden durch die fast ängstliche Haltung, in der der Mann neben seinem Auto stand, ließ Marius ihn nicht aus den Augen. Mit großen Schritten überquerte Isaak die Straße und kam auf die Terrasse zu, auf der Marius und seine Freunde saßen. Mit einer Handbewegung fuhr er sich durch sein dichtes, perfekt geschnittenes graues Haar. Ohne Marius und seine Tischgenossen eines Blickes zu würdigen, lief er an ihnen vorbei.

»Ist das nicht Isaak Meyer?« flüsterte Frederik.

Das Gespräch geriet ins Stocken. Alle Augen waren auf Isaak gerichtet, der hastig auf die Toiletten zuging.

»Warum er es wohl so eilig hat? Bestimmt hat er Durchfall!«

»Ist das nicht dieser Politiker?« fragte Herman in ehrfurchtsvollem Ton.

»Ja, der hat doch die letzten Wahlen gewonnen.«

»Noch so einer, der das Volk bestiehlt!«

»Das glaube ich nicht. Der braucht nicht zu stehlen. Seine Familie hat genug Geld. Bevor er in die Politik ging, hatten sie ein gutgehendes Geschäft.«

»Ich glaube, dieses Geschäft haben sie immer noch. So etwas gibt man doch nicht wegen der Politik auf. Die Politik ist ein schmutziges Spiel. Du weißt nie, wie lange dein Stern am Himmel strahlen wird.«

Der Politiker begab sich zu einem der Séparées weiter hinten in der Kneipe. Marius war der einzige am Tisch, der es bemerkte; die anderen waren bereits wieder in eine hitzige Debatte über die Leistungen ihres Lieblingsvereins verwickelt.

Also hier wurden die schmutzigen Geschäfte abgewickelt, und nicht im Plenarsaal. Ob er deswegen so nervöse Blicke um sich geworfen hatte? Marius' Interesse für das Geschwätz um ihn herum war auf einen Schlag erloschen. Mit wem sich dieser Isaak hier wohl verabredet hatte?

»He, da ist ja Maxi Linder!«

Marius drehte sich so abrupt um, daß sein Stuhl gefährlich nach einer Seite kippte. In seinem Bauch begann es zu rumoren. Maxi war schon ein Stück am Warenhaus Glans vorbei und bewegte sich tatsächlich auf die Terrasse zu. Hoffentlich hatte sie einigermaßen gute Laune – bei ihr konnte man ja nie wissen …

»Paß auf, Marius! In deinem Alter können Stürze ernsthafte Folgen haben!«

»Ach, Mann, nun reib ihm doch nicht immer sein Alter unter die Nase!«

»Hast du gewußt, daß es ein Weihnachtslied über sie gibt?«

»Ja, ich hab mal so was gehört. Wie ging es gleich wieder? Irgendwas zur Melodie von ›O Tannenbaum‹ glaube ich«, sagte der Mann mit dem dicken Bauch.

»Ich kann es noch!« rief der erste Sprecher.

> *O Tannenbaum, o Tannenbaum,*
> *wie grün sind deine Blätter.*
> *Max bumst nicht nur zur Sommerszeit,*
> *nein auch im Winter, wenn es schneit …*

Lachend schlugen sich die Männer gegenseitig auf die Schultern. Marius, der höhnisch mitlachte und Maxi dabei nicht aus den Augen ließ, bekam einen Stoß in die Seite. »Guck doch nicht so ernst, Mann! Findest du das Lied etwa nicht komisch?«

Verärgert rückte Marius von dem Mann ab. Er verdrehte die Augen und bedachte seine Tischnachbarn mit einem giftigen Blick.

»Die hat garantiert ausgebumst. Ich habe jedenfalls gehört, daß es für sie nicht mehr so besonders viel zu bumsen gibt!« rief Frederik.

»He, Mann, nicht so respektlos, ja? So spricht man nicht über eine Frau.« Mit einem zornigen Blick in seine Richtung versuchte Marius, ihn zur Räson zu bringen.

»Daß sie eine Frau ist, stimmt schon, aber durch das Leben, das sie führt, fordert sie Respektlosigkeit ja geradezu heraus«, verteidigte sich der Mann.

»Du meinst das Leben, das sie früher führte. Heutzutage verdient sie ihr Geld als Kupplerin. Sie versorgt die großen Tiere und die Ausländer mit Proviant«, mischte ein anderer sich ein.

»Ich habe gehört, sie sei auf den Schiffen, die im Hafen anlegen, ein gerngesehener Gast. Sie versorgt die Seeleute nicht nur mit Frischfleisch, sondern kümmert sich auch darum, daß ihre Klamotten gewaschen werden.«

»Du willst doch nicht etwa behaupten, daß Maxi Linder eigenhändig die schmutzige Wäsche dieser Leute wäscht?« fragte Sjaak, der bis dahin noch gar nichts gesagt hatte.

»Nein, das nicht, aber sie sorgt dafür, daß die Wäsche unter den von ihr ausgewählten Waschfrauen verteilt wird, und die bezahlen sie ihrerseits für ihre Vermittlung.«

»Sie ist wirklich eine gute Geschäftsfrau.«

»Was will sie machen. Jetzt, wo ihre *golden box* ausgetrocknet ist, muß sie doch mit irgendwas ihr Geld verdienen!«

Die Männer konnten sich gar nicht mehr beruhigen und ritten immer weiter auf dem Thema herum.

»Wußtest du, daß sie Seeleute, die aus irgendeinem Grund von ihrem Schiff zurückgelassen werden, bei sich zu Hause aufnimmt? Neulich hörte ich von meiner Kusine, die im Landeshospital arbeitet, daß sie sie sogar im Krankenhaus besucht.«

Dann wurde es für einen Moment still. Alle Blicke waren auf

Maxi Linder gerichtet. In der typischen Weise, mit der sie das eine Bein hinter sich herzog, näherte sie sich der Terrasse.

»Kannst du verstehen, warum sie immer noch so auffällig gekleidet herumläuft? In ihrem Alter ist das doch wirklich unpassend«, flüsterte eine Frau an einem Tisch hinter ihnen.

»Als wenn das das einzige wäre, das nicht zu ihrem Alter paßt! Was denkst du denn? Einmal Hure, immer Hure«, bemerkte ihre Tischnachbarin in gedämpftem Ton.

»Du willst mir doch nicht etwa erzählen, daß sie immer noch …« Abscheu klang aus ihren Worten.

»Doch, doch, so wahr ich hier sitze! Männer? Die sind wie Hunde.«

»Schlimmer als Hunde, meinst du wohl. So eine alte Frau …«

Maxi war inzwischen auf der Terrasse angekommen. »Guten Tag allerseits!« Ihr unverkennbarer Bariton dröhnte über die Köpfe der Gäste hinweg. Von einigen Tischen her wurde ihr Gruß fröhlich erwidert.

»Wie, um diese Uhrzeit fangt ihr schon an zu saufen?« fragte sie Marius und seine Freunde.

»Ach, Max, du weißt doch, daß das unsere einzige Zerstreuung ist. Was bleibt uns in unserem Alter denn noch übrig …«

»Naja, dann sind eure Frauen zu Hause jedenfalls eine Weile von euch erlöst. Habe ich nicht recht?« Ihr ansteckendes Lachen verfehlte seine Wirkung auf die Lachmuskeln einiger Gäste auf der Terrasse nicht.

Ihre Blicke trafen sich. Als er den flammenden Haß in ihren Augen las, schlug er die seinen voller Scham nieder. Die Angst vor ihren verbalen Attacken schnürte ihm förmlich die Kehle zu. Nach all den Jahren hatte sie ihm noch immer nicht vergeben. Hatte er denn nicht genug gebüßt? Auf ihr Betreiben hin hatte er nach dem Krieg seinen Posten bei der Landwehr verloren. Und als ob das noch nicht genug gewesen wäre, hatte sie auch noch dafür gesorgt, daß er keine andere passende Arbeitsstelle mehr bekam. Nur Aushilfsjobs hatte er noch finden können.

»He, Max, willst du was auf mich trinken?« fragte Herman.

»Du weißt, daß ich so ein Angebot nie ausschlage.«
»Was möchtest du denn haben?«
»Whiskey. Johnny Walker.«
»Sang, diese Frau schert sich wirklich keinen *tori*! Ober, einen Johnny Walker für unsere Max!«
»Was hast du denn gedacht! Wenn's ums Saufen geht, muß mir der Mann erst noch begegnen, der mehr verträgt als ich!« Ihr Lachen schallte über den Platz.
Die Eiswürfel klingelten wie helle Glöckchen im Glas, als Maxi es an die Lippen setzte. Mit einem lauten Schmatzen gab sie zu verstehen, daß sie den Whiskey genoß. Bevor sie den Tisch verließ, spuckte sie vor Marius in den Sand.
»Was ist das nur zwischen dir und Maxi? Es wird allmählich Zeit, daß du uns das mal erklärst.« Hermans Stimme schnitt quer durch ihn hindurch. Marius hatte das Gefühl, sein Innerstes würde in Stücke gerissen.

Begleitet von den dröhnenden Schlägen, mit denen die Glocken der Kathedrale zwölf Uhr schlugen, schlurfte Maxi in die Kneipe hinein. Sie manövrierte sich langsam zwischen den Tischen hindurch und ging zur Bar. Dort blieb sie für ein Schwätzchen stehen.
Es war unbegreiflich, daß sie nach all den Jahren noch immer in der Lage war, Gefühle in ihm wachzurufen, die sich seiner Kontrolle entzogen. Die Hoffnung, daß seine Liebe jemals erwidert würde, hatte er schon lange aufgegeben. Trotzdem war er all die Jahre allein geblieben. Alle seine Versuche, eine Beziehung zu einer anderen Frau einzugehen und auf diese Weise Maxi zu vergessen, waren gescheitert.
In seinen abwesenden Geist drangen Fetzen des Gesprächs, das seine Freunde führten. Der bevorstehende Besuch Königin Julianas im nächsten Jahr war Anlaß zu einer hitzigen Debatte. Mit halbem Ohr lauschte er ihren Worten. Doch im Zentrum seines Interesses blieb die hochgewachsene Gestalt Maxi Linders, die immer weiter in die Kneipe hineinging.

Plötzlich rutschte er auf der Stuhlkante nach vorn. Seine Finger schlossen sich fest um die Armlehnen. Für einen Augenblick fühlte er sich, als habe man ihm die Luft aus den Lungen geschlagen. Wenn er richtig sah, war Maxi Linder plötzlich in die Nische gehuscht, in die Isaak Meyer sich zurückgezogen hatte. Die Art und Weise, in der sie zuvor um sich geblickt hatte, war ihm sofort aufgefallen. Plötzlich wurde ihm alles klar. Jetzt erinnerte er sich wieder an den Klatsch der *motyos* im Lager. Nun verstand er, warum Isaak sich so nervös verhalten hatte …

Das altbekannte nagende Gefühl in seiner Magengegend, das ihn jedesmal überkam, wenn er Maxi mit einem anderen Mann sah, kündigte sich wieder an.

Auf einmal befand sich Marius vor der Nische, die neben der von Maxi und Isaak lag. Er war so unauffällig wie möglich bis dorthin vorgedrungen und hatte sich dabei permanent vergewissert, daß niemand ihn bemerkte. Jetzt! Rasch rutschte er in die Nische hinein und zog vorsichtig die Lamellentüren hinter sich zu. Um möglichst wenig Lärm zu verursachen, hielt er sich am Tisch fest, während er sich so dicht er nur konnte an die Wand heranschob, die ihn von Maxi Linder und Isaak Meyer trennte.

»… glaubst du etwa, daß das so einfach geht? Mich wegwerfen wie einen alten Lappen? Nach all den Jahren, in denen ich dir Erfüllung geschenkt habe? Nein, nein, so leicht mache ich es dir nicht!«

Marius hielt den Atem an. Wenn das all die hohen Herren wüßten: Isaak Meyer, der erfolgreiche Politiker und Geschäftsmann, ein *motyop'pa*!

»Natürlich habe ich das nicht vergessen, natürlich nicht! Kannst du mich denn gar nicht verstehen? Mir sind die Hände gebunden! Wir müssen einen Schlußstrich ziehen, wir müssen unsere wöchentlichen Treffen beenden!«

Für einen Augenblick war es still auf der anderen Seite der Mauer. Die Spannung war durch die Wand hindurch zu spüren. Vorsichtig zupfte sich Marius am Kragen in dem Versuch, sein schweißdurchtränktes Hemd von seinem Rücken zu lösen.

»Du mußt nur nicht glauben, daß du mich so mir nichts, dir nichts gegen irgendein junges Mädchen austauschen kannst«, durchbrach Maxi Linder die Stille. »Wenn das der Grund für diesen Unsinn ist, solltest du es dir lieber aus dem Kopf schlagen. Ich fresse das Weib mit Haut und Haaren!«

»Bitte, Maxi, nicht so laut«, flehte Isaak. »Vielleicht akzeptierst du die Entschuldigung, daß ich, genau wie du, nicht mehr der Jüngste bin. Meine Kinder haben mir bereits Enkel geschenkt. Wenn das mit uns herauskommt, werde ich ihre Achtung für immer verlieren. Ganz zu schweigen von der Tatsache, daß ich meine politische Karriere dann an den Nagel hängen kann.«

Maxi Linder gab einen tiefen Seufzer von sich, fuhr ihn aber gleich darauf an: »Seit jenem ersten Mal, an dem du zu mir gekommen bist, lange vor dem Krieg, hast du mich jede Woche treu besucht. Außer, als du in Amerika warst. Ich wußte, daß etwas faul war, als du vor ein paar Wochen plötzlich weggeblieben bist. All die Jahre hat man uns niemals miteinander in Verbindung gebracht. Warum nun auf einmal diese Panik?«

Marius drückte die geballten Fäuste an die Oberschenkel und wiegte den Oberkörper hin und her. Was für ein raffiniertes Luder! Er könnte sich selbst in den Hintern beißen! Sie hatte es geschafft, das jahrelange Verhältnis zu Isaak Meyer vor der Öffentlichkeit verborgen zu halten. Und jetzt wurde sie so einfach zum alten Eisen geworfen!

»Maxi, Maxi, warum willst du es einfach nicht einsehen? Wie soll ich dir nur erklären, daß ein Kontakt zwischen uns nicht mehr in Frage kommt? Im Moment habe ich noch einen relativ untergeordneten Posten, aber der Parteivorsitzende hat mir anvertraut, daß sie große Pläne mit mir haben. Es sieht ganz danach aus, als würden wir nach den kommenden Wahlen wieder mit an der Regierung sein. Und mir wurde ein Ministerposten in Aussicht gestellt ...«

Die letzten Worte waren kaum zu verstehen; sie waren nicht mehr als ein heiseres Flüstern. Um nichts von dem Gespräch zu verpassen, lehnte sich Marius mit seinem vollen Gewicht an die Wand, die ihn von den beiden im Séparée neben ihm trennte.

»Dir wird ein Ministerposten in Aussicht gestellt, und ich werde wie ausgedienter Müll zum alten Eisen geworfen? Meneer wird das ganz große Geld verdienen, und für mich heißt es jetzt adieu? Nur über meine Leiche, Meneer Minister!«

»Bitte, Maxi, sei doch vernünftig! Und würdest du bitte ein bißchen leiser reden? Denk doch an meinen guten Ruf!«

»Hast du etwa an deinen guten Ruf gedacht, als du zu meiner Vorstellung mit der Zigarre und dem allen vorbeigekommen bist?«

Marius hörte, wie Isaak die Luft aus den Lungen preßte. Es war schwer feststellbar, ob dieser Seufzer ein Zeichen von Mutlosigkeit war oder eher eine Folge der süßen Erinnerungen. Eine Vorstellung mit einer Zigarre … Er zermarterte sich das Hirn, was das wohl sein könnte. Das Leben war ungerecht. Ihm drehte sich der Magen um, während er dieses Gespräch belauschte, bei dem die Frau die Hauptrolle spielte, der er die Welt zu Füßen legen würde, wenn sie ihm nur die Chance dazu gäbe. Mit ihm hätte sie jedenfalls auf ihre alten Tage ein schönes Leben führen können.

»Maxi, du darfst eines nicht vergessen. Ich habe dich immer für deine Dienste bezahlt.«

Marius stopfte die geballten Fäuste in die Hosentaschen. Eine mächtige Wut ergriff von ihm Besitz.

»Ist das alles, was diese ganzen Jahre dir bedeutet haben? Ist dir nie der Gedanke gekommen, daß ich nach all dieser Zeit vielleicht Gefühle für dich entwickelt haben könnte? Ja, ich weiß, das ist natürlich das Dümmste, was einer Frau wie mir passieren kann. Ach, mir scheint, als würden mich in letzter Zeit einfach alle im Stich lassen.«

Zu seiner Verwunderung hörte Marius sie schluchzen.

»Was zwischen uns gewesen ist, nehme ich mit ins Grab«, kam es nun wieder von Isaaks Seite. »Ist es zuviel verlangt, wenn ich dasselbe von dir erbitte?«

»Isaak, verbessere mich, wenn ich etwas Falsches sage. Bedeutet das, daß dies das letzte Mal ist, daß wir einander unter vier Augen sprechen?«

In ihrer Stimme schwang die gleiche unbezähmbare Wut mit, die er von dem einen Mal im Lager her kannte, als er versucht hatte, mit ihr anzubändeln. Bei der Erinnerung daran standen ihm die Haare zu Berge.

»Maxi, Maxi, mach es mir doch nicht so schwer! Unsere Wege müssen sich an dieser Stelle trennen. Du bist doch auch nicht mehr die Jüngste. Wie lange meinst du denn, diesen Beruf noch ausüben zu können?«

»Mach dir um mich mal keine Sorgen«, gab sie sarkastisch zurück. »Du warst nicht mein einziger fester Freier. Doch merk dir eines: Auch für mich können sich die Zeiten ändern. Und wer weiß, vielleicht brauche ich dann die Unterstützung eines Ministers.«

Ein Fluch entfuhr Isaak, und direkt darauf folgte das Poltern eines umgestoßenen Stuhls.

»Meinst du damit, daß du vorhast, mich zu erpressen?«

Maxi antwortete mit einem Lachen und sagte dann: »Schätzchen, reg dich doch nicht so auf! Wenn du nichts verrätst, werden auch meine Lippen versiegelt bleiben. Unser Geheimnis nehme ich mit ins Grab. Was allerdings nicht heißt, daß das umsonst ist …«

»Wie… wieviel willst du haben?« Isaaks Worte wurden von schwerem Atmen begleitet, wie bei einem alten Mann, den ein Asthmaanfall beutelt.

»Vorläufig kannst du dein Geld behalten, Isaak. Bei mir brauchst du erst dann zu bezahlen, wenn ich dir einen Dienst erwiesen habe. Von diesem Prinzip weiche ich nicht ab.«

»Hure!«

»Das bin ich. Bis dann, Meneer Minister.«

Mit einem dumpfen Knall fiel die Tür hinter ihr zu. Ihr krankes Bein schleifte über den Fußboden.

Marius ließ sich auf einen Stuhl sinken, hin- und hergerissen zwischen Abneigung und Verlangen. Er machte sich keine Illusionen. Genau wie Isaak Meyer von ihr verlangte, das Geheimnis ihrer heimlichen Treffen mit ins Grab zu nehmen, würde er seine unerwiderte Liebe zu ihr mit in das seine nehmen.

Emanuel

Keizerstraat 1968

Er hatte das großzügige Herrenhaus zu einem wirklich günstigen Preis erwerben können. Viertausend Gulden hatte ihn das ganz aus Holz errichtete Gebäude im Kolonialstil gekostet. In der ersten Etage wurde die Fassade von einem Balkon dominiert, dessen gußeiserne Balustrade mit zierlichen Schnörkeln geschmückt war. Zu seinem Entzücken lag der Balkon im Schatten eines der großen Mahagonibäume, die diesen Teil der Straße zierten. Komfortabel, das war das richtige Wort.

Voll Stolz führte Emanuel seine Frau an der Hand durch ihr neues Haus mit seinen zahlreichen luftigen Zimmern. Zärtlich schlang er die Arme um sie.

»Nun steht unserem Glück nichts mehr im Wege, Mevrouw Medemblik. Wie du siehst, haben wir hier genug Platz für eine ganze Kinderschar.«

Liebevoll strich sie ihm über den Kopf. »Sollen wir denn gleich ans Werk gehen, Meister der Jurisprudenz Medemblik?«

Bevor er wußte, wie ihm geschah, hatte sie sich hintenüber fallen lassen und ihn in ihrem Fall mit sich gezogen.

»He, was …«

Doch seine Worte wurden von einem leidenschaftlichen Kuß erstickt.

In der Glut der untergehenden Sonne saßen sie zusammen auf dem Balkon und genossen die Stimmung. Der Holzfußboden war hart, und er lehnte sich mit dem Rücken an die Wand. Ria lag der Länge nach auf den Brettern, sie hatte die Augen geschlossen und den Kopf auf seine Oberschenkel gelegt.

»Stell dir vor, wir hätten jetzt gerade unser erstes Kind fabriziert«, sagte Emanuel und küßte sie auf die Nase.
»So, wie du das sagst, klingt es aber gar nicht schön. Unser erstes Kind ›fabrizieren‹! Als ob wir einen Roboter bauen würden. So hört es sich jedenfalls für mich an.«
»Aber Schatz, so habe ich es doch gar nicht gemeint. Du mußt nicht immer alles so wörtlich nehmen.«
»Wieso, nehme ich denn alles wörtlich?«
»Ach Liebes, nun laß uns doch den ersten Tag in unserem neuen Haus nicht durch einen Streit um Worte verderben. Was soll denn das Baby, das in dir wächst, von uns denken!« Sanft ließ er seine Hand über ihren Bauch gleiten.
Sie lachte. »Du gehst also davon aus, daß jetzt ein Kind in meinem Bauch ist. Nichts lieber als das! So ein süßes kleines Halbblut. Stell dir das mal vor!«
Während Ria die Augen weiter geschlossen hielt, ließ Emanuel die Pracht, mit der der Abend sich ankündigte, auf sich wirken. Die gewaltigen Kronen der Mahagonibäume mit ihren umfangreichen Stämmen schienen durch die orangefarbene Glut der untergehenden Sonne lichterloh in Flammen zu stehen. Dann und wann wurde er von dem Geräusch aufgeschreckt, das die fallenden Früchte verursachten, wenn sie auf dem Boden aufkamen. Sobald die reifen Früchte den Boden berührten, platzten sie auf, so daß ihre braunen Samen wie Schmetterlinge zwischen den aus dem Erdreich herausschauenden Wurzeln emporwirbelten. Die, die auf dem Asphalt landeten, knallten besonders laut, wenn sie zerplatzten.

Seitdem er vor einem Jahr mit der MS Artemis nach Surinam zurückgekehrt war, war es mit seiner Karriere stetig nach oben gegangen. Mit seinem Juraexamen hatte er sich die Arbeitsstellen aussuchen können. Nachdem er sich eine Weile bei verschiedenen Betrieben orientiert hatte, beschloß er, sich als selbständiger

Rechtsanwalt niederzulassen. Er hoffte, in Kürze seine eigene Kanzlei eröffnen zu können. Seine Frau könnte ihm dann bei der Arbeit helfen. Da sie in den Niederlanden keinen richtigen Beruf erlernt hatte, würde es schwer für sie werden, hier eine passende Anstellung zu finden. Sie hatte immer noch mit Eingewöhnungsschwierigkeiten zu kämpfen, und solange sie keine Beschäftigung hatte, würde sich das wahrscheinlich auch nicht ändern.

Es wäre ihm nicht recht gewesen, wenn sie hier, wie in Amsterdam, wieder als Kassiererin gearbeitet hätte. Was würden die Leute dazu sagen? Womöglich würden sie denken, er verdiene nicht genug Geld, um für seine Frau sorgen zu können. Die ewige Hitze und die ungnädigen Moskitos, die ständig summend auf der Jagd nach ihrer täglichen Ration frisches Blut waren, machten den Aufenthalt hier auch nicht gerade angenehmer für sie.

Bis jetzt waren sie bei seiner Mutter untergekommen, doch dieser Zustand würde nun dank des neuen Hauses glücklicherweise ein Ende nehmen. Nichts war ermüdender, als mit zwei Frauen unter einem Dach zu leben, die beide um seine ungeteilte Aufmerksamkeit buhlten. Außerdem wohnte auch noch seine Schwester mit ihren drei kleinen Kindern bei seiner Mutter, und für Ria war es ein fortwährender Eiertanz, in dem kleinen Haus voller Leute zu leben.

Mit einem harten Schlag auf ihr Bein sprang Ria auf. »Diese Scheißmücken! Immer haben sie es nur auf mich abgesehen!«

»Schätzchen, sie finden dich eben lecker. So gutes Blut wie deins kriegen sie nicht alle Tage.« Liebevoll kratzte er über die Stelle, wo sie gerade den Plagegeist verjagt hatte. Neben den roten Flecken, die sie bereits gehabt hatte, waren ein paar frische Mückenstiche auf ihren Beinen dazugekommen.

»Ach, du hast leicht reden. Dich stechen sie nie.«

Unwillig richtete Emanuel sich auf. »Durch diese blöden Mücken kann ich den ersten Abend auf unserem neuen Balkon gar nicht richtig genießen. Du bist eingeschlafen. Du hättest mal sehen sollen, wie schön es ist, wenn die Sonne hinter den Bäumen versinkt.«

»Wenn wir bald hier wohnen, werde ich noch mein ganzes Leben lang Zeit haben, den Sonnenuntergang zu bewundern. Aber eines mußt du mir versprechen.«

»Was denn?«

»Daß vor unserem Einzug im ganzen Haus Mückenschutzgitter angebracht werden.«

»Dein Wunsch sei mir Befehl, Prinzessin.«

»Auch rund um den Balkon.«

»Um den Balkon? Dadurch würde ja das ganze Haus verschandelt!«

»Mein Wunsch war dir Befehl, mein Prinz.«

»Das ist ein Wunsch, über den ich noch einmal nachdenken muß.« Doch er wußte, daß nichts helfen würde. Wenn sie sich einmal etwas in den Kopf gesetzt hatte, gab es keine Möglichkeit, sie wieder von dem Gedanken abzubringen.

Tastend führte er sie durch das leere Haus, von dem inzwischen die Dunkelheit Besitz ergriffen hatte. Als sie die Tür hinter sich geschlossen hatten und auf die Straße traten, schlug ihnen der Lärm des abendlichen Verkehrs entgegen.

Mit großen Schritten ging Emanuel zu dem blauen Studebaker, den er in einer Einbuchtung neben dem Haus geparkt hatte. »Ich sterbe vor Hunger. Es wird Zeit, nach Hause zu gehen. Entschuldige, zu meiner Mutter. Aber das ist ja nun bald vorbei ...«

Plötzlich versperrte ihm eine Frau den Weg. Noch bevor er so richtig begriff, was geschah, hatte sie schon die Arme um ihn geschlungen. Der aufdringliche Dunst von billigem Parfum umwaberte ihn.

»Emanuel, mein Junge, wie geht es dir? Du machst dich ja neuerdings so rar! Seitdem du zurück bist, hast du mich noch nicht einmal besucht. Hast du denn so viel zu tun?« Der unverkennbare Bariton traf gnadenlos sein Trommelfell.

Ihm wurde fast übel vor Widerwillen. Verlegen löste er sich aus ihrer Umarmung und schaute sich um. Erleichtert atmete er auf. Es war kein Bekannter in der Nähe.

»Und das ist deine Frau? Komm, Schätzchen, ich will dir ein *brasa* geben. Ich kenne Emanuel schon, seit er noch mit kaputten Hosen am Hintern herumlief.«

Ria suchte lächelnd Emanuels Augen, als sie sich von der Frau umarmen ließ. Er wich ihrem Blick aus.

»Wohnst du noch bei deiner Mutter?« Die Art, wie sie »Mutter« aussprach, entging ihm nicht. Als ob sie etwas Ekliges anfaßte.

»Ja, im Moment noch. Aber bald werden wir -«

Noch ehe Ria den Satz zu Ende sprechen konnte, drängte Emanuel sie schon in Richtung des Autos.

In Maxis Augen wechselten sich Erstaunen und Kummer ab. Emanuel fuhr mit der Hand in die Hosentasche. »Wir müssen gehen. Wir haben nicht viel Zeit«, sagte er steif. Er reichte ihr den zerknitterten Zehnguldenschein, den er aus seiner Tasche geholt hatte. »Hier, zehn Gulden. Kauf dir was Schönes dafür.« Ohne sich umzusehen zog er Ria hinter sich her zu seinem Auto.

Eine Weile lang blieb es still im Wagen. Er hatte das Radio eingeschaltet, und der neuste Hit von Irma Thomas schallte aus den Lautsprechern. Nervös pfiff er die Melodie mit. Während er den Blick fest auf die roten Rücklichter des Wagens vor ihm gerichtet hielt, konnte er neben sich Rias Anspannung spüren. Ihm wurde heiß, und er kurbelte das Fenster ganz herunter, doch der warme Abendwind, der ihm über das Gesicht strich, brachte keine Abkühlung.

»Diese Scheißhitze! Die macht mich noch verrückt!« rief er, während er mit der Faust auf die Hupe schlug, als ein Fahrradfahrer, ohne sich umzusehen, an der Ecke der Van Idsingastraat ihre Fahrbahn kreuzte.

»Wer war denn diese alte Frau?«

»Welche alte Frau?«

»Was denkst du denn? Haben wir heute vielleicht mehrere getroffen?«

»Ach, die von eben. Das ist Maxi Linder. Eine Nachbarin von früher, als wir noch in Charlesburg gewohnt haben. Sie ist ein bißchen wirr im Kopf.« Emanuel gab sich alle Mühe, so unbeteiligt wie möglich zu klingen, und machte eine Kopfbewegung zum Zeichen, daß sie verrückt war.

»Eine frühere Nachbarin deiner Mutter. So, wie sie über deine Mutter geredet hat, sind die beiden aber offenbar keine Busenfreundinnen mehr.«

»Das hast du ganz richtig bemerkt.«

»Warum denn nicht?«

»Meine Mutter hatte genug von ihrer Art, sich in alles einzumischen. Du kennst doch meine Mutter«, log er.

Maxis Einkünfte hatten sich mit den Jahren vermindert. Die meisten Beamten, die in ihrer ruhmreichen Zeit in der Kolonialverwaltung gearbeitet hatten, waren in die Niederlande zurückgekehrt, und die Folge davon war, daß viele ihrer Kontakte zu einflußreichen Leuten abgerissen waren, die wichtig waren, um etwas für die Kinder erreichen zu können, derer sie sich annahm. Sie war nun notgedrungen wesentlich weniger freigiebig. Das Wenige, was sie besaß, teilte sie mit ihren Nachbarn. Mary, Emanuels Mutter, wohnte nur wenige Häuser von Maxi entfernt. Dank Maxis Fürsprache hatte sie ein Haus im neuen sozialen Wohnungsbauprojekt Zorg en Hoop zugewiesen bekommen. Eines Tages lief Maxi auf dem Weg nach Hause einem von Marys Enkelkindern über den Weg. Maxi hatte an jenem Tag kaum etwas verdient. Sie hatte sich mit einem der Brasilianer begnügen müssen, die auf den Schonern im Hafen arbeiteten. Sie klagte, es sei einer von denen gewesen, die sie in ihren guten Tagen »noch nicht einmal mit der Schuhspitze berührt hätte, geschweige denn, daß er die Innenseite meiner Schenkel hätte anfassen dürfen.« Für eine Nummer im Laderaum mußte sie sich mit einer Bezahlung in Naturalien abfinden. Ein paar Büchsen Ölsardinen und eine Tüte mit Brötchen war alles, was er ihr zu bieten hatte. Maxi wußte, daß Mary nur mit Mühe über die Runden kam, und gab dem Mädchen daher großzügig etwas von ihren Verdiensten ab. »Wenn du nach Hause kommst, mußt du das mit deinen Brüdern und Schwestern teilen«, ermahnte sie sie dabei. Froh ging das Kind mit den Sachen nach Hause.

Mary, die gerade erst eine Stelle als Waschfrau gefunden hatte, reagierte anfangs erfreut, als sie den Inhalt der Tüte sah. Doch dann überfielen sie Zweifel. »Wo hast du die Sachen her? Bist du vielleicht deinem Vater begegnet? Dieser verfluchte ...« Der Blick in die Tüte hatte ihr verraten, daß genug darin war für eine warme Mahlzeit. Die Sardinen konnte sie mit Tomaten schmoren und den Rest morgen den Kindern auf den Brötchen mit in die Schule geben.

»Hab ich von Tante gekriegt«, sagte das Mädchen stolz.

»Von welcher Tante?«

»Tante Maxi.«

»Tante Maxi?!« kreischte Mary, als habe sie eine Wespe gestochen. Wenn es etwas gab, worüber sie sich in letzter Zeit den Kopf zerbrach, dann, wie sie ihre Beziehung mit Maxi Linder beenden könnte. Wenn Emanuel und seine niederländische Ehefrau in Kürze zurückkämen, wollte sie nicht, daß das Weib den ganzen Tag bei ihr herumsäße. Sie war nicht undankbar, nein, gewiß nicht, schließlich hatte diese Frau Emanuels Jurastudium ermöglicht. Doch es wäre einfach zu schädlich für seinen guten Namen, wenn man ihn mit einer gewissen Maxi Linder in Verbindung brächte.

Und außerdem: Hatte sie Maxi Linder je darum gebeten? Sie hatte sein Studium aus eigenem Antrieb finanziert. Doch nun, wenn er zurückkäme, würde er eine gute Arbeit finden, und dann hätte er Maxis Almosen nicht mehr nötig. Wenn sie sie das nächste Mal sähe, würde sie ihr taktvoll zu verstehen geben, daß sie hier nicht mehr willkommen war. Sie würde natürlich darauf achten, daß Emanuel ihr hin und wieder etwas zukommen ließ, aber ansonsten …

»Mädchen, paß mal gut auf, du bringst die Sachen jetzt so schnell du kannst wieder zurück zu Maxi Linder. Ich möchte nicht, daß du noch einmal etwas von ihr annimmst. Gottes Segen ruht nicht auf diesen Dingen. Sie wurden durch Hurerei erworben!« Sie erschrak vor ihrer eigenen lauten Stimme.

Mit Blei in den Schuhen und hängendem Kopf ging das Mädchen die Straße hinunter.

Maxi kam auf das Grundstück gestürmt. Funken sprühten aus ihren Augen. »Nachbarin, wie du weißt, haben die Zäune Ohren. Du hast mit deiner Vorstellung die gesamte Nachbarschaft unterhalten. Und du weißt, daß ich Niederländisch ebenso gut beherrsche wie Englisch, Griechisch und nicht zu vergessen Norwegisch. Aber wenn es eines gibt, was ich wirklich gut kann, dann ist es schimpfen!«

Mary wußte, daß die Nachbarn den Streit Wort für Wort mitverfolgen konnten. Das konnte sie sich nicht bieten lassen. Sie stemmte die Fäuste in die Hüften. Mit aller Kraft schrie sie: »Scher dich weg von meinem Grundstück! Ich bin Frau genug, um meinen Enkeln selbst ihr *Dreimaltäglich* geben zu können! Friß den Kram, den du nach Hause bringst, doch selber auf!«

Aber jetzt war die Reihe an Maxi. Wütend stampfte sie mit ihrem gesunden Bein in den Sand und brüllte: »Jetzt geht's dir wohl besser, was? Oder hast du etwa nicht wie viele andere hier in der Gegend jahrelang von dem Fressen gelebt, das ich mir vom Munde abgespart hatte? Wer hat euch denn an Silvester ein Geschenkpaket gebracht, damit ihr wenigstens am letzten Tag des Jahres was zu beißen hattet?! Und jetzt bist du plötzlich zu gut für mich? Pah!« Ein großer Batzen Spucke spritzte im Sand auseinander. »Bei wem habt ihr denn angeklopft, wenn ihr dringend Arbeit brauchtet? Und wer hat ein Vermögen an Arztrechnungen für euch bezahlt? Und jetzt, wo das Blatt sich für mich wendet, rümpft ihr über mich die Nase!«

Mary fiel nichts anderes ein, als einen lauten *tjoerie* hören zu lassen. Ihre Absicht, Maxi vor den Nachbarn bloßzustellen, erwies sich allmählich als Bumerang. Nun stellte Maxi Linder sie bloß, und das vor dem gesamten Viertel …

Es hatte den Anschein, als hätte Maxi Linder nur darauf gewartet, alles, was ihr im Magen lag, laut vor aller Welt hinauszuschreien. Nachdem sie kurz wieder zu Atem gekommen war, nahm sie ihre Schimpfkanonade wieder auf. »Was macht euch denn zu etwas Besserem als mich?! Los, sagt's mir! Was macht mich mehr zur Hure als euch?! Glaubt ihr vielleicht, daß es niemand sieht, wenn ihr es nachts hinter den Packkisten von Glans treibt? Oder wenn ihr euch den Rücken an den Baumstämmen im Palmengarten wundreibt?! Was gibt euch das Recht, mich Hure zu nennen?! Lebt dieses Land denn nicht von der Hurerei?!«

Plötzlich wurde Mary das Geschimpfe von Maxi Linder zuviel. Sie befahl ihre Enkel hinein und ließ Maxi wutschnaubend draußen stehen.

Doch ihre kräftige Stimme ließ sich nicht von geschlossenen Türen zurückhalten. »Schreibt es euch gründlich hinter die Ohren! Von heute an gibt Maxi nichts mehr! Keinen Cent mehr! Noch nicht mal eine Brotkruste! Die Weihnachtsbescherung ist vorbei, und zwar für immer! Hört ihr mich, ihr undankbaren Straßenhuren? Ich teile das, was ich habe, doch lieber mit meinen Hunden, bevor ich es den Menschen gebe! Die Dankbarkeit der Menschen ist ein Schlag mit dem Knüppel. Dankbarkeit *mi mars*!«

Den Rest der Fahrt hatten sie schweigend zurückgelegt. Emanuel bog um die letzte Kurve, und das Haus seiner Mutter tauchte in den Lichtkegeln auf, die das Auto vor sich her sandte.

Das kleine, aus Stein gebaute Einfamilienhaus in einem der neuen Stadtviertel hatte seine Mutter erst wenige Wochen vor seiner Heimkehr gemietet. In einem ihrer Briefe hatte sie ihm mitgeteilt, daß das Haus in Zorg en Hoop zu klein wäre, um auch noch ihn und Ria darin zu beherbergen. Sie bat dringend darum, daß er ihr so schnell wie möglich Geld schicke, um die Miete einige Monate im voraus bezahlen zu können. Er hatte hinter ihrem Entschluß eine unerklärliche Hast gespürt. Sie selbst argumentierte, sie wolle alles unter Dach und Fach haben, um ihn und Ria in angemessener Weise empfangen zu können. Später war ihm klargeworden, daß ihre Eile umzuziehen etwas damit zu tun hatte, daß sie nicht wollte, daß er bei seiner Rückkehr im selben Viertel wie Maxi Linder wohnte.

Von dem Moment an, als er wußte, daß er zurück nach Surinam gehen würde, hatte er sich den Kopf zerbrochen, wie er mit Maxi Linder umgehen sollte. Außer seiner Mutter wußte niemand, daß sie ihm sein Studium finanziert hatte. Abgesehen von dem Kapitän, der ihm jeden Monat seinen Umschlag brachte, und der Frau, die Maxi Linder vor Jahren bei ihrem Besuch bei ihnen begleitet hatte, fiel ihm niemand sonst ein, der über die Situation Bescheid wissen konnte. Seine Mutter hatte ihm ans Herz gelegt, es noch nicht einmal Ria zu erzählen. »Es ist ganz egal, ob sie deine Frau ist. Wenn du willst, daß sie dich weiterhin respektiert, mußt du es für dich behalten.« Und bis heute abend war es ihm tatsächlich gelungen, die Existenz Maxi Linders vor Ria geheimzuhalten.

Die meisten Jungen, deren Ausbildung sie bezahlte, hatten aus diesem Grund Kontakt zu ihr gesucht. Es war ein offenes Geheimnis, daß man, wenn man studieren oder ins Ausland gehen wollte, zu Maxi Linder gehen mußte. Ihm waren Geschichten von Jungen zu Ohren gekommen, die einfach auf sie zugingen und sie ohne Umschweife fragten, ob sie ihnen die Ausbildung bezahlen würde. Wieder andere knüpften mit diesem Hintergedanken eine Liebesbeziehung zu ihr an. Oder Eltern hatten sie aufgesucht und ihr vorgejammert, daß ihr Kind so begabt sei, sie aber kein Geld hätten, es zur Schule zu schicken. Durch den intensiven Kontakt, den seine Mutter über die Jahre hinweg mit Maxi Linder unterhalten hatte, war er über all diese Geschehnisse informiert.

Er selbst bildete eine Ausnahme von der Regel, fand er. Anders als die meisten anderen kannte er sie schon von Kind auf. Er konnte sich noch gut daran erinnern: Schließlich hatte er selbst dabeigestanden, als sie das Angebot machte, seine Ausbildung zu bezahlen. Er war damals zu jung gewesen, um zu begreifen, wie sie ihr Geld verdiente, aber er wußte noch sehr genau, daß er von dem Tag an, als sie ihn in Spanhoek beim Plätzchenverkaufen angesprochen hatte, keinen Tag mehr hungrig zu Bett gegangen war.

Als Kind hatte er sie sehr bewundert. Wenn er in der Schule in seinen Büchern Geschichten über Prinzessinnen oder Königinnen las, verglich er sie stets mit Maxi Linder. Sie trug auch immer solch wunderschöne Kleider. Von allen Frauen, die er kannte, war sie die schönste und die netteste. Wenn sie vorbeikam, vergaß sie nie, Leckereien für ihn und seine Geschwister mitzubringen. Als er alt genug war, um zu verstehen, womit sie ihr Geld verdiente, war es ihm gleichgültig. Er kannte sie schon sein Leben lang, und was ihn betraf, veränderte diese Erkenntnis nichts für ihn.

Eines Tages, als er aus der Schule kam, hatte er Tante Maxi zusammen mit seiner Mutter auf der Bank vor ihrem Haus angetroffen. Nicht die Tatsache, daß sie gemeinsam auf einer Bank saßen, befremdete ihn, sondern die bedeutungsvollen Blicke, mit denen sie ihn musterten. Nach einer höflichen Begrüßung ging er hastig ins Haus, da er das Gefühl hatte, daß sie etwas besprachen, bei dem seine Anwesenheit nicht erwünscht war. Nachdem er ein Weilchen im stickigen Wohnzimmer über seinen Büchern gebrütet hatte, hörte er auf einmal seine Mutter rufen: »Emanuel, kommst du bitte mal nach draußen? Vrouw Max möchte mit dir reden.« Ihre Stimme klang so gewichtig, daß er sich besorgt fragte, ob er vielleicht etwas falsch gemacht hatte.

Doch wie sehr er sich auch das Gehirn zermarterte, ihm wollte nichts einfallen, weshalb er herbeizitiert werden sollte.

Als er hinauskam und den Gesichtsausdruck seiner Mutter sah, wußte er, daß er sich keine Sorgen zu machen brauchte.

»Komm, setz dich hin, mein Sohn. Vrouw Max möchte etwas mit dir besprechen.« Seine Mutter klopfte mit der flachen Hand auf den Platz zwischen sich und Maxi Linder.

Seine Haut prickelte vor Spannung und unterdrückter Neugierde, als er sich zwischen die beiden Frauen setzte.

»Also wirklich, wie groß er geworden ist! Wenn man so neben ihm sitzt, fällt es einem erst richtig auf. Und was für ein hübsches Gesicht er hat! Mary, es wird nicht mehr lange dauern, und du mußt einen Zaun um dein Grundstück ziehen! Und selbst dann ist es noch die Frage, ob das reichen wird, um die Mädchen von ihm fernzuhalten! Ich kenne dich schon, seit du so groß warst, Emanuel ...« – sie zeigte auf einen Punkt ungefähr in Höhe seiner Taille – »... und wenn das nicht so wäre, würde ich dich in die Lehre nehmen.« Sie brach in Gelächter aus.

»Aber Vrouw Max! Lassen Sie doch den Jungen in Ruhe, schließlich ist er erst siebzehn! Am Ende setzen Sie ihm noch Flausen in den Kopf.« Auch seine Mutter kicherte.

Sie dachten sicher, er wisse nicht, daß »in die Lehre nehmen« bedeutete, daß sie ihn in das Liebesspiel einweihen würde! Hatten sie ihn deswegen von seinen Schulbüchern weggeholt?

»Aber nun genug mit den Scherzen.« Maxi Linder tat ihr Bestes, wieder ernsthaft zu klingen, und nahm ihn bei der Hand. »Warum ich dich sprechen will, Emanuel, ist folgendes. Wir alle wissen, daß dies dein letztes Schuljahr ist. Danach werden deine Ausbildungsmöglichkeiten in Surinam erschöpft sein. Ich habe dir immer gesagt, daß ich dich als den Sohn betrachte, den ich nie hatte. Wenn ich ein Kind hätte, würde ich ihm die beste Ausbildung ermöglichen, die es gibt. Deshalb habe ich deine Mutter gefragt, was sie davon halten würde, wenn wir dich in die Niederlande schickten, um deine Ausbildung dort fortzusetzen.«

Tante Maxi machte eine kurze Pause. Emanuel dachte, sie täte es, um ihm die Möglichkeit zu geben, die ganze Tragweite ihrer Worte zu erfassen: daß er in die Niederlande gehen durfte, um zu studieren! Mit einem Sprung landete Emanuel einen Meter von der Bank entfernt. Er vollführte einen wilden Rundtanz und stieß ein wüstes Indianergeheul aus. Außer sich vor Freude zog er Tante Maxi von der Bank und schwenkte sie mit aller Kraft, die er besaß, rundherum, so daß sogar ihre Füße vom Boden abhoben.

Dann sah er die Augen seiner Mutter. Der glasige Blick, mit dem sie ihn ansah, dämpfte seine Fröhlichkeit. Abrupt ließ er Tante Maxi los. »Du hast doch nichts dagegen, daß ich weggehe? Sonst gehe ich nämlich nicht«, sagte er, aber er klang nicht sehr überzeugend.

Seine Mutter streckte die Hände nach ihm aus, und er setzte sich neben sie auf die Bank. »Natürlich gehst du in die Niederlande. Es wäre dumm und egoistisch von mir, dir im Wege zu stehen, wenn du eine so einmalige Chance geboten bekommst. Wenn du mir nur versprichst, nie zu vergessen, daß du das Vrouw Max zu verdanken hast, dann hast du meinen Segen.«

»Wie könnte ich das je vergessen?«

Maxi Linder hatte sich inzwischen zu ihnen auf die Bank gesetzt. »Mein Instinkt sagt mir, daß du gerne in die Niederlande gehen möchtest, um deine Ausbildung dort fortzusetzen.«

Emanuel schaute hilfesuchend seine Mutter an. Mit Tränen in den Augen nickte sie.

»Dann bereite dich darauf vor, daß du in ungefähr einem Jahr in Amsterdam sein wirst. Das läßt mir genügend Zeit, alles zu regeln. Ich werde dafür sorgen, daß du umsonst auf einem der Schiffe mitfahren kannst. Einer der Kapitäne wird dir in Amsterdam eine Unterkunft besorgen. Über das Geld für deinen Unterhalt brauchst du dir nicht den Kopf zu zerbrechen. Ich werde einem der Kapitäne jeden Monat Taschengeld für dich mitgeben. Und über die Kosten für dein Studium brauchst du auch nicht nachzudenken; auch das werde ich regeln.«

»Tante Max! Ich weiß gar nicht, wie ich dir danken soll«, stammelte Emanuel.

»Ach, laß es mal gut sein mit dem Bedanken. Das sind doch nur Worte. Wenn ich alt bin, kannst du mir ja ab und zu mal einen Knochen zuwerfen.«

Bevor Emanuel antworten konnte, sagte seine Mutter: »Das ist nichts, worum Sie bitten müßten. Es wäre eine Schande, wenn Emanuel das nicht von sich aus täte! In diesem Fall würde ich ihn mir persönlich vorknöpfen. So lange ich lebe, stehe ich in Ihrer Schuld.«

Mit einer achtlosen Gebärde hatte Maxi Linder ihre Worte beiseite gewinkt.

Mit einem Knall schlug Emanuel die Autotür hinter sich zu. Er ging um den Wagen herum, während er innerlich darüber fluchte, daß sie Maxi Linder ausgerechnet heute abend hatten begegnen müssen. Gerade an dem Tag, an dem sie ihr neues Haus besichtigt hatten! Wäre er abergläubisch gewesen, hätte er darin ein böses Omen gesehen.

Galant hielt er seiner Frau die Tür auf. »Vorsicht beim Aussteigen, Mevrouw Medemblik. Denk an unser Baby.«

Ria zauberte ein Lächeln auf ihre Lippen. »Du bist verrückt«, sagte sie lachend.

»Ein Verrückter, der dich liebt.« Er küßte sie auf die Wange.

Seine Mutter erschien in der Türöffnung. Ria seufzte.

»Sollen wir unser Haus so schnell es geht in Ordnung bringen?« flüsterte er ihr ins Ohr, als sie auf das Haus seiner Mutter zugingen.

Sanft kniff sie ihn in die Seite. »Im Erdgeschoß könntest du deine Kanzlei eröffnen.«

»Daran hatte ich auch schon gedacht. Die Räume sind perfekt dafür. Und im vordersten bekommst du dein eigenes Büro, Liebes.«

»Und, wie ist das Haus?« fragte seine Mutter, während sie einen Schritt zur Seite trat, um sie hereinzulassen.

»Es ist wunderbar. Einfach herrlich!« Während sie sprach, nahm Ria Emanuel bei der Hand. »Er hat mich wirklich überrascht. Ach, übrigens, wir haben vor dem Haus eine ehemalige Nachbarin von dir getroffen. Emanuel, wie hieß sie doch gleich?«

Emanuel zog ihr die Hand weg und reagierte nicht auf ihre Frage.

»Wen habt ihr denn getroffen?« fragte seine Mutter neugierig.

»Wen wir getroffen haben?«

»Ja, die seltsame Frau, die dich angesprochen hat.«

»Ach, die … Ich habe schrecklichen Hunger, gibt's was zu Essen?«

»Wen habt ihr denn getroffen?« fragte seine Mutter wieder.

»Maxi Linder.«

»Maxi Linder!?« Ihre Stimme überschlug sich. Erschrocken schaute sie Emanuel an.

Auf Surinamisch erklärte er ihr, sie brauche sich keine Sorgen zu machen, er habe Ria nichts erzählt.

Ria schaute ihn verärgert an. »Emanuel, wie oft soll ich dir noch sagen, daß ich es hasse, wenn du dieses Kauderwelsch sprichst, während ich dabei bin.«

Seine Mutter ließ einen *tjoerie* hören, während sie in die Küche ging.

Mathilde

Herenstraat 1972

Sanft blies der Wind gegen die hölzernen Schwingtüren. Das Gequietsche der Scharniere ging einem durch Mark und Bein. Es fiel ihr auf die Nerven. Sie bereute es immer noch, die Türen nicht gleich zu Anfang entfernt zu haben. Aber jetzt war es zu spät. Ihre Kunden würden es unverzeihlich finden, wenn sie sie abmontieren ließe – die meisten fanden, sie seien eine Zierde für das Lokal. Nun ja, sie mußte zugeben, daß das Holz im oberen Teil äußerst kunstvoll bearbeitet war: Mit großer Geschicklichkeit war ein Strauß französischer Lilien mit einem Davidstern in der Mitte hineingeschnitzt worden.

Die Gereiztheit, die sie die ganze Zeit unterdrückt hatte, ließ sie nun an der Schublade in der Mitte des Tresens aus. Wie eifrig sie auch zwischen dem ganzen Krimskrams, der dort achtlos hineingeworfen worden war, herumsuchte, die Flasche Schmieröl war nirgends zu entdecken. Wenigstens war sie bei ihrer Herumwühlerei vorsichtig genug gewesen und hatte sich nicht ihre rotlackierten Fingernägel ruiniert. Mit ihren fleischigen Hüften versetzte sie der Lade einen Schubs. Der Knall, den sie machte, als sie zuflog, ließ ein paar frühe Gäste erschrocken von ihrem Mittagessen aufblicken. Mit einem Ist-gar-nichts-passiert-Blick warf sie ihnen ein gekünsteltes Lächeln zu, um danach laut zu rufen: »Cynthia! Hol mir sofort die Flasche Schmieröl! Das Gequietsche von diesen Türen treibt mich noch zum Wahnsinn. Wenn ich mich nicht zurückhalte, reiße ich sie noch eigenhändig aus den Angeln!«

Cynthia steckte den Kopf aus der Küchentür. Er war mit einem makellos weißen Tuch bedeckt, unter dem an den Schläfen das dicke weiße Haar hervorquoll. Sie trug das Tuch vorsorglich, damit die Gäste sich nicht über Haare in ihrem Essen beschweren konnten. »In Ordnung, Mevrouw. Haben Sie noch einen anderen Wunsch? Ich gehe gleich zum Chinesen ins Geschäft«, tönte ihre schrille Stimme durch den Raum.

Mathilde trug Cynthia noch einige kleine Besorgungen auf und starrte dann gelangweilt vor sich hin. Es würde noch eine Weile dauern, bis in den Büros der Umgebung die Mittagspause begann und der Mittagsbetrieb so richtig losginge. Ihr blieb nur, zu warten. Mathilde zog die Schublade zum zweitenmal auf. Diesmal brauchte sie nicht lange zu suchen. Die Nagelfeile lag direkt vor ihrer Nase. Minuziös bearbeitete sie ihre sorgfältig gefeilten Nägel. Schon so lange sie denken konnte, waren ihre Nägel ihr ganzer Stolz. Die Spitzen mußten in einer hübschen Rundung auslaufen. Das war die erste Voraussetzung. Zweitens war es von größter Bedeutung, daß sie dick und fein säuberlich lackiert waren – und zwar am liebsten rot.

Als Mathilde endlich fertig war mit ihrer Maniküre, kam Cynthia mit Tüten beladen hereingestürmt.

»Entschuldigung, Mevrouw, aber der Zucker war überall ausverkauft. Ich mußte die halbe Stadt danach abklappern.«

»Aber du hast doch hoffentlich nicht zuviel bezahlt?«

Mathilde holte tief Luft und füllte ihre Lungen mit dem herrlichen Essensduft, der ihr aus der Küche entgegenwehte. Es kostete sie große Mühe, das Magenknurren, das durch die Reizung ihres Riechorgans ausgelöst wurde, zu ignorieren. Doch sie mußte auf ihre Figur achten, und so blieb ihr nichts anderes übrig, als sich mit dem Schnuppern des köstlichen Dufts zu begnügen.

Sie war nun siebenundsechzig und mit ihrem Äußeren durchaus nicht unzufrieden. Eines Tages hatte sie von dem ewigen Färben genug gehabt, und seitdem versteckte sie ihr ergrauendes Haar unter einer rotbraunen Perücke. Die Unbequemlichkeit einer ewig verschwitzten Stirn nahm sie dabei in Kauf. Die Zeit, die sie durch das Tragen der Perücke gewann, nutzte sie, um ihr Gesicht sorgfältig zu schminken. Sie behauptete stolz, das Rouge auf ihren Wangen lasse sie um Jahre jünger wirken. Außerdem schwor Mathilde auf ihr Korsett, das dafür sorgte, daß ihre noch immer vollen Brüste kühn nach vorn ragten. Diesem Folterwerkzeug verdankte sie auch ihre schlanke Taille. Ein Miederhöschen sorgte überdies dafür, daß ihr Bauch sich nicht zu weit vorwölbte, und gab andererseits ihrem Hintern, für den sie in ihrer Jugend so berühmt gewesen war, den dringend nötigen Auftrieb. Sie ging morgens nicht aus dem Haus, ohne sich vorher im Spiegel bewundert zu haben. Zufrieden mit dem, was sie sah, sagte sie dann zu ihrem Spiegelbild: »Was ich nicht weiß, macht mich nicht heiß.« Alles in allem konnte sie sich durchaus noch sehen lassen.

Cynthia füllte die Glasvitrine mit einer dampfenden Schüssel nach der anderen. Die köstlichsten Delikatessen zogen an Mathildes Augen vorüber: saftige Riesengarnelen, in Curry gedünstet, zart geschmorte Stückchen Rindfleisch, gebratenes Huhn mit kleingeschnittenem rotem Paprika, Sardinen auf einem Bett feingehackter Zwiebeln und »Madame Jeanette« – die berüchtigten scharfen gelben Pfefferschoten –, Spiegeleier, die ihr mit ihren gelben Augen einladend zuzwinkerten, und noch viele andere Leckereien mehr.

Voller Stolz schaute sich Mathilde in dem kleinen Lokal um. Cynthia hatte überall gründlich saubergemacht. Selbst in den kleinsten Eckchen war nicht das geringste bißchen Schmutz zu finden. Wer hätte je gedacht, daß sie sich als Geschäftsfrau so lange halten würde!

Die weißen Holzwände mit den tropischen Szenen und kunstvollen Schnitzereien – angefertigt von Urwaldbewohnern! – könnten allerdings bald mal ein wenig Farbe gebrauchen. Leider kostete die Instandhaltung von Holzgebäuden wie diesem eine Menge Geld.

Von den acht Tischen war momentan nur ein einziger besetzt, und zwar von fünf niederländischen Matrosen.

Das Quietschen der Schwingtüren riß sie aus ihrer Betrachtung. Sie biß sich vor Wut auf die Unterlippe, als sie Maxi Linder in ihrem bunten Aufzug hereinkommen sah. Ihr *kimona* mit großen Blumenmotiven reichte ihr bis knapp über den schmutzigen Verband, den sie um ihren Knöchel trug. Die Hunde schossen zu Mathildes außerordentlichem Mißfallen fröhlich schwanzwedelnd an ihren Beinen vorbei mit hinein.

Für einen Augenblick blieb Maxi wie ein Unglücksbote in der Türöffnung stehen. Wie ein Aasgeier untersuchte sie mit ihren schwarzen Knopfaugen den Raum. Sie war offensichtlich auf Betteltour. Als sie die niederländischen Matrosen sah, ging auf ihrem Gesicht die Sonne auf, und sie bewegte sich eilig, ohne Mathilde eines Blickes zu würdigen, zu ihrem Tisch, genau in dem Moment, als Cynthia mit einem noch warmen *fiadu* hereinkam. Cynthia stellte die Kuchenplatte ab und machte rechtsum kehrt, jedoch nicht ohne vorher einen vielsagenden Blick in Mathildes Richtung geworfen zu haben. Bevor sie wieder durch die Küchentür verschwand, rollte sie unheilverkündend die Augen in die Richtung von Maxi Linder.

Mathilde fluchte innerlich. So kurz vor dem Mittagsansturm war Maxi wirklich das Letzte, was sie gebrauchen konnte. Doch angesichts der Tatsache, daß Mathilde eine Aufforderung, ihr Lokal zu verlassen, genausogut an die Holzwürmer in der Wand hätte richten können, blieb ihr nur die Hoffnung, daß Maxi Linder aus eigenem Antrieb nicht allzu lange bleiben würde.

Schwanzwedelnd ließen sich die Hunde von den Matrosen kraulen. Diese Niederländer hatten schon komische Sitten. Beim Essen diese schmutzigen Hunde anzufassen! Daß sie Maxi Linder in ihrem Lokal dulden mußte, war eine Sache, doch diese ekligen Hunde noch dazu, das ging ihr wirklich über die Hutschnur. Hunde gehörten nach draußen.

»Max, du weißt, daß ich die Hunde lieber nicht in meinem Lokal haben möchte. Das kann ich meinen Gästen nicht zumuten.«

Maxi ließ ihre Augen rollen. »Ach, Agutobo, ich will dir mal was sagen, diese Hunde sind sauberer als die meisten Leute, die hier hereinkommen. Und was beschwerst du dich eigentlich? Als ob du selber so frisch wärst! Dieses Theater kannst du dir für jemand anderen aufheben.«

Mathilde spürte, wie sich ihr Dekolleté und ihr Gesicht rot verfärbten. Jedes Mal aufs neue nahm ihr Maxi den Wind aus den Segeln, indem sie auf eine Phase ihres Lebens anspielte, an die sie lieber nicht erinnert werden wollte. Wie sollte sie nun reagieren?

»Jetzt stell dich bitte nicht so an und scheuch die Viecher raus. Ich will keine Flöhe in meinem Lokal. Und ich heiße Mathilde.«

Die Mühe, die es sie kostete, ihre Stimme so sachlich wie möglich klingen zu lassen, raubte ihr fast den Atem. Koste es, was es wolle, sie mußte vermeiden, daß Maxi Linder einen Wutanfall bekam. Denn Maxi würde sich nicht einen Deut darum scheren, ob Gäste im Lokal waren. Bei Gott, dann würde sie ordentlich was aufs Butterbrot kriegen! Erdnußbutter, Schinken, Marmelade und alles, was ihr an Beilagen einfiele, würde sie ihr auftischen. Anschließend würden ihre sämtlichen Eingeweide über die Straße verteilt herumliegen.

Doch die Aussicht, daß bei den Matrosen vielleicht etwas zu holen war, hatte Maxi offenbar friedlich gestimmt. Um ihre Worte zu bekräftigen, gab sie den Hunden ein Zeichen und befahl: »Marsch, raus mit euch!« Sie brauchte es nicht zweimal zu sagen. Einer nach dem anderen verschwanden die Hunde nach draußen, um als Leibwache auf dem Bürgersteig brav in Reih und Glied auf sie zu warten.

Mathilde stieß einen Seufzer der Erleichterung aus. Es kam nicht oft vor, daß Maxi Linder sich kampflos zu etwas überreden ließ. Unter dem Tresen faltete sie die Hände und betete im stillen inbrünstig zu Gott, daß Maxi Linder sich nicht lange bei ihr aufhalten würde. Ihr lag alles daran, daß sie das Lokal verließ, bevor der große Andrang begann.

»Gebt mir fünfundzwanzig Cents«, sagte Maxi zu den niederländischen Matrosen und streckte die flache Hand aus.

»Max, du bist unverbesserlich! Kannst du dir nicht mal was anders ausdenken als dein ewiges: ›Gebt mir fünfundzwanzig Cents‹?«

»Ich frage auch gerne nach einem Gulden, aber dann ist es euch ja auch wieder nicht recht«, antwortete sie kichernd.

»So kennen wir dich, Max!« lachten die Matrosen.

Mathilde stand hinter dem Tresen und versuchte, sich zu beherrschen. Sie fand das Ganze nicht zum Lachen. Die Matrosen betrachteten Maxis Bettelei als Spiel, aber es war nichts anderes als Erpressung. Wenn Mathilde ihr etwas verweigerte, drohte Maxi stets, sie in aller Öffentlichkeit bloßzustellen. Sie würde nie damit aufhören, ihr die Zeit, in der sie als Agutobo durchs Leben gegangen war, unter die Nase zu reiben. Mathilde war es nach all den Jahren immer noch nicht gelungen, ihre Vergangenheit endgültig abzuschütteln.

»Weißt du, Max«, fing einer der Matrosen an, »meiner Meinung nach mußt du inzwischen steinreich sein bei all den Fünfundzwanzig-Cent-Stücken, die du dir zusammenbettelst. Es wird Zeit, daß du auch mal was dafür tust.« Er hatte Mühe, einen ernsthaften Gesichtsausdruck zu behalten, und stieß den Kameraden neben sich an.

»Etwas dafür tun?« Sie schaute einen nach dem anderen in der Runde an.

Die Grimasse, die sie zog und die wohl provozierend gemeint war, reizte Mathilde trotz ihrer schlechten Stimmung zum Lachen. Doch zu ihrem Entsetzen ergriff Maxi den Saum ihres Kleides und begann, den Rock an ihren Beinen entlang hochzustreifen. Mathilde schlug die Augen gen Himmel und murmelte ein Stoßgebet. Glaubte dieses Weib womöglich, ihr Körper wirke auf Männer noch immer verführerisch?

»So kann er wieder, Max«, lachte einer der Seeleute, der älter war als die anderen. Er zerrte ihren Rock herunter und hielt sie davon ab, sich weiter der Lächerlichkeit preiszugeben. »Willemientje, bist du dafür nicht schon ein bißchen zu alt?« fragte er.

»Alt? Alt? Vielleicht bin ich alt, aber lange noch nicht kalt.

Siehst du diesen Körper?« Sie ließ die Hände über ihre Kurven gleiten. »Dieser Körper hat mehr Männer verkraftet, als der Papst Haare auf dem Kopf hat!«

»Dann können wir ja nur hoffen, daß der Papst noch nicht so alt ist, daß ihm schon sämtliche Haare auf dem Kopf ausgefallen sind, Maxi«, lachte der Seemann.

Sie ließ einen *tjoerie* hören und gab ihm spielerisch einen Klaps an den Kopf. »Wo bleiben meine fünfundzwanzig Cents?« fragte sie, als wieder einigermaßen Ruhe eingekehrt war.

Einer der Matrosen holte eine Münze aus der Tasche und hielt sie ihr wie eine Art Köder vors Gesicht. »Die ist für dich. Aber erst mußt uns du eine von deinen Anekdoten erzählen.«

»Ja, Max, laß mal was hören!« spornte einer der anderen sie an.

Maxi genoß die Aufmerksamkeit sichtlich. »Ach, es gibt so viele Geschichten. Welche wollt ihr denn hören?«

»Die von Willempie. Kennt ihr die von Willempie? Haltet euch fest!«

Mathilde wußte nicht, wie oft sie sich diese Geschichte schon hatte anhören müssen. Wann würde die Vorstellung nur endlich zu Ende sein? Es hatte fast den Anschein, als betriebe sie eine Bar anstatt eines ordentlichen Lunchrooms, so wie sie sich aufführten!

Aber Maxi war natürlich schon in Fahrt. »Eines Tages kam ein Freier zu mir, der sich Willem nannte. Nachdem wir es getrieben hatten, sagte er in aller Gemütsruhe zu mir: ›Ach ja, ehe ich es vergesse, ich habe eine Kleinigkeit für dich dagelassen. Nach neun Monaten kannst du ihn einfach Willempie nennen.‹ Und als er gerade zur Tür hinausging, sagte ich: ›Ach übrigens, ehe ich es vergesse, ich habe dir eine Kleinigkeit mitgegeben. Du kannst ihn einfach Trippie nennen ...‹«

Die Matrosen trommelten vor Lachen mit den Fäusten auf den Tisch. Mathilde vergaß für einen Moment ihren Ärger, obwohl sie die Geschichte schon mindestens hundertmal gehört hatte. Auch sie konnte nicht mehr an sich halten und schüttelte sich vor Lachen. Sie mußte sich am Rand des Tresens festhalten, um nicht von ihrem Barhocker zu fallen. Ihr Lachen wurde noch von Cynthias typischem »Hahahawuiiii …« übertönt, das ihr aus der Küche entgegenschallte und sie noch zusätzlich zum Lachen reizte. Doch plötzlich griff sie sich an den Bauch und preßte die Zähne aufeinander, um nicht vor Schmerzen laut aufzuschreien. Dieses verdammte Korsett!

Maxi reckte die Brüste nach vorn und strahlte, als sie den Effekt sah, den ihre Geschichte wieder einmal gehabt hatte.

»Max, du bist unverbesserlich!« rief der Matrose und reichte ihr das Geldstück. »Hier, das ist für dich … Warte mal …« Er fuhr mit der Hand in die Tasche. »Hier hast du noch zwei. Du hast sie dir wirklich verdient.«

Mathilde stand jetzt neben ihrem Barhocker. Auf diese Weise konnte sie den Druck des Korsetts, dessen unterer Rand ihr in den Bauch schnitt, besser aushalten.

Maxi knüpfte die Fünfundzwanzig-Cent-Stücke in ihr Taschentuch und stopfte es danach tief in ihr Dekolleté.

Mathildes Hoffnung, sie würde sich verziehen, wenn sie ihre Beute unter Dach und Fach hätte, wurde herb enttäuscht. Nein, Maxi nahm sich einen Stuhl und setzte sich unaufgefordert zu den Matrosen an den Tisch.

»Seit der Tag erwacht ist, ist mein Magen genau so leer wie mein Portemonnaie. Wer von euch kauft mir ein Brötchen?«

»Wir haben dir doch schon genug Geld gegeben, Maxi«, sagte einer der Matrosen daraufhin deutlich gereizt.

Hierauf wandte Maxi langsam den Blick in Mathildes Richtung. Vor Wut wanderten ihre Hände zu dem großen Brotmesser, das neben dem Glas mit sauer Eingemachtem lag. Das war nichts anderes als ganz gemeine Erpressung. Am liebsten hätte sie das Messer tief in Maxis verhurte Kehle gestoßen. Doch anstatt ihre Gedanken in die Tat umzusetzen, fragte sie sie mit zusammengebissenen Zähnen: »Was möchtest du denn auf deinem Brötchen haben?«

»Ach, gib mir einfach ein Krabbenbrötchen«, antwortete Maxi

Linder leichthin. »Und mach mir auch direkt eins mit Sardinen zurecht. Für unterwegs. Nicht zuviel Pfeffer, das kann ich vom Magen her nicht vertragen.«

»Und vielleicht auch noch einen *soft* dazu?« fragte Mathilde mit unverhohlenem Sarkasmus.

»Ja, auch das. Und wenn du in der Küche noch ein paar Reste hast, kannst du die auch für mich einpacken. Die nehme ich mit für die Hunde.«

Mathilde versuchte, ihre Wut im Zaum zu halten, mit dem Resultat, daß sich ihre Lungen mit einem viel zu großen Stoß Sauerstoff füllten. Die Muskeln der Hand, mit der sie das Brotmesser umklammerte, verkrampften sich um den Kunststoffgriff. Vergeblich versuchte sie, das Zittern ihrer Hand zu unterdrükken. Das goldgelbe Spitzbrötchen war kein Gegner für das grausam scharfe Brotmesser. Mühelos verschwand die Klinge in seinem duftenden weißen Bauch. Während Mathilde das Aroma von frischem Brot in die Nase stieg, wanderten ihre Gedanken zurück zu jener Phase ihres Lebens, die sie unter anderem durch Maxis Allgegenwärtigkeit niemals wirklich hinter sich lassen könnte. Maxi wagte es, sie immer wieder aufs neue daran zu erinnern, daß sie einst Agutobo genannt worden war. Damals war der Gebrauch von allerlei zweifelhaften Hausmittelchen die einzige Möglichkeit gewesen, sich gegen Schwangerschaft und andere unerfreuliche Folgen ihres Berufs zu schützen. Schaudernd dachte sie an die Zeit zurück, als sie sich vor jedem Freier ein Beutelchen mit den Resten einer halbgerauchten Zigarre eingeführt hatte. Das brennende Gefühl, das dadurch hervorgerufen wurde und ihr die Tränen in die Augen trieb, das Gefühl der Ohnmacht bei den unzähligen Malen, als sie sich trotz aller Vorsichtsmaßnahmen gegen eine Geschlechtskrankheit hatte behandeln lassen müssen, die vielen Male, als sie eine Abtreibung hatte vornehmen lassen müssen … die Besuche in den düsteren Hinterhöfen schmutziger Hütten, wo alte Frauen sie mit ihren bedrohlichen Stricknadeln von dem Problem erlösten … unerträgliche Schmerzen und Fieberschübe hatten sie noch Wochen nach einer solchen Behandlung ans Bett gefesselt ... Es waren Praktiken, die diverse Mädchen, die sie gekannt hatte, mit dem Leben hatten bezahlen müssen. Die, die vor dem Zweiten Weltkrieg noch keine Kinder hatten, hatten danach auch nie welche bekommen. Erst viel später fand man heraus, was die Ursache war: Viele Frauen waren durch eine Infektion mit Chlamydien unfruchtbar geworden waren, eine Geschlechtskrankheit, die die amerikanischen Soldaten eingeschleppt hatten. Anfangs hatte Mathilde diese Theorie ins Reich der Fabel verwiesen, aber als ihr klar wurde, daß sie, genau wie die meisten anderen Mädchen, vom Krieg eine tote Gebärmutter zurückbehalten hatte, mußte sie wohl oder übel zugeben, daß ein Kern von Wahrheit darin stecken mußte. Manche Mädchen gingen davon aus, daß sie ihre Unfruchtbarkeit den zahllosen unverantwortlichen Schwangerschaftsabbrüchen zu verdanken hatten, bei denen übrigens nicht nur Stricknadeln verwendet wurden. Es gab Mädchen, die nicht davor zurückschreckten, sich eine Treppe hinunterzustürzen, oder die sogar so weit gingen, jemanden auf ihren Bauch springen zu lassen. In dringenden Notfällen konnte man auch auf die unzähligen Wundermittelchen zurückgreifen, die für solche Zwecke erhältlich waren. Außerdem gab es da noch die javanischen Frauen, die die Kunst beherrschten, die Gebärmutter so zu drehen, daß der Samen die Gebärmutterhalsöffnung nicht erreichen konnte. Mathilde hatte sich einmal einer solchen schmerzhaften Prozedur unterzogen. Sie hatte dabei fast das Bewußtsein verloren und es daher bei einer Behandlung bewenden lassen. Noch heute dankte sie Gott auf den Knien, daß sie bereits vor dem Krieg mit zwei gesunden Kindern gesegnet gewesen war.

Sie hatte mit dem Verkauf ihres Körpers gutes Geld verdient. Neben Maxi Linder war sie eine der erfolgreichsten Huren ihrer Zeit gewesen. Im Unterschied zu Maxi hatte sie ihren Beruf jedoch äußerst diskret ausgeübt. Ihr Verdienst hatte sie in die Lage versetzt, ihren Kindern eine gute Ausbildung zu ermöglichen und auch andere Familienmitglieder finanziell zu unterstützen.

Von dem Geld, das sie übrigbehielt, lebte sie bescheiden und versteckte noch einen Rest unter dem Fußboden der kleinen Wohnung, die sie sich mit ihrer Mutter teilte. Irgendwann hatte sie genug gespart, um das Haus mit den Geschäftsräumen und der großen Wohnung darüber an der Herengracht kaufen zu können, und mit der Miete, die ihr die vier Häuschen auf dem hinteren Teil des Grundstücks einbrachten, konnte sie ihre Einnahmen als Hure noch einmal ordentlich aufstocken.

Die diskrete Weise, in der sie ihren Beruf ausübte, hatte ihr den Gang nach Katwijk erspart. Als sie mitbekam, daß Mädchen, die sie kannte, einfach so von der Straße weg verhaftet wurden, begann sie ihr Leben zu ordnen. So etwas konnte sie ihren Kindern doch nicht antun! Am Ende würden sie für lange Zeit ohne ihre Mutter auskommen müssen! Sie beschloß, drastische Maßnahmen zu ergreifen, und mit ihr entschieden sich auch mehrere andere Mädchen, unter ihr bisheriges Leben einen Schlußstrich zu ziehen.

Diejenigen, die etwas gespart hatten, bauten sich mit Hilfe ihres Geldes eine neue Existenz auf. Andere heirateten und nahmen auf diese Weise Abschied von ihrer bisherigen Lebensweise. Manche gingen sogar mit dem Mann ihres Lebens in die Niederlande.

Mathilde wurde eng ums Herz, wenn sie Maxi Linder betrachtete. Daß eine Frau von ihrem Format sich mit Betteln und Erpressung über Wasser halten mußte! Daß sie es so weit hatte kommen lassen! Was war nur mit ihr geschehen?

Mathilde wußte, was Maxi widerfahren war. Sie hatte es am Tag, nachdem es passiert war, aus Maxis eigenem Mund erfahren. Es war später Nachmittag, und Cynthia machte gerade Anstalten, das Lokal zu schließen, als Maxi Linder hereinkam.

»Hast du einen *soft* für mich? Meine Kehle ist so rauh wie Schmirgelpapier.« Maxi ignorierte Cynthia, die ihr einen schiefen Blick zuwarf, und ging auf Mathilde zu, die gerade dabei war, die Tageseinnahmen abzurechnen.

Mathildes Neugier war geweckt worden, als man ihr das Gerücht zugetragen hatte, Maxi Linder posaune überall herum, sie wolle sich zur Ruhe setzen. Deshalb wartete sie entgegen ihrer Gewohnheit diesmal schon voller Ungeduld auf einen von Maxi Linders »Nötigungs-Besuchen«.

Sie schob die Kassenschublade mit Schwung zu und rief aufgeräumt: »Max, meine Liebe, komm doch rein! Was gibt's Neues? Ich hab dich ja schon eine ganze Weile nicht gesehen!«

Sie ignorierte Cynthias erstaunte Blicke und kommandierte: »Gib Vrouw Max einen *soft*, dann kannst du nach Hause gehen. Ich mache dann zu.« Sie räusperte sich. »Hier haben die Wände Ohren, wenn du weißt, was ich meine«, sagte sie zu Maxi, nachdem Cynthia gegangen war.

Maxi nickte verständnisvoll. »Ich habe nichts zu verbergen«, sagte sie lachend, »aber wo du doch jetzt eine *bigi* Mevrouw bist, kann ich mir vorstellen, daß du nicht willst, daß deine schmutzige Wäsche auf der Straße gewaschen wird.«

Mathilde fand Maxis Bemerkung ziemlich geschmacklos, aber um die Atmosphäre nicht zu verderben, lachte sie so ungezwungen wie möglich mit. Sie wollte nicht gleich mit der Tür ins Haus fallen und brachte deshalb ein Thema auf, von dem sie wußte, daß es Maxi interessierte. »Ist dir in letzter Zeit auch aufgefallen, wie viele ausländische Mädchen jetzt hier arbeiten?«

»Vrouw, das kann man wohl laut sagen. Wenn das so weitergeht, gibt es für die Mädchen auf der Straße noch nicht mal mehr ein Butterbrot zu verdienen. Die meisten Männer gehen heutzutage zu den Mädchen, die in den Clubs arbeiten, und da stellen sie nur Ausländerinnen ein. Die sind unterwürfiger. Sie kommen aus so bettelarmen Ländern wie Santo Domingo und Venezuela.«

»Wenn ich ehrlich sein soll, kann ich mir schon vorstellen, warum die Männer lieber in die Clubs gehen. Zu unserer Zeit wußten wir, wie wir uns zu kleiden und zu benehmen hatten. Und

nun schau dir mal an, wie die heutzutage rumlaufen! Und welche Ausdrücke die in den Mund nehmen. Du meine Güte!«
»Ganz zu schweigen von den Zuhältern. Hast du die Schuhe gesehen, die die neuerdings anhaben? Darin sehen sie aus wie auf Stelzen. Mit dem Geld von ihren Mädchen putzen sie sich heraus. Und was mich am meisten ärgert, ist, daß sie schon beim kleinsten Windstoß auf den Hintern fallen. An diese Art von hohlen Typen habe ich die meisten meiner Mädchen verloren. Bei mir hatten sie es besser. Das Problem mit den Mädchen heutzutage ist, daß sie mit dem Hintern denken.«
Mathilde trat ein paar Schritte zurück, um sich vor dem Speichel zu schützen, der sich auf Maxis Lippen angesammelt hatte.
»Was mir am meisten weh tut ist, daß man den Mädchen von heute nicht mehr vertrauen kann. Was für Tricks sie sich ausdenken, um den Männern das Geld aus den Taschen zu ziehen!«
»*Gi m'tori*, erzähl!«
»Sie nehmen die Freier mit in besondere Zimmer, in denen sie eine spezielle Wand haben anbringen lassen. An diese Wand lassen sie den Freier seine Kleidung hängen. Dahinter hält sich der Zuhälter versteckt. Wenn sie dann mittendrin sind, hüsteln sie auf eine bestimmte Art, der Zuhälter nimmt das Portemonnaie aus der Hosentasche und macht sich damit aus dem Staub. Wenn der Freier hinterher nicht bezahlen kann, wird der Zuhälter gerufen, und um zu verhindern, daß man sie des Diebstahls bezichtigt, wird der arme Mann auch noch verprügelt.«
»Wenn das wahr ist, kann ich mir vorstellen, daß die Männer lieber in die Clubs gehen.«
»Es ist wahr, das schwöre ich dir. Auf diese Weise schaden sie unserem ganzen Stand. Deswegen warne ich die Kapitäne der Schiffe immer vor den gefährlichen Plätzen in der Stadt und verrate ihnen die Namen der Mädchen, die solche Tricks anwenden. So ein schöner Beruf, und sie richten ihn noch ganz zu Grunde!«
»Möchtest du noch einen *soft*? Deine Kehle muß doch schon ganz ausgetrocknet sein vom vielen Erzählen.«

»Ich habe mich schon gefragt, wann du mir wohl endlich noch etwas zu trinken anbietest.«

»Seit wann bist du zu bescheiden, selbst um etwas zu bitten?« sagte Mathilde lachend, während sie zum Kühlschrank ging.

»Du hast recht. Dafür kennen wir uns schon zu lange. Wie man es auch dreht und wendet, wir sind eben zwei alte *kapumeids*.« Maxi konnte die Anspielungen einfach nicht lassen, und das Schlimmste war, daß sie Mathilde immer mit sich gemein machte. Aber Mathildes Neugier war nun lange genug auf die Probe gestellt worden. Während Maxis Lachen noch widerhallte, feuerte sie die Frage auf sie ab, die ihr schon die ganze Zeit auf der Zunge lag: »Aber was muß ich hören, Maxi? Du setzt dich zur Ruhe?« Das Lachen, das von ihrem Zwerchfell aufsteigen wollte, blieb auf halbem Wege stecken. Maxis Gesichtsausdruck verhieß nichts Gutes. Ihre Augen schienen auf einmal wesentlich dunkler, als sie in Wirklichkeit waren. Die inneren Ränder der Lider ertranken in den Tränen, die sie gerade noch zurückhalten konnte.

»Es liegt an den Männern von heute. Das sind ja die reinsten Tiere. Deswegen bevorzuge ich in jeder Hinsicht weiße Männer. Sie bezahlen gut, und sie arbeiten gut.« Die Worte kamen flott und beherzt von Maxis Lippen.

Einen Augenblick lang wußte Mathilde nicht, wo sie hinschauen sollte. »Soll ich dir ein Glas Wasser holen?« war das einzige, was ihr in diesem Moment einfiel. Sie kannte Maxi praktisch ihr Leben lang, aber das war das erste Mal, daß sie sie in einer solchen Verfassung erlebte.

»Das war das Schlimmste, was ich in meiner ganzen Laufbahn je erlebt habe«, sagte Maxi, nachdem sie das leere Glas auf den Tresen gestellt hatte. »Blutend wie ein Schwein hat der Mistkerl mich liegenlassen.«

»Kanntest du ihn?« fragte Mathilde neugierig.

»Kennen, was heißt kennen. Nicht wirklich. Vom Sehen, so auf der Straße, du weißt schon. Er hielt sich öfter in der Watermolenstraat auf. Ich hätte seine Großmutter sein können. Einer von den Hungerleidern, die es sich nicht leisten können, zu den Mädchen in diesen neuen Clubs zu gehen.«

»Aber was ist denn dann eigentlich passiert?«

»Von meinem festen Platz an der Musikbox aus sah ich, wie er vergeblich mit einigen Mädchen anzubändeln versuchte. Draußen vor der Bar habe ich ihn dann angehauen.«

»Vor welcher Bar?«

»Dem Roxy.«

»Aber *mi Gado*, Maxi, was hast du denn in deinem Alter noch in solchen Bars zu suchen?«

Wie von der Tarantel gestochen fuhr Maxi auf, bereit, ihre Widersacherin mit Haut und Haar zu verschlingen. »*Mi na mi fefi sensi mi e suku!* Ich gehe hin, um mir meine Groschen zu verdienen! Und was soll das eigentlich heißen, in meinem Alter?« Sie packte grob ihre Brüste und hielt sie Mathilde hin. »Hier, fühl mal! An meinem Körper gibt es nichts auszusetzen! Sie sind noch so fest wie reife Pampelmusen!«

Mathilde wich noch ein paar Schritte zurück. Sie wußte, daß Maxi durchaus handgreiflich werden konnte, wenn sie in Rage geriet. Niemals würde sie den Barhocker vergessen. »Jetzt reg dich doch nicht so auf. Ich mache mir doch nur Sorgen um dich. Natürlich weiß ich, daß mit deinem Körper alles in Ordnung ist. Nicht umsonst hast du dich von allen Mädchen am längsten gehalten!«

»Du hast recht: Diese *motyo-meid* hat alleine fünfzig Dienstjahre auf dem Buckel!« Sie reckte sich voll Stolz und schlug sich vergnügt mit der flachen Hand auf die Brust. Das Geräusch übertönte sogar das Geklimper ihrer goldenen Armreifen. »Wo war ich stehengeblieben? Ich habe ihn also auf der Straße angemacht. Ich habe mich leidenschaftlich an ihn geschmiegt und mit den Händen seinen Johnny bearbeitet. Er fühlte sich groß an, aber ich dachte bei mir: Maxi, du hast schon vor größeren Feuern gestanden. Zuerst hat er meine Hand noch weggeschoben, aber irgendwann konnte er meinem erfahrenen Griff nicht mehr widerstehen. Ich nahm an, daß er nicht genug Geld bei sich hatte. Einen anderen Grund, ihn abzuweisen, konnte ich mir nicht vorstellen.«

So ernst sich Maxis Geschichte auch anhörte: Mathilde konnte sich das Lachen nicht verbeißen. »Ach, Maxi, du bringst mich noch um! Entschuldige bitte ...«

Maxi winkte ihre Entschuldigung beiseite. »Glücklicherweise kann ich inzwischen selbst darüber lachen. Wir haben also ein Zimmer in einem dieser Hotels da genommen. Erst als er auf mir lag, wurde mir klar, warum ihn die Mädchen abgewiesen hatten. Aber da war es schon zu spät. Wie ein Besessener tobte er auf mir rum. Ich versuchte mich mit aller Kraft zu wehren. Natürlich hätte ich um Hilfe rufen können, aber das ging gegen meine Berufsehre. Schließlich ist der Kunde König. Und was hätte man denn von mir denken sollen? Der alte Fuchs verliert wohl seine Haare ... Also habe ich lieber die Schmerzen ertragen. Schmerzen gehen schließlich immer irgendwann wieder vorbei. Zum erstenmal in meinem Leben hatte ich vor einem Mann Angst.«

Mathilde legte schützend ihre Arme um sich. Sie hatte ihrem Leben rechtzeitig eine andere Wendung gegeben, und nur deshalb waren ihr solche schrecklichen Dinge erspart geblieben.

Maxi hatte sich während ihrer Erzählung mit den Fingern am Tresen festgeklammert. Ihr alter Kampfgeist schien sie ganz und gar verlassen zu haben. Früher war sie immer gespannt gewesen wie ein Flitzebogen, doch nun ließ sie die Schultern hängen wie ein zerbrochenes Joch. Mathilde konnte nur mühsam den Impuls unterdrücken, sie zu umarmen – doch letzten Endes hatte Maxi sich das alles selbst zuzuschreiben. »Maxi, sei doch nicht so unvorsichtig! Früher war alles anders. Die Zeiten, in denen du abends allein die Straße entlanggehen konntest, ohne dich vor irgend etwas fürchten zu müssen, sind lange vorbei. Mit den Jungs von heute ist nicht zu spaßen. Ein Menschenleben ist nichts mehr wert. Und besonders mit dem ganzen Gold, das du am Körper trägst, würde ich vorsichtig sein.«

»Jetzt, wo ich aufgehört habe zu arbeiten, brauche ich mir darüber keine Sorgen mehr zu machen. Mit Gottes Hilfe kann mir nichts mehr passieren.«

»Du willst also wirklich in den Ruhestand treten?«

»Ja.«

Das war die kürzeste Antwort, die sie jemals von Maxi gehört hatte. »Wovon willst du denn leben?«

Einen Moment lang starrte Maxi vor sich hin. Sie seufzte tief. »Von meiner Pension.«

»Aber woher willst du denn eine Pension kriegen?«

Maxis Blick bohrte sich quer durch sie hindurch. Dann sagte sie, langsam und im Flüsterton: »Wenn ich den Mund aufmache und das preisgebe, was ich über gewisse ›respektable Leute‹ hier in dieser Stadt weiß, wird die Welt in ihren Grundfesten erbeben. Sie haben einen Nutzen davon, daß ich den Mund halte, und deshalb werden sie schon für mich sorgen.«

Mathilde schlug die Augen nieder, und ein eiskalter Schauder lief ihr über den Rücken.

Stanley

Grote Combeweg 1977

Die Hitze war kaum auszuhalten. Zum wiederholten Mal wischte er sich ausgiebig den Schweiß vom Gesicht, obwohl er ihm innerhalb von einer Minute sowieso wieder wie ein Wasserfall über die Stirn laufen würde. Egal, wieviel Mühe man sich auch gab, es hatte einfach keinen Zweck.

Trotzdem kam ihm die Hitze äußerst gelegen. Fest umklammerte er das große, bäuerlich bunte Taschentuch in seiner Faust. Seine Mutter hatte es ihm bei ihrem letzten Besuch im Gefängnis zugesteckt. Ihrer Meinung nach war so ein Taschentuch ein probates Mittel, um dem Richter Sand in die Augen zu streuen. Sie hatte ihm voller Überzeugung mitgeteilt, er habe überhaupt keinen Grund, sich Sorgen zu machen: An diesem Nachmittag werde er das Gericht als freier Mann verlassen.

Es hatte sie eine Stange Geld gekostet, das Taschentuch präparieren zu lassen. Er sollte es so oft wie möglich ins Blickfeld des Richters halten: Je öfter seine Augen darauf fielen, desto besser würde es wirken. Doch so sehr seine Mutter auch die Künste des *bonumans* rühmte: Stanley vertraute nicht so recht darauf. Trotz der Erfolgsgeschichten, die andere Häftlinge zu berichten wußten, hatten die Wundermittelchen seiner Mutter bei ihm bisher noch nie zu einer Freilassung geführt. Doch seine Situation war so aussichtslos, daß ihm diesmal nichts anderes übrigblieb, als auf die Wirkung des Zaubers zu hoffen.

Der Saal mit den Holzbankreihen erinnerte stark an die Kirche, die seine Mutter oft besuchte. Seit er mit vierzehn zum erstenmal mit der Polizei in Konflikt geraten war, hatte er diesen Raum schon unzählige Male von innen gesehen. Er schloß die

Augen und versuchte, sich vor dem Stimmengewirr und dem Schlurfen der Schuhe auf dem Holzfußboden hinter ihm abzuschotten. Er konnte sich des Eindrucks nicht erwehren, daß der größte Teil des Publikums nur hierherkam, um die Zeit totzuschlagen, denn er sah immer wieder dieselben Gesichter. Und natürlich hatten sich die Klatschbasen der Stadt wie Piranhas auf die Sache gestürzt, um neue Nahrung für ihre Lieblingsbeschäftigung zu finden. Zu diesen beiden Kategorien von Besuchern kam noch das Personal aus den umliegenden Büros und Ministerien dazu – erkennbar an der seriösen Kleidung –, das auf diese Weise seine Mittagspause verbrachte.

Plötzlich verstummte das Stimmengewirr für einen Augenblick, um kurz danach um so heftiger anzuschwellen. Er brauchte sich gar nicht umzusehen, um genau zu wissen, was – beziehungsweise wer – diese allgemeine Aufregung verursachte, doch er konnte dem Drang nicht widerstehen.

Speziell für diese Gelegenheit hatte sie das auffallendste Kleidungsstück ihrer gesamten Garderobe ausgewählt. Das sorgfältig gebügelte Kleid, in dem keine einzige Falte zu sehen war, die nicht an ihren Platz gehörte, reichte ihr bis zu den Knöcheln und war sittsam hochgeschlossen. Sie hatte den Stoff offenbar mit Stärke behandelt, denn das Kleid stand wie ein Brett vom Körper ab. Die grellen Farben schmerzten ihn in den Augen. Als ob sie ihn daran erinnern wolle, weshalb er hier saß, trug sie ihr schönstes Collier; die rosenförmigen Glieder funkelten provozierend knapp über dem Kragen. Das farbenfrohe *feda* wies keck nach oben. Sie warf einen verächtlichen Blick in den Saal. Stanley hob verzweifelt die Augen gen Himmel. Wieder einmal wunderte er sich darüber, warum sie sich nach all den Jahren noch immer wie ein bunter Nachtfalter kleidete.

Hocherhobenen Hauptes, den Blick fest auf ihn gerichtet, schritt sie nach vorn zu ihrer Bank. Ihr Hinken hatte trotz allem etwas Mitleiderregendes.

Stanley wandte den Blick von ihr ab. Mit zitternden Fingern zog er das Taschentuch aus der Gesäßtasche hervor und faltete es zuerst vorsichtig auseinander und dann zu einem ordentlichen Dreieck, um sich anschließend damit den Schweiß, der ihm nun aus allen Poren lief, von Gesicht und Hals zu wischen. Wer weiß, womöglich würde das Taschentuch auch einen Effekt auf Maxi Linder haben.

Das gestärkte Kleid protestierte laut raschelnd, als sie auf der Bank links von ihm Platz nahm, und der süßliche Geruch ihres billigen Parfums vermischte sich mit dem Moschusgeruch seiner Schweißausdünstung. Er starrte stur geradeaus, da er ihre messerscharfe Zunge nicht provozieren wollte, indem er mit ihr Blickkontakt aufnahm. Wie glühende Kohlen brannten ihre Augen auf seiner Wange. Er versuchte, das Zittern seiner Hände unter Kontrolle zu bekommen, und fuhr sich erneut mit dem Taschentuch durch das Gesicht.

Sie lachte laut und sagte: »Nun sieh sich das einer an: Meneer ist gut vorbereitet! So wahr es einen Gott gibt: dieses Taschentuch wird dir nicht helfen.« Ihre tiefe, sarkastische Stimme fuhr wie ein Messer durch den Saal.

Ihre Worte lösten lautes Gelächter aus, und sein Gesicht lief vor Scham knallrot an. Rasch stopfte er das Taschentuch tief in die Hosentasche.

»Erst heckt ihr eure miesen Streiche aus, und dann sucht ihr euer Heil bei den *bonumans*. Aber täusch dich nicht, *bigisma de na yu oso ma bigisma de na mi oso tu*«, zischte Maxi, so daß nur er allein es hören konnte.

Ihm war, als würde seine Magengegend mit einem messerscharfen Gegenstand bearbeitet. Er war mit den Nerven am Ende.

Schon unmittelbar nach dem Vorfall hatte er seine Tat bereut. Er hatte Maxi Linder praktisch sein ganzes Leben lang gekannt, aber so richtig kennengelernt hatte er sie erst, als er vor ein paar Jahren nach Zorg en Hoop gezogen war. Vor dieser Zeit hatte er sie lediglich mit schöner Regelmäßigkeit durch die Stadt laufen sehen und war fasziniert gewesen von den legendären Geschichten, die über sie kursierten.

Als er eines Abends zu Hoover Chin ging, um sich eine Portion *tjow mein* zu holen, hatte sie ihn das erste Mal angesprochen. Schon von weitem sah er sie am Eingang stehen, als er auf den Laden zuging. Neben ihr auf dem Boden stand das Eimerchen, in dem sie die Reste sammelte, die die Gäste übrigließen. Bevor sie nach Hause ging, füllte es der Chinese noch mit dem Abfall auf, den er in der Küche stehen hatte. Das Ganze nahm sie mit nach Hause für ihre Hunde, deren Anzahl von Tag zu Tag wuchs und die der Nachbarschaft ein Dorn im Auge waren.

»He, Johnny, gib mir fünfundzwanzig Cents!« sagte sie, während sie einen Schritt zur Seite trat und ihm den Weg versperrte. Frech streckte sie ihm ihre geöffnete Hand hin und starrte ihn breit lächelnd an. Bis auf zwei waren alle Vorderzähne in ihrem Oberkiefer aus purem Gold.

»Ich heiße nicht Johnny.« Stanley war sich nicht sicher, ob er Angst vor ihr hatte, oder ob es eher am Respekt vor ihrer Statur lag, warum er sich in ihrer Gegenwart nicht so recht wohl in seiner Haut fühlte.

»Für mich heißen alle Männer Johnny, Johnny. Wußtest du, daß fast alle Amerikaner, die zu mir ins Bett gekrochen sind, sich als Johnny vorgestellt haben? Natürlich haben sie gelogen, daß sich die Balken bogen. Aber das war mir egal; Hauptsache, sie haben bezahlt.«

Stanley mußte über ihre knallharte Logik lachen. »Du bist mir vielleicht eine! Weißt du, daß du meine Großmutter sein könntest?«

Maxi Linder musterte ihn geringschätzig. »Wie alt bist du?«

»Achtzehn.«

»Achtzehn? Zu meiner Zeit hätte ich dich Mores gelehrt. Weißt du, wie viele Männer ich mit dem Geld unterhalten habe, das ich mit meinem Körper verdient habe? Große Männer sind es geworden. Ich bräuchte heute nicht zu betteln. Ich habe ihnen Geld für Kleidung gegeben, ich habe den Barbier für sie bezahlt.

Wenn ich alles aufzählen würde, stünden wir morgen noch hier.« Sie streckte ihre offene Hand aus. »Wo bleiben meine fünfundzwanzig Cents? Dann kann ich nach Hause gehen. Meine Hunde haben noch nicht gefressen.«

Stanley kannte die Geschichten von all den Männern, denen sie die Ausbildung bezahlt hatte. Niemand wußte, wer diese Leute waren. Von manchen munkelte man es immer wieder, aber dabei blieb es. Um wen es sich tatsächlich handelte, darüber schwieg sie wie ein Grab.

Mit Mühe fischte Stanley etwas Kleingeld aus der Tasche seiner Hose, die ihm wie eine zweite Haut am Körper anlag und in weiten Schlägen auslief. »Danke, Johnny. Gott segne dich.« Sie bückte sich und nahm den Eimer in die Hand. »Meine Hunde warten. Bis bald.«

Noch bevor Stanley antworten konnte, schlurfte sie in die Dunkelheit davon.

Seitdem begegnete er ihr regelmäßig, entweder an ihrem Stammplatz neben dem Eingang von Hoover Chin oder im Bus auf dem Weg nach Hause. Jedesmal, wenn sie ihn sah, bat sie ihn um ein Almosen. Im Scherz fragte er sie dann, warum sie all das Gold, mit dem sie behangen war, nicht ins Pfandhaus bringe, anstatt ihn zu belästigen. Daraufhin warf sie ihm mit unweigerlicher Regelmäßigkeit irgendwelche Kraftausdrücke an den Kopf, woraufhin er ihr etwas von dem Geld abgab, das ihm seine Straßendiebereien an jenem Tag eingebracht hatten.

Schließlich besuchte er sie sogar zu Hause in ihrem kleinen Häuschen an der Geraniumstraat. Wenn sie ihn darum bat, half er ihr bei kleinen Aufgaben im Haus, oder er erledigte Einkäufe für sie. An den Tagen, an denen ihm seine kriminellen Aktivitäten nichts eingebracht hatten, teilte sie mit ihm, was sie sich erbettelt hatte.

Am Tag der Feiern anläßlich des Unabhängigkeitstages, der inzwischen zwei Jahre zurücklag, hatte er sie fluchend zu Hause angetroffen. Auf seine Frage hin, warum sie nicht ins Stadtzentrum ging, um mitzufeiern, schnaubte sie: »Was gibt es denn zu feiern? Glaubst du etwa, daß diese sogenannten Politiker wirklich in der Lage sind, etwas für unser Land zu tun? Ich will dir mal was sagen, Johnny, die meisten von ihnen kenne ich ohne Hose am Hintern. Wenn du weißt, was ich meine.« Ihre Augen leuchteten auf, und sie schaute ihn mit einem vielsagenden Blick an. »Die versprechen so viel! Glaubst du wirklich, daß sie etwas für alte Leute wie mich tun werden? Das einzige, was sie tun, ist, in ihren großen Autos herumfahren und so viele Frauen wie möglich aufreißen. Nein, ich sehe keinen Grund zum Feiern. Ach, wären die Weißen nur nicht fortgegangen ...«

Plötzlich wurde sein Gedankengang von der Stimme des Gerichtsdieners unterbrochen, der die Anwesenden aufforderte, aufzustehen, aus Respekt vor dem Richter, der mit seinem Gefolge den Gerichtssaal betrat. Gewichtig nahm er Platz an dem langen Tisch im Kolonialstil, rechts und links vom ihm der Staatsanwalt und der Protokolleur.

Mit weichen Knien ließ sich Stanley wieder auf die Holzbank sinken. Neben ihm raschelte knisternd Maxis Gewand. Aus der Lautstärke des Geredes hinter seinem Rücken konnte er schließen, daß der Saal ziemlich voll war, und das wunderte ihn nicht. Jeder wußte, daß die Beteiligung von Maxi Linder an dieser Angelegenheit für reichlich Theater sorgen würde.

Um die Aufmerksamkeit des Publikums auf sich zu ziehen, räusperte sich der Richter einige Male. Stanley konnte sich nicht vorstellen, wie er und die übrigen Mitglieder des Gerichts es unter ihren schwarzen Roben aushielten, und noch mehr verwunderte ihn, daß auf dem Gesicht des Richters kein einziger Schweißtropfen zu sehen war. Er hatte sich anscheinend so an die Hitze im Gerichtssaal gewöhnt, daß sie ihm nichts mehr ausmachte. Durch einige energische Schläge mit seinem Holzhammer mahnte der Mann die Besucher zur Ruhe, und sofort war das einzige Geräusch, das man noch hören konnte, der Verkehr vor den Fenstern.

Nachdem der Richter ihm das Wort erteilt hatte, stand der Staatsanwalt feierlich auf. Er stützte sich mit den Händen auf den Tisch, während er eine lange Rede darüber hielt, daß Stanley für die Justizbehörden kein Unbekannter war. Vor allem diese Tatsache führte er als Begründung für das geforderte Strafmaß an: zwei Jahre Gefängnis.

Stanleys Finger krallten sich am Rand der Bank fest. Zwei Jahre Knast für eine Goldkette, die noch nicht einmal gefunden worden war!

Hinter seinem Rücken ertönten zustimmende Ausrufe.

Das konnte doch nicht wahr sein! Zwei Jahre! Seine einzige Hoffnung lag in der Möglichkeit, daß der Richter nicht auf diese absurde Forderung einginge und ihn freispräche.

Nervös zog er sein letztes Rettungsmittel wieder aus der Tasche. Umständlich schlug er das Taschentuch auf und wischte sich gründlich den Schweiß vom Gesicht.

Maxi Linder brach daraufhin in sarkastisches Gelächter aus. Er duckte sich unter ihrer Lachsalve und stopfte das Taschentuch verlegen in die Brusttasche seines Hemdes.

»Mevrouw Wilhelmina Rijburg, stimmt es, daß Sie sich dazu entschieden haben, ihre Interessen alleine zu vertreten?« wandte sich der Richter an Maxi Linder.

»Ja, Euer Ehren. Ich bin eine arme Frau, die sich keinen Rechtsanwalt leisten kann.«

»Hat man Sie darüber informiert, daß Sie das Recht auf einen kostenlosen Rechtsbeistand haben?«

»Das weiß ich, Euer Ehren. Wenn Sie mir die Bemerkung erlauben: Ich habe kein Vertrauen in all diese Herren in ihren feinen Anzügen. Dazu kenne ich sie viel zu gut! Mein Grundsatz heißt: Der beste Bote ist die Frau selbst.«

Nur mit Mühe gelang es dem Richter, einen ernsthaften Gesichtsausdruck zu bewahren. Im Saal dagegen brach brüllendes

Gelächter aus. Erst nachdem der Richter ein paarmal kräftig mit dem Hammer auf das Richterpult geschlagen hatte, kehrte wieder Ruhe ein.

Stanley ließ seine Blicke über die Gesichter der Männer wandern, die an dem mit einem grünen Tuch bedeckten Tisch saßen. Jeder einzelne von ihnen war alt genug, um Maxi Linder unter weniger offiziellen Umständen gekannt zu haben. Dieser Gedanke verursachte ihm ein besonders unbehagliches Gefühl, das langsam von seiner Magengegend aus hinaufkroch.

»Mevrouw, darf ich Sie bitten, die Fragen so knapp und deutlich wie möglich zu beantworten?«

»Ich werde es versuchen, Euer Ehren.«

»Erkennen Sie den Verdächtigen?«

Maxis und Stanleys Blicke kreuzten sich.

Maxis Augen verengten sich zu Schlitzen. Mit zusammengebissenen Zähnen antwortete sie: »Ja, Euer Ehren, zu meinem Bedauern muß ich bekennen, daß ich dieses Ungeziefer kenne. Ich habe ihm einige Male zu fressen gegeben.«

»Untersteh dich, meinen Sohn als Ungeziefer zu bezeichnen, *yu motyo beest yu*!« rief Stanleys Mutter von hinten aus dem Saal.

»Ruuhe!!« rief der Richter, während er ein paarmal mit dem Hammer auf den Tisch schlug. »Mevrouw, wenn Sie sich nicht aus der Verhandlung heraushalten, sehe ich mich gezwungen, Sie aus dem Saal entfernen zu lassen.«

»Aber ich kann doch nicht zulassen, daß sie meinen Sohn als Ungeziefer bezeichnet! *A no bon prit' en*, er ist nicht von einem Baum geboren worden! Soll sie sich doch mal selbst im Spiegel angucken!

»Wen nennst du hier *motyo*?« begann Maxi nun. »Kehr mal lieber erst vor deiner eigenen Tür! Du mit deinen vielen Kindern, alle von verschiedenen Vätern! Du weißt ja noch nicht mal, von wem sie sind!«

Ungehemmt begannen einige Anwesende, ihre Meinung über den Streit zwischen den beiden Frauen kundzutun. Erst als der

Richter drohte, den Saal räumen zu lassen, gelang es ihm, die Ruhe wiederherzustellen.

»Mevrouw Rijburg, würden Sie mir bitte in Ihren eigenen Worten erzählen, was an jenem Tag vorgefallen ist? Und darf ich Sie bei dieser Gelegenheit nochmals darum ersuchen, sich nicht auf Diskussionen mit dem Publikum einzulassen?«

Gewichtig räusperte sie sich. »Ich kann mich noch sehr gut daran erinnern. An jenem Tag ging es mir nicht so besonders gut. Das Alter kommt mit Gebrechen, sagt man, obwohl ich mich im großen und ganzen ja noch gut gehalten habe. Doch wie ich bereits sagte, an diesem Tag fühlte ich mich nicht wohl. Trotz meiner angeschlagenen Gesundheit machte ich mich auf den Weg, um auf die Suche nach meinem *Dreimaltäglich* zu gehen. Auf der Maagdenstraat traf ich Stanley, ungefähr in Höhe der Jodenbreestraat, an der Ecke, wo der Mann von seinem Karren aus Blutwurst verkauft. Stanley fragte mich sofort, ob ich Geld für einen *soft* für ihn hätte. Da ich mich nicht wohl fühlte und an diesem Tag selbst noch nichts bekommen hatte, bat ich ihn, mich in Ruhe zu lassen.«

»Haben Sie ihm öfter einmal Geld gegeben?« unterbrach sie der Richter.

»Euer Ehren, ich bin ein freigiebiger Mensch. So lange ich lebe, habe ich mit anderen geteilt. Stanley ist ein Junge aus der Nachbarschaft, der manchmal bei mir zu Hause vorbeikommt. Ich selbst habe keine Kinder. Früher konnte er jederzeit zu mir kommen.«

»Sie haben ihm also schon früher einmal Geld gegeben?«

»Ja, Euer Ehren. Er war nicht unverschämt. Wir haben oft das bißchen, was wir hatten, miteinander geteilt. So lebten wir miteinander.«

»Können Sie uns die Ereignisse des Tages schildern, an dem das Verbrechen verübt wurde?«

»Ich erinnere mich noch daran, als ob es gestern gewesen wäre, Euer Ehren. Nachdem ich Stanley abgewimmelt hatte, ging ich weiter. Auf der Höhe des Heiligenwegs wurde ich dann plötzlich grob von hinten gepackt. Bevor ich wußte, wie mir geschah, fing jemand an, an der Kette um meinen Hals zu zerren. Da es eine dicke Kette war, gab sie nicht sofort nach, und das Metall schnitt mir in die Haut. Es war, als würde ich geköpft. Es war schrecklich! So etwas würde ich meiner schlimmsten Feindin nicht wünschen …« Sie machte eine kurze Pause, um wieder zu Atem zu kommen.

Im Saal herrschte gespannte Stille. Die Empörungsschreie, die dann und wann einige Zuhörer im Saal ausgestoßen hatten, waren Stanley nicht entgangen.

»Sind Sie mit Ihrer Aussage fertig?«

»Nein, Euer Ehren, das ist noch nicht alles. Das Schlimmste kommt noch«, sagte Maxi mit einem sicheren Gefühl für Dramatik. »Als ich mich von meinem ersten Schrecken erholt hatte, wandte ich den Kopf um, und zu meinem größten Erstaunen schaute ich genau in dieses Gesicht hier!« Sie zeigte mit dem Finger auf Stanley. »Das war der Moment, in dem ich den letzten Rest meines Glaubens an die Menschheit verlor. Daß jemand, der mich regelmäßig besuchen kommt, zu so etwas imstande ist! Mit einem letzten festen Ruck gelang es ihm, meine Kette mit der großen Goldmünze daran kaputtzureißen. Danach machte er sich wie der Blitz davon.« Demonstrativ warf sie die Hände in die Luft. »Ich habe noch versucht, ihm hinterherzurennen. Aber wie sie selbst sehen können, ist so etwas mit einer derartigen Wunde am Bein schlichtweg unmöglich.« Sie hob den Saum ihres Kleides ein wenig hoch. An ihrem Knöchel war der Verband zu sehen, der dort, wo sich die Wunde befand, einen gelben, blutigen Fleck aufwies. »Während ich lauthals Gott anrief und ihn anflehte, etwas zu unternehmen, machte sich der verfluchte Kerl ein Stückchen weiter in einem Taxi davon.«

»Das ist doch eine Schande!« rief jemand hinter ihnen.

Theatralisch nach Atem ringend, schaute Maxi in Stanleys Richtung. Eine Weile lang blickten sie sich in die Augen.

Die Stimme des Richters bereitete dem wortlosen Machtkampf

zwischen ihnen schließlich ein Ende. »Sind Sie fertig mit Ihrer Zeugenaussage, Mevrouw Rijburg?«
»Ja, Euer Ehren, und im Namen Gottes hoffe ich, daß Sie ihn ordentlich bestrafen.«
Stanley machte eine abwehrende Geste in ihre Richtung, gefolgt von einem *tjoerie*.
Mit einem Hammerschlag rief der Richter ihn zur Ordnung.

Nach Maxis Aussage wurde ein Mann aufgerufen, der bezeugte, daß er Stanley mit der Goldkette in der Hand hatte vorbeirennen sehen, und der Taxifahrer, der ihn vom Tatort weggebracht hatte, identifizierte ihn als denjenigen, der an dem besagten Tag völlig außer Atem mit einer Kette in der Hand in seinen Wagen gesprungen war.
»Wollen Sie nach all diesen Aussagen noch etwas hinzufügen?« Der Richter schaute ihn mit einem Gesicht an, auf dem nicht die Spur eines Gefühls abzulesen war.
Stanley verschränkte die Arme. Seine Haut fühlte sich klamm an.
Ob er noch etwas zu sagen habe. Würde es etwas ändern, wenn er dem Richter erzählte, daß er an jenem Tag schrecklichen Hunger gehabt hatte? Daß er am Tag davor ebenfalls nichts zu essen hatte auftreiben können? Daß er schrecklich wütend darüber gewesen war, weil sie ihn so angeschnauzt hatte? Wie oft hatte er ihr geholfen, wenn sie ihm total besoffen auf der Straße begegnet war? Wie sollte er den Schleier erklären, der ihm vor den Augen erschienen war, als sie ihm, von Kopf bis Fuß mit Gold behangen, auseinandersetzte, sie habe kein Geld? Wie konnte sie um Geld betteln, während sie ein Vermögen an ihrem Körper trug? Daß ihm, als er daran dachte, schwarz vor Augen geworden war? Daß er erst im Taxi nach Hause wieder zu sich gekommen war? Daß er dann erstaunt feststellte, daß er ihre Kette in der Hand hielt?
Es würde ja doch nichts ändern, wenn er seine Version der Geschichte erzählte. Nach dem aufgeregten Stimmengewirr im

Saal zu urteilen, waren die Würfel bereits gefallen. Und gewiß nicht zu seinem Vorteil.

Nervös zog er das Taschentuch aus seiner Brusttasche. Die Hände zwischen die Oberschenkel geklemmt, zupfte er an den Säumen des Tuchs. Inbrünstig betete er darum, daß seine Mutter diesmal ihr Geld nicht umsonst für den *bonuman* ausgegeben hatte.

Mit geschlossenen Augen hörte er irgendwo weit weg den Richter das Urteil verkünden. Zwei Jahre, abzüglich der Zeit in Untersuchungshaft. Hinter ihm brach ein Tumult los.

Wilhelmina

Geraniumstraat 1981

Sie lag auf dem Fußboden neben dem Bett, in der Düsternis ihres verschlossenen Hauses. Vergeblich versuchte sie, zur Tür zu kriechen – ihre Glieder ignorierten die Befehle, die ihr Gehirn aussandte. Nur mit Mühe gelang es ihr, die Lippen auseinanderzubekommen, doch anstatt eines Hilfeschreis brachte sie nur heiseres Geflüster hervor. Das Innere ihres Mundes fühlte sich an wie Schmirgelpapier; sie hatte noch nicht einmal genug Speichel, um mit der Zunge ihre trockenen, aufgesprungenen Lippen anfeuchten zu können …

Was für eine Art und Weise zu sterben … War das Gottes Strafe für ihre *yayolibi*, für ihr wildes Leben? Sie war die erste, die zugäbe, daß sie kein Kind von Traurigkeit gewesen war. Es stimmte: Nie ging sie in die Kirche zum Gottesdienst. Die Gewißheit, daß sie sich nicht würde zurückhalten können, wenn sie diese scheinheiligen Gesichter in der vordersten Bank sähe … das allein war schon Grund genug. Trotzdem hatte sie nie nachgelassen, Ihm zu dienen. Sie hatte ihr Leben lang keinen Tag begonnen, ohne Ihn anzurufen und Ihn um Seine Hilfe zu bitten, um den Tag zu überstehen. Eigentlich gehörte sie zur Wanica-Kirche von Dominee Polane, doch dort ging sie nie hin. Sie besuchte lieber zu bestimmten Zeiten die katholische Heilig Hartkerk, um dort eine Kerze anzuzünden.
Wie die Hunde jaulten! Wieder versuchte sie, sich auf dem Fußboden abzustützen. Wenn es ihr gelänge, bis zur Tür zu kommen, würde sie den Viechern den Marsch blasen. Es war noch dunkel, sonst wären grelle Lichtbündel durch die Fensterritzen

hineingefallen und hätten sich quer durch die Düsternis des Zimmers gebohrt. Warum benahmen sich diese schrecklichen Hunde nur so merkwürdig? Wollten sie ihr vielleicht den geballten Ärger der gesamten Nachbarschaft aufhalsen?

Zum erstenmal in ihrem Leben war sie ein paar Tage lang zu Hause geblieben. Sie fühlte sich in letzter Zeit wirklich nicht so hundertprozentig. Daß sich das Ende ihres Lebens so schnell ankündigen würde, hatte sie allerdings nicht im entferntesten erwartet. Doch nun wußte sie, daß es nicht mehr lange dauern würde.
Sie hatte immer gehofft, ihr Leben auf der Straße zu beenden. Für ihren Teil wäre sie gern einfach mitten auf der Straße in sich zusammengesunken, am liebsten im Hurenviertel. Aber so, neben ihrem Bett, im Dunkeln …

Die Hunde waren ihre einzige Sorge. Ihre Wut verwandelte sich allmählich in Trauer bei dem Gedanken, daß sie getötet werden würden. Was sollte aus ihnen werden, wenn sie nicht mehr war? Wer würde ihnen jeden Morgen belegte Brötchen vom Chinesen an der Ecke holen? Wer würde jeden Abend die Restaurants abklappern, um Essensreste für sie einzusammeln? Die zahnlosen Kiefer aufeinandergepreßt, unternahm sie erneut einen Versuch, zur Tür zu kriechen. Notfalls würde sie sich auf Händen und Füßen zum Chinesen schleppen … wenn nur die Hunde ihr Frühstück bekamen! Sie waren die einzigen Freunde, die ihr geblieben waren. Jeder einzelne von ihnen hatte seinen ganz eigenen Charakter, aber sie hörten ihr alle zu, wenn sie mit ihnen sprach. Wenn sie einsam war, spürten die Hunde es sofort. In diesen Momenten schauten sie Maxi mit großen Augen an, und wenn sie dann so traurig blickten, konnte sie ihre eigenen Sorgen darüber vergessen.

Sie war früh aufgestanden, um sich zu waschen.
Ihr war schon im Liegen etwas schwindelig gewesen, und als sie

sich aufsetzte, drehte sich alles um sie. Aber das war in letzter Zeit schon öfter vorgekommen.

Als sie neben dem Bett stand, spürte sie plötzlich einen scharfen Schmerz in der rechten Seite – ungefähr da, wo die Leber saß, so schien es. Der Schmerz war so heftig, daß sie sich in einem Reflex an die Seite faßte, doch die Beweglichkeit, für die sie einst bekannt gewesen war, war längst dem hölzernen Würgegriff des Alters gewichen, und durch die ungewohnt schnelle Bewegung fiel sie mit einem Schlag vornüber auf den harten Steinboden.

Wie lange lag sie nun schon auf dem kalten Fußboden – eine Ewigkeit? Noch nie war sie so müde gewesen. Sie überließ sich der Müdigkeit und schloß die Augen. Wie aus dem Nichts kam plötzlich der scharfe Schmerz in ihrer rechten Seite wieder, doch nun breitete er sich allmählich über den ganzen Körper aus. Sie drückte mit der Hand auf die Stelle, wo der Schmerz begonnen hatte, und wartete darauf, daß er wieder verschwände …

Grelle Lichtbündel fielen durch die Ritzen der Fensterläden und bildeten ein seltsames Liniengewirr in dem weiterhin in Dunkelheit gehüllten Zimmer.

»Vrouw Max! Vrouw Max!«

Sie schrak auf. Die Stimme von Eduardina. Eduardina stand irgendwo da draußen und rief nach ihr. Sie schloß die Augen und dankte Gott dafür, daß er ihr Eduardina geschickt hatte.

»Vrouw Max? Sind Sie da drin?«

Sie schlug die Augen wieder auf. Die Hunde heulten aus Leibeskräften. Die Schmerzen waren Gott sei Dank wieder abgeebbt. Vergeblich versuchte sie, sich mit den Handflächen auf dem Fußboden abzustützen. Tränen traten ihr in die Augen. Wieder versuchte sie, zur Tür zu kriechen, aber es ging nicht.

Draußen sind Stimmen zu hören. Das Geräusch von splitterndem Holz übertönt fast das Gejaule ihrer Hunde.

Plötzlich wird das Zimmer in helles Sonnenlicht gebadet. Es ist so grell, daß sie ihre Augen für einen Moment schließen muß. Wie eine Riesenfaust bohrt sich der Schmerz von der Seite aus in ihre Eingeweide. Ihre Finger krallen sich in den Stoff ihres Kleides, dort, wo der Schmerz sitzt. Sie hört sich selbst stöhnen. Vorsichtig öffnet sie die Augen. Beim Fenster ist ein dunkler Fleck, umgeben von grellem Licht.

»O mein Jesus, sie liegt auf dem Boden neben dem Bett!«

»Geh ein Stückchen zur Seite, Mutter, ich klettere hinein, dann kann ich von innen die Tür aufmachen«, hört sie Mavis sagen.

»*Mi Masra mi Gado!* Was für ein Elend! Da hat man's. Wie oft habe ich ihr gesagt, sie soll sich in Lansigron aufnehmen lassen!«

Lansigron. Allein der Gedanke an eine Aufnahme an diesem finsteren Ort läßt sie erschauern. Dann würde sie lieber auf der Stelle sterben! Wieder ein schmerzhafter Stich. Plötzlich muß sie stark husten. Mit der Seite ihres Gesichts an den kalten Fußboden gedrückt, gibt sie sich dem Schmerz hin. Nun, wo Eduardina da ist, wird alles wieder gut. Wenn sie nur nicht wieder mit Lansigron anfängt …

Ihr Taschentuch an die Nase gedrückt, kam Eduardina ins Zimmer gerannt. Sie kniete sich neben sie und ließ den Tränen, die ihr bereits über die Wangen strömten, freien Lauf. Warum hörten diese Hunde nur nicht auf zu jaulen! Wenn Eduardina ihr jetzt aufhelfen würde, dann könnte sie ins Geschäft und ihnen Frühstück holen. Sie öffnete den Mund, um etwas zu sagen. Doch es kam nur ein kratzendes Geräusch heraus.

Mühsam stand Eduardina wieder auf. Ja, sie war auch nicht mehr die Jüngste! Eduardina ging zu ihrer kleinen Küche.

Wieder kniete sich Eduardina neben sie. Vorsichtig drückte sie das feuchte Küchenhandtuch über ihrem Mund aus. Wohltuend spritzte das Wasser auf ihre Lippen und lief ihr in kleinen Rinnsalen in den Mund. Das abgestorbene Gefühl verschwand aus ihrer Zunge.

Unablässig hielt sie ihren Blick dankbar auf Eduardina gerichtet. Eduardina würde ihr helfen.

»Vrouw Max, was ist denn passiert?« Mavis stand hinter Eduardina.

»Mein Gott ... haben Sie sich weh getan? Was ist denn passiert? Sind Sie gefallen?« ergänzte Eduardina die Frage ihrer Tochter. Doch sie konnte nicht antworten. Sie konnte sie nur anschauen.

Behutsam schob Eduardina ihr ein Kissen unter den Kopf. Sie verzog seltsam das Gesicht. Wovor ekelte sie sich so? Nun erst wurde sie sich des Gestanks bewußt, der im Zimmer hing.

»E...du...ar...di...na...« Endlich gelang es ihr, zu sprechen, obgleich es nur ein heiseres Flüstern war.

»Wenn es Ihnen so schwerfällt, sollten Sie lieber nicht sprechen.«

Sie wies mit einem Nicken auf das Geschirrtuch in Eduardinas Hand.

»Mach das Tuch noch einmal naß«, sagte Eduardina zu ihrer Tochter.

Mavis kam aus der Küche zurück, und Eduardina befeuchtete ihr wieder die Lippen. Sie forderte sie auf, den Mund zu öffnen und ließ vorsichtig Wasser in ihre Wangentasche tröpfeln.

»Ich fühle ... mein ... mein Ende ...« Es war noch immer nur ein Flüstern, doch die Worte kamen ihr jetzt immerhin klar verständlich über die Lippen. »... mein Ende ... nahen.«

»Ach, Vrouw Max, so etwas dürfen Sie nicht sagen. Ich -«

Maxi hob die Hand zum Zeichen, daß Eduardina schweigen sollte.

»E...duar...dina ... das Haus ... das Grundstück sind für dich ... was noch ... von meinem Schmuck ... übrig ... ist, ... ist für Ma... für Mavis ...«

»Vrouw Max, ich möchte nicht, daß Sie solche Dinge sagen. Erzählen Sie mir lieber, was passiert ist.«

»… meine … meine Leber … ich hab … schon lange … Probleme damit … weißt schon … der Whiskey … jeden Tag …« Sie versuchte, zu lächeln.

»Mama, soll ich einen Krankenwagen rufen?«

»Ja. Und sag bitte in der Kaserne Bescheid. Heutzutage muß man die Militärs ja auch immer rufen, wenn etwas passiert ist.«

»Ai, Vrouw … Eduardina … schau nur … was … aus mir … geworden ist …« Plötzlich wird ihre Aufmerksamkeit von einer Bewegung am Eingang zur Küche geweckt.

Da ist ja Mapauw! Sie kommt ins Zimmer hinein. Ihr *sephire koto*, steif gestärkt, reicht ihr bis auf die bloßen Füße. Ihre Kiefer vollführen mahlende Bewegungen. Ihre Lippen sind braun vom Tabaksaft.

»Mapauw …«, sagt sie zu Eduardina und zeigt zur Küche.

»Mapauw? Welche Mapauw?« Eduardina dreht sich um und schaut hinüber zur Küche. Sie verschwindet im Nebel.

»Du hast nicht auf mich gehört, Wilhelmina. Weißt du noch, was ich dir gesagt habe? Schau dir nur an, was aus dir geworden ist. Das ist genau das, wovor ich dich bewahren wollte. Weißt du noch, wie ich dir von meinem Leben erzählt habe? Du hast deine Kronjuwelen nicht richtig genutzt!« Mapauw setzt sich auf den Bettrand. »Dieser Schatz, der zwischen deinen Beinen eingebettet liegt und womit du dir die Welt untertan machen kannst …« Mit einem tschilpenden Geräusch spuckt sie einen kräftigen Strahl gelbbrauner Flüssigkeit auf den Fußboden. Dann holt sie unter ihrer Jacke einen Priem Tabak hervor und stopft ihn in den Mund. Sie kaut vergnügt auf dem Tabak herum und schaut sie kopfschüttelnd an.

Wilhelmina setzt sich aufs Bett. Sie schmiegt sich an Mapauw und legt ihr den Kopf auf die Schulter.

»Mapauw, ich habe Schmerzen! Nelis hat mir weh getan!«

Mapauw schlägt die Arme um Wilhelminas Schultern. »Komm, Wilhelmina, gehst du mit mir? Amalia und Ferdinand warten schon auf uns.«

Epilog

Eduardina

Nieuw Vrede en Arbeid 1981

Bei jedem Schritt wirbelte sie den Staub auf dem unbefestigten Bürgersteig auf. Mit einem Ruck am Saum zupfte sie ihr Kleid zurecht, das während der Fahrt im bis auf den letzten Platz besetzten *wilde bus* verrutscht war. Die Art, wie der Stoff sie unter den Achseln kniff, hatte ihr Unbehagen noch vergrößert. Schon vor Ewigkeiten hatte sie sich vorgenommen, sich für Gelegenheiten wie diese ein neues Kleid nähen zu lassen. Den Stoff dafür hatte sie schon seit langem parat liegen, doch den Besuch bei der Schneiderin hatte sie immer wieder vor sich her geschoben. Sie haßte Begräbnisse aus ganzer Seele.

In Paramaribo schienen Beerdigungen neuerdings zu einer Art öffentlicher Attraktion geworden zu sein, zu denen die Leute auch dann hingingen, wenn sie eigentlich gar nichts damit zu tun hatten. Neugier auf das Leid ihrer Mitmenschen und Tratschsucht waren die hauptsächlichen Gründe, weswegen man ein Begräbnis besuchte, egal, ob man die verstorbene Person gekannt hatte oder nicht. Als ihr Hendrik beerdigt wurde, gab es zumindest noch Rituale, die mit dem nötigen Respekt vollzogen wurden.

Bevor Eduardina das Tor zum Friedhof durchschritt, kontrollierte sie noch einmal, ob ihr Kleid auch richtig saß. Sie mußte repräsentabel aussehen; schließlich war sie diejenige, mit der Maxi in den letzten Jahren den meisten Kontakt gehabt hatte. Sie betrachtete ihre Anwesenheit bei ihrer Beerdigung als ihre Pflicht. Mit einem Ruck an ihrem schwarzen, breitrandigen Hut brachte sie ihre Toilette in Ordnung.

Vor Schreck blieb sie am Eingang stehen. Was für eine große Menschenmenge! Die Leute drängten in Scharen um die Trauerhalle herum. Niemand kümmerte sich darum, ob dadurch vielleicht die Totenruhe der Verstorbenen auf dem Friedhof gestört werden könnte. Um ja nichts zu verpassen, hatten sich manche sogar respektlos auf einige umliegende Grabplatten gestellt.

Aus dem gedämpften Gesang, der über die Köpfe der Menschenmasse hinwegschallte, schloß sie, daß der Gottesdienst bereits begonnen hatte.

> *O Herr, mein Gott, wenn ich ganz still bewundre*
> *Das große Weltall, von Deiner Hand gemacht*

Eduardina näherte sich der Menge, die zweistimmig und aus voller Kehle ihr Lieblingskirchenlied sang. Unterdessen ließ sie ihre Blicke ausgiebig umherschweifen. Die langgezogenen Töne am Ende jeder Strophe verstärkten noch die traurige Stimmung, die von der Versammlung ausging.

> *Die Sterne seh und hör den Donner grollen*
> *Deine Macht anschau', die strahlt durch alles hin*

»*Tóngo!!*« Mit seinem dröhnenden Bariton forderte der Vorsänger die Anwesenden zum Singen des Refrains auf. Folgsam schwoll die Lautstärke des Liedes aus den vielen Kehlen an und hallte an der dichtgedrängten Menge vorbei über die schier endlosen Gräberreihen.

> *Dann singt meine Seele, mein Retter, Gott zu Dir:*
> *Wie groß bist Du! Wie groß bist Du!*

Eduardina bahnte sich einen Weg durch die eng aneinandergedrängten Leiber. Indem sie ihr ganzes Gewicht einsetzte und ihre Ellenbogen gebrauchte, gelang es ihr, sich immer mehr dem Eingang zu nähern.

Dann singt meine Seele, mein Retter, Gott zu Dir:
Wie groß bist Du! Wie groß bist Du!

Sie ließ sich von den ungehaltenen Blicken und den gereizten Bemerkungen, die man ihr zuwarf, nicht aus dem Konzept bringen. Wo waren all diese Leute gewesen, als Vrouw Max sie brauchte? Als sie schließlich in der Trauerhalle war, drang ihr der Gesang auf angenehme Weise in die Ohren.

Wenn ich bedenk, daß Gott seinen Sohn nicht sparte,
Und Ihn für uns ließ eingehn in den Tod!

Die Luft zitterte durch den Widerhall des Gesangs an den Wänden und der Decke. Sie spürte es bis tief in die Knochen hinein.

Daß zu dem Kreuz er froh noch meine Lasten trüge
Meine Sünden fortnahm durch Sein göttlich Blut

An der Wand gegenüber dem Eingang stand die Bahre mit dem braunen, mit Kupfergriffen verzierten Nußbaumsarg.
»*Tóngo!!*«

Dann singt meine Seele, mein Retter, Gott zu Dir:
Wie groß bist Du! Wie groß bist Du!

Die Töne stiegen auf, stießen an das Spitzdach und suchten sich schließlich durch die ziehharmonikaförmige Gazebespannung vor den Fenstern einen Weg nach draußen.

Dann singt meine Seele, mein Retter, Gott zu Dir:
Wie groß bist Du! Wie groß bist Du!

Endlich war sie bis dicht an die Bahre vorgedrungen. Die Tasche an den Bauch gedrückt, schnappte sie in kurzen Zügen nach

Luft. Trotz der gazebespannten Fenster war die Luft hier im Inneren verbraucht und stickig.

Der Gesang war zu Ende. Das ununterbrochene Gewedel mit allem, was man zur Verfügung hatte, mit allem, womit man sich Kühle zufächeln konnte, verursachte ein Geräusch, das stark an das unheilvolle Flügelschlagen eines Schwarms von *yorka fowrus* erinnerte.

Vrouw Max lag in dem glänzend braunen Sarg unter einem Meer von Blumen, die nur ihr Gesicht und ihre Brust freiließen. Das geblümte *feda* bildete einen starken Kontrast zum fahlen Teint ihres Gesichts. Auf ihrer Stirn ringelte sich eine frivole Locke aus schwarzem Kunsthaar, die unter dem Kopftuch hervorlugte. Ihre Mundwinkel waren ein wenig nach unten gezogen, so daß die Unterlippe etwas nach vorn gewölbt war, als ob sie schmollte. So lange sie sie kannte, hatte Eduardina Vrouw Max noch nie so unzufrieden gesehen, selbst nicht in Zeiten, in denen sie mit harten Schicksalsschlägen hatte fertig werden müssen. Von irgendwo hinter ihr kam die Bemerkung, man könne aus diesem Zug um den Mund schließen, daß Vrouw Max mit ihrem Tod keinen Frieden machen konnte. Hätten die Leichenwäscher sie denn nicht etwas schöner herrichten können? Offensichtlich mußte Vrouw Max auf ihrer Reise ins *yanasei* auch ohne ihren unverzichtbaren Goldschmuck auskommen. Als einziges Zugeständnis an ihre Vorliebe für Putz lag eine billige Kette aus Glaskugeln um ihren Hals. Nachdem sie zum zweiten Mal das Opfer von Leuten geworden war, die es auf ihr Gold abgesehen hatten, hatte sie fast alles verschenkt, was sie noch an Schmuck besaß. Eduardina hatte höflich abgelehnt, als sie ihr anbot, sich aus ihrer stark geschrumpften Kollektion etwas auszusuchen. Es widersprach all ihren Grundsätzen, Schmuck zu tragen, der auf eine Weise erworben worden war, die in den Augen Gottes als verwerfliche Sünde galt.

Plötzlich legte sich eine verschwitzte Hand auf ihren Unterarm. »Entschuldigung, ich habe gerade gehört, daß Sie die Dame sind, die sie zu Hause tot aufgefunden hat?«

Die alte Frau, die sie angesprochen hatte, war viel zu stark geschminkt. Jedes einzelne Haar ihrer rotbraunen Perücke lag ordentlich auf seinem Platz. Unter dem hochtoupierten Kunstwerk lief der Schweiß hervor.

Sie schaute Eduardina prüfend und erwartungsvoll an. Mit ihren sorgfältig manikürten Händen faßte sie sich an die Stirn, und ihr Zeigefinger, der einen auffällig rotlackierten Nagel aufwies, verschwand zwischen Perückenband und Kopfhaut. Ein Zittern lief über ihre Lippen. »Die Hitze hier ist ja wirklich unerträglich«, seufzte sie und verzog das Gesicht zu einer Grimasse.

Während Eduardina nach einer Antwort suchte, zerbrach sie sich den Kopf, wer diese Frau sein könnte. Sie kam ihr irgendwie bekannt vor. Plötzlich erinnerte sich sich an etwas, das Vrouw Max ihr erzählt hatte: *Sie will nicht, daß man erfährt, daß auch sie einmal diesen Beruf ausgeübt hat. Aber an der Art, wie sie sich herausputzt, erkennt jedes Kind, daß sie eine ehemalige* motyo *ist. Man sieht es wirklich auf den ersten Blick.* Mit diesen Worten hatte Vrouw Max gelegentlich über Vrouw Agutobo gesprochen. Nun erst wurde Eduardina klar, daß es sich dabei um die Frau handelte, die in der Herenstraat das kleine Imbißlokal betrieb.

Sie konnte sich die Frage nicht verkneifen: »Gehören Sie zur Familie?«

»Ähh … nein, wir sind nicht verwandt. Ich habe sie nur flüchtig gekannt.« Nervös fuhr ihre Hand wieder zur Perücke. »Sie kam hin und wieder ins Lokal, um sich etwas zu essen zu erbetteln. Daß sie so sterben mußte!« Sie schüttelte mitleidig den Kopf. »Die Hunde sollen sie schon angefressen haben.«

»Unsinn! Das ist doch gar nicht wahr!« erwiderte Eduardina, schärfer als nötig. »Die Leute verbreiten wirklich die wildesten Geschichten.« Nun war sie an der Reihe, ihren Hut zu lüften, um den Druck auf ihre Kopfhaut ein wenig zu verringern.

»Ich fand sie zwei Tage vor ihrem Tod. Sie lag neben ihrem Bett. Aber im Gegensatz zu dem, was man sich erzählt, war sie noch am Leben. Meine Tochter hat das Fenster aufgebrochen und ist hineingeklettert. Es war kein schöner Anblick, sie dort liegen zu sehen, inmitten ihrer eigenen Exkremente ...«

»Ach, die Arme«, stöhnte Mathilde. Um sie herum hatte sich eine kleine Gruppe Neugieriger versammelt, die jegliches Interesse für die Andacht von Bruder Darnout von der Heilsarmee verloren hatten.

Eduardina genoß es, im Mittelpunkt zu stehen. »Ich mußte mein Ohr an ihren Mund legen, um sie verstehen zu können. Sie sagte stöhnend etwas davon, daß sie fortginge und daß ihr Körper nicht mehr wolle. Als ich sie fragte, was passiert sei, seufzte sie nur, sie habe solche Schmerzen. Nach einer Weile winkte sie mir. Ich mußte wieder mein Ohr an ihren Mund legen. Sie flüsterte, sie wolle mir das Haus und das dazugehörige Grundstück schenken. Doch da mir nichts an irdischen Gütern liegt, habe ich von ihrem Angebot keinen Gebrauch gemacht.«

»Wer hat ihr Haus denn dann gekriegt?« fragte einer der Umstehenden.

»Ja, was passiert mit ihrem Haus?« rief ein anderer.

»Ich weiß es nicht. Sie bekam nie Besuch von Verwandten. Niemand weiß, ob sie überhaupt noch Verwandte hat. Der Staat wird es sich wohl aneignen. Aber um wieder auf meine Geschichte zurückzukommen: Draußen gebärdeten sich die Hunde wie besessen. Vrouw Max stammelte irgend etwas von den Hunden, und dann verdrehte sie auf einmal die Augen so komisch. Ich habe mich fast zu Tode erschrocken! Voller Panik rief ich nach meiner Tochter und sagte ihr, sie solle einen Krankenwagen holen, und ich war noch geistesgegenwärtig genug, ihr aufzutragen, sie solle auch gleich dem Militär Bescheid sagen.«

»Ja, seit dem Staatsstreich mischen sich diese Mistkerle wirklich in alles ein!« rief ein gedrungener Mann, dem sein klatschnasses Hemd auf der Haut klebte. Als Zeichen seiner Abneigung spuckte er mit Nachdruck auf den Steinfußboden.

»An Ihrer Stelle würde ich den Söhnen der Revolution etwas mehr Respekt entgegenbringen!« schalt ihn eine alte Frau mit Strohhut in scharfem Ton. »Die alte Regierung hat doch auch alles zugrunde gerichtet. Und wie viele unserer ehemaligen Politiker hatten ihre Ausbildung nicht Maxi zu verdanken?«

»Also, nun laßt uns doch bei Maxis Beerdigung nicht über Politik diskutieren!« sagte Eduardina beschwichtigend.

»Sie sprechen mir aus der Seele«, sagte Mathilde. »Wer diese Frau nicht zu ihren Glanzzeiten gekannt hat, wird kaum glauben, daß sie damals Kleider mit echten Goldknöpfen besaß. Aber bitte, erzählen Sie doch weiter.«

»Inzwischen hatte sich eine große Menschenmenge vor dem Haus versammelt«, fuhr Eduardina mit ihrem Bericht fort und warf Mathilde dabei einen Blick des Einverständnisses zu. »Der Krankenwagen war gekommen, konnte aber nicht aufs Grundstück fahren, weil sich die Hunde wie wild gebärdeten. Die Militärs ließen noch auf sich warten. Sie mußten einige der Hunde töten, um das Grundstück überhaupt betreten zu können.«

»Ai, sie hatte auch so schrecklich viele Hunde. Es müssen bestimmt an die hundert gewesen sein«, übertrieb eine alte Frau, deren Rücken gebeugt war wie eine schief gewachsene Palme.

»Eskortiert von der Militärpolizei, wurde sie mit Sirenengeheul ins Landeshospital gebracht. Ein Sanitäter, der in der Ambulanz arbeitet, hat mir erzählt, sie sei noch bei Bewußtsein gewesen, als sie eingeliefert wurde. Nachdem sie gewaschen und untersucht worden war, wurde sie in die Intensivstation gebracht. Ihre Leber hatte versagt ...«

»Sie hat zuviel gesoffen!« rief jemand mitten in Eduardinas Geschichte hinein.

»Zwei Tage später ist sie dann gestorben. Mir tut es leid, daß sie mich nicht angerufen haben, als ihre Situation kritisch wurde. Ich hatte ihnen extra meine Telefonnummer gegeben. Wenn ich bei ihr gewesen wäre, hätte ich ihr noch ihren *letzten Schluck Wasser* geben können. Dann hätte sie nicht mit trockener Kehle ihrem Schöpfer gegenübertreten müssen.«

Die Trauerfeier war vorüber. Die Sargträger hoben den Sarg von der Bahre und rüttelten ihn, bevor sie ihn auf die Schultern nahmen, einige Male kräftig hin und her. »Ai, schüttelt sie nur zum letzten Mal kräftig durch! Sie hat ein bewegtes Leben gehabt. Nun ist es zu Ende, und sie kann ihre wohlverdiente Ruhe genießen.« Während ihre zahnlosen Kiefer diese Worte ausspuckten, versuchte die Frau, deren Rücken so gebogen war wie der Stamm einer windschiefen Palme, mit der einen Hand den Sarg zu berühren und mit der anderen das Gleichgewicht auf ihrem Stock zu halten.

»Siehst du die alte Frau, die dort am Sarg steht? Sie war früher eine von Maxis schärfsten Konkurrentinnen. Einmal soll Maxi sie sogar krankenhausreif geschlagen haben«, flüsterte eine der Frauen, die vor Eduardina herging.

Merkwürdig, daß der größte Teil der Trauergäste aus Frauen bestand. Maxis Worte kamen ihr in den Sinn. *Ich habe gelebt, und ich habe andere leben lassen. Ich habe unzählige Männer verschlungen, und unzählige Männer haben mich verschlungen ...* Warum waren jetzt nur so wenige Männer hier, um ihr das letzte Geleit zu geben? Ihr, der das Land so große Söhne verdankte?

Mit dem Sarg auf den Schultern führten die Träger den Trauerzug an. Im Takt der fröhlichen Musik von Jopie Vriesdes Posaunenchor vollführten sie kleine Tanzschritte. Ausgelassen tanzend folgte ihnen die Menge und sang aus voller Brust:

Nanga palm a de go
Nanga palm a de go
Te a doro janda, na Jeruzalem
Nanga Palm a de go

Schwenkt Palmzweige, da geht sie hin
Schwenkt Palmzweige, da geht sie hin
Wenn sie dort ankommt, in Jerusalem
Schwenkt Palmzweige, da geht sie hin

»Maxi Linder war eine durch und durch weltliche Frau, deswegen wird sie so ausgelassen gefeiert!« rief eine kleine, korpulente alte Frau. Sie trug offene Schuhe, die ihre weit nach hinten ragenden Fersen nicht bändigen konnten, und wirbelte damit den Sand auf. Mit unbeholfenen ruckartigen Tanzschritten, die ihre massigen Hinterbacken wie Wackelpudding erzittern ließen, schloß sie sich dem fröhlichen Trauerzug an.

Die Menge war bis zu den Grabsteinen am Wegesrand ausgeschwärmt. Ohne Respekt vor den Angehörigen und den Toten selbst zertrampelten sie die frischen Blumen auf den erst kürzlich angelegten Gräbern.

Ein alter Herr zeigte auf den glänzenden Sarg, der über die Köpfe der Menge emporragte. »So, wie sie im Leben jeden überragte, erhebt sie sich selbst noch im Sarg über uns alle!«

Und ein junger Mann bemerkte respektlos: »Nun liegt sie für immer und ewig auf dem Rücken!«

Eduardina lief zwischen den Trauergästen hin und her, um so viele Anekdoten wie möglich über Vrouw Max aufzuschnappen.

»Eines Tages fragte ich sie aus Spaß, was ein *plèi* bei ihr kosten würde. Daraufhin rief sie: ›Komm, laß mich dich mit meiner Ananas verschlingen!‹ und hob ihren Rock so hoch, daß ich ihre Pflaume sehen konnte. Und damals war sie schon eine alte Frau, das schwöre ich!« erzählte ein Junge, der Maxis Enkel hätte sein können.

Rundherum reagierte man mit lauten, kehligen Rufen auf seine Geschichte. »Dann stimmt es also wirklich, daß sie keine Unterhosen trug!«

»Du weißt doch, daß sie in den letzten Jahren jeden Nachmittag bei Hoover Chin stand, an der Ecke Zinnastraße und Gemenelandweg. Nun, wenn man reinwollte, versperrte sie einem immer den Weg, und wenn du ihr kein Geld geben wolltest, begann sie lauthals zu verkünden, daß du früher zu ihr kamst und was du alles mit ihr gemacht hast. Das tat sie so lange, bis du ihr etwas Geld zustecktest, nur damit sie still war. Sie war schlau, wißt ihr.«

»Ja, das stimmt. Oder sie rief, daß dein Vater früher zu ihr kam, um dich vor deinen Freunden bloßzustellen. Und wenn man ein

Mädchen dabeihatte, trieb sie es ganz bunt. Dann behauptete sie, du würdest sie heimlich besuchen, und zu dem Mädchen sagte sie, sie solle ihren Schatz nicht umsonst weggeben ...«

Eduardina konnte sich der ausgelassenen Stimmung nicht länger entziehen, und ihr wurde plötzlich klar, warum Begräbnisse momentan einen so großen Zulauf hatten. Man besuchte sie, als handle es sich um einen Vergnügungsausflug, denn bei Gelegenheiten wie dieser konnte man für eine Weile den Problemen entfliehen, die die politischen Entwicklungen der letzten Zeit mit sich brachten.

Sie zwängte sich durch die dichtgedrängte Menge und bahnte sich einen Weg zu einer Gruppe von Leuten, die unter einem großen Mahagonibaum beieinanderstanden. Ihren Bewegungen nach zu urteilen, ging es dort lustig zu. Sie hatte sich der Gruppe nun dicht genug genähert, um zu verstehen, was die einzelnen Sprecher sagten.

»Als junger Mann habe ich als Elektriker beim Bau des Tower-Theaters mitgearbeitet. Die Neonbuchstaben waren sogar aus Amerika importiert worden. Ihr werdet es nicht glauben, aber als wir die Verpackung öffneten, hing an einem der Buchstaben ein Kärtchen, auf dem stand: ›*Greetings to Maxi Linder, Queen of All Whores*.‹ Aus Amerika! Wirklich wahr!«

Die Umstehenden blickten den Sprecher mit großen Augen an. Sollten sie diesen Unsinn nun glauben oder nicht?

»Ja, sie war bis weit über die Grenzen unseres Landes hinaus bekannt. Einmal ist sogar ein Foto von ihr auf dem Titelblatt der Pan-Am-Zeitschrift erschienen.«

»Ai, Maxi war schon zu Lebzeiten eine Legende«, seufzte eine alte Frau.

Eduardina lauschte so andächtig, daß sie sich beinahe zu Tode erschrak, als ihr plötzlich jemand die Hand auf die Schulter legte. Vor Schreck ganz außer Atem, drehte sie sich um. Sie blickte genau in die Augen eines Mannes, der um die achtzig Jahre alt sein mußte. Sie zögerte einen Moment, bevor sie die Hand ergriff, die er ihr hinstreckte.

»Ich möchte Ihnen zum Tod von Maxi kondolieren. Danke für alles, was Sie für sie getan haben.«

Sie geriet für einen Augenblick aus der Fassung. Wer war dieser Mann? Ein Familienmitglied? »Ich habe nur getan, was sich für eine Nachbarin gehört. Sind Sie ein Verwandter von ihr?«

»Nein, ich gehöre nicht zur Familie. Ich kannte sie. Mein Name ist Marius Menten, angenehm.« Wieder hielt er ihr die Hand hin.

Marius Menten? Das mußte der Marius sein, von dem Vrouw Max gelegentlich erzählt hatte. Er war schuld daran gewesen, daß man ihr ihren ganzen Grundbesitz und ihre Häuser weggenommen hatte. Dadurch, daß er sie bei der Regierung angeschwärzt hatte, war sie nach Katwijk ins Lager gekommen.

Eduardina gab ihm schlaff die Hand und murmelte ihren Namen. »Sie sind schon am Grab angekommen. Ich gehe jetzt. Ebenfalls herzliches Beileid.« Ohne ihm die Gelegenheit zu geben, etwas zu antworten, machte sie, daß sie wegkam.

»… Der Herr lasse sein Angesicht leuchten über dir und sei dir gnädig! Der Herr erhebe sein Angesicht über dich und gebe dir Frieden! Alle, die dem zustimmen, sollen mir nachsprechen: Amen.«

Überall ringsherum sprach man ihm nach: »Amen.«

Mit diesen frommen Worten beschloß der Prediger die Zeremonie am offenen Grab. Langsam ließen die Sargträger das dicke Sisaltau durch ihre Hände gleiten, auf dem der Sarg mit den sterblichen Überresten von Vrouw Max ruhte. Die Menge war still geworden, und alle blickten mit ernsten Gesichtern auf den hinuntersinkenden Sarg. Auf der anderen Seite sah Eduardina den alten Mann stehen, der sie kurz zuvor angesprochen hatte. Still liefen ihm die Tränen über die faltigen Wangen.

Mathilde starrte mit angespannter Miene vor sich hin. Mit einem Finger zupfte sie am Innenband ihrer Perücke. Eduardina glaubte, einen Funken der Erleichterung über ihr Gesicht huschen zu sehen.

Die kleine alte Frau, deren Rücken so gebeugt war wie eine windschiefe Palme, bückte sich und füllte ihre Hand mit der frisch ausgehobenen Erde. Während unverständliches Gemurmel von ihren Lippen kam, warf sie die Erde auf den Sarg. Mit einem dumpfen Poltern schlug der Erdklumpen auf den Sargdeckel.

Eduardina suchte vergeblich nach dem Gesicht von Vrouw Mary Medemblik, deren Sohn, wie so viele andere, seine Karriere Vrouw Max zu verdanken hatte. Und wo waren all die Firmenbesitzer, von denen Vrouw Max gegen Ende des Monats ihren verschlossenen Umschlag erhalten hatte? Das wußten nur Gott und Vrouw Max allein.

Plötzlich wurde ihr Interesse von einer Person geweckt, die verdeckt hinter dem dicken Stamm eines Mangobaumes ein Stück weiter weg stand. Eduardina kniff die Augen zusammen. Erschrocken hielt sie den Atem an. Der Mann hinter dem Baum war niemand anders als Isaak Meyer. Vrouw Max hatte ihr viele Geheimnisse anvertraut, doch sie konnte sich nicht erinnern, daß sie seinen Namen je erwähnt hatte. Während sie ihre Aufmerksamkeit wieder auf den Sarg in der Grube richtete, in der zentimeterhoch das Grundwasser stand, fragte sie sich, was diesen Mann wohl dazu bewogen hatte, dem Begräbnis einer Frau wie Maxi Linder beizuwohnen. Doch im Grunde konnte sie es sich denken.

Langsam verlief sich die Menge. Hier und dort standen noch Gruppen von Leuten herum, die sich der Atmosphäre des ungewöhnlichen Begräbnisses von Vrouw Max noch nicht entziehen konnten.

Als Eduardina schon beinahe den Ausgang des Friedhofs erreicht hatte, hörte sie eine Frau seufzen: »*Tyé mi Gado*, jemand wie Maxi, die die Straße so sehr liebte! Wie konnten sie sie nur so weit weg vom Ausgang begraben?«

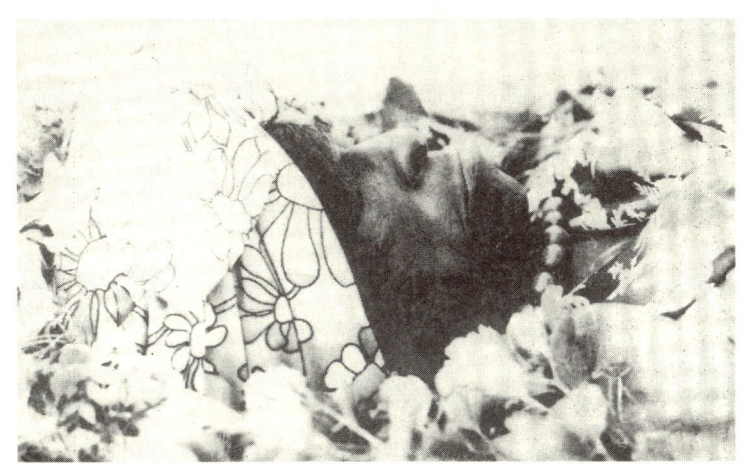

Glossar

1. Juli   Nationalfeiertag zum Gedenken an die Abschaffung der Sklaverei

afu skoinsi   (wörtl.: »halb schräg«) Scherenstellung

Agutobo   Schweinetrog

akapu dyari   Grundstück, das zu allen Seiten offen ist

alanyatiki   frischer Stengel einer Zitruspflanze (Citrus aurantium)

A Luku Dun Dun A Si Fra Fra   sie sieht schlecht, weil sie schielt

anitri-strepi   Herrnhuterstreifen: weißer Stoff mit blauem Streifenmotiv, der von den frommen Anhängern der Evangelischen Brüdergemeinde getragen wird

A no bon prit' en   Er ist nicht von einem Baum in die Welt gesetzt worden; er ist auch ein Mensch

die Ursache »außerhalb« suchen   den *winti* befragen

awara   Frucht einer Palmenart (*Astrocaryum vulgare*)

Baka-iri   (wörtl. »Ferse«) wurde so genannt, weil sie so dicke Fersen hatte, daß sie gezwungen war, Slipper zu tragen

bak'pun   »hinten herum«; von hinten

balata   Kautschuk

baya   ich verstehe dich

bere   (wörtl.: »Bauch«) geheim; innen

beyan   Englisch, wie man es in der Karibik spricht

bigiman sani   Dinge, die erwachsene Männer tun

bigi sensi   zweieinhalb Cents

bigisma   alte Frau

Bigisma de na yu oso ma bigisma de na mi oso tu   (wörtl.: »Ich habe Eltern, genau wie du.«) Das kann ich auch.

Bigi Sprikri   (wörtl.: »großer Spiegel«) Teil der Saramaccastraat, wo sich viele Prostituierte aufhielten; wenn Männer vorbeikamen, machten sie Bemerkungen über deren Kleidung – sie hielten ihnen also quasi einen Spiegel vor

bita   (wörtl.: »bitter«) bitteres, blutreinigendes und -verdünnendes

Kraut, das unter anderem verwendet wurde, um einer Malariainfektion vorzubeugen; Nebenwirkung: es soll für eine kräftige Erektion sorgen

Black Bottom   Tanzstil, äußerst populär in den 1930er und 1940er Jahren

bobi   Frauenbrust; eine Art, Mangos zu essen: zuerst wird das Fruchtfleisch vorsichtig an einer Wand zu Mus geklopft, dann bohrt man an der Oberseite ein Loch und saugt das Fruchtfleisch heraus

bonuman   *winti*-Priester

botoketi   Kette mit dicken runden Gliedern

brasa   Küßchen; Umarmung

brokobere koto   aus zwei Teilen bestehende Tracht: eine weit ausgestellte Jacke mit einem ebenfalls weit ausgestellten Rock darunter, der dicht unterhalb der Brust aufgerollt wird; wurde vor allem von Marktfrauen getragen

browru ati   hoher Hut; »Browru« ist die surinamische Bezeichnung für »Brouwerslust«, eine der ersten Zuckerrohrplantagen, die eine Fabrik mit hohem Schornstein besaß: ein *browru ati* ist daher ein Hut wie ein Schornstein, d.h. ein Zylinder

calicot-Kleid   Kleid mit passender Jacke

Casanova-Creme   Creme, die Männer mit Potenzproblemen verwendeten

Court Charity   Gebäude einer Freimaurerloge, wo regelmäßig Feste organisiert wurden

dagublat   Blattgemüse, vergleichbar mit Spinat; wächst im Wasser; sehr beliebt bei den Javanern

Demerara   das heutige Britisch-Guayana

Denkbrücke (auf der Denkbrücke sitzen)   in Gedanken versunken sein

delailas   einfache Kunststoffschlappen mit Zehensteg

didon   »gerade hoch und runter«

draaiwinti   Wirbelwind

Dreimaltäglich   Essen

dyamun   Kulitraube

ek-rupia   (Hindustani) ein Gulden

fayalobi   (wörtl.: »heiße Liebe«) Blume; Rubiaceae

fa a waka?   Wie stehen die Dinge?

fa y'e go?   Wie geht's?

feda (wörtl.: »Wut«, »Widerstand«) frivole Art, ein Kopftuch zu tragen, wobei die Enden oft nach oben zeigen

fedi Gevatter Tod

fiadu üppiger Kuchen mit Rosinen, Sukkade und Rum

fowru doti Mistelzweig

gi m'tori! erzähl mal!

gomma aus Maniok gewonnenes Stärkemehl

grikibi Singvogel

gudu Schatz; Liebes

If mi wan' verdien mi sowtu Wenn ich mein Salz (= Geld) verdienen will

Isri-bowtu »eiserne Schenkel«, berühmt wegen der Kraft, mit der sie einen Mann mit ihren Schenkeln umklammerte

Jodensavanne ein Dorf, das in der frühen Kolonialzeit reichen jüdischen Familien als Sommerfrische diente; zur Zeit der im Buch geschilderten Ereignisse war es verlassen und wurde während des Krieges als Lager eingerichtet

kabugerin Mischlingsfrau unbestimmter Abstammung, in deren Adern das Blut von schwarzen Vorfahren fließt (*kabugru* = »Gemischtblütiger«)

kapelka Schmetterling mit ungewöhnlicher Zeichnung auf den Flügeln

kapumeid Hure

Kartini (Ibu Kartini) bildschöne javanische Prinzessin, die für die Abschaffung veralteter Bräuche kämpfte; starb im Wochenbett

Kersten ältestes Warenhaus von Paramaribo, gegründet von den Herrnhutern

kimona Kleid mit weiten Ärmeln, dessen Halsausschnitt und Ärmelsäume mit Applikationen aus ausgeschnittenen (Blumen-)Motiven des Kleiderstoffs verziert sind

kis' yu blo (wörtl.: »komm zu Atem«) ganz ruhig; reg dich nicht auf

KNSM Koninklijke Nederlandse Scheepvaart Maatschappij = Königliche Niederländische Schiffahrts-Gesellschaft

kokolampu Öllampe

koolpot Art Holzkohleofen, auf dem gekocht wird

koto Tracht der kreolischen Frauen, zur Zeit der Sklaverei entwickelt mit dem Ziel, die weiblichen Formen der Sklavinnen vor Männeraugen zu verbergen; der *koto* besteht aus einem weit ausgestellten

Oberteil, einem Polster auf dem Rücken und einem weit ausgestellten Rock

krasi Jucken; Geilheit

lasman der Verlierer

Leichenwäscher eine Art Loge mit Schweigepflicht; die Leichenwäscher übernehmen die Sorge für die sterblichen Überreste eines Toten; angeblich verstehen sie die Kunst, mit den Toten zu sprechen
und sie infolgedessen so herrichten zu können, daß ihnen der Über-
gang ins Reich der Vorfahren erleichtert wird.

Letzter Schluck Wasser (trad.) Man gibt Sterbenden einen Schluck
Wasser für den langen Weg, den sie bis ins Totenreich zurücklegen
müssen.

Limealcol Eau de Cologne mit starkem Limonengeruch

lont'ede ein in eine runde Form gefaltetes Kopftuch als Zeichen der
Trauer

malata Halbblut; Mulattin

manya Mango

markusa Passionsfrucht

mazzel Trinkgeld

mi Gado mein Gott

mi gudu mein Schatz

Mi Loto »Mein Fünf-Cent-Stück«

mi mars mein Arsch

mi Masra mi Gado mein Herr und mein Gott

Mi na mi fefi sensi mi e suku (wörtl.: »Ich bin auf der Suche nach meinem Fünf-Cent-Stück.«) Geld verdienen

mi mis' yu ich hab dich verfehlt

mis' de neef kleineres Modell eines taillierten *koto*

modo blauw blauer Stoff mit unterschiedlichen Motiven

mofo koranti (wörtlich: »Mundzeitung«) Stadtgeflüster; Klatsch-
base

monki monki Totenkopfäffchen

mope orangefarbene Frucht, die einen süßlichen Duft verbreitet

motyo Hure

motyo-meid Dirne

motyop'pa Freier

motyotenti Hurenlokal

neuten Betonpfähle, auf die manche Häuser gebaut sind

NSB Nationaal Socialistische Beweging; Nationalsozialistische Partei in den Niederlanden

obe Frucht der Ölpalme

obiya kriegerischer Geist (*winti*) im afro-amerikanischen Glauben Surinams

Ondrobon (wörtl.: »unter dem Baum«) Dokter-Sophie-Redmondstraat auf der Höhe der Zwartehovenbrugstraat; auf diesem Teil stehen zu beiden Seiten Bäume, deren Zweige sich über der Straße berühren

opankas Schuhe mit offener Ferse

orgeade Mandelgetränk

pans boko (wörtl.: »Spanischer Bock«) Tracht Prügel

papa winti Schlangengeist

pel Freund; Geliebter

pepre-nanga-sowtu »Pfeffer und Salz«; grauer Stoff, der bei Halbtrauer getragen wurde

pina ede rot-blauer Baumwollstoff mit weißen Punkten; wird bei Ritualen für indianische *winti's* getragen

pingo wildes Schwein

plèi (wörtl.: »Spiel«) Nummer

pomeraks birnenförmige Frucht

porter batra Portweinflasche; Maxi nennt Marius wegen seines plumpen Körperbaus und seiner geringen Größe so

rampaneren etwas mit Gewalt zerstören

rote Erde Bauxit, wichtiger Rohstoff für die Aluminiumgewinnung

saka saka »Scheißsack«; Arschloch

sarpusu glatter Baumwollstoff

sebrefata Elender

sephire blauer, grober Stoff, eine Art Jeansstoff

sisi busi heftiger, tropischer Regenschauer

sisi-Stuhl polierter Holzstuhl mit bastbespannter Sitzfläche, dessen Rückenlehne hübsch verziert ist

soft Erfrischungsgetränk

soro g'go boi (wörtl.: »Junge mit Schwiele am Hintern«) Nichtsnutz

soso boto (wörtl.: »leeres Boot«) der/die Nächstbeste

Speedfire Foundation Sammlung, bei der die Bevölkerung Geld für die Anschaffung eines Flugzeugs für die Niederländische Luftwaffe spendete *sukru manyas* (wörtl.: »süße Mangos«) hier: Frauenbrüste

Swit' kontrentyi, te yu go yu sa kon baka Süße Genüsse, geh und du wirst wiederkommen.

switi Süßigkeit; Schätzchen

tayerblad ein grünes Blattgemüse

Tingi Uku »Stinkecke«; Hurenviertel; verrufener Stadtteil, in dem es rauh zuging

tjoerie (sprich: »tschurie«) tschilpendes Geräusch, das erzeugt wird, indem man die Lippen nach außen stülpt und die Luft einsaugt; Ausdruck von Mißbilligung

tjow mein chinesisches Nudelgericht

tompi Dreieckstuch, das über dem Kopftuch getragen und unter dem Kinn festgebunden wird als Zeichen tiefer Trauer

Tongo! (wörtl.: »Zungen!«) Aufforderung zum Mitsingen

tori, nicht ganz tori sein, sich keinen tori scheren nicht ganz ohne sein; sich keinen Deut um etwas scheren; dreist sein

tyé pôti ach, du Arme

waka nanga bun laß es dir gutgehen

wan mannengre n'e fur' kros' kasi »ein Mann füllt noch keinen Kleiderschrank«; es war üblich, solche Botschaften durch die Kopftücher mitzuteilen

wan tak libi e kon bogo bogo da kommt Arbeit in Hülle und Fülle

was'uma Waschbrett

watra m'ma Wassernixe

werder mannstoll

wilde bus wird so genannt, weil die Fahrer es mit den Verkehrsregeln nicht so genau nehmen

winti afro-amerikanischer Glaube, von den Sklaven aus Afrika nach Surinam importiert; zentral stehen die »winti« oder Geister, die als eine Art Schutzengel mit dem Schicksal eines Individuums verbunden sind

wisi schwarze Magie; böser Zauber

w' woyo yagi Schließung des Marktes

yanasei die andere Seite; Jenseits

yayolibi freizügige Lebensweise

yeye Seele

yongu »Junge!« als Äußerung der Enttäuschung

yorka fowru Riesen-Nachtschwalbe; Nach dem Volksglauben ein

Vogel, der die Botschaft eines nahenden Todes überbringt: sein
krächzendes Rufen kündigt an, daß in absehbarer Zeit jemand sterben wird

yu motyo beest yu!   du dreckige Hure!

Yu na watra taya, yu no bun fu nyan ma yu no bun fu trowe yu –   Du
bist eine Pflaume, du bist ungenießbar, aber wegwerfen muß man
dich deswegen noch lange nicht.

zuurzak   eine große Frucht mit rahmweißem Fruchtfleisch; man
stellt daraus Eis her, indem man den Saft dieser Frucht mit Milch,
Vanille und Zucker vermischt und einfriert

Bildnachweis

Danksagung

Hiermit danke ich allen, die mich – in welcher Weise auch immer – beim Zustandekommen dieses Buches unterstützt haben:

Adriaan, Afra, Angelique, Anna, Arleen, August-Hans, Bas, Celestine, Cynthia, Dennis, Dirk, Elle, Tante Emmelien, Gerda, Helen, Inke, Irma, Tante Irma, Iwan, Jame, Jan, Jeannette, Joan, John, Johnny, Juan, Oma Juliette, Lex, Liesbeth, Linda, Lucien, Lulu, Marac, Marcel, Marleen, Mavis, Maxi, Michiel, Mustafa, Noemí, Oscar, Percy, Reinout, Ricardo, Robertine, Rokus, Ruby, Sylvana, Onkel Theo, Zamani und vor allem dem Herrn.

Mein besonderer Dank gilt Herrn R. Korsten, der mir sein Interview mit Maxi Linder in *Bank Note* zur Verfügung stellte.

Nicht zuletzt sind die Unterstützung und die Geduld, die mir Richard Koek während der ganzen Zeit gewährt und die er für mich aufgebracht hat, von unschätzbarem Wert für mich gewesen. Dafür möchte ich ihm ganz besonders danken.

Amsterdam, Paramaribo, 1996–1999

Clark Accord

Anmerkung des Autors

Dieser Roman basiert auf der Lebensgeschichte von Wilhelmina Rijburg alias Maxi Linder. Außer einer Reihe historischer Persönlichkeiten wie Anton de Kom, Präsident Roosevelt, Gouverneur Kielstra und der Heldin der Chronik selbst sind alle Personen, die auftreten, fiktiv. Jede Ähnlichkeit mit lebenden oder bereits verstorbenen Personen ist rein zufällig. Der Autor verwendete zudem historische Spitznamen bekannter Prostituierter in Paramaribo, ohne daß die Darstellungen im Buch auf sie zutreffen.

Bei Wörtern und Ausdrücken aus dem Sranan wurde die offizielle Schreibweise laut Resolution vom 15. Juli 1986 gebraucht. Hierbei muß angemerkt werden, daß das Y wie J und das auslautende N wie NG ausgesprochen wird.